Vers une écologie
de l'esprit

Du même auteur

AUX MÊMES ÉDITIONS

Vers une écologie de l'esprit 1
Seuil, 1977
et « Points Essais » n° 309, 1990

La Nature et la Pensée
Esprit et nature, une unité nécessaire
1984

Communication et société
(en collaboration avec Jurgen Ruesch)
1988

La Peur des Anges
Vers une épistémologie du sacré
(en collaboration avec Mary Catherine Bateson)
1989

Une unité sacrée
Quelques pas de plus vers une écologie de l'esprit
« La Couleur des idées », 1996

CHEZ D'AUTRES ÉDITEURS

La Cérémonie du Naven
Minuit, 1971
LGF, « Le Livre de poche », 1986

Perceval le fou
Autobiographie d'un schizophrène (1830-1832)
(édition)
Payot, 1975

Gregory Bateson

Vers une écologie de l'esprit

Tome II

TRADUIT DE L'ANGLAIS
PAR FERIAL DROSSO, LAURENCINE LOT,
AVEC LE CONCOURS D'EUGÈNE SIMION
ET CHRISTIAN CLER

Nouvelle édition revue et corrigée

Éditions du Seuil

Cet ouvrage a été précédemment publié dans la collection
« Recherches anthropologiques » dirigée par Remo Guidieri,
puis dans la collection « La Couleur des idées »
dirigée par Jean-Pierre Dupuy et Jean-Luc Giribone.

Titre original : *Steps to an Ecology of Mind*
Éditeur original : Chandler Publishing Company, New York

ISBN original : 345-23423-5-195
© original : Chandler Publishing Company, New York, 1972

ISBN 978-2-02-053233-4
(ISBN 2-02-013212-5, 1re publication tome 2)

© Éditions du Seuil, 1980, pour la traduction française

Le Code de la propriété intellectuelle interdit les copies ou reproductions destinées à une utilisation collective. Toute représentation ou reproduction intégrale ou partielle faite par quelque procédé que ce soit, sans le consentement de l'auteur ou de ses ayants cause, est illicite et constitue une contrefaçon sanctionnée par les articles L. 335-2 et suivants du Code de la propriété intellectuelle.

TROISIÈME SECTION

FORME ET PATHOLOGIE DES RELATIONS

Vers une théorie de la schizophrénie*

La schizophrénie – sa nature, son étiologie et la thérapie spécifique qu'elle requiert – demeure une des maladies mentales les plus embarrassantes. La théorie de la schizophrénie que nous exposons ici est fondée sur l'analyse de la communication et, plus particulièrement, sur la Théorie des types logiques. Cette théorie, ainsi que l'observation du comportement des schizophrènes, nous a permis de décrire une situation tout à fait particulière, que nous avons appelée *double contrainte* (*double bind*), et d'étudier les conditions qui la rendent possible : quoi que fasse un individu pris dans cette situation, « il ne peut pas être gagnant ». Nous avançons l'hypothèse qu'un individu prisonnier de la *double contrainte* peut développer des symptômes de schizophrénie. Nous étudions enfin pourquoi et comment la *double contrainte* peut apparaître dans une situation familiale, et présentons des exemples tirés de données expérimentales et cliniques.

Nous rapportons ici[1] les résultats d'un projet de recherches

---

* Texte élaboré par G. Bateson, D. D. Jackson, J. Haley et J. H. Weakland. Publié dans *Behavioral Science*, vol. I, n° 4, 1956.

1. Rapport rédigé à la suite des hypothèses qui ont été d'abord développées dans un projet de recherches financé par la fondation Rockefeller (1952-1954) et patronné par le département de Sociologie et Anthropologie de l'université Stanford, sous la direction de Gregory Bateson. Depuis 1954, le projet fut poursuivi et financé par la fondation Josiah Macy Jr. C'est à Jay Haley que revient le mérite d'avoir remarqué que les symptômes schizophréniques révèlent une incapacité de discriminer les types logiques. Moi-même j'ai développé cette idée, en avançant l'hypothèse selon laquelle les symptômes et l'étiologie de la schizophrénie peuvent être décrits par la situation de *double contrainte*. J'ai communiqué mon hypothèse à Don D. Jackson, qui trouva qu'elle s'accordait tout à fait avec ses propres idées relatives à l'homéostasie familiale ; depuis, le Dr Jackson a travaillé de près sur ce projet.

qui expose et met en pratique une conception systématique de la nature, de l'étiologie et de la thérapie de la schizophrénie. Nos recherches dans cette direction sont parties de l'examen d'un vaste corpus de données et d'idées ; nous y avons tous contribué, chacun selon sa compétence spécifique, en anthropologie, en analyse de la communication, en psychothérapie, en psychiatrie et en psychanalyse. Au terme de cet examen, nous sommes parvenus à nous mettre d'accord sur les grandes lignes d'une théorie communicationnelle de l'origine et de la nature de la schizophrénie. Le texte qui suit n'est qu'un aperçu préliminaire d'une recherche qui ne fait que commencer.

Point de départ : la théorie de la communication

Notre approche est essentiellement fondée sur cette partie de la théorie de la communication que Russell a nommée Théorie des types logiques [1]. La thèse centrale de cette théorie consiste à dire qu'il existe une discontinuité entre la classe et ses membres : la classe ne peut pas être membre d'elle-même, pas plus qu'un de ses membres ne peut être la classe, et ce parce que le terme utilisé pour la classe ne se situe pas au même niveau d'abstraction que celui qu'on utilise pour ses membres. Autrement dit, il appartient à un *autre* type logique.

Bien qu'en logique formelle on tente de maintenir cette discontinuité entre classe et membres, nous cherchons ici à démontrer que, en ce qui concerne la psychologie des communications effectives, cette discontinuité est constamment et nécessairement battue en brèche, et que nous devons, *a priori*, nous attendre au surgissement de manifestations pathologiques dans l'organisme humain lorsque certains modèles formels d'une telle rupture logique interviennent dans la communication entre mère et enfant [2]. Nous montre-

---

L'étude de l'analogie formelle entre l'hypnose et la schizophrénie a été effectuée par John H. Weakland et Jay Haley.

1. A. N. Whitehead et B. Russell, *Principia Mathematica*, Cambridge, Cambridge University Press, 1913.

2. G. Bateson, *A Theory of Play and Fantasy*, 1955. Cf. vol. I de cette édition, « Une théorie du jeu et du fantasme », p. 247-264.

Vers une théorie de la schizophrénie

rons plus loin que ces manifestations, dans leur forme extrême, s'accompagnent de symptômes dont les traits formels sont tels que nous pouvons, d'un point de vue pathologique, les qualifier de schizophréniques.

La manière dont les êtres humains agencent une communication impliquant une multiplicité de types logiques, sera illustrée par des exemples tirés des domaines suivants.

1. *L'usage, dans la communication humaine, de différentes modalités de communications* : par exemple le jeu, le non-jeu, l'imagination, le sacrement, la métaphore, etc. Même chez les mammifères inférieurs, on remarque des échanges de signaux qui permettent de reconnaître certains comportements signifiants tels que « jouer », etc.[1]. Ces signaux sont évidemment d'un type logique supérieur à celui des messages qu'ils classent. Chez les humains, la formalisation et la classification des messages et des actions signifiantes atteint une grande complexité avec, en outre, cette particularité que le vocabulaire qui peut exprimer des distinctions si importantes est pourtant très peu étendu ; si bien que, pour la communication de ces informations hautement abstraites et d'une importance vitale, il faut recourir à des moyens non verbaux – attitudes, gestes, expressions du visage, intonations – ainsi qu'au contexte.

2. *L'humour*, en tant que méthode d'exploration des thèmes implicites de la pensée et des relations humaines, émet des messages impliquant la condensation de plusieurs types logiques ou modalités de communication. Il y a découverte, par exemple, lorsqu'il devient manifeste qu'un message n'était pas seulement métaphorique, mais avait aussi un sens plus littéral – ou vice versa. Autrement dit, le moment explosif de l'humour* est celui où la classification d'une modalité de communication subit une dissolution et une resynthèse. Le moment clé d'un mot d'esprit impose souvent l'entière réévaluation des signaux précédents, qui avaient assigné au message un mode de communication particulier (acceptation littérale ou métaphorique). Cela a parfois pour

---

1. Dans le cadre de ce projet a été produit un film, *The Nature of Play – Part I : River Otters*. Cf. la bibliographie, ci-dessous, p. 330.

* Ce qui pourrait être rendu ici par : décharge énergétique du mot d'esprit. (*NdT.*)

singulier effet d'attribuer un *mode* précisément à ces signaux mêmes qui avaient, auparavant, le statut du type logique supérieur qui *classe* les modes.

3. *La falsification des signaux d'identification des modes de communication*. Dans ses relations avec autrui, l'individu peut falsifier les signaux identificateurs de modes : il affecte alors de rire, il simule l'amitié pour manipuler l'autre, il fait le coup de la confidence, il plaisante, etc. On a pu remarquer des falsifications semblables chez les autres mammifères[1]. Chez l'homme, on est, en outre, confronté à un étrange phénomène : la falsification de tels signaux peut être inconsciente. Elle peut se produire tant dans les relations avec soi-même (le sujet se cache alors à lui-même son hostilité réelle, sous le couvert de jeux métaphoriques) que dans les relations avec autrui (falsification inconsciente de la compréhension par autrui des signaux identificateurs de modes). Il pourra prendre ainsi la timidité pour du mépris, etc. À vrai dire, la plupart des erreurs concernant la référence à soi-même tombent dans cette catégorie.

4. *L'apprentissage*. À son niveau le plus élémentaire, le phénomène de l'apprentissage peut être illustré par la situation où le sujet reçoit un message et agit conformément à celui-ci : « J'ai entendu le réveil sonner et j'ai compris qu'il était l'heure de déjeuner : je me suis donc mis à table. » Dans les expériences d'apprentissage, l'expérimentateur peut souvent relever de telles séquences d'événements qu'il considère d'habitude comme un message unique d'un type supérieur. Lorsque le chien salive entre la sonnerie et la boulette de viande, l'expérimentateur voit dans cette séquence un message indiquant ceci : « Le chien a *appris* que sonnerie voulait dire boulette de viande. » Mais la hiérarchie des types considérés ne s'arrête pas là. Le sujet d'expérience peut devenir encore plus habile dans sa façon d'apprendre : il peut *apprendre à apprendre*[2] ; et il n'est pas inconcevable que

---

1. C. R. Carpenter, « A field study of the behavior and social relations of howling monkeys », *Comp. Psychol. Monogr.*, 10, 1934, p. 1-168 ; et K. Z. Lorenz, *King Solomon's Ring*, New York, Cromwell, 1952.
2. G. Bateson, « Social planning and the concept of deutero-learning », *Conference on Science, Philosophy and Religion, Second Symposium*, New York, Harper, 1942. (Cf. vol. I de cette édition, p. 227) ; H. F. Harlow, « The formation of learning sets », *Psychol. Review*, 56, 1949, p. 51-65 ; et

l'être humain puisse atteindre des niveaux d'apprentissage encore supérieurs.

5. *Les niveaux multiples d'apprentissage et la classification logique des signaux.* Nous sommes ici en présence de deux groupes inséparables de phénomènes, car la capacité de manier des types multiples de signaux est elle-même l'effet d'un *apprentissage* et, par conséquent, l'une des fonctions des niveaux d'apprentissage multiples.

Selon notre hypothèse, le terme « fonction de *l'ego* » (au sens où il est employé lorsqu'on dit que le schizophrène souffre d'une « faible fonction de l'ego ») définit précisément le *processus de distinction des modes de communication, ou bien à l'intérieur du « soi », ou bien entre* le *« soi » et les autres*. Le schizophrène manifeste une faiblesse de cette fonction à trois niveaux, et ressent :

a) des difficultés à attribuer le bon code de communication aux messages qu'il reçoit des autres ;

b) des difficultés à attribuer le bon mode de communication aux messages, verbaux ou non verbaux, qu'il émet lui-même ;

c) des difficultés à attribuer le bon mode de communication à ses propres pensées, sensations et perceptions.

Il convient de comparer ici le contenu du paragraphe précédent avec la façon dont von Domarus aborde la description systématique de l'expression chez le schizophrène[1] ; il émet, notamment, l'idée que les messages (et les pensées) du schizophrène ne sont pas conformes à la structure syllogistique : au lieu des formes qui dérivent normalement du syllogisme de type *Barbara* le schizophrène utilise des formes qui jouent de l'identité des prédicats comme, par exemple :

> *Les hommes meurent*
> *L'herbe meurt*
> *Les hommes sont de l'herbe*

C. L. Hull, *Mathematico-Deductive Theory of Rote Learning*, New Haven, Yale University Press, 1940.

1. E. von Domarus, « The specific laws of logic in schizophrenia », *Language and Thought in Schizophrenia*, éd. par J. S. Kasanin, Berkeley, University of California Press, 1944.

À nos yeux, la formulation de von Domarus n'est qu'une façon plus précise – et donc plus valable – de dire que l'expression du schizophrène est riche en métaphores. Nous sommes d'accord avec sa remarque ainsi formulée ; mais il faut dire que la métaphore est en même temps un outil indispensable de la pensée et de l'expression, spécifique de l'ensemble de la communication humaine, y compris des formes de communication qu'utilisent les scientifiques. Les modèles conceptuels de la cybernétique, ainsi que les théories énergétiques de la psychanalyse, ne sont, après tout, que des métaphores *répertoriées*. Ce qui singularise le schizophrène, ce n'est pas d'employer des métaphores, mais d'employer des métaphores *non répertoriées. Il éprouve, en particulier, des difficultés à manier les signaux de cette classe dont les membres assignent des types logiques aux autres signaux.*

Si notre aperçu théorique de la symptomatologie est correct et si, conformément à notre hypothèse, la schizophrénie est essentiellement le résultat d'une interaction familiale, nous devrions pouvoir arriver *a priori* à une description formelle des séquences d'expériences aboutissant à de tels symptômes. Or, ce que nous savons de la théorie de l'apprentissage concorde avec le fait évident que, pour distinguer les modes de communication, les humains s'appuient sur le *contexte*. Par conséquent, nous n'avons pas à rechercher quelque expérience traumatique spécifique dans l'étiologie infantile, mais bien plutôt des modèles séquentiels caractéristiques. La spécificité que nous recherchons devra se situer à un niveau abstrait ou formel. Et les séquences en question seront telles que le patient y acquerra les habitudes mentales qui se retrouvent dans la communication schizophrénique. Autrement dit, le schizophrène *doit vivre dans un univers où les séquences d'événements sont telles que ses habitudes non conventionnelles de communication y sont, dans une certaine mesure, appropriées*. Selon notre hypothèse, de telles séquences dans l'expérience externe du malade sont responsables de ses conflits internes de classification logique. Nous appelons *double contrainte* précisément, ce type de séquences d'expérience insoluble.

Vers une théorie de la schizophrénie

La double contrainte

Les éléments indispensables pour constituer une situation de double contrainte, telle que nous la concevons, sont les suivants :

1. *Deux personnes ou plus.* Pour les besoins de l'exposé, nous en désignerons une comme la « victime » Nous précisons également que, suivant notre hypothèse, la double contrainte n'est pas toujours imposée par la mère seule, mais aussi bien par la mère plus le père et/ou les frères et sœurs.

2. *Une expérience répétée.* Nous affirmons que la double contrainte est un thème récurrent dans l'expérience de la « victime ». Notre hypothèse prend en considération non pas une expérience traumatique unique, mais une expérience dont la répétitivité fait que la double contrainte revient avec régularité dans la vie de la « victime ».

3. *Une injonction négative primaire.* Celle-ci peut prendre deux formes : *a)* « Ne fais pas ceci ou je te punirai » ; *b)* « Si tu ne fais pas ceci, je te punirai ». Nous avons choisi ici un contexte d'apprentissage fondé plutôt sur l'évitement de la punition que sur la recherche de la récompense. Il n'y a peut-être aucune raison théorique à ce choix. Nous supposons, néanmoins, que la punition peut signifier la perte de l'amour ou l'expression de la haine et de la colère, ou bien encore – et c'est là chose plus grave – cette sorte d'abandon qui survient lorsque les parents expriment leur profonde impuissance[1].

4. *Une injonction secondaire, qui contredit la première à un niveau plus abstrait tout en étant, comme elle, renforcée par la punition ou par certains signaux menaçant la survie.* Cette injonction secondaire est plus difficile à décrire que la première pour deux raisons : d'abord, parce qu'elle est transmise à l'enfant par des moyens non verbaux. Attitudes, gestes, ton de la voix, actions significatives, implications cachées dans les commentaires verbaux, tous ces moyens peuvent être utilisés pour véhiculer le message plus abstrait. Ensuite, parce

---

[1]. Nous avons révisé notre concept de punition : la punition nous semble désormais, impliquer une expérience perceptuelle dont la notion de « traumatisme » ne peut pas rendre compte.

que l'injonction secondaire peut se heurter à l'un des éléments de l'interdiction primaire. La verbalisation de l'injonction secondaire pourra ainsi revêtir une grande variété de formes, par exemple : « Ne considère pas ça comme une punition » ; « Ne me ressens pas comme l'agent de la punition » ; « Ne te soumets pas à mes interdictions » ; « Ne pense pas à ce que tu ne dois pas faire » ; « Ne doute pas de mon amour, dont l'interdiction première est (ou n'est pas) une preuve », etc. Cette situation connaît des variantes quand la double contrainte est exercée non pas par une personne, mais par deux. Un des parents peut ainsi contredire, à un niveau plus abstrait, les injonctions de l'autre.

5. *Une injonction négative tertiaire, qui interdit à la victime d'échapper à la situation.* En principe, il ne serait peut-être pas nécessaire d'isoler cette injonction, puisque le renforcement (par la menace de punition) aux deux niveaux précédents comporte déjà une menace pour la survie et que, si la double contrainte survient durant l'enfance, la fuir est de toute évidence impossible. Il semble néanmoins que, dans certains cas, fuir la situation soit rendu impossible par des stratagèmes qui ne sont pas entièrement négatifs : promesses d'amour fantasques, etc.

6. Pour finir, il convient de noter qu'il n'est plus nécessaire que ces éléments se trouvent réunis au complet lorsque la « victime » a appris à percevoir son univers sous la forme de la double contrainte. À ce stade, n'importe quel élément de la double contrainte, ou presque, suffit à provoquer panique et rage. Le modèle des injonctions contradictoires peut même être repris par des hallucinations auditives [1].

L'effet de la double contrainte

Dans le bouddhisme zen, le but à atteindre est l'état d'illumination. Le maître zen tente d'y amener son disciple par plusieurs moyens. Il peut, par exemple, tenir un bâton au-

---

1. B. Perceval, *A Narrative of the Treatment Experienced by a Gentleman During a State of Mental Derangement. Designed to Explain the Causes and Nature of Insanity*, etc. Londres, Effingham Wilson, 1836 et 1840. (Éd. française, *Perceval le Fou*, Paris, Payot, 1976.)

Vers une théorie de la schizophrénie 17

dessus de la tête de son élève, en lui disant brutalement : « Si vous dites que ce bâton existe, je vous frappe avec. Si vous dites qu'il n'existe pas, je vous frappe avec. Si vous ne dites rien, je vous frappe avec. » Nous avons le sentiment que le schizophrène se trouve en permanence dans une situation similaire à celle de l'élève, à ceci près qu'il en sort plus souvent désorienté qu'illuminé. Le disciple zen peut, par exemple, se lever et arracher le bâton à son maître, lequel peut accepter sa réaction comme appropriée ; alors que le schizophrène ne dispose nullement d'un tel choix, étant donné qu'il ne peut traiter avec désinvolture la relation mise en question et que, d'autre part, les intentions et l'esprit de sa mère ne sont nullement ceux du maître zen.

Nous supposons que, devant une situation de double contrainte, tout individu verra s'effondrer sa capacité de distinguer les types logiques. Les caractéristiques d'une telle situation sont les suivantes :

1. L'individu est impliqué dans une relation intense, dans laquelle il est, pour lui, d'une importance vitale de déterminer avec précision le type de message qui lui est communiqué, afin d'y répondre d'une façon appropriée.

2. Il est pris dans une situation où l'autre émet deux genres de messages dont l'un contredit l'autre.

3. Il est incapable de commenter les messages qui lui sont transmis, afin de reconnaître de quel type est celui auquel il doit répondre ; autrement dit, il ne peut pas énoncer une proposition métacommunicative.

Nous avons suggéré que c'est là le genre même de situation qui s'installe entre le préschizophrène et sa mère, ce qui ne veut pas dire que cette situation ne puisse également survenir dans des relations dites normales. Quand un individu est pris dans une situation de double contrainte, il réagit comme le schizophrène, d'une manière défensive : quand il se trouve dans une situation qui, tout en lui imposant des messages contradictoires, exige qu'il y réponde, et qu'il est donc incapable de commenter les contradictions du message reçu, il réagit, lui aussi, en prenant les métaphores à la lettre.

Un jour, par exemple, un employé de bureau rentre chez lui pendant ses heures de travail. Un collègue lui téléphone et lui demande sur un ton anodin : « Comment se fait-il que tu sois là ? » L'employé répond : « Eh bien, je suis venu en voiture. » Il donne là une réponse littérale, parce qu'il a eu affaire à un message qui lui demandait ce qu'il faisait chez lui pendant ses heures de travail, mais en des termes qui masquaient la vraie question. L'interlocuteur a donc employé une métaphore parce qu'il sentait qu'après tout il se mêlait de ce qui ne le regardait pas. La relation en question était assez intense pour que la « victime » s'inquiète de la façon dont le renseignement donné serait utilisé ; et, par conséquent, elle a répondu littéralement. C'est là une attitude caractéristique de tout individu qui se sent sur ses gardes, comme le montrent clairement les réponses prudentes et littérales des témoins d'un procès. Quant au schizophrène, qui se sent, lui, constamment en danger, il se maintient toujours sur la défensive, en insistant sur le niveau littéral, alors même que cette conduite est totalement inappropriée, par exemple en présence d'un mot d'esprit.

Lorsqu'il se sent pris dans une double contrainte, le schizophrène confond le littéral et le métaphorique dans leurs expressions mêmes. Par exemple, s'il veut reprocher à son thérapeute d'être en retard à un rendez-vous et n'est pas sûr du sens que peut revêtir ce retard – particulièrement si le thérapeute devance la réaction du patient en lui présentant ses excuses –, le malade ne peut pas dire brutalement : « Pourquoi êtes-vous en retard ? Est-ce parce que vous ne voulez pas me voir aujourd'hui ? » Ce serait là une accusation directe, qu'il ne peut pas assumer. Il opère alors un glissement et se réfugie dans un énoncé métaphorique de ce genre : « J'ai connu dans le temps quelqu'un qui a raté son bateau, il s'appelait Sam et le bateau a failli couler, etc. » Il construit ainsi une histoire métaphorique où le thérapeute peut découvrir ou non un commentaire sur son retard. L'avantage de la métaphore est qu'elle laisse au thérapeute (ou à la mère) la liberté d'y voir ou non une accusation. Si le thérapeute accepte l'accusation comprise dans la métaphore, le patient peut admettre que sa déclaration à propos du nommé Sam était métaphorique. Mais si le thérapeute, afin d'échapper à l'accusation, fait remarquer que l'histoire de Sam n'a pas l'air véridique, le patient pourra maintenir qu'il a réellement connu un homme du nom de Sam. Le glissement métaphorique, comme réponse à une situation de double contrainte, procure un sentiment de sécurité. Mais il empêche aussi le patient de proférer son accusation comme il veut le faire ; et, au lieu d'en finir avec elle en avouant qu'il s'agit d'une métaphore, le schizophrène essayera de la faire passer en l'exagérant encore : que le thérapeute ne veuille pas voir une accusation dans l'histoire de Sam, et le schizophrène pourra lui raconter une histoire de voyage vers Mars, en vaisseau spatial, tout cela pour en rajouter à son accusation. On reconnaît ici la métaphore à son allure fantastique, et non aux signes qui l'accompagnent en général et qui avertissent l'auditeur qu'il s'agit, en effet, d'une métaphore.

Non seulement il est plus sûr pour la « victime » d'une double contrainte d'opérer un glissement vers un ordre ou un message métaphorique, mais elle peut encore préférer, quand elle se trouve dans une situation inextricable, se mettre dans la peau d'un autre ou soutenir qu'elle est ailleurs. La double contrainte ne peut, dès lors, agir sur la « victime », puisqu'elle n'est pas elle-même et qu'en plus elle n'est pas là. Autrement dit, les propos qui témoignent du trouble d'un patient peuvent être interprétés comme des moyens d'autodéfense contre la situation dans laquelle il se trouve. Le cas devient pathologique lorsque la « victime » elle-même ne sait pas que ses réponses sont métaphoriques, ou bien lorsqu'elle ne peut pas le reconnaître. Pour qu'elle l'admette, il faudrait que la « victime » se rende compte qu'elle était en train de se défendre et, par conséquent, qu'*elle avait peur de l'autre*. Une telle prise de conscience équivaudrait à une accusation de l'autre et provoquerait, à ses yeux, un désastre.

Si un individu a passé toute sa vie dans des relations de double contrainte telles que nous les décrivons ici, son mode de relations à autrui sera, après l'effondrement psychotique, figé dans un modèle systématique. Premièrement, il comprendra autrement que les sujets dits normaux les signaux qui accompagnent les messages pour en préciser le sens. Son système de métacommunication (communication sur la communication) sera anéanti ; et il ne saura, devant un message, de quel genre de message il s'agit. Si quelqu'un lui disait : « Que veux-tu faire aujourd'hui ? », il serait absolument incapable de juger, d'après le contexte, le ton de la voix ou les gestes, s'il s'agit d'une condamnation de son emploi du temps de la veille ou, par exemple, d'une proposition d'ordre sexuel ; il pourrait même ne rien y comprendre du tout. Étant donné cette incapacité à juger avec précision de ce que l'autre veut vraiment dire, ainsi que cette inquiétude excessive dans la recherche de ce qui est signifié réellement, le sujet pourra se défendre en choisissant une ou plusieurs solutions parmi toutes celles possibles. Il pourra, par exemple, supposer que chaque message qu'il reçoit cache un sens qui porte atteinte à son bien-être ; il sera alors très préoccupé de ces sens cachés, et résolu à prouver qu'il ne peut pas être trompé comme il l'a été toute sa vie. S'il choisit cette solution, il cherchera continuellement un sens derrière toutes les paroles qui lui sont adressées et derrière tous les coups du hasard ; il se montrera soupçonneux et méfiant d'une façon symptomatique.

Il pourra également choisir une autre solution, celle d'accepter au sens littéral tout ce que les autres lui disent ; et si leur ton, leurs gestes ou le contexte contredisent leurs paroles, il adoptera un type de comportement qui consiste à ne pas prendre au sérieux ces signaux métacommunicatifs. Il abandonnera alors toute tentative de discerner la signification des messages et les traitera tous comme s'ils étaient anodins ou matière à plaisanterie.

Il pourra encore essayer d'ignorer les messages métacommunicatifs. Il estimera alors nécessaire d'écouter et de voir de moins en moins ce qui se passe autour de lui, et fera tout son possible pour éviter de provoquer une réaction venant de son environnement. Il essayera de se désintéresser du monde extérieur, de se concentrer sur ses propres processus internes et donnera ainsi l'impression d'être renfermé, voire même muet.

C'est là une autre façon de dire que, si un individu ne sait pas identifier le genre des messages qu'il reçoit, il peut se défendre par des moyens décrits classiquement comme paranoïdes, hébéphréniques ou catatoniques. Ces trois possibilités ne sont pas les seules. En fait, le sujet ne peut pas choisir celle qui lui permettrait de découvrir ce que l'autre veut dire, il ne peut pas, sans une aide considérable, commenter les messages d'autrui. Dépourvu de ces capacités, l'être humain est semblable à un système autogouvernable qui aurait perdu son régulateur et tournoierait en spirale, en des distorsions sans fin, mais toujours systématiques.

Une description de la situation familiale

La possibilité théorique des situations de double contrainte nous a poussés à rechercher de telles séquences de communication dans la vie du schizophrène et dans sa situation familiale. Dans ce but, nous avons étudié des enregistrements et des rapports écrits de psychothérapeutes qui ont traité intensivement de tels patients, ainsi que des enregistrements d'interviews de psychothérapie ; nous avons nous-mêmes interviewé et enregistré des parents de schizophrènes, nous avons obtenu la participation de deux mères et d'un père à une psychothérapie intensive et, enfin, nous avons interrogé et enregistré des parents et des patients en les recevant ensemble. C'est à partir de tout ce matériel que nous avons conçu notre hypothèse sur le type de situations familiales qui peut engendrer la schizophrénie. Cette hypothèse n'a pas été vérifiée systématiquement ; elle isole et met en évidence un ensemble relativement simple de phénomènes interactifs, sans pour autant prétendre décrire de façon exhaustive l'extraordinaire complexité d'une relation familiale.

Notre théorie est que la situation familiale du schizophrène présente les caractères généraux suivants :

1. Un enfant, dont la mère est prise d'angoisse et s'éloigne chaque fois que l'enfant lui répond comme à une mère aimante. Cela veut dire que l'existence même de l'enfant revêt pour elle une signification particulière : son angoisse et son hostilité s'éveillent chaque fois que se présente le danger d'un contact intime avec son enfant.

2. Une mère qui juge inadmissibles ses propres sentiments d'angoisse et d'hostilité envers son enfant. Elle les niera en manifestant un « comportement d'amour » ostentatoire, destiné à convaincre l'enfant de lui répondre comme à une mère aimante, et à faire en sorte qu'elle puisse s'éloigner de lui s'il n'agit pas ainsi. Un « comportement d'amour » n'implique pas nécessairement l'affection ; il peut, par exemple, être encadré dans le devoir, les « bons principes », etc.

3. L'absence dans la famille de quelqu'un – un père fort et intuitif – qui puisse intervenir dans les relations entre la mère

et l'enfant, et soutenir ce dernier face aux contradictions invoquées plus haut.

Puisqu'il s'agit ici uniquement d'une description formelle, nous n'entrerons pas dans le détail des raisons pour lesquelles la mère éprouve précisément ces sentiments à l'égard de son enfant. Nous nous limiterons à en suggérer quelques-unes : peut-être le simple fait d'avoir un enfant éveille-t-il en elle une angoisse relative à elle-même et à ses relations avec sa propre famille ; ou peut-être est-ce pour elle particulièrement important que son enfant soit garçon ou fille, ou né le jour de l'anniversaire d'un de ses propres frères et sœurs[1], ou qu'il occupe aujourd'hui, par rapport à ses frères et sœurs, la même position que celle que, jadis, elle-même occupait dans sa propre famille ; ou bien peut-être cet enfant occupe-t-il une place spéciale à ses yeux, pour d'autres raisons liées à ses propres problèmes affectifs.

Dans une situation correspondant à ces trois points caractéristiques notre hypothèse est que la mère du schizophrène émettra simultanément au moins deux ordres de messages (nous nous limitons à deux pour la clarté de l'exposé). Nous pouvons, en gros, les définir comme suit :

a) comportement d'hostilité ou de repli à chaque tentative de l'enfant pour s'approcher d'elle ;

b) comportement simulé d'amour ou de rapprochement chaque fois que l'enfant répond à son comportement d'hostilité ou de repli *(a)*, ce qui permet à la mère de dénier son agressivité et son manque d'intimité avec l'enfant.

Le problème de la mère est d'arriver à maîtriser sa propre anxiété en contrôlant, par le rapprochement ou le repli, la distance qui la sépare de son enfant. Autrement dit, dès qu'elle commence à éprouver de l'affection et à se rapprocher de son enfant, elle se sent en danger et, en quelque sorte, « obligée de s'éloigner de lui ; mais, d'autre part, elle ne peut pas assumer cet acte hostile et, pour le nier, elle « doit » simuler l'affection et le rapprochement. L'important ici, c'est que le comportement d'amour de la mère n'est qu'un *commentaire* sur son attitude hostile, puisqu'il en est la compensation et que, par conséquent, il appartient à un *ordre* communicatif différent de

---

1. J. R. Hilgard, « Anniversary reactions in parents precipitated by children », *Psychiatry* 16, 1953, p. 73-80.

celui du comportement d'hostilité : autrement dit, *c'est un message à propos d'une séquence de messages*. Avec ce paradoxe que, de par sa propre nature, *il nie l'existence même de ces messages dont il n'est que le commentaire*, donc du repli hostile.

La mère utilise les réponses de l'enfant pour affirmer que son comportement à elle est un comportement d'amour ; mais, comme celui-ci n'est que simulé, l'enfant est placé d'emblée dans une position où *il ne doit pas* interpréter de façon appropriée le message, s'il veut maintenir sa relation avec sa mère. Autrement dit, *il ne doit pas* distinguer de façon appropriée entre différents ordres de messages, en l'occurrence entre l'expression de sentiments simulés (soit un type logique) et celle de sentiments réels (soit un autre type logique). Par conséquent, l'enfant doit systématiquement déformer sa perception des signaux métacommunicatifs. Si, par exemple, la mère commence à éprouver de l'hostilité (ou de l'affection) pour son enfant et, en même temps, se sent obligée de s'éloigner de lui, elle lui dira quelque chose comme : « Va au lit, tu es très fatigué et je veux que tu te reposes. » Cette proposition, à première vue affectueuse, a en fait pour fonction de nier un sentiment qui pourrait se formuler ainsi : « Disparais, j'en ai assez de te voir. » Si l'enfant distinguait correctement les signaux métacommunicatifs, il aurait à affronter le fait que sa mère le rejette tout en essayant de le tromper par un comportement simulant l'affection. Il serait, de la sorte, « puni » pour avoir appris à distinguer correctement les types de messages : il aura donc tendance à accepter l'idée qu'il est fatigué, plutôt que d'admettre la tromperie de sa mère. Ce qui veut dire qu'il doit s'abuser lui-même sur son propre état intérieur, afin de soutenir sa mère dans sa tromperie. Pour pouvoir survivre avec elle, il doit mal interpréter à la fois ses propres messages intérieurs et ceux des autres.

Le problème est rendu encore plus complexe, pour l'enfant, du fait que c'est par « bienveillance » que sa mère se charge de définir à sa place son état intérieur à lui : elle exprime une inquiétude apparemment maternelle devant le fait qu'il est fatigué. Autrement dit, la mère contrôle les définitions que l'enfant donne de ses propres messages, tout comme la définition des réponses qu'il lui donne (en disant, par exemple, si l'enfant ose la critiquer : « Je sais que ce n'est pas vraiment ce que tu veux dire »), et ce, en insistant sur le fait qu'elle ne se préoccupe pas d'elle, mais uniquement de lui. Moyennant quoi, la solution la plus facile pour l'enfant demeure toujours d'accepter comme réel le comportement faussement affectueux de sa mère ; et son désir d'interpréter correctement ce qui se passe en est miné. Avec ce résultat que sa mère s'éloigne encore de lui, tout en définissant cet éloignement comme une relation d'affection idéale.

Au demeurant, accepter le comportement simulé d'affection de sa mère comme un comportement réel n'est pas non plus une solution pour l'enfant. Car, à partir de cette fausse discrimination des types logiques, il aura tendance à se rapprocher de sa mère, et ce mouvement provoquera chez elle un sentiment de peur ou d'impuissance, qui la poussera à s'éloigner encore plus. Et si, en réponse, il en vient à son tour à s'éloigner d'elle, la mère interprétera cela comme un message qui l'accuse d'un manque d'amour maternel : elle punira alors l'enfant pour sa réponse, à moins qu'elle n'essaye de se rapprocher de lui ; mais que lui se rapproche d'elle, et elle répondra à nouveau par l'éloignement. Bref, *l'enfant est puni parce qu'il interprète correctement ce que sa mère exprime ; et il est également puni parce qu'il l'interprète mal. Il est pris dans une double contrainte.*

L'enfant peut essayer d'échapper à une telle situation par différents moyens. Il peut, par exemple, rechercher l'appui de son père ou d'un autre membre de la famille. Toutefois, nos observations préliminaires nous font croire qu'il est vraisemblable que les pères des schizophrènes ne sont pas assez solides pour fournir cet appui. Il faut dire aussi qu'ils se trouvent en assez fâcheuse posture ; s'ils s'accordent avec l'enfant sur la nature de la tromperie de la mère, ils seront, du même coup, obligés d'y voir plus clair dans la nature de leur propre relation avec celle-ci, ce qu'ils ne peuvent faire sans remettre en question le *modus operandi* sur lequel ils vivent.

En outre, le besoin qu'éprouve la mère d'être aimée et désirée empêche l'enfant de s'appuyer sur un autre membre de son entourage, un professeur par exemple. Une telle mère se sentirait menacée si son enfant manifestait le moindre attachement à quelqu'un d'autre qu'elle. Elle détruirait ce lien, tenterait de ramener son enfant à elle, puis sombrerait une fois de plus dans l'angoisse, lorsque celui-ci serait à nouveau sous sa dépendance.

Pour s'en sortir, l'enfant n'aurait qu'un moyen : commenter la situation contradictoire dans laquelle le met sa mère. Mais comme la mère verrait là un reproche visant son manque d'amour, elle punirait l'enfant et soutiendrait qu'il a de sa situation une perception fausse. En interdisant à l'enfant de parler de sa situation, elle lui interdit d'utiliser le niveau métacommunicatif, c'est-à-dire le niveau qui nous sert à corriger notre perception des comportements communicatifs. Or, la capacité de communiquer sur la communication, de commenter nos actions signifiantes et celles des autres, est primordiale pour l'établissement de relations sociales réussies. Dans toute relation normale, il se produit un échange incessant de messages métacommunicatifs, tels que : « Qu'est-ce que tu veux dire par là ? », Pourquoi as-tu fait ça ? », ou « Est-ce que tu te fous de moi ? », etc. Pour interpréter correctement ce qu'expriment vraiment les autres, nous devons être capables de le commenter, directement ou indirectement. Et c'est précisément ce niveau métacommunicatif que le schizophrène semble incapable de manier correctement[1]. Étant donné les traits caractéristiques de sa mère, ce déficit n'est pas étonnant. Puisqu'elle s'obstine à nier un ordre de messages, tout commentaire sur ses propos la met en danger et elle doit l'interdire. Son enfant grandit donc sans exercer la capacité de communiquer sur la communication, par conséquent sans apprendre à déterminer le véritable sens de ce que disent les autres, ni à exprimer ce qu'il désire vraiment communiquer ; or, tout cela est essentiel pour la mise en place de relations normales.

En résumé, nous suggérons que le caractère de double contrainte que présente la situation familiale du schizophrène provient de ce que l'enfant est placé dans une position où, s'il répond positivement à l'amour simulé de sa mère, celle-ci éprouvera de l'angoisse et le punira pour se protéger contre toute intimité avec lui ; ou bien encore elle soutiendra, toujours afin de se protéger, que ce sont *ses* élans *à lui* qui sont

---

1. G. Bateson, « Une théorie du jeu et du fantasme », vol. I, de cette édition, p. 247-264.

simulés, brouillant ainsi complètement la perception qu'il a de la nature de ses propres messages. L'enfant se trouve ainsi privé de la possibilité d'instaurer avec sa mère un lien intime et sécurisant. Mais, dans le même temps, s'il ne manifeste pas de l'affection à son égard, elle verra là la preuve qu'elle n'est pas une bonne mère, ce qui l'angoissera à nouveau ; et elle le punira cette fois-ci pour sa froideur, ou tentera de se rapprocher de lui pour l'amener à faire la démonstration qu'il l'aime. Si effectivement il répond et lui montre de l'affection, non seulement elle se sentira à nouveau en danger, mais il se peut fort bien qu'en plus elle lui en veuille d'avoir été obligée de le forcer pour obtenir cette réponse. *L'enfant est donc puni dans tous les cas : s'il lui manifeste de l'amour et s'il ne lui en manifeste pas.* Or, cette relation à sa mère est la plus importante de sa vie, et elle deviendra, par la suite, le modèle de toutes les autres relations qu'il établira avec son milieu. Quant aux issues de secours, comme celle de rechercher de l'appui ailleurs, elles sont bloquées. Telle est la nature fondamentale de la situation de double contrainte entre mère et enfant.

Notre exposé ne dépeint évidemment pas la *Gestalt* encore plus emmêlée qu'est la « famille », dont la « mère » n'est qu'un des éléments importants[1].

Exemples empruntés au matériel clinique

L'analyse d'un incident survenu entre un schizophrène et sa mère illustre bien la situation de double contrainte. Un jeune homme qui s'était assez bien remis d'un accès aigu de schizophrénie, reçut à l'hôpital la visite de sa mère. Il était heureux de la voir et mit spontanément le bras autour de ses épaules ; or, cela provoqua en elle un raidissement. Il retira son bras ; elle demanda : « Est-ce que tu ne m'aimes plus ? » Il rougit, et elle continua : « Mon chéri, tu ne dois pas être

---

1. D. D. Jackson, « The question of family homeostasis » présentée à la réunion de l'American Psychiatric Association, Saint Louis, le 7 mai 1954 ; cf. aussi D. D. Jackson, « Some factors influencing the Œdipus complex », *Psychoanalytic Quarterly*, 23, 1954, p. 556-581.

aussi facilement embarrassé et effrayé par tes sentiments. » Le patient ne fut capable de rester avec elle que quelques minutes de plus ; lorsqu'elle partit, il attaqua un infirmier et dut être plongé dans une baignoire.

Il est évident que cette issue aurait pu être évitée si le jeune homme avait été capable de dire : « Maman, il est clair que c'est toi qui te sens mal à l'aise lorsque je te prends dans mes bras, et que tu éprouves de la difficulté à accepter un geste d'affection de ma part. » Mais, pour le patient schizophrène, cette possibilité n'existe pas : son extrême dépendance et son éducation l'empêchent de commenter le comportement « communicatif » de sa mère, alors que, pour sa part, elle n'hésite pas à commenter le sien, le forçant d'accepter cette situation et d'affronter une série de sous-entendus compliqués, qui peuvent être décomposés comme suit :

1. La réaction de refus de la mère devant le geste affectueux du fils est parfaitement masquée par la condamnation qu'elle fait de son retrait à lui ; en acceptant cette condamnation, le patient nie sa propre perception de la situation.

2. Dans ce contexte, la question de la mère : « Est-ce que tu ne m'aimes plus ? », semble sous-entendre :

a) « Je suis digne d'amour. »

b) « Tu devrais m'aimer et, si tu ne le fais pas, c'est que tu es méchant ou fautif. »

c) « Tu m'aimais avant, et maintenant tu ne m'aimes plus. » L'accent est ici déplacé de l'expression de l'affection du fils à son incapacité d'être affectueux. Et, dans la mesure où le patient a effectivement ainsi détesté sa mère, elle a la partie belle : le patient répond comme on l'y incite, en se culpabilisant, ce qui permet à la mère d'attaquer.

d) « Ce que tu viens d'exprimer *n'était pas* de l'affection. » Pour accepter cette proposition, le patient doit nier tout ce que sa mère et son environnement culturel lui ont enseigné sur la façon d'exprimer son affection. Il doit aussi remettre en question tous les moments où, avec elle ou avec d'autres, il avait cru éprouver de l'affection et où l'on *semblait* considérer celle-ci comme réelle. Il fait ainsi l'expérience d'une situation dans laquelle il perd complètement pied, il est amené à douter de la fiabilité de l'ensemble de son expérience passée.

3. La proposition : « Tu ne dois pas être aussi facilement

embarrassé et effrayé par tes sentiments », semble sous-entendre ceci :

a) « Tu n'es pas comme moi et tu es également différent de tous les êtres normaux et gentils parce que, nous autres, nous exprimons nos sentiments. »

b) « Les sentiments que tu exprimes sont bons, ce qui ne va pas c'est simplement que, *toi*, tu ne peux pas les assumer. »

Bien que, par son raidissement, la mère ait signifié : « ces sentiments sont inacceptables », elle dit ensuite à son fils de ne pas être embarrassé par des sentiments inacceptables. Or, il a été longuement dressé pour reconnaître ce qui est acceptable ou non, pour elle et pour la société ; il se retrouve donc, une fois encore, en contradiction avec les enseignements du passé. S'il n'avait pas peur de ses sentiments (ce que sa mère semble considérer comme positif), il n'aurait pas à avoir peur de son affection et pourrait ainsi faire remarquer à sa mère que c'est bel et bien elle qui en a peur. Mais cette compréhension lui est interdite, puisque toute l'approche de la mère consiste à masquer ses propres points faibles.

L'impossible dilemme peut alors se traduire ainsi : « Si je veux conserver des liens avec ma mère, je ne dois pas lui montrer que je l'aime, mais si je ne lui montre pas que je l'aime, je vais la perdre. »

Ces méthodes particulières de contrôle ont pour la mère une importance capitale, comme en témoigne encore de façon frappante la situation interfamiliale d'une jeune schizophrène, qui inaugura sa thérapie par ces mots : *« Ma mère a dû se marier et maintenant je suis ici. »* Pour le thérapeute, cette proposition voulait dire ceci :

1. La patiente est le fruit d'une grossesse illégitime.
2. Ce fait est lié (dans son esprit) à sa psychose actuelle.
3. « Ici » est une référence à la fois au cabinet du psychiatre et à la présence sur terre de la patiente, présence pour laquelle elle devrait vouer à sa mère une éternelle reconnaissance, puisque celle-ci a péché et souffert pour la mettre au monde.
4. « A dû se marier » est une référence au mariage en catastrophe de la mère, à la réponse qu'elle a dû donner aux pressions lui enjoignant de se marier ; et, corollairement, au fait que la mère a souffert de cette situation imposée et en a voulu à sa fille.

Par la suite, les faits ont confirmé toutes ces suppositions, au cours d'une tentative avortée de psychothérapie que fit la mère. La quintessence des messages qu'elle avait depuis toujours adressés à sa fille semblait se résumer comme suit : « Je suis digne d'amour, je sais aimer et je suis contente de moi. Toi, tu es digne d'amour lorsque tu es comme moi et quand tu fais ce que je te dis » ; mais en même temps, par ses propos et son comportement, la mère signifiait à sa fille : « Tu es chétive, inintelligente et différente de moi (autrement dit, « pas normale »). À cause de tous ces handicaps, tu as besoin de moi et de moi seule ; je prendrai soin de toi et je t'aimerai. » De sorte que la vie de la patiente n'avait été jusque-là qu'une série de commencements, de tentatives d'expériences qui, de par sa complicité avec sa mère, avaient toutes tourné court et s'étaient terminées par un retour dans le giron maternel.

Au cours de séances de thérapie collectives, on put remarquer que certains domaines très importants pour l'estime que la mère se portait à elle-même représentaient, pour la fille, des situations particulièrement conflictuelles. Par exemple, la mère avait besoin d'entretenir le mythe d'une intimité avec ses propres parents, ainsi que d'un amour profond entre elle et sa propre mère. Par analogie, la relation avec celle-ci lui servait de modèle pour ses relations à sa fille. Une fois, lorsque la patiente était âgée de sept ou huit ans, la grand-mère, prise de fureur, avait lancé un couteau qui avait raté de très peu la petite fille. La mère ne dit rien à la grand-mère, mais entraîna précipitamment sa fille hors de la pièce, en lui disant : « Mamie t'aime vraiment, tu sais. » Quant à la grand-mère, il est significatif qu'elle n'ait rien trouvé de mieux à dire à l'enfant qu'elle regrettait qu'elle ne soit pas plus fermement tenue par sa mère, et de reprocher à sa fille une trop grande indulgence envers l'enfant. Quelques années plus tard, la grand-mère habitait la maison lors d'un des épisodes psychotiques de la patiente, et celle-ci se délecta à jeter toutes sortes d'objets à la tête de sa mère et de sa grand-mère, qui tremblaient de peur.

La mère était persuadée que, jeune fille, elle avait été très belle et disait que sa fille lui ressemblait assez, mais il était clair que ces louanges de la beauté de sa fille dissimulaient des critiques, et qu'en fait elle la trouvait beaucoup moins bien qu'elle. Durant une autre crise, un des premiers actes de la fille fut d'annoncer à sa mère qu'elle allait se raser le crâne, ce qu'elle fit aussitôt, pendant que la mère la suppliait d'arrêter. Quelques jours après, la mère exhibait une photo d'*elle-même* jeune fille, pour montrer à son entourage ce que serait la patiente « si seulement elle avait gardé ses beaux cheveux ».

La mère, sans d'ailleurs très bien mesurer la portée de ce qu'elle faisait, attribuait la maladie de sa fille à une intelligence médiocre et à une disfonction cérébrale organique. Elle passait son temps à lui opposer sa propre intelligence, dont pouvaient témoigner ses brillants résultats scolaires. Elle avait adopté avec sa fille une attitude totalement protectrice et conciliante, mais d'une absolue mauvaise foi. Devant le psychiatre, par exemple, elle lui promettait qu'elle ne permettrait plus qu'on lui fasse subir d'autres électrochocs et, dès que la fille avait le dos tourné, elle demandait au médecin s'il n'estimait pas nécessaire de l'hospitaliser et de lui en faire. Cette duplicité s'expliqua en partie pendant la thérapie de la mère. Bien que la fille eût été hospitalisée trois fois, la mère n'avait jamais dit aux thérapeutes qu'elle avait eu elle-même une crise psychotique lorsqu'elle avait appris qu'elle était enceinte. Sa famille l'avait cachée dans un hôpital d'une ville proche où, selon ses dires, elle avait été attachée sur un lit pendant six semaines. Sa famille ne lui avait pas rendu visite durant toute cette période, et seuls ses parents et sa sœur savaient qu'elle était hospitalisée.

Pendant la durée de cette thérapie, la mère ne manifesta d'émotions intenses que par deux fois : la première, lorsqu'elle rapporta sa propre expérience psychotique ; la seconde, durant sa dernière visite, lorsqu'elle accusa le thérapeute de vouloir la rendre folle en la poussant à choisir entre sa fille et son mari. Puis, contre tout avis médical, elle fit arrêter la cure de sa fille.

Tout autant que la mère, le père était impliqué dans l'homéostasie intrafamiliale. Il avait prétendu, par exemple, que, pour ramener sa fille dans une région où elle puisse être soignée par des psychiatres compétents, il avait dû quitter un important poste d'avocat. Par la suite, et grâce à des indications de la patiente (qui se référait souvent à un personnage nommé « Ned le Nerveux »), le thérapeute réussit à faire avouer au père qu'il avait toujours détesté son travail et avait essayé, pendant des années, de « foutre le camp ». Non sans faire croire à sa fille que son changement de situation avait été fait pour elle.

Dans notre examen du matériel clinique, nous avons été frappés, entre autres, par les observations suivantes :
1. Le patient, dans une situation de double contrainte, connaît un sentiment d'impuissance, de peur, d'exaspération et de rage ; la mère peut, en toute sérénité, et dans l'incompréhension la plus totale de ce qui se passe, ignorer ces sentiments. Quant au père, ses réactions engendrent de nouvelles doubles contraintes, à moins qu'il n'étende et ne renforce celles que la mère a créées ; il peut aussi se montrer passif ou indigné, mais impuissant, et se faire piéger tout comme le patient.
2. La psychose apparaît, en partie, comme un moyen de s'arranger de situations de double contrainte, visant à annihiler leur effet inhibiteur et contraignant. Le psychotique révèle parfois, par des remarques vigoureuses, pleines d'astuce et le plus souvent métaphoriques, une intuition pénétrante des forces qui le paralysent. Et, par un jeu de retournement, il peut devenir lui-même assez expert dans la mise en place de situations de double contrainte.
3. Selon notre théorie, le mode de communication décrit plus haut est essentiel pour la sécurité de la mère et, du même coup, pour l'homéostasie familiale. S'il en est ainsi, quand la psychothérapie permet au patient d'être moins vulnérable aux tentatives de contrôle de sa mère, celle-ci connaît alors des moments d'angoisse. De même, toute tentative du thérapeute pour interpréter à la mère la dynamique de la situation qu'elle instaure avec le patient suscitera, chez elle, de l'angoisse. Il nous semble également que, lorsqu'il y a des contacts prolongés entre le patient et sa famille (surtout dans le cas où le patient vit chez lui durant la thérapie), il se produit des perturbations (souvent graves) chez la mère, parfois même aussi chez le père et les autres enfants [1].

---

1. D. D. Jackson, « An episode of sleepwalking », *Journal of the American Psychoanalytic Association*, 2, 1954, p. 503-508 ; cf. aussi D. D. Jackson, « Some factors... », *loc. cit.*

Théories actuelles et perspectives

De nombreux auteurs ont avancé l'idée que la schizophrénie serait une maladie radicalement différente de toutes les autres formes de pensée et de comportement humain. Tout en convenant qu'elle constitue un phénomène isolable, nous pensons que mettre ainsi l'accent sur les différences qui la séparent du comportement « normal » est une démarche stérile, du même ordre que l'effrayante ségrégation physique imposée aux psychotiques. Pour notre part, nous estimons que la schizophrénie suppose certains principes généraux, qui sont importants pour *toute* communication, et qu'il existe donc des ressemblances substantielles entre la communication schizophrénique et la communication dite « normale ».

Nous nous sommes particulièrement intéressés aux types de communication qui impliquent à la fois une signification affective et la nécessité de distinguer entre différents ordres de messages : ainsi le jeu, l'humour, les rites, la poésie, la fiction. Nous avons surtout fait une étude approfondie du jeu et, plus particulièrement, du jeu chez les animaux [1]. C'est là une situation exemplaire quant au surgissement des métamessages. En effet, si ceux-ci ne sont pas correctement interprétés, tout accord entre les joueurs est anéanti : une mauvaise interprétation peut, par exemple, faire facilement dégénérer le jeu en combat. L'humour – objet constant de nos recherches – est assez proche du jeu : il suppose des glissements brusques dans les types logiques, ainsi qu'un repérage de ces glissements. Les rites sont un domaine où sont effectuées des attributions de type logique – réelles ou littérales – inhabituelles, que l'on défend avec la même énergie que le schizophrène défend la « réalité » de ses hallucinations. La poésie, pour sa part, est un exemple du pouvoir de communication de la métaphore – et même, de métaphores tout à fait inhabituelles – quand elle est répertoriée comme telle grâce à certains signes, et contraste avec l'obscurité des métaphores non répertoriées du schizophrène. Quant au champ entier de la communication littéraire,

---

1. G. Bateson, « Une théorie du jeu et du fantasme », vol. I de cette édition, p. 247-264.

Vers une théorie de la schizophrénie 33

si nous définissons celle-ci comme narration et description d'une série d'événements se donnant comme plus ou moins réels, elle concerne au plus haut point la recherche sur la schizophrénie. Ce n'est pas tant l'interprétation du contenu d'une fiction littéraire qui nous importe – encore que l'analyse des thèmes d'oralité et de destruction soit très éclairante pour l'étude de la schizophrénie – que les problèmes formels liés à l'existence simultanée de niveaux multiples de messages dans la présentation fonctionnelle de la « réalité ». Le théâtre est particulièrement intéressant de ce point de vue, puisque les acteurs, tout comme les spectateurs, répondent à des messages touchant à la fois à la réalité théâtrale et à la réalité « réelle » !

L'étude de l'hypnose nous semble, en ce sens, également importante. En effet, un grand nombre de phénomènes qui sont considérés comme des symptômes de schizophrénie – hallucinations, fantasmagories, altérations de la personnalité, amnésies, etc. – peuvent être temporairement provoqués chez le sujet normal par l'hypnose. Point n'est besoin de les susciter directement, comme phénomènes spécifiques : ils peuvent être la conséquence « spontanée » d'une séquence de communication préparée à cette fin. Ainsi, Erickson[1] peut faire naître une hallucination en provoquant d'abord chez le sujet une catalepsie de la main droite, et en lui disant ensuite : « Il n'y a aucun moyen pensable pour que votre main bouge, et cependant, lorsque je donnerai le signal, il faudra qu'elle bouge. » Autrement dit, il déclare au sujet que sa main restera immobile, mais que néanmoins elle bougera, et cela d'une manière que le sujet ne peut consciemment concevoir. Quand Erickson donne le signal, le sujet hallucine le mouvement de sa main, ou encore il s'hallucine lui-même ailleurs et, par conséquent, capable de bouger la main. Cette utilisation de l'hallucination pour résoudre le problème des ordres contradictoires qu'on ne peut discuter, nous semble illustrer la résolution, par glissement dans les types logiques, des situations de double contrainte. Les réponses hypnotiques à des affirmations ou à des suggestions directes opèrent, elles aussi, des glissements dans les types logiques ; ainsi, lorsque les mots : « Voici un verre d'eau » ou « Vous êtes fatigué », sont pris pour une réalité externe ou interne ;

---

1. M. H. Erickson, communication personnelle, 1955.

ou lorsque le sujet, tout à fait comme le schizophrène, donne des réponses littérales à des propos métaphoriques. Nous espérons qu'une étude plus poussée, conduite en situation expérimentale et contrôlable, de la suggestion hypnotique, des phénomènes qu'elle entraîne et de la volonté de réveil, nous permettra d'affiner notre compréhension des séquences de communication essentielles qui produisent des phénomènes comme ceux de la schizophrénie.

Une autre expérience faite par Erickson, cette fois-ci sans utilisation spécifique de l'hypnose, semble également isoler une séquence de communication comportant une double contrainte. Erickson organisa un séminaire, et s'arrangea pour avoir à ses côtés un jeune homme qui était un très grand fumeur et qui n'avait pas de cigarettes sur lui ; il avait dit aux autres participants ce qu'ils avaient à faire. Tout était mis en place pour qu'Erickson se retourne tout le temps vers le fumeur en lui proposant une cigarette et soit constamment interrompu par une question. De la sorte, il se détournait, retirant « par inadvertance » le paquet de cigarettes hors de portée du jeune homme. Un autre participant, quelque temps après, demanda à ce dernier si le Dr Erickson lui avait donné une cigarette. « Quelle cigarette ? » répondit le sujet, montrant clairement qu'il avait oublié toute la séquence ; et il refusa même la cigarette que lui proposait quelqu'un d'autre, prétendant qu'il était trop intéressé par la discussion pour fumer. Ce jeune homme nous semble dans une situation expérimentale comparable à celle du schizophrène pris dans une double contrainte avec sa mère : une relation importante, des messages contradictoires (ici, le don et le retrait du don), et l'impossibilité de tout commentaire – parce qu'un séminaire est en train de se dérouler et que, de toute façon, tout s'est passé « par inadvertance ». Remarquons que l'issue elle-même est semblable : amnésie pour la séquence de double contrainte, et renversement de la proposition « Il ne m'en a pas donné » en « Je n'en veux pas ».

Bien que nous ayons été amenés à explorer tous ces domaines connexes, le principal objet de notre étude a été la schizophrénie elle-même. Nous avons tous travaillé avec des patients schizophrènes, et la plus grande partie du matériel clinique a été enregistrée pour en permettre une étude ultérieure plus détaillée. De surcroît, nous enregistrons des entrevues avec des patients accompagnés de leur famille, et nous filmons des mères accompagnées de leurs enfants perturbés, probablement des préschizophrènes. Nous espérons que toutes ces recherches fourniront des preuves claires de la double contrainte continuellement réitérée à laquelle, selon notre hypothèse, sont soumis, depuis leur plus tendre enfance, ceux qui deviendront schizophrènes. Dans cet exposé, nous avons surtout insisté sur cette situation familiale de base, ainsi que sur les caractéristiques communicationnelles que présente manifestement la schizophrénie. Nous espérons cependant que nos concepts, ainsi qu'une partie du matériel, seront utiles pour des travaux ultérieurs portant sur d'autres problèmes posés par la schizophrénie, tels que la diversité des autres symptômes, la nature de l'« état d'adaptation » qui précède le moment où la schizophrénie se manifeste et, enfin, la nature et les circonstances de l'effondrement psychotique.

Implications thérapeutiques de cette hypothèse

La psychothérapie elle-même est un contexte de communications à plusieurs niveaux, qui implique l'exploration des frontières ambiguës séparant le littéral du métaphorique, ou la réalité du fantasme ; de fait, diverses formes de jeu, de théâtre et d'hypnose ont été intensivement appliquées en thérapie. Nous nous sommes intéressés de près à la thérapie et, outre notre propre matériel, nous avons rassemblé et examiné des enregistrements, des comptes rendus intégraux de séance, et des notes personnelles appartenant à plusieurs de nos confrères. Nous avons toujours préféré les enregistrements en direct, car nous pensons que la façon dont un schizophrène parle dépend grandement, même si cela n'est pas toujours évident, de la façon dont on lui parle ; or, il est très difficile d'apprécier ce qui s'est vraiment produit au cours d'une entrevue thérapeutique si l'on n'en a qu'une description, et surtout si cette description est déjà retranscrite en termes théoriques.

Cela étant, nous ne sommes pas encore prêts à traiter exhaustivement des relations entre la double contrainte et la psychothérapie. Nous nous limiterons ici à quelques remarques générales et à quelques spéculations. Dans l'état présent de nos recherches, nous ne pouvons dire que ceci :

1. Des situations de double contrainte sont créées *dans* et *par* le cadre même de la psychothérapie et du milieu hospitalier. De ce point de vue, nous sommes amenés à nous interroger sur les effets de la « bienveillance » médicale sur le schizophrène. Dans la mesure où les hôpitaux existent dans l'intérêt du personnel, tout autant (sinon plus) que dans celui des patients, il y aura parfois des contradictions dans les séquences où des actions sont accomplies « par bienveillance » à l'égard des patients quand, en fait, elles visent à accroître le bien-être du personnel. Nous estimons que, chaque fois qu'on organisera le système dans l'intérêt de l'hôpital, tout en déclarant au patient qu'on agit dans *son* intérêt, on perpétuera une situation schizophrénogène. Ce genre de supercherie amènera le patient à y répondre comme à une situation de double contrainte, et sa réponse sera « schizophrénique », c'est-à-dire qu'elle sera indirecte, et que le patient sera incapable de commenter le fait qu'il se sent trompé. Une anecdote, heureusement amusante, illustre bien ce genre de réponse. Sur la porte du cabinet d'un médecin « bienveillant » et dévoué, responsable d'une salle d'hôpital, on pouvait lire : « Bureau du docteur. Frappez, s'il vous plaît. » Le médecin fut d'abord amusé, et finalement dut capituler, devant la constance d'un patient obéissant qui frappait consciencieusement chaque fois qu'il passait devant la porte.

2. La compréhension de la double contrainte et des problèmes de communication qu'elle comporte amènera peut-être des innovations dans la technique thérapeutique. Nous ne pouvons dire avec précision ce que seront ces innovations, mais nos recherches nous permettent déjà d'affirmer que des situations de double contrainte interviennent de façon prégnante au cours de la thérapie. Elles se produisent parfois par simple inadvertance, quand le thérapeute impose à son patient une double contrainte semblable à celle que celui-ci a déjà vécue, ou quand c'est le patient lui-même qui soumet le thérapeute à une telle situation. Dans d'autres cas, il peut

arriver que, de façon délibérée ou intuitive, ce soit le thérapeute qui impose des doubles contraintes à son patient, ce qui oblige ce dernier à y répondre différemment que par le passé.

Un épisode tiré de l'expérience d'une psychothérapeute douée nous permettra d'illustrer ce qu'est la compréhension intuitive d'une séquence de communication contenant une double contrainte. Le Dr Frieda Fromm-Reichmann[1] soignait une jeune femme qui, depuis l'âge de sept ans, s'était forgé une religion personnelle extrêmement complexe et abondamment fournie en divinités puissantes. Atteinte d'une schizophrénie grave, elle hésitait beaucoup à entreprendre une thérapie. Au début du traitement, elle déclara : « Le dieu R me dit que je ne dois pas parler avec vous. » Le Dr Fromm-Reichmann lui répondit : « Écoutez, mettons les choses au point : pour moi, n'existent ni le dieu R ni tout votre monde. Pour vous, cependant, tout cela existe, et loin de moi l'idée de vous l'enlever de la tête : je ne sais absolument pas tout ce que cela peut signifier. C'est pourquoi je vais m'y référer, mais à condition que vous sachiez que, pour moi ce monde n'existe pas. Alors, allez maintenant trouver le dieu R et dites-lui que nous devons parler et qu'il vous en donne la permission. Dites-lui aussi que je suis médecin et que ça fait maintenant neuf ans, puisque vous en avez seize, que vous vivez avec lui dans son royaume et qu'il ne vous a pas aidée. Alors, à présent, il doit me permettre d'essayer et de voir si vous et moi nous pouvons y arriver. Dites-lui que je suis médecin et que je veux essayer. »

La thérapeute a mis ainsi sa patiente dans une situation de « double contrainte thérapeutique ». Si la patiente commence à faiblir dans la croyance en son dieu, alors elle s'entend avec le médecin et, du même coup, elle admet son attachement à la thérapie. Et si elle persiste à croire que le dieu R existe, elle doit lui dire que le médecin est « plus puissant » que lui – ce qui est une autre façon d'admettre sa relation avec le thérapeute.

La différence entre la contrainte thérapeutique et la situation originelle de double contrainte tient en partie au fait que le thérapeute, lui, n'est pas engagé dans un combat vital. Il peut,

---

1. F. Fromm-Reichmann, communication personnelle, 1956.

par conséquent, établir des contraintes assez bienveillantes, et aider graduellement le patient à s'en affranchir.

Beaucoup de trouvailles thérapeutiques qui se sont avérées efficaces semblent avoir été intuitives. En ce qui nous concerne, nous partageons l'ambition de la plupart des thérapeutes, qui attendent le jour où ces coups de génie seront assez bien compris pour devenir tout à fait courants et systématiques.

RÉFÉRENCES COMPLÉMENTAIRES

Haley, J., « Paradoxes in Play, Fantasy add Psychotherapy », *Psychiatric Research Reports*, 2, 1955, p. 52-58.

Ruesch, J. et Batison, G., *Communication : The Social Matrix of Psychiatry*, New York, Norton, 1951.

Épidémiologie d'une schizophrénie*

Si l'on veut déterminer en épidémiologue les conditions mentales de la schizophrénie – c'est-à-dire des conditions qu'on puisse partiellement induire de l'expérience –, il convient, en premier lieu, de repérer une carence quelconque dans le système notionnel ; et, à partir de là, d'identifier les types de contexte d'apprentissage qui engendrent cette carence formelle.

On dit d'habitude que les schizophrènes souffrent d'une « faiblesse de l'*ego* ». Je définirai ici cette faiblesse comme un trouble de la capacité d'identifier et d'interpréter cette classe de signaux qui nous indiquent à quelle sorte de message appartient le message que nous recevons**. Le trouble concerne donc des signaux qui appartiennent au même type logique que le signal : « Ceci est un jeu. » Par exemple, un patient entre dans la salle à manger de l'hôpital ; la fille qui est derrière le comptoir lui demande : « Que puis-je faire pour vous ? », et le patient se demande de quel type de message il s'agit en l'occurrence : veut-elle l'assassiner ? ou bien coucher avec lui ? ou peut-être lui offrir une tasse de café ? Le patient a « entendu » le message, mais il ne sait pas à quel genre ou ordre de message il a affaire. Autrement dit, il est incapable de saisir ces étiquettes abstraites que la plupart d'entre nous utilisent couramment sans que, d'ailleurs, nous soyons capables de les identifier, en ce sens que nous ne

---

* Ce texte fut présenté comme communication sous le titre « Comment le déviant voit sa société », au colloque sur « L'épidémiologie de la santé mentale », en mai 1955, à Brighton, Utah.

** Donc : quel est son type logique. (*NdT.*)

saisissons pas consciemment ce qu'on nous dit, à quel type de message nous avons affaire ; simplement, tout se passe comme si nous devinions juste : au moment même de la réception, nous ne sommes nullement conscients de recevoir les messages qui nous disent quel type de message nous est parvenu.

Les difficultés dans le maniement de ce type de signaux semblent constituer le noyau d'un syndrome qui est caractéristique d'un groupe de schizophrènes ; c'est ce qui nous autorise à rechercher une étiologie à partir de cette symptomatologie, formellement définie.

Il est clair, par ailleurs, qu'une grande partie de ce que dit le schizophrène peut être considérée comme une description de son expérience, et que nous tenons là une deuxième voie d'approche pour une théorie de l'étiologie ou de la transmission. La première partant du symptôme, nous nous posons la question : « Comment un être humain peut-il devenir incapable de distinguer ces signaux spécifiques ? » ; et, en examinant les discours du patient, nous nous apercevons que à travers ce langage particulier qui constitue la « salade schizophrénique », il décrit une situation traumatique qui implique une confusion au niveau *métacommunicatif*.

Un patient, par exemple, revenait toujours à l'idée que « quelque chose s'est déplacé dans l'espace ». Selon lui, c'était pour cela qu'il avait craqué. Vu la façon dont il parlait de « l'espace », j'ai eu l'intuition que cet espace-là, c'était en quelque sorte sa mère. Je le lui dis. « Non, me répondit-il, l'espace c'est *LA* mère. » Je lui suggérai que, malgré tout, sa mère pouvait bien être une des causes de ses troubles. Il me répondit : « Je ne l'ai jamais condamnée. » Et, une autre fois, il se mit en colère et déclara textuellement : « Si nous disons qu'elle avait du mouvement en elle à cause de ce qu'elle a causé *(because of what she caused)*, nous ne faisons que nous condamner nous-mêmes. »

Résumons : quelque chose a bougé dans l'espace, qui a fait craquer le patient. L'espace n'est pas *sa* mère, c'est *LA* mère. Puis, nous attirons son attention sur *sa* mère, qu'il dit n'avoir jamais condamnée, sur quoi il affirme : « Si nous disons qu'elle avait du mouvement en elle à cause de ce qu'elle a causé, nous ne faisons que nous condamner nous-mêmes. »

Observons attentivement la structure logique de ce dernier

propos : elle est circulaire et implique un enchevêtrement d'interactions et de quiproquos chroniques avec la mère. Cet état est tel que tout effort esquissé par l'enfant pour tenter de dissiper le malentendu est, du même coup, complètement interdit.

Ce même patient avait, un jour, raté sa séance de thérapie du matin. Le soir même, j'allai le voir à la cantine pour l'assurer que je le recevrais le lendemain. Mais il refusa de me regarder et détourna la tête. Je lui suggérai : « Demain, à neuf heures trente. » Pas de réponse. Puis il me dit avec beaucoup de difficulté : « Le juge désapprouve. » Alors, avant de le quitter, je lui dis : « Vous avez besoin d'un avocat », et, lorsque je le revis le lendemain dans le parc, je me présentai en ces termes : « Voici votre avocat » ; et nous allâmes ensemble à la séance. Je commençai immédiatement : « Ai-je raison de supposer que le juge désapprouve non seulement le fait que vous me parliez, mais aussi que vous me disiez qu'il désapprouve cela ? » Il répondit : « Oh, oui ! » Comme on voit, nous avons affaire ici à deux niveaux enchevêtrés : le juge désapprouve à la fois la tentative de démêler la confusion, et le fait de communiquer à quelqu'un d'autre sa propre désapprobation.

Nous devons chercher une étiologie qui fasse sa place à la multiplicité des niveaux de traumatisme.

Je laisse ici volontairement de côté le contenu proprement dit de ces séquences traumatiques, qu'elles soient sexuelles ou orales, de même que l'âge du sujet à l'époque du traumatisme ; je ne cherche pas non plus à savoir lequel des parents y est précisément mêlé. À mes yeux, tout cela est anecdotique. Ce qui m'importe, c'est le fait que le traumatisme en question a dû présenter une *structure formelle* bien déterminée, en ce sens que, pour engendrer cette pathologie particulière, plusieurs types logiques différents ont dû se trouver confrontés.

Si, à présent, nous regardons d'un peu plus près nos propres communications conventionnelles (le langage courant), nous remarquerons que nous emmêlons constamment ces mêmes types logiques avec une maestria et une aisance incroyables et tout à fait surprenantes. Nous faisons souvent des mots d'esprit, qui sont difficilement accessibles à toute personne ne parlant pas notre langue : la plupart de ces mots d'esprit, qu'ils soient originaux ou éculés, sont le produit de l'enchevêtrement dans la même phrase d'une multiplicité de types logiques. La différence entre la taquinerie et la brimade réside dans la question, non résolue à l'avance, de savoir si la « victime » peut ou non reconnaître qu'il s'agit bien d'une blague. Dans toutes les cultures, les individus réussissent à acquérir une extraordinaire habileté, non seulement pour ce qui est d'identifier simplement à quelle sorte de message appartient un message, mais aussi pour ce qui est de démêler la multiplicité des identifications de la sorte de message auquel un message appartient. Confrontés à cette multiplicité d'identifications différentes, nous rions et découvrons chaque fois quelque chose de nouveau sur nous-mêmes. C'est peut-être là la vraie récompense de l'humour !

Il existe, cependant, des individus que le surgissement dans le langage de ces niveaux multiples plonge dans le plus grand embarras. Il me semble que cette distribution inégale de la « compétence peut justement être abordée en termes d'épidémiologie. De quoi un enfant a-t-il besoin pour acquérir – ou ne pas acquérir – la capacité d'interpréter correctement ces signaux ?

Il faut être pleinement conscient du fait que si, d'une part, le « miracle » se produit souvent, qui octroie à la plupart d'entre nous ce genre de compétence, de l'autre, nous rencontrerons énormément de personnes qui éprouvent des difficultés ; ce sont, par exemple, celles qui, lorsqu'elles voient que l'héroïne d'un feuilleton souffre d'un rhume, envoient sans tarder un tube d'aspirine à la Maison de la Radio ou conseillent un traitement ; elles agissent comme si elles ignoraient complètement que l'héroïne en question est le personnage fictif d'un feuilleton. Cette catégorie de spectateurs semble quelque peu déphasée pour ce qui est de l'identification du type de communication que lui offre la radio.

Certes, nous commettons tous, à un moment ou un autre, ce même genre d'erreurs. Je ne suis pas sûr, pour ma part, d'avoir jamais rencontré une seule personne qui ne souffre plus ou moins de cette « schizophrénie P ». Nous éprouvons tous, par exemple, des difficultés à savoir avec exactitude si certains de nos rêves sont des rêves ou pas ; de même, la plupart d'entre nous seraient bien en peine de dire *comment*

Épidémiologie d'une schizophrénie 43

nous savons que tel élément d'un de nos fantasmes est vraiment un fantasme, et non un fragment d'expérience. À cet égard, la possibilité de placer une expérience dans le temps constitue une indication importante ; la rapporter à un de nos organes sensoriels en est une autre.

Revenons à nos patients, pour dire que, si l'on cherche dans l'observation de leurs parents des réponses à la question étiologique soulevée plus haut, on rencontre plusieurs types de réponses.

Tout d'abord, on trouve des réponses qui renvoient à ce que je pourrais appeler des facteurs aggravants : une maladie a plus de chances de se manifester ou d'empirer dans certaines circonstances telles que la fatigue, le froid, la durée d'une incubation, l'existence d'autres maladies, etc. Tout cela paraît avoir, sur l'incidence de n'importe quelle pathologie, un effet quantitatif. Il existe d'autres facteurs, qui sont les caractères et les potentialités héréditaires. Autrement dit, pour confondre les types logiques, on doit être assez intelligent pour s'apercevoir que quelque chose ne va pas, mais pas assez pour comprendre précisément ce qui ne va pas. Je suppose que ces caractéristiques sont déterminées héréditairement.

Cependant, le nœud du problème demeure : quelles sont les circonstances réelles qui provoquent cette maladie spécifique ? J'admets que les bactéries ne sont en aucun cas les seuls facteurs qui provoquent une maladie infectieuse, et j'accorde, de même, qu'on ne peut expliquer la maladie mentale par la seule apparition de séquences ou contextes traumatiques. Mais je reste néanmoins persuadé que l'identification de ces contextes est le nœud de la compréhension de la maladie, tout comme l'identification de la bactérie est essentielle pour comprendre une maladie infectieuse.

Un jour, je rencontrai la mère du patient dont j'ai parlé plus haut. Il s'agissait d'une famille aisée, possédant une jolie maison. J'y allai avec le patient, et, quand nous y arrivâmes, il n'y avait personne. Le livreur de journaux avait jeté le journal du soir au beau milieu de l'impeccable pelouse, et mon patient voulut l'en retirer. Mais, lorsqu'il arriva au bord du gazon, il s'arrêta et se mit à trembler.

La maison, la pelouse, le décor, tout cela ressemblait à une maison « modèle », une de ces maisons arrangées par une agence immobilière pour vendre des maisons semblables. À l'intérieur, la maison ne semblait nullement avoir été meublée pour qu'on y vive, mais pour donner l'impression d'une maison meublée. Lorsqu'un jour je parlai de sa mère avec le malade, j'émis l'idée qu'elle était peut-être une personne craintive. Il m'approuva. Je lui demandai : « De quoi a-t-elle peur ? » Il me dit : « Des sécurités parentielles*. »

Lors de ma visite, il y avait sur la cheminée un superbe bouquet de fleurs artificielles, parfaitement équilibré, ici un faisan chinois, là un autre faisan chinois, le tout symétriquement disposé ; quant à la moquette, elle était exactement ce que doit être une moquette.

Lorsque la mère arriva, je me sentis un peu mal à l'aise de m'être ainsi introduit dans la maison sans prévenir. Le patient lui-même n'était pas revenu là depuis cinq ans ; mais les choses semblèrent bien se passer, et je décidai de l'y laisser et de revenir le chercher lorsqu'il serait temps de rentrer à l'hôpital. Cela me donnait une bonne heure pour déambuler dans les rues en n'ayant strictement rien à faire. Je me mis à me demander quel parti je pourrais tirer de cette situation. Que communiquer au patient, et comment ? Je me résolus à introduire dans ce décor quelque chose qui, en même temps, soit beau et ne fasse pas apprêté. Après avoir un moment hésité quant au choix du meilleur moyen d'exprimer cela, je me dis que des fleurs convenaient tout à fait, et j'achetai des glaïeuls. En retournant chercher mon patient, je les offris à la mère en lui disant que je désirais qu'elle ait chez elle quelque chose qui soit « beau sans pour autant faire apprêté ». « Oh, me répondit-elle, ces fleurs ne feront jamais désordre. Chaque fois qu'il y en aura une qui se fanera, on peut toujours la couper. »

Ce qui me paraît intéressant dans sa réponse, ce n'est pas tant son contenu manifestement castrateur, que le fait qu'elle m'ait mis automatiquement dans la situation de m'excuser, alors même que je n'avais pas à le faire. Autrement dit, *la mère a pris mon message et l'a reclassé*. Pour ainsi dire, elle a changé l'étiquette qui indiquait de quelle sorte de message il s'agissait, et je crois que c'est bien ce qu'elle fait constamment : elle se saisit continuellement des messages des autres

---

* En anglais : *appeariential securities*. Jeu de mots sur *appearance* (apparence) et *parental* (parental). (*NdT.*)

pour y répondre, comme s'ils étaient soit un aveu de faiblesse de la part de l'interlocuteur, soit une attaque contre elle (à prendre comme signe, encore une fois, de la faiblesse de l'interlocuteur), et ainsi de suite.

Ce à quoi, donc, mon patient est constamment confronté – aujourd'hui comme pendant son enfance –, c'est à une fausse interprétation de ses messages. S'il dit, par exemple : « Le chat est sur la table », sa mère fera une réponse tendant à démontrer que son message n'est pas le genre de message qu'il croyait d'abord avoir transmis ; en répondant, elle brouille et déforme les signaux identificateurs des messages de son fils, tout comme elle ne cesse de contredire les siens propres : elle rit tout en disant quelque chose qui, pour elle, n'est pas drôle du tout, etc.

Il y a de toute évidence, dans cette famille, une forte image de domination maternelle. Toutefois, il n'est pas pour l'instant dans mon propos de voir si c'est là précisément la condition nécessaire du traumatisme. J'essaye plutôt de dégager les aspects purement *formels* de la constellation traumatique, et je suppose que cette constellation pourrait très bien se constituer aussi autour du père, qui en occuperait certains lieux, la mère en occupant d'autres, et ainsi de suite.

J'essaye seulement de démontrer une chose : qu'on peut trouver là la probabilité d'un traumatisme présentant certaines caractéristiques formelles. Ce traumatisme engendrera chez le malade un syndrome spécifique, parce qu'il a un impact sur un des éléments du processus de communication. Ce qui sera atteint, en l'occurrence, c'est l'usage de ce que j'ai appelé les « signaux d'identification des messages » – ces signaux sans lesquels l'*ego* n'ose distinguer le fait du fantasme et le sens littéral du sens métaphorique.

Ce que j'ai tenté de faire, c'est de mettre l'accent sur un groupe de syndromes, liés à l'incapacité d'identifier le type logique du message que l'on reçoit. En classant ces syndromes, nous aurons, à une extrémité, des individus plus ou moins hébéphréniques, pour lesquels aucun message n'appartient à aucun type défini et qui vivent dans une sorte de salade permanente ; à l'autre extrémité, nous aurons ceux qui tentent de sur-identifier et qui, pour savoir quelle sorte de message ils reçoivent, opèrent une identification trop rigide du type auquel le message appartient, ce qui donne un tableau plutôt paranoïde. Enfin, une autre solution encore, qui est le repli sur soi.

Pour conclure, il me semble que, à partir d'une telle hypothèse, on pourrait rechercher, dans toute une population de sujets, les facteurs qui déterminent l'apparition d'un tel genre de constellation. Ceci me paraîtrait la matière appropriée d'une étude de type épidémiologique.

La double contrainte, 1969*

Dans mon esprit, la théorie de la double contrainte devait fournir une proposition de méthode pour aborder le type de problèmes posé par la schizophrénie, et, pour cette raison au moins, elle mérite, dans son ensemble, un nouvel examen.

Parfois (en science, souvent, et en art, toujours), on ne peut appréhender les problèmes en jeu qu'après les avoir résolus. Aussi, peut-être serait-il utile que j'expose ici les difficultés que la théorie de la double contrainte m'a permis de surmonter.

La principale était le problème de la réification.

Il est clair qu'il n'existe dans l'esprit ni objets ni événements : on n'y trouve ni cochons, ni mères, ni cocotiers. Il n'y a dans l'esprit que des transformations, des perceptions, des images et les règles permettant de construire tout cela. Nous ne savons pas sous quelle forme ces règles existent, mais nous pouvons supposer qu'elles sont incorporées dans le mécanisme même qui produit les transformations. Elles ne sont certainement pas aussi fréquemment explicites que les pensées conscientes.

En tout cas, il est absurde de dire qu'un homme est effrayé par un lion, car un lion n'est pas une idée. C'est l'homme qui construit une *idée* à partir du lion.

L'univers explicatif fondé sur la substance ne permet d'appréhender ni différences ni idées, mais seulement des forces et des impacts. Et, à l'opposé, l'univers de la *forme* et de la communication n'évoque ni objets, ni forces, ni

* Conférence donnée en août 1969, au cours d'un symposium sur la double contrainte, présidé par le Dr Robert Ryder, sous les auspices de l'*American Psychological Association*.

impacts, mais uniquement des différences et des idées : une différence qui crée une différence *est* une idée. C'est un *élément (bit)* une unité d'information.

Mais cela, je ne l'ai appris que plus tard et seulement grâce à la théorie de la double contrainte, quoique, naturellement, toutes ces idées fussent déjà implicites dans les démarches qui ont abouti à la création de cette théorie, qui, sans elles, n'aurait pu que difficilement être élaborée.

Notre premier exposé de la double contrainte* contenait de nombreuses erreurs, dues tout simplement au fait que nous n'avions pas encore examiné, de façon articulée, le problème de la réification. Nous y traitions de la double contrainte comme s'il s'agissait d'une chose et comme si une telle chose pouvait être comptabilisée. C'était là, évidemment, pure absurdité.

On ne peut pas compter les chauves-souris dans une tache d'encre, pour la simple raison qu'il n'y en a pas. Mais quelqu'un qui a l'esprit « porté » sur les chauves-souris pourra en « voir » plusieurs. Y a-t-il donc des doubles contraintes dans l'esprit ? C'est là une question qui est loin d'être futile. De même qu'il n'y a pas dans l'esprit des cocotiers, mais seulement des perceptions et des transformations de cocotiers, de même, lorsque je perçois (consciemment ou inconsciemment) une double contrainte dans le comportement de mon patron, ce que j'enregistre dans mon esprit n'est pas une double contrainte, mais seulement la perception ou la transformation d'une double contrainte. Et ce n'est pourtant pas *cela* l'objet de notre théorie.

Ce dont nous nous occupons, c'est de cette espèce d'enchevêtrement de règles qui régit les transformations, en même temps que du mode d'acquisition ou de développement de ces enchevêtrements. La théorie de la double contrainte affirme que l'expérience du sujet joue un rôle important dans la détermination (l'étiologie) des symptômes schizophréniques et des structures de comportement similaires comme l'humour, l'art, la poésie, etc. On notera que notre théorie n'établit pas de distinctions entre ces sous-espèces. Pour elle, rien ne peut permettre de prédire si un individu deviendra clown, poète ou schizophrène, ou bien une combinaison de tout cela. Nous

---

* Cf. ci-dessus, « Vers une théorie de la schizophrénie », p. 9.

n'avons jamais affaire à un seul et unique syndrome, mais à un « genre » *(genus)* de syndromes, dont la plupart ne sont pas habituellement considérés comme pathologiques.

Je forgerai, pour désigner ce « genre » de syndromes, le mot « transcontextuel ».

Il m'apparaît que les individus dont la vie est enrichie par des *dons transcontextuels* et ceux qui sont amoindris par des *confusions transcontextuelles* ont un point commun : ils adoptent toujours (ou du moins souvent) une « double perspective » *(a double take)*. Une feuille qui tombe, le salut d'un ami, « une primevère au bord de l'eau », ce ne sont jamais « seulement ceci et rien d'autre » : l'expérience exogène peut s'inscrire dans le contexte du rêve, et les pensées intérieures peuvent être projetées dans le contexte du monde extérieur. Et ainsi de suite.

Cette « double perspective » est généralement expliquée, ne serait-ce que partiellement, par l'apprentissage et l'expérience vécue par le sujet.

Mais il doit naturellement y avoir des facteurs génétiques dans l'étiologie des syndromes transcontextuels ; ils agissent, probablement, à des niveaux de notre personnalité plus abstraits que ceux où notre expérience joue. Ainsi, les facteurs génétiques pourraient *déterminer* la capacité d'apprendre à devenir transcontextuel ou, à un niveau encore plus abstrait, la capacité d'acquérir cette capacité. Et, inversement, le génome pourrait également déterminer la capacité de résister aux courants transcontextuels ou la potentialité d'acquérir cette même capacité de résistance. (Les généticiens se sont très peu préoccupés de la nécessité de définir les types logiques des messages transmis par l'ADN.)

En tout cas, le point de rencontre des facteurs génétiques et du domaine dépendant de l'expérience est certainement placé à un niveau assez abstrait, y compris dans le cas où le message génétique s'incarnerait dans un simple gène : le moindre élément *(bit)* d'information – la moindre différence – peut en lui-même constituer une réponse de type oui/non à n'importe quelle question, quel que soit son degré de complexité, quel que soit son niveau d'abstraction.

Les théories courantes, qui expliquent la « schizophrénie » par l'existence d'un seul gène dominant, « à faible pénétrance », laissent semble-t-il, le champ libre à toute théorie capable de montrer quelles classes d'expériences seraient susceptibles de provoquer l'apparition dans le phénotype, de potentialités qui étaient latentes.

Je dois, cependant, avouer que ces théories ne me paraîtront dignes d'intérêt que lorsque leurs défenseurs essayeront de préciser quels éléments du processus complexe déterminant la schizophrénie sont transmis par ce gène hypothétique. L'identification de ces éléments devrait se faire par un processus de *soustraction*. Là où l'influence de l'environnement est importante, le terrain génétique ne pourra être exploré que lorsque les effets du milieu seront connus et reconnus.

Mais, puisqu'il faut bien que nous soyons tous logés à la même enseigne, ce que je dis plus haut des généticiens me met dans l'obligation d'éclaircir quels sont les éléments du processus transcontextuel qui peuvent être fournis par une expérience de double contrainte. Il convient donc de rappeler ici la théorie de l'apprentissage secondaire *(deutero-learning)**, sur laquelle se fonde la théorie de la double contrainte.

Tous les systèmes biologiques (les organismes isolés comme les organisations sociales ou écologiques d'organismes) sont capables de changements adaptatifs. Mais ces changements peuvent prendre, selon la dimension et la complexité du système considéré, de nombreuses formes : réponse, apprentissage, circuit écologique, évolution biologique, évolution culturelle, etc.

Quel que soit le système, les changements adaptatifs dépendent de *boucles de rétroaction (feed-back loops)* qu'elles proviennent de la sélection naturelle ou du renforcement individuel. Dans tous les cas, alors, il devra y avoir un processus d'*essai-et-erreur* et un mécanisme de *comparaison*.

Or, un tel processus d'*essai-et-erreur* implique obligatoirement l'*erreur*, et l'erreur est toujours biologiquement et/ou psychiquement coûteuse. Il s'ensuit que les changements adaptatifs doivent toujours procéder suivant une *hiérarchie*.

Ainsi sont nécessaires non seulement des changements du premier degré, répondant à la demande immédiate de l'envi-

---

* Cf. vol. I de cette édition : « Planning social et concept d'apprentissage secondaire », p. 227-245 ; « Les catégories de l'apprentissage et de la communication », p. 299-331.

ronnement (ou du milieu physiologique), mais également des changements du second degré, qui réduisent le nombre d'*essais-et-erreurs* nécessaires pour accomplir les changements du premier degré. Et ainsi de suite. En superposant et en entrecroisant un grand nombre de boucles de rétroaction (comme tous les autres systèmes biologiques), nous ne nous contentons pas de résoudre des problèmes particuliers ; nous acquérons, en plus, certaines *habitudes* formelles qui nous serviront à résoudre des *classes* de problèmes. Il en va de même pour tout autre système biologique.

Nous faisons comme si toute une classe de problèmes pouvait être résolue à partir d'hypothèses et de prémisses en nombre plus limité que les membres de la classe de problèmes. Autrement dit, nous (les organismes) *apprenons à apprendre* ou, en termes plus techniques, nous sommes capables d'un *apprentissage secondaire*.

Mais, c'est bien connu, les habitudes sont rigides, et leur rigidité découle d'une nécessité : de leur statut spécifique dans la hiérarchie de l'adaptation. L'économie même d'essais et d'erreurs obtenue grâce à la formation des habitudes n'est rendue possible que parce que les habitudes correspondent, comparativement, à ce qu'on appelle en cybernétique, une programmation rigide. L'économie consiste précisément à *ne pas* réexaminer ou redécouvrir les prémisses d'une habitude à chaque fois qu'on fait recours à elle. Nous pouvons dire aussi que ces « prémisses » sont en partie « inconscientes », ou, si l'on préfère, que le sujet a acquis l'habitude de ne pas les examiner.

En outre, il est important de noter que les prémisses d'une habitude sont, de manière presque obligatoire, abstraites. Chaque problème est, dans une certaine mesure, différent de tous les autres, et sa description ou représentation dans l'esprit se fera donc par des propositions uniques. Ce serait évidemment une erreur que de ravaler ces propositions uniques au niveau des prémisses de l'habitude. L'habitude n'est efficace que dans la mesure où elle se rapporte à des propositions qui ont une vérité générale ou qui se répète, c'est-à-dire des propositions qui, le plus souvent, ont un assez haut niveau d'abstraction[1].

---

1. Ce qui est important, cependant, n'est pas tant le degré d'abstraction de la proposition que le fait qu'elle soit constamment vraie. C'est seulement par

Pour revenir au sujet qui nous intéresse, les propositions particulières que je crois importantes, dans la détermination des syndromes transcontextuels, sont ces abstractions formelles qui décrivent et déterminent des relations interpersonnelles. Je dis « décrire et déterminer », et même ces mots sont inadéquats, il vaudrait mieux dire que la relation *est* l'échange de ces messages ; ou que la relation est immanente à ces messages.

À entendre parler les psychologues, on dirait que les catégories abstraites qui leur servent à qualifier les relations (« dépendance », « hostilité », « amour », etc.) sont des choses bien réelles, devant être décrites ou « exprimées » par des messages. À mes yeux, c'est faire là de l'épistémologie à rebours ; en réalité, ce sont bien les messages qui constituent la relation. Des mots comme « dépendance » ne sont que des descriptions verbalement codées de modèles immanents à la combinaison des messages échangés.

Comme nous l'avons déjà dit, il n'y a pas de « choses » dans l'esprit – même pas la « dépendance ».

Nous sommes tellement abusés par le langage, que nous ne pouvons plus penser correctement. Il ne serait donc pas inutile que, de temps à autre, nous nous souvenions que nous sommes réellement des mammifères ; et que c'est l'épistémologie du « cœur » qui caractérise tous les mammifères non humains. Le chat, par exemple, ne dit pas « lait » ; il ne fait que jouer un rôle (ou *être*) à l'un des pôles d'un échange dont le modèle, s'il fallait l'exprimer par le langage, s'appellerait « dépendance ».

Mais jouer un rôle ou être le pôle d'une structure d'interaction revient à évoquer l'autre pôle : c'est par rapport à un *contexte* que s'inscrit une certaine classe de réponses.

Cette imbrication de contextes et de messages suggérant un contexte – mais qui, à l'instar de tous les messages, n'ont de

---

incidence que des abstractions convenablement choisies présentent une constance dans la vérité : pour les êtres humains, il est presque constamment vrai qu'ils ont de l'air à portée de leur nez ; aussi les réflexes qui contrôlent la respiration peuvent-ils être introduits dans la programmation rigide de la moelle épinière. Pour le marsouin, en revanche, la proposition : « il y a de l'air à portée des narines », n'est vraie que par intermittence, et, par conséquent, la respiration doit être contrôlée de manière plus souple, à partir d'un centre supérieur.

« sens » que grâce à ce contexte – constitue l'objet de la théorie de la double contrainte.

Une certaine analogie botanique, formellement correcte[1], peut nous être utile pour illustrer ce rôle du contexte. Il y a plus de cent cinquante ans, Goethe disait qu'il existe une sorte de syntaxe, ou grammaire, dans l'anatomie des plantes à fleurs : une « tige », c'est ce qui porte des « feuilles » ; une « feuille », c'est ce qui porte un bourgeon à son aisselle ; un « bourgeon » est une tige qui prend naissance à l'aisselle d'une feuille, etc. La nature formelle (autrement dit, communicationnelle) de chaque organe est déterminée par son statut contextuel – c'est-à-dire par le contexte dans lequel il est impliqué et par celui qu'il détermine à son tour pour les autres organes.

J'ai affirmé, plus haut, que la théorie de la double contrainte traite du rôle de l'expérience du sujet dans la genèse de l'enchevêtrement des règles ou des prémisses d'une habitude ; j'ajoute à cela, maintenant, que les ruptures de la trame d'une structure contextuelle dont nous pouvons faire l'expérience sont, en fait, des « doubles contraintes », et qu'elles doivent nécessairement (pour contribuer au processus hiérarchisé de l'apprentissage et de l'adaptation) favoriser l'apparition de ce que j'appelle des syndromes transcontextuels. Prenons un exemple très simple : le dressage d'un marsouin *(Steno bredanensis)* femelle, par l'utilisation d'un coup de sifflet comme « renforcement secondaire ». Après le coup de sifflet, l'animal s'attend à recevoir de la nourriture, et si, par la suite, il répète ce qu'il avait fait au moment du premier coup de sifflet, il s'attendra à entendre de nouveau le coup de sifflet et à recevoir de la nourriture.

Les dresseurs se servent ensuite de cet animal pour montrer au public ce qu'est le « conditionnement opérant ». Lorsqu'il pénètre dans le bassin de démonstration, l'animal lève la tête au-dessus de l'eau, entend un coup de sifflet et reçoit de la nourriture. Il relève alors encore une fois la tête, et reçoit à nouveau un renforcement. Trois séquences successives suffisent à la démonstration, après quoi l'animal est

---

1. Formellement correcte, parce que la morphogenèse comme le comportement sont certainement une affaire de messages dans des contextes. Cf. ci-dessous, « Réexamen de la loi de Bateson », p. 155.

sorti du bassin jusqu'à la séance suivante, qui aura lieu deux heures après. L'animal a appris un certain nombre de règles simples ayant trait à ses propres actions, le coup de sifflet, le bassin et le dresseur, dans le cadre d'une structure contextuelle, d'un ensemble de règles lui permettant de coordonner les informations reçues.

Cette structure n'est cependant adoptée qu'à un seul épisode de la démonstration ; l'animal devra la briser pour affronter la *classe* de tous les épisodes. Il existe donc un *contexte des contextes*, plus large, où il fera l'expérience de l'erreur.

Au cours de la démonstration suivante, le dresseur veut encore faire la démonstration d'un «conditionnement opérant», mais, cette fois-ci, l'animal devra repérer, comme signal, une autre séquence de comportement manifeste.

Revenu dans le bassin de démonstration, le marsouin soulève à nouveau la tête ; mais, cette fois-ci, il n'y a pas de coup de sifflet. Le dresseur attend l'apparition d'un autre comportement manifeste – par exemple, un coup de queue, expression habituelle du désagrément. Lorsque ce comportement se produit, il est renforcé et répété.

À la troisième démonstration, cependant, le coup de queue n'est plus récompensé.

Finalement, le marsouin apprend à traiter le *contexte des contextes* en offrant une séquence de comportements différente ou *nouvelle* chaque fois qu'il entre en scène.

On pourrait appeler tout cela l'histoire naturelle de la relation entre un marsouin, un dresseur et un public. La même expérience[1] fut, par la suite, reprise avec un autre marsouin et soigneusement enregistrée, ce qui donna lieu à deux observations supplémentaires : tout d'abord, le dresseur jugea bon de rompre plusieurs fois les règles de l'expérience. Le fait de se sentir dans l'erreur troubla tellement le marsouin que, pour préserver la relation entre l'animal et le dresseur (c'est-à-dire le contexte du contexte des contextes), il fallut effectuer plusieurs renforcements auxquels l'animal n'avait pas droit habituellement, ensuite, chacune des quatorze premières séances s'est caractérisée par plusieurs répétitions infructueuses de

---

1. K. Pryor, R. Haag et J. O'Rielly, «Deutero-learning in a roughtooth porpoise *(Steno bredanensis)*», US Naval Ordinance Test Station, China LakeNOTS TP 4270.

tous les comportements qui avaient été renforcés durant la séance immédiatement précédente. Apparemment, c'est seulement « par accident » que l'animal changeait de comportement. Mais, entre la quatorzième et la quinzième séance, le marsouin parut très excité, et, lorsqu'il arriva pour la quinzième séance, il fit une exhibition compliquée, comprenant huit comportements, dont quatre totalement nouveaux, qu'on n'avait jamais encore observés dans cette espèce.

À mes yeux, cette histoire illustre deux aspects de la genèse d'un syndrome transcontextuel : d'une part, chaque fois que, par rapport à un mammifère, on introduit une confusion dans les règles qui donnent un sens aux relations importantes qu'il entretient avec d'autres animaux de son espèce, on provoque une douleur et une inadaptation qui peuvent être graves ; d'autre part, si on peut éviter ces aspects pathologiques, alors l'expérience a des chances de déboucher sur la *créativité*.

Dynamique de groupe
de la schizophrénie*

Avant toutes choses, je dois préciser que je donne un sens tout à fait particulier à l'expression « dynamique de groupe ». Ce qui, pour moi, est essentiellement lié au terme de « groupe », tel que je l'utiliserai, c'est l'idée d'une relation existant entre les membres qui le composent. D'autre part, ce que nous nous proposons d'étudier n'est pas le type de phénomènes qui se produisent dans les groupes d'étudiants expérimentalement formés, dont les membres n'ont pas de rôles différenciés ni d'habitudes bien déterminées de comportement. Le groupe que je prendrai le plus souvent en considération, c'est la famille, et particulièrement ces familles où les parents restent adaptés au monde environnant et ne peuvent nullement être considérés comme manifestement déviants, alors qu'un ou plusieurs de leurs enfants, par la nature évidente de leurs réponses, ainsi que par leur fréquence, s'éloignent indiscutablement de la norme admise. Je me réfèrerai également à d'autres groupes, et je pense ici aux organisations hospitalières, dont le fonctionnement, comparable à celui des familles, favorise des comportements schizophréniques ou schizophrénoïdes chez certains de leurs membres.

Quant au terme de « dynamique », il est employé conventionnellement et sans grande rigueur, dans toutes les études portant sur l'interaction des personnes, et d'autant plus

---

* Les idées exposées ici sont le résultat des travaux entrepris par l'équipe « Project for the Study of Schizophrenic Communication », dont les membres étaient : Gregory Bateson, Jay Haley, John H. Weakland, Don D. Jackson et William F. Fry. L'article reproduit ici a été publié pour la première fois dans *Chronic Schizophrenia : Explorations in Theory and Treatment*, édité par L. Appleby, J. M. Scher et John H. Cumming, Glencoe, Ill., The Free Press, 1960.

qu'elles étudient plus particulièrement le changement ou l'apprentissage manifesté par tels ou tels sujets. Bien que nous nous conformions à cet usage conventionnel, « dynamique » est un mauvais terme, en ceci qu'il évoque des analogies, complètement erronées, avec la physique.

« Dynamique » est, en effet, avant tout, un terme qu'utilisent les physiciens et les mathématiciens pour décrire certains événements : l'impact d'une boule de billard sur une autre boule de billard est, au sens strict, affaire de dynamique. Cependant, ce serait une erreur de langage que d'attribuer un « comportement » à la boule de billard. Le terme de dynamique, employé rigoureusement, convient à ces événements dont la description est validée ou non par la première loi de la thermodynamique, la loi de la conservation de l'énergie. Lorsqu'une boule de billard en heurte une autre, le mouvement de la seconde est induit par l'impact sur elle de la première : ce sont de tels transferts d'énergie qui constituent l'objet principal de la « dynamique ».

Mais nous ne nous intéressons pas, quant à nous, à des séquences d'événements ayant de telles caractéristiques. Si je donne un coup de pied à un caillou, son mouvement sera produit par mon geste, alors que si je donne un coup de pied à un chien, sa réaction, si le coup est assez fort, peut bien en partie conserver l'énergie reçue (il se peut qu'il soit propulsé dans une trajectoire de type newtonien, mais c'est là purement de la physique) ; ce qui me paraît plus important est qu'il peut avoir une réponse qui ne sera pas induite par le coup, mais par son propre métabolisme : il se retournera et me mordra, par exemple.

Nous touchons là, me semble-t-il, à ce qu'on entend d'habitude par le mot « magie » : ce qui caractérise le domaine qui nous concerne ici, c'est que les « idées » peuvent influencer les événements. C'est là une hypothèse qui, pour le physicien, ne peut être considérée que comme grossièrement magique : elle n'est, en effet, pas vérifiable par des questions relatives à la conservation de l'énergie.

Bertalanffy s'est d'ailleurs exprimé là-dessus avec brillant et rigueur, et c'est ce qui m'a permis d'explorer plus facilement cet ordre de phénomènes où se produit la *communication*. J'emprunterai donc le terme de « dynamique », étant bien entendu qu'il ne s'agit pas ici de dynamique au sens où la physique l'emploie.

C'est Robert Louis Stevenson[1] qui a réussi, selon moi, à donner une des définitions les plus percutantes du royaume de la magie : « Pour moi, toute chose en ce monde en vaut une autre ; et un fer à cheval fera l'affaire. »

Le mot « oui », une représentation intégrale de *Hamlet*, une piqûre d'épinéphrine à un endroit approprié du cerveau sont, en ce sens, autant d'objets interchangeables. N'importe lequel d'entre eux, en fonction des normes de communication établies à un moment donné, peut être une réponse positive (ou négative) à n'importe quelle question. Dans le fameux message : « Une, si c'est à terre, deux, si c'est par mer » *(One if by land, two if by sea)* il était tout bonnement fait allusion à des lampes, mais, du point de vue de la théorie de la communication, cela aurait pu être tout aussi bien n'importe quoi, depuis des oryctéropes jusqu'à des arcades zygomatiques.

Il est déjà assez troublant de s'entendre dire que, selon le type de convention de communication en usage à un moment donné, n'importe quoi peut renvoyer à n'importe quoi d'autre. Et ce n'est pas tout. L'univers de la magie est encore plus compliqué : non seulement un fer à cheval vaut n'importe quoi d'autre, selon les conventions de communication, mais simultanément il peut aussi se constituer en signal qui modifie ces conventions. Que je me croise les doigts derrière le dos, et tout peut changer de ton et de conséquences.

Je me souviens d'un patient schizophrène qui, comme beaucoup d'autres schizophrènes, éprouvait des difficultés avec le pronom de la première personne du singulier : il répugnait particulièrement à signer de son nom, et, pour l'éviter, il s'était inventé un certain nombre de pseudonymes correspondant à des aspects successifs de sa personnalité. L'organisation hospitalière où il était interné lui demandait, s'il voulait sortir, de signer un registre. Il fut, pendant deux ou trois weekends, privé de sortie parce qu'il s'obstinait à utiliser ses pseudonymes. Un jour, il me dit qu'il sortirait le week-end suivant. « Vous avez donc signé ? » lui demandai-je. « Oui », fit-il,

---

1. R. L. Stevenson, *The Poor Thing, Novels and Tales of R. L. Stevenson*, vol. XX, New York, Scribners, 1918, p. 496-502.

avec un sourire bizarre. Voici ce qui s'était passé : admettons que son vrai nom fût Edward W. Jones. Il avait signé : W. Edward Jones. Le personnel de l'hôpital n'y avait vu que du feu en pensant avoir obtenu gain de cause et avoir obligé le patient à se conduire sainement. Mais, pour le patient lui-même, le vrai message était : « Il (mon vrai moi) n'a pas signé. » Et c'était lui, en réalité, qui avait gagné la bataille. Comme s'il s'était croisé les doigts derrière le dos !

Toute communication a pour caractéristique qu'elle peut être modifiée de façon « magique » par une communication qui lui est associée. Dans nos travaux, nous avons parlé des différents modes d'interaction que nous avons établis avec nos patients, et décrit ce que nous ont semblé être notre pratique et notre stratégie. De toute évidence, il eût été beaucoup plus difficile de discuter de nos actions du point de vue des patients. Comment infléchissons-nous *(qualify)* nos communications à nos patients de façon qu'ils en tirent un bénéfice thérapeutique ?

Un praticien comme Appleby, par exemple, s'est employé à décrire tout un ensemble de mesures en vigueur dans l'établissement qu'il dirige. Je pense que, si j'étais schizophrène, je serais tenté de lui dire après l'avoir écouté : « Tout cela, pour moi, ressemble fort à de l'ergothérapie. » Appleby nous assure avec conviction, chiffres et diagrammes à l'appui, que ses méthodes thérapeutiques se sont avérées fructueuses, de sorte qu'on ne peut un seul instant douter de ses résultats. Mais s'il en est vraiment ainsi, alors la description qu'il donne des mesures en question doit être incomplète : les expériences réalisées avec les patients ont dû certainement être plus vivantes que le squelette desséché qu'il nous a livré de ses interventions. Tout le train de mesures thérapeutiques a dû être infléchi – peut-être avec enthousiasme ou humour – par un ensemble de signaux qui en modifiaient le signe algébrique (positif ou négatif). Appleby, lui, nous parle seulement du « fer à cheval », mais ne dit mot de la multitude de réalités qui, seules, déterminent ce à quoi ce fer renvoyait.

C'est un peu comme s'il décrivait un morceau de musique en disant seulement qu'il a été écrit en ut majeur, et nous demandait ensuite de croire que cette affirmation squelettique est une description suffisante pour nous permettre de comprendre en quoi ce morceau particulier affecte de façon particulière l'état d'âme de l'auditeur. Ce type de description néglige l'énorme complexité des modulations de la communication. Or, la musique, c'est précisément ces modulations.

Permettez-moi maintenant de quitter la musique, et d'user d'une analogie plus ambitieuse, venant de la biologie, afin d'examiner de plus près le caractère magique de la communication. Tous les organismes sont en partie déterminés par la génétique, c'est-à-dire par des constellations complexes de messages, transmises essentiellement par les chromosomes. Nous sommes le produit d'un processus de communications, modifié et infléchi de diverses façons sous l'impact du milieu ; il s'ensuit que les différences entre des organismes voisins (entre, par exemple, un homard et un crabe, ou entre un pois long et un pois court) doivent toujours résulter des différences apportées par les changements et les modulations qui interviennent dans une constellation de messages. Ces changements dans le système de messages peuvent être relativement concrets – ainsi, par exemple, le passage de « oui » à « non » dans la réponse à une question portant sur un détail relativement superficiel de l'anatomie. La configuration tout entière de l'animal peut être altérée par une modification aussi minime que le serait, par exemple, celle d'une tache dans une plaque de similigravure.

Mais le changement peut aussi être de ceux qui transforment ou modulent l'ensemble du système des messages génétiques : chaque message prend alors un aspect nouveau, tout en conservant ses relations antérieures avec l'ensemble des messages avoisinants. C'est, je pense, cette stabilité de relation que les messages continuent à entretenir quand bien même l'un des éléments de leur constellation est sous le coup d'un changement, qui donne un contenu à l'aphorisme français : « Plus ça change, plus c'est la même chose*. » Il est bien connu, par exemple, que l'on peut dessiner tous les types de crânes des différents anthropoïdes, en les inscrivant dans des coordonnées dont on varie l'inclinaison, ce qui montre clairement des relations fondamentalement similaires,

---

* En français dans le texte. (*NdT.*)

ainsi que la nature systématique des transformations permettant de passer d'une espèce à l'autre[1].

Mon père était généticien, et il disait souvent : « Tout est vibration »[2] ; pour illustrer cela, il faisait remarquer que la distribution des rayures chez le zèbre ordinaire se fait selon une fréquence deux fois moindre *(an octave higher)* que chez le zèbre de Grévy. Bien qu'effectivement, dans ce cas précis, la fréquence des rayures soit double, je ne crois pas qu'il s'agisse uniquement de « vibrations », au sens où il l'entendait. Il me semble plutôt que, à sa façon, il essayait de dire qu'il s'agit là d'un type de modifications qu'on peut attendre dans des systèmes dont les déterminants ne relèvent pas de la physique au sens étroit, mais de messages et de systèmes modulés de messages.

Il est peut-être bien possible, après tout, que, si les formes organiques nous paraissent belles, et si le biologiste qui étudie les systèmes vivants en éprouve une satisfaction esthétique, c'est uniquement parce que les *différences* entre organismes voisins sont dues à des modulations de la communication et que, nous-mêmes, nous sommes des organismes qui communiquons et dont les formes sont déterminées par des constellations de messages génétiques. Certes, il n'est pas question ici de nous livrer à une tentative de révision des théories esthétiques. Nous avançons, néanmoins, qu'un expert dans la théorie des groupes mathématiques pourrait apporter une contribution majeure au champ de l'esthétique.

Tout message ou fragment de message sont comme les formules ou morceaux d'équations que le mathématicien met entre parenthèses : leur valeur peut être entièrement modifiée par un déterminatif ou un multiplicateur placé en dehors de la parenthèse ; ce déterminatif, en outre, peut toujours être rajouté, même des années plus tard. Il n'est aucunement nécessaire qu'il précède ce que contient la parenthèse. S'il en allait autrement, il ne pourrait y avoir de psychothérapie, car le patient serait alors en droit (et je dirais même dans l'obligation) de tenir des propos du genre : « Ma mère m'a giflé de

---

1. D. W. Thompson, *On Crowth and Form*, vol. II, Oxford University Press, Oxford, 1952.
2. Beatrice C. Bateson, *William Bateson, Naturalist*, Cambridge, Cambridge University Press, 1928.

Dynamique de groupe de la schizophrénie

telle et telle façon, c'est ce qui m'a rendu malade. Tous ces traumatismes se sont produits dans le passé ; ils sont donc, comme le temps, irréversibles. Par conséquent, je ne saurais guérir. »

Dans le monde de la communication, les *événements* du passé ressemblent à une chaîne de vieux fers à cheval, et le sens constitué par cette chaîne peut être changé, il est même toujours en permanence en train de changer. Dans le présent, ne subsistent que des messages relatifs au passé, c'est cela que nous nommons souvenirs, et cela, nous pouvons à chaque instant le recadrer et le moduler.

À ce point de notre exposé, le monde de la communication apparaît comme de plus en plus complexe, de plus en plus souple et de moins en moins accessible à l'analyse. Mais c'est là que nous introduisons le groupe – la prise en considération d'un grand nombre de personnes –, et le monde confus des glissements de sens naturels ou accidentels s'en trouve soudainement simplifié. Si nous mettons dans un sac un certain nombre de pierres aux formes irrégulières et que nous les secouons, ou si nous les abandonnons sur une plage au hasard à peu près total du roulis des vagues, il y aura – ne fût-ce qu'au niveau physique le plus grossier – une simplification progressive du système : les pierres finiront par se ressembler. Elles deviendront toutes rondes à la fin, mais, en général, nous n'avons affaire qu'à des galets partiellement arrondis. De ces simples chocs répétés, au niveau purement physique, il résulte donc néanmoins certaines formes d'homogénéisation.

Si nous considérons, maintenant, que les entités entrant en contact peuvent aussi être des organismes capables d'apprentissage complexe et de communication, nous constatons alors que le résultat de tous les chocs sera que l'ensemble du système tendra rapidement, soit vers l'uniformisation, soit vers ce type de différenciation systématique (accroissement de simplicité) que nous appelons organisation. Si, au départ, il y a des différences entre les diverses entités en contact, ces différences subiront des modifications, soit dans le sens de la réduction de la différence, soit dans celui de la réalisation d'une adaptation mutuelle, d'une complémentarité. À l'intérieur des groupes de personnes, que le changement tende à l'homogénéité ou à la complémentarité, on aboutit toujours à un accord sur les prémisses qui définissent, dans le contexte de leurs relations, le sens et l'adéquation des messages et des actes.

Je n'examinerai pas ici les problèmes complexes d'apprentissage qu'implique ce processus, et je passerai directement au problème de la schizophrénie. Un individu – un patient – vit habituellement dans un contexte familial, mais c'est seulement lorsque nous le voyons seul que certaines particularités de ses habitudes communicationnelles apparaissent. Quand bien même ces particularités relèvent en partie de la génétique ou d'un accident physiologique, il n'en reste pas moins utile de s'interroger sur leur fonction à l'intérieur du système communicationnel dont elles font partie, à savoir la famille. Reprenons l'image des cailloux, et imaginons qu'un certain nombre d'êtres humains aient été mis dans un même sac et secoués ensemble, et que l'un d'eux en soit ressorti manifestement différent des autres. Nous aurions alors à nous interroger à propos, non seulement des différences qui pourraient résider dans la substance même dont cet individu serait fait, mais aussi des traits particuliers qui auraient pu se développer chez lui, dans le cadre du système familial. Pourrait-on dire que les caractéristiques spécifiques au patient en question sont *appropriées* (c'est-à-dire soit homogènes, soit complémentaires) aux traits caractéristiques des autres membres du groupe ? Il est indéniable qu'une grande partie de la symptomatologie schizophrénique est, en un sens, « acquise » ou déterminée par l'expérience, mais un organisme ne peut jamais acquérir que ce que lui enseignent les circonstances de la vie et l'expérience qu'il a tirée des messages échangés avec ceux qui l'entourent. L'homme n'apprend jamais rien au hasard, mais pour se conformer à son milieu, ou s'en démarquer. Il nous faut donc maintenant examiner le cadre expérimental dans lequel se développe la schizophrénie.

Nous allons ici brièvement exposer ce que nous avons appelé l'hypothèse de la double contrainte, que nous avons décrite en détail ailleurs[1]. Cette théorie comprend deux par-

---

1. G. Bateson, D. D. Jackson, J. Haley et J. H. Weakland, « Toward a theory of schizophrenia », *Behavioral Science*, 1, 1956, p. 251-264 (cf. ci-dessus, « Vers une théorie de la schizophrénie », p. 9) ; cf. aussi G. Bateson, « Language and psychotherapy – Frieda Fromm-Reichmann's last project », *Psychiatry*, 21, 1958, p. 96-100 ; G. Bateson, « Schizophrenic distortions of communication », dans *Psychotherapy of Chronic Schizophrenic Patients*,

ties : d'abord, une description formelle des habitudes de communication du schizophrène et, ensuite, une description formelle des séquences d'expériences susceptibles de provoquer des distorsions manifestes dans le mode de communication de l'individu. En même temps, nous avons découvert empiriquement qu'une telle description des symptômes est, en gros, suffisante, et que l'on peut effectivement observer dans les familles des schizophrènes les séquences de comportement envisagées dans notre hypothèse.

Ainsi, il est significatif que le schizophrène élimine de ses messages tout ce qui se réfère, explicitement ou implicitement, à la relation qu'il entretient avec son interlocuteur. Les schizophrènes évitent en général d'employer les pronoms des première et deuxième personnes ; ils évitent également de préciser la nature des messages qu'ils transmettent – littéraux ou métaphoriques, ironiques ou directs –, et sont susceptibles d'éprouver des difficultés avec tous les messages qui sont significatifs qui impliquent un contact intime entre leur « soi » et l'autre personne. Ainsi, recevoir de la nourriture peut s'avérer une action quasi impossible ; en refuser aussi.

Lorsqu'un jour je suis parti à Honolulu pour assister à un congrès de l'APA*, j'ai annoncé à mon patient que je m'absenterais et où j'allais. Il regarda par la fenêtre, et dit : « Cet avion est affreusement lent. » En effet, il ne pouvait pas dire : « Vous allez me manquer », parce que, ce faisant, il se serait défini lui-même à l'intérieur d'une relation avec moi ou, inversement, m'aurait défini dans ma relation avec lui ; dire : « Vous allez me manquer », ç'aurait été affirmer une prémisse fondamentale quant à nos relations mutuelles, en définissant le type de messages qui aurait été caractéristique de cette relation.

éd. par C. A. Whitaker, Boston and Toronto, Little, Brown & Co., 1958, p. 31-56 ; G. Bateson, « Analysis of group therapy in an admission ward, United States Naval Hospital, Oakland, California », *Social Psychiatry in Action*, par H. A. Wilmer, Springfield, Ill., Charles C. Thomas, 1958, p. 334-349 ; cf. J. Haley, « The art of psychoanalysis », etc., 15, 1958, p. 190-200 ; J. Haley, « An interactional explanation of hypnosis », *American Journal of Clinical Hypnosis*, 1, 1958, p. 41-57 ; J. H. Weakland et D. D. Jackson, « Patient and therapist observations on the circonstances of a schizophrenic episode », *AMA Archives of Neurological Psychiatry*, 79, 1958, p. 554-574.

* *American Psychiatric Association*. (*NdT*.)

On peut observer que le schizophrène évite ou déforme avec soin tout ce qui semble pouvoir l'identifier ou identifier la personne à qui il parle. Il éliminera tout ce qui implique que son message est partie de, ou se réfère à, une relation entre deux personnes identifiables, dont les comportements au sein de cette relation ont un certain style et obéissent à certaines prémisses ; il s'arrangera pour éviter tout ce qui pourrait permettre à l'autre d'interpréter ce qu'il dit ; ou bien, il rendra obscur tout ce qui, dans ses propos, permettrait de comprendre qu'il utilise une métaphore ou un code spécial, et vraisemblablement déformera ou omettra toute référence au lieu ou au temps. Pour nous servir d'une analogie, nous dirons que son message ressemble à un télégramme qui serait amputé de toutes les indications figurant dans la partie réservée à l'administration ; il aurait même modifié le texte de son message, de façon à déformer ou à supprimer tous ces éléments métacommunicatifs qui existent dans un message normal et complet. Comment resterait-il, alors, autre chose que des déclarations métaphoriques ne se référant à aucun contexte ? Dans certains cas extrêmes, le schizophrène ira même jusqu'à se contenter de signifier impassiblement : « Il n'y a aucune relation entre nous. »

On pourrait résumer ce qui précède en disant que le schizophrène communique *comme si*, chaque fois qu'il montre qu'il appréhende correctement le contexte de son propre message, il s'attendait à être puni.

Nous pouvons maintenant caractériser ainsi la « double contrainte », élément central du versant étiologique de notre théorie : c'est *l'expérience consistant à être puni précisément parce que l'on appréhende correctement le contexte de son propre message*. Et notre théorie soutient que l'expérience répétée de la punition, lors de ce genre de séquences, amène l'individu à se comporter comme s'il s'attendait en permanence à une telle punition.

Prenons un exemple. La mère d'un de nos patients couvrait son mari de reproches parce qu'il lui avait refusé, pendant quinze ans, le contrôle des finances du ménage.

LE PÈRE : Bon, j'admets que cela a été une grave erreur, de ma part, de ne pas t'avoir laissée t'en occuper, je l'admets. Je l'ai corrigée. Mes raisons de penser que j'ai eu tort ne sont pas du tout les tiennes, mais j'admets que j'ai commis une grave erreur.

Dynamique de groupe de la schizophrénie

LA MÈRE : Tu plaisantes, ou quoi ?
LE PÈRE : Non, je ne plaisante pas.
LA MÈRE : De toute façon, cela m'est égal, parce que, maintenant que tu y viens, les dettes sont déjà contractées. Mais, même dans ce cas, je ne vois pas la raison de le cacher. Je pense que c'est une chose à dire à sa femme.
LE PÈRE : La raison, c'est peut-être la même que celle pour laquelle Joe (leur fils psychotique), quand il rentre de l'école et qu'il a eu des ennuis, ne t'en parle pas !
LA MÈRE : Quelle bonne excuse !

Le modèle d'une telle séquence, c'est tout simplement la déconsidération systématique de chacune des contributions du père à la relation mutuelle : on lui dit constamment que ses messages ne sont pas valables. Ils sont reçus *comme si*, en un certain sens, ils étaient toujours différents de ceux qu'il croyait transmettre. On peut dire que le père est ici pénalisé chaque fois qu'il a raison dans la façon dont il voit ses propres intentions ; pénalisé aussi à chaque fois que sa réplique est adéquate aux propos de sa femme.

En revanche, de son point de vue à elle, la femme estime que c'est son mari qui ne cesse de mal interpréter tout ce qu'elle dit : nous touchons là à un des aspects essentiels du système dynamique qui englobe – ou mieux, qui *est* – la schizophrénie. Tout thérapeute ayant eu affaire à des schizophrènes reconnaîtra ce piège sempiternel : le patient s'efforce de coincer le thérapeute en déformant le sens de ses propos, parce qu'il s'attend à ce que le thérapeute, de son côté, interprète mal ses propos à lui. La contrainte *(bind)* devient alors mutuelle, et l'on atteint un stade, dans les rapports, où plus personne ne peut se permettre de recevoir ou d'émettre des messages métacommunicatifs sans qu'ils ne soient déformés.

Il existe, néanmoins, presque toujours une certaine asymétrie dans ce type de relations. La double contrainte mutuelle est, en fait, une forme de conflit, et, en général, l'un des deux combattants sera toujours en position de force par rapport à l'autre. C'est intentionnellement que nous avons choisi d'étudier les familles où c'est l'un des enfants qui est le patient ; ce fait que le « malade » est un enfant explique en partie que, dans notre matériel, ce sont toujours les parents, supposés « normaux », qui sont en position de force face à un jeune membre du groupe, identifié comme psychotique. Dans tous ces cas, l'asymétrie prend une forme étrange : à savoir que le patient se sacrifie lui-même pour maintenir l'illusion sacrée que ce que son père ou sa mère dit fait sens.

Pour rester proche de ce parent, il doit sacrifier son droit à faire remarquer toute incongruité métacommunicative, même lorsque sa perception de ces incongruités est juste. Il en résulte donc une curieuse disparité dans la distribution de la conscience de ce qui se produit : le patient peut savoir, mais ne doit pas dire, pour permettre ainsi à son père ou à sa mère d'ignorer ce que l'un ou l'autre est en train de faire. Il devient ainsi complice de leur hypocrisie inconsciente. Conséquences probables : un profond malaise, ainsi que des distorsions massives, mais toujours systématiques, dans la communication.

De plus, ces distorsions sont toujours précisément celles qui peuvent sembler le mieux appropriées, quand la « victime » doit faire face à une situation qui constitue pour elle une sorte de piège qu'elle doit absolument éviter, parce qu'il pourrait être destructeur de son « soi » le plus intime. Ce paradigme est parfaitement illustré par un passage tiré de la biographie de Samuel Butler, par Festing Jones[1], et qui mérite d'être intégralement cité.

« Butler allait dîner chez les Seebohm, lorsqu'il rencontra Skertchley, qui lui raconta l'histoire d'un piège à rats inventé par le cocher de M. Taylor :

Le piège à rats de Dunkett

Un à un, tous les pièges à rats que posait Dunkett se révélèrent inefficaces. Il s'en trouvait si désespéré de voir partir ainsi son grain, qu'il décida d'en inventer un lui-même. Il commença par se mettre autant qu'il se peut dans la peau d'un rat, et se demanda :

"Y a-t-il une chose au monde qui, si j'étais un rat, m'inspirerait une confiance totale, une chose dont je ne pourrais me méfier sans commencer à me méfier de tout et sans en être paralysé dans le moindre de mes mouvements ?"

1. H. F. Jones, *Samuel Butler : A Memoir*, vol. I, Londres, MacMillan, 1919.

Il réfléchit un bon moment sans succès mais, un soir, sa chambre sembla se remplir d'une étrange lumière et il entendit une voix du ciel lui disant : "Tuyaux."

Il avait enfin trouvé ! En effet, se méfier d'un simple tuyau, ce serait certainement cesser d'être rat. Ici, Skertchley prit son temps pour expliquer qu'il fallait dissimuler un ressort à l'intérieur du tuyau, tout en le laissant ouvert à ses deux extrémités : sinon, le rat aurait pu avoir peur d'y entrer, car il ne serait pas sûr de pouvoir en ressortir. Sur quoi, Butler l'interrompit et lui dit :

"Ah, c'est justement ce qui m'a toujours empêché d'aller à l'église."

Lorsque Butler me rapporta ces propos, je [Jones] compris ce qu'il voulait dire : s'il n'avait été en si respectable compagnie, il aurait dit : "C'est justement ce qui m'a toujours empêché de me marier." »

Dunkett n'a pu, notons-le, inventer cette double contrainte pour rats qu'au moyen d'une expérience hallucinatoire, et, quant à Butler et à Jones, ils ont tout de suite vu dans ce piège un paradigme des relations humaines. Ce qui veut dire que ce genre de dilemme n'est pas rare et ne se limite pas aux seuls contextes de la schizophrénie.

La question que nous devons donc nous poser est la suivante : pourquoi ce type de séquences est-il particulièrement fréquent et destructeur dans les familles des schizophrènes ?

Aucune statistique ne me permet de prouver ce que j'avance, mais je crois néanmoins, à partir d'une observation approfondie d'un nombre limité de familles de ce type, pouvoir émettre une hypothèse relative à la dynamique de groupe qui serait susceptible de déterminer un système d'interactions pouvant amener des expériences de double contrainte à se reproduire indéfiniment *(ad nauseam)*.

Pour cela, il m'a fallu élaborer un modèle qui soit nécessairement *circulaire* et qui, par conséquent, reproduise indéfiniment ces séquences structurées. Ce modèle, c'est la théorie des jeux de von Neumann et Morgenstern[1] qui me l'a fourni. J'exposerai ici l'essentiel de cette théorie, sinon dans toute sa rigueur mathématique, du moins en termes quelque peu techniques.

Von Neumann s'est penché sur l'étude mathématique des

---

1. J. von Neumann et O. Morgenstern, *Theory of Cames and Economic Behavior*, Princeton, Princeton University Press, 1944.

conditions formelles dans lesquelles certaines entités – douées d'une perspicacité « totale » et d'une nette préférence pour le gain – formeraient des coalitions afin d'augmenter au maximum le profit que les membres de la coalition pourraient réaliser, au détriment des entités extérieures à cette coalition. Il imagina la situation sous la forme d'un jeu, et se mit en quête des caractéristiques formelles des règles qui, dans ce genre de coalition, dirigeraient le comportement des joueurs. Une bien curieuse conclusion s'est dégagée de ses recherches, et c'est elle qui me fournira le modèle désiré dont j'ai parlé plus haut.

Il est évident qu'il ne peut y avoir de coalition que s'il existe au moins trois joueurs. Deux d'entre eux, n'importe lesquels, peuvent alors s'associer pour exploiter le troisième ; si le jeu se combine symétriquement, il y aura trois solutions, qu'on peut représenter ainsi :

AB contre C
BC contre A
AC contre B

Von Neumann a démontré que, dans ce système ternaire, n'importe laquelle de ces trois coalitions, une fois formée, restera stable. Si A et B concluent une alliance contre C, ce dernier ne pourra rien y changer. Il est aussi intéressant de constater que A et B établiront certainement des conventions (non comprises au départ dans les règles du jeu) qui leur interdiront, par exemple, de prêter attention aux avances de C.

La situation change complètement dans un jeu à cinq, car les possibilités sont plus nombreuses. Il se peut, notamment, que quatre joueurs envisagent de se liguer contre un seul, suivant le modèle que voici :

A contre BCDE
B contre ACDE
C contre ABDE
D contre ABCE
E contre ABCD

Cependant, dans le jeu à cinq, aucune des combinaisons ne sera stable. Les quatre joueurs de la coalition devront se livrer à une sorte de jeu dans le jeu *(subgame)*, qui consistera à manœuvrer les uns contre les autres, chacun cherchant à augmenter sa part de profits par rapport aux gains que la coalition soutirera du cinquième joueur. Ce qui conduira à un modèle de coalition que nous pouvons décrire comme 2 contre 2 contre 1, c'est-à-dire BC contre DE contre A. Dans une telle situation, il devient possible pour A de s'allier à l'une des deux paires et de se joindre à elle, le système de coalitions devenant alors 3 contre 2.

Dans ce système de 3 contre 2, il sera, cependant, dans l'intérêt des trois de mettre de leur côté l'un des deux autres, pour que leurs gains soient plus sûrs. Nous revoici alors dans la structure 4 contre 1, et, s'il ne s'agit pas des quatre mêmes joueurs qu'au début, cela n'a aucune importance, car le système garde les mêmes propriétés générales. Ce système éclatera, à son tour, pour revenir à la figure 2 contre 2 contre 1. Et ainsi de suite.

Autrement dit, pour chaque modèle de coalition possible, il existe au moins un autre modèle qui le « domine » – pour employer une expression de von Neumann –, la relation de « domination » entre les solutions étant *intransitive*. Il s'établira ainsi une liste circulaire de solutions alternatives, de sorte que le système passera continuellement d'une solution à une autre, sélectionnant à chaque coup celle qui lui paraît préférable à la précédente. Ce qui signifie, en fait, que de tels robots, à cause de leur perspicacité « totale », seraient incapables de décider de s'arrêter après un « tour ».

Pour ma part, ce modèle m'évoque fortement ce qui se passe dans les familles des schizophrènes. Jamais deux membres de la famille ne semblent pouvoir former une coalition assez stable pour être décisive à un moment donné : il se trouve toujours un ou plusieurs autres membres de la famille pour intervenir. Ou bien, en l'absence d'une telle intervention, les deux partenaires de la coalition se sentiront coupables par rapport à ce que le troisième peut faire ou dire, et ils déferont d'eux-mêmes leur coalition.

Notons que, dans le jeu de von Neumann, il ne faut pas moins de cinq joueurs hypothétiques, doués au surplus d'une perspicacité « totale », pour parvenir à ce type d'instabilité ou d'oscillation. Mais, pour les êtres humains, le nombre de trois semble pouvoir suffire ; il se peut évidemment qu'ils ne soient pas aussi « totalement » perspicaces, ou qu'ils soient en contradiction systématique avec le genre de « profit » qui les motive.

L'important est que, dans un tel système, tout individu vit, quant à lui, l'expérience suivante : chacun de ses mouvements est celui que dicte le « bon sens » dans une situation qu'il évalue correctement à un moment donné ; mais, en même temps, chacun de ses mouvements se révèle après coup inapproprié, par rapport aux mouvements que les autres éléments du système font en réponse à son mouvement « juste ». L'individu est ainsi piégé dans une série interminable de ce que nous avons appelé expériences de double contrainte.

Pour ma part, je ne sais jusqu'à quel point ce modèle peut être valable, mais je le propose pour deux raisons : tout d'abord, il me semble constituer un bon exemple pour parler d'un système plus large, la famille, et non plus seulement de l'individu ; si nous voulons comprendre la dynamique de la schizophrénie, nous devons mettre au point un langage adéquat aux phénomènes qui interviennent dans ce système plus large, et même si mon modèle s'avère être impropre, il représente du moins un effort en ce sens. Ensuite, de tels modèles conceptuels, même lorsqu'ils sont incorrects, demeurent utiles, dans la mesure où leur critique peut déboucher sur de nouveaux développements théoriques.

Je vais donc maintenant tenter une critique de ce modèle, selon mon point de vue, pour voir quelles sont les autres perspectives possibles... Rien dans la théorie de von Neumann ne permet de penser que ses entités, ou robots, entraînés dans la danse folle des coalitions, deviendront jamais schizophrènes : théoriquement, ils conservent leur intelligence, *ad infinitum*.

Or, la différence majeure entre les êtres humains et les robots de von Neumann, c'est le fait de l'apprentissage : l'intelligence infinie implique une infinie souplesse, et les danseurs abstraits de von Neumann *n'éprouveront* jamais la douleur que ressent un être humain à qui l'on prouve systématiquement qu'il a tort chaque fois qu'il a raison. Les êtres humains s'investissent dans les solutions qu'ils découvrent, et c'est justement cet investissement psychologique qui explique qu'ils puissent être blessés, de la façon dont le sont les membres d'une famille schizophrénique.

Ainsi donc, pour pouvoir rendre compte de la schizophrénie, la théorie de la double contrainte doit s'appuyer sur un certain nombre d'hypothèses psychologiques, concernant la nature de l'individu en tant qu'organisme capable d'apprentissage. Pour qu'un individu soit sujet à la schizophrénie, son « individuation » doit se fonder sur *deux* mécanismes psychologiques contradictoires : le premier est un mécanisme d'adaptation aux exigences du milieu ; le second est un processus et un mécanisme par lesquels l'individu s'investit de façon durable, ou éphémère, dans les adaptations accomplies par le premier processus.

Ce que j'appelle ici investissement éphémère, c'est exactement ce que Bertalanffy appelait l'*état immanent d'action* ; quant à l'investissement durable, c'est tout simplement ce que nous désignons par le mot *habitude*.

Qu'est-ce qu'une personne ? Et qu'est-ce que je désigne quand je dis « JE » ? Peut-être bien que le « soi » de chacun n'est, en fait, qu'un agrégat d'habitudes, de perceptions et d'actions adaptatives, *plus*, de temps à autre, des *états immanents d'action. Si* une personne attaque les habitudes et les états immanents qui me caractérisent, au moment même où je suis en rapport avec elle – autrement dit, chaque fois qu'une personne m'attaque dans les habitudes et les états immanents qui font précisément partie de ma relation avec elle à un moment donné –, alors cette personne me nie. Et plus celle-ci m'est proche, plus sa négation sera douloureuse pour moi.

Je crois que ce qui précède devrait suffire pour préciser le genre de stratégie – ou, mieux, de symptômes – qu'il faut s'attendre à trouver dans cette étrange institution qu'est la famille schizophrène. Et je précise que je ne cesse d'être étonné quand je constate à quel point cette stratégie peut être exercée, continuellement et habituellement, sans que les voisins ou les amis ne remarquent rien d'anormal. Selon notre théorie, chacun des membres d'une telle institution devra défendre ses états immanents d'action et ses habitudes adaptatives durables ; autrement dit, il devra protéger son « soi ».

Prenons encore un exemple : un de mes collègues a travaillé pendant plusieurs semaines avec l'une de ces familles, et en particulier avec le père, la mère et leur fils schizophrène adulte. Toute la famille était présente aux séances. Manifestement, cela provoquait une angoisse permanente chez la mère, qui demanda à avoir des entretiens en tête à tête avec moi. Sa démarche fut discutée au cours de la séance de groupe qui suivit, et rendez-vous fut pris. Elle vint à l'heure, parla un bon moment de la pluie et du beau temps, puis prit dans son sac un morceau de papier qu'elle me tendit en disant : « Je crois que mon mari vous a écrit ceci. » Je dépliai le papier : c'était un texte tapé à la machine à un seul interligne et commençant par ces mots : « Mon mari et moi apprécions beaucoup l'occasion que nous avons de discuter avec vous de nos problèmes, etc. » Le papier contenait ensuite un certain nombre de questions particulières « que j'aimerais soulever ».

J'ai vérifié par la suite qu'effectivement c'était le mari qui avait écrit cette lettre, la veille de la séance, comme si elle venait de sa femme, tout en y mentionnant les thèmes que lui souhaitait me voir aborder avec elle.

Dans la vie quotidienne normale, ce genre de choses est tout à fait courant et passe presque inaperçu. Mais, si l'on prête une attention particulière aux stratégies spécifiques, ces manœuvres d'autodéfense et d'autodestruction deviennent manifestes. Et l'on découvre soudainement que, dans ces familles, ce type de stratégie prédomine sur tous les autres. Alors, on ne s'étonnera plus que le patient manifeste un comportement qui semble presque la caricature de ce type de perte d'identité, qui caractérise tous les membres de la famille.

À mes yeux, tel est le fond du problème : la famille du schizophrène est une organisation d'une très grande stabilité, dont la dynamique et les mécanismes internes sont tels que chacun de ses membres vit continuellement l'expérience de la négation de soi.

Exigences minimales pour une théorie de la schizophrénie*

Chaque science, tout comme un individu a des devoirs envers ses voisins, se doit à celles qui l'environnent : si elle n'est pas tenue de les aimer comme elle-même, elle a néanmoins le devoir de leur prêter ses outils tout en leur en empruntant et, de manière générale, de faire son possible pour qu'elles se maintiennent dans le droit chemin. Les progrès d'une science pourraient donc peut-être se juger en fonction des changements qu'ils imposent aux méthodes et théories des sciences voisines. Une règle d'économie régit cependant ces échanges. En ce qui concerne, par exemple, notre domaine des sciences du comportement, il est impératif que nous limitions au minimum les innovations que nous pouvons demander à la génétique, à la philosophie ou à la théorie de l'information. L'unité de la science conçue comme un tout ne se réalise, en effet, que grâce à ce système d'*exigences minimales* imposées par chaque discipline à ses voisines et, ce qui ne compte pas moins, au prêt d'outils conceptuels et de modèles entre les différentes sciences.

Le but de cette conférence n'est donc pas tant de discuter la théorie particulière de la schizophrénie que nous avons élaborée à Palo Alto que de montrer, plutôt, que cette théorie – ainsi que d'autres théories similaires – a un impact sur nos idées relatives à la nature même de l'*explication*. Et le choix de ce titre, « Exigences minimales pour une théorie de la schizophrénie », correspond à mon désir d'examiner les répercus-

---

* Deuxième conférence donnée à la mémoire d'Albert D. Lasker à l'Institut de recherches psychosomatiques et psychiatriques du Michael Reese Hospital, à Chicago, le 7 avril 1959. Publiée pour la première fois dans *AMA Archives of General Psychiatry*, vol. II, 1969, p. 477-491.

sions de la théorie de la double contrainte sur le champ plus vaste des sciences du comportement et, au-delà, sur la théorie de l'évolution et l'épistémologie biologique. Résumons ces préoccupations en une seule question : quels changements minimaux cette théorie exige-t-elle des sciences voisines ? En d'autres termes : quel est l'impact que peut avoir une théorie expérimentale de la schizophrénie sur cette triade de sciences apparentées que sont la théorie de l'apprentissage, la génétique et la théorie de l'évolution ?

Nous allons d'abord brièvement résumer notre hypothèse : elle fait, pour l'essentiel, appel à l'expérience quotidienne et au bon sens élémentaire. Une première proposition fondatrice consiste à dire que l'apprentissage apparaît toujours dans un contexte possédant des propriétés formelles spécifiques ; pensons, par exemple, aux traits formels d'une séquence reposant sur l'évitement* ou à ceux d'une séquence de conditionnement pavlovien : l'animal, dans ces deux cas, apprendra à donner la patte, mais l'apprentissage sera totalement différent dans un contexte pavlovien et dans celui d'une séquence reposant sur la récompense. Bien plus, notre hypothèse repose sur l'idée que ce contexte structuré se produit, en outre, à l'intérieur d'un contexte plus large – si vous voulez, un métacontexte –, et que cette séquence de contextes est une série ouverte et qu'on peut concevoir comme infinie.

En dernier lieu, nous soutenons que ce qui se produit à l'intérieur du contexte étroit (par exemple, les expériences d'évitement) sera affecté par le contexte plus large à l'intérieur duquel le contexte étroit prend place. Il se peut ainsi qu'il y ait incompatibilité ou conflit entre le contexte et le métacontexte. Par exemple, il se peut qu'un contexte d'apprentissage de type pavlovien existe à l'intérieur d'un métacontexte pénalisant ce genre d'apprentissage, en valorisant l'intuition *(insight)*. L'organisme est alors confronté à un dilemme : soit il aura tort dans le contexte restreint, soit il aura raison, mais à

---

* On distingue deux types de conditionnement : le conditionnement pavlovien ou *respondent* (selon la terminologie de Skinner), et le conditionnement opérant. Dans le second cas, on ne fait que renforcer un comportement de l'animal par une récompense, qui peut être une stimulation recherchée par lui (nourriture, accès au partenaire sexuel, etc.) ou consister à lui permettre l'évitement d'une stimulation provoquant chez lui une réaction de défense. (NdT.)

tort ou d'une manière fallacieuse. Nous retrouvons ici ce que nous appelons la double contrainte. Et, selon notre hypothèse, la communication schizophrénique, qui est le résultat d'un apprentissage, devient une habitude à la suite de la répétition continuelle des traumatismes de ce type.

Or, il faut souligner que ces quelques assertions de « bon sens » rompent, pourtant, avec les règles classiques de l'épistémologie scientifique. Le paradigme de la chute libre des corps – ainsi que beaucoup d'autres paradigmes similaires – nous a donné l'habitude d'aborder les problèmes scientifiques d'une bien curieuse façon : nous sommes poussés à simplifier et à ignorer (ou à remettre à plus tard) l'étude des possibilités d'influence du métacontexte sur le contexte. Notre hypothèse va précisément à l'encontre de cette habitude, en mettant en évidence le rôle déterminant des relations entre contexte et métacontexte. Ce type d'approche peut surprendre d'autant plus qu'il suggère l'idée (sans être fondamentalement lié à cette suggestion) que l'on peut remonter à l'infini la chaîne de tels contextes pertinents.

Notre théorie exige et favorise donc une révision de la pensée scientifique, telle que celle qui a déjà été partiellement opérée dans plusieurs domaines, allant de la physique à la biologie : elle suppose que l'observateur *appartient* au champ même de l'observation et que, d'autre part, l'objet de l'observation n'est jamais une « chose », mais toujours un rapport ou une série indéfinie de rapports.

Un exemple illustrera bien l'importance des métacontextes. Considérons le métacontexte à l'intérieur duquel a lieu une expérience d'apprentissage sur un sujet schizophrène. Nous définissons ici le schizophrène comme un patient face à un membre d'une organisation qui lui est supérieure et qu'il déteste, le personnel hospitalier. Si ce patient était un bon newtonien pragmatique, il se dirait ceci : « Les cigarettes que je peux obtenir en faisant ce que ce type attend de moi ne sont, après tout, que des cigarettes ; alors, en homme de science avisé, je vais m'exécuter et faire ce qu'on me demande. Je résoudrai ainsi le problème expérimental et j'obtiendrai les cigarettes. » Cependant, les êtres humains, et les schizophrènes en particulier, ne voient pas toujours les choses sous cet angle-là. Leur comportement est affecté par le fait que l'expérience est menée par quelqu'un à qui ils n'ont aucune envie de faire plaisir. Chercher à plaire à quelqu'un qu'ils n'aiment pas peut même leur paraître honteux. Il arrive ainsi que la valeur du signal émis par l'expérimentateur (donner ou refuser les cigarettes) soit inversée. Ce qui pour l'expérimentateur constitue une récompense devient, pour le patient, un message presque outrageant, et ce que l'expérimentateur prend pour une punition devient, en fait, source de satisfaction pour le patient.

Imaginez la *douleur* intense du malade mental que l'un des membres du personnel d'un grand hôpital traite momentanément comme un être humain !

Pour expliquer un phénomène, nous devons *toujours* prendre en considération le métacontexte de l'expérience d'apprentissage et le fait que, en l'occurrence, *tout* échange entre personnes se présente comme un contexte d'apprentissage.

La théorie de la double contrainte attribue donc certaines propriétés caractéristiques au processus d'apprentissage. Si cette hypothèse est juste, même approximativement, il faut alors l'intégrer à la théorie de l'apprentissage, et cette dernière doit être envisagée de façon discontinue afin de pouvoir rendre compte des discontinuités qu'introduit la hiérarchie des contextes d'apprentissage, telle que je viens de l'exposer.

On peut noter aussi que ces discontinuités sont d'une nature particulière. J'ai dit plus haut que le métacontexte peut changer le sens du renforcement proposé par un message donné ; il est évident, par ailleurs, qu'il peut aussi en changer le mode, et placer le message dans le registre de l'humour ou de la métaphore, par exemple. Entre autres effets, le cadre peut rendre un message inadéquat. Le message peut aussi être en total désaccord avec le métacontexte. Toutefois, il y a une limite à ce genre de modifications introduites par le contexte : celui-ci peut fournir au récepteur toutes sortes d'informations *sur* le message, mais il ne peut, en aucun cas, le détruire ou le contredire directement. Affirmer, par exemple : « J'ai menti quand j'ai dit que "le chat était sur le paillasson" », n'apprend rien à mon interlocuteur sur le lieu où se trouve effectivement le chat. Tout au plus, cela lui apprend quelque chose sur la fiabilité des informations émises antérieurement.

Il ne faut pas oublier, en effet, qu'existe, entre le contexte et le message, ou entre le message et le métamessage, un fossé semblable à celui qui sépare la chose du mot, ou du signe qui la représente, ou à celui qui sépare les *membres* d'une classe du *nom* de cette classe. Autrement dit, le contexte (ou métamessage) classe le message, mais ne se situe jamais au même niveau que lui.

Pour intégrer ces discontinuités à la théorie de l'apprentissage, il convient d'abord d'élargir le champ des phénomènes qui sont habituellement inclus dans le concept d'*apprentissage*. Les expérimentateurs appellent, en général, « apprentissage » les changements dans les réponses qu'un organisme donne à un signal déterminé. L'expérimentateur remarquera, par exemple, qu'au départ une sonnerie n'entraîne chez l'animal aucune réaction régulière, mais que, au bout de quelques séquences successives au cours desquelles, après la sonnerie, on lui donne de la viande, il commencera à saliver à chaque sonnerie. Nous dirons alors, d'une façon approximative, que l'animal commence à accorder une signification, ou un sens, à la sonnerie.

Un changement est donc intervenu. Partons de ce mot « changement » pour construire une série hiérarchisée. Les séries qui nous intéressent ici sont, en général, construites de deux façons : s'il s'agit du domaine de la pure théorie de la communication, les paliers d'une série hiérarchisée peuvent être obtenus par l'utilisation successive du mot « sur » ou « méta » ; la série en question consistera alors en messages, métamessages, méta-méta-messages, etc. S'il s'agit, en revanche, de phénomènes marginaux par rapport à la théorie de la communication, des hiérarchies semblables peuvent être construites en empilant les « changements » les uns sur les autres. La physique classique nous offre, justement, un exemple de ce type de hiérarchie dans la séquence : position, vitesse (c'est-à-dire changement de position), accélération (c'est-à-dire changement de vitesse, c'est-à-dire changement du changement de position), changement d'accélération, etc.

Ces types d'exemples sont simples. Si l'on considère, par contre le domaine des relations humaines, les hiérarchies auxquelles on a affaire sont bien plus complexes que celles de la physique classique : on constate alors que les messages peuvent porter sur (ou être des *métamessages* par rapport à) une relation entre des messages de niveaux différents. L'odeur du collier utilisé pendant les expériences peut, par exemple, avertir le chien que la sonnerie « signifie » viande. Nous dirons alors que le message du collier est *méta* par rapport au message de la sonnerie.

Autre forme de complexité qui peut encore intervenir dans ce domaine des relations humaines : l'émission de certains messages peut interdire au sujet d'opérer une connexion *méta* : un alcoolique, par exemple, pourra punir son enfant si celui-ci montre qu'il sait qu'il a intérêt à bien se tenir, lorsque son père sort la bouteille du buffet. La hiérarchie des messages et des contextes devient alors une structure ramifiée fort complexe.

Nous pouvons donc élaborer notre classification hiérarchisée, dans le cadre de la théorie de l'apprentissage, pratiquement de la même façon que le physicien. Ce qu'étudie l'expérimentateur, c'est le changement dans la réception du signal. Mais il est évident, d'autre part, que recevoir un signal constitue déjà un *changement* – changement d'un ordre plus simple que, ou inférieur à, celui que l'expérimentateur est en train d'étudier.

Cette distinction nous fournit les deux premiers échelons de la hiérarchie de l'apprentissage, au-dessus desquels nous pouvons imaginer une série indéfinie. Cette hiérarchie peut être détaillée comme suit :

1. *Réception d'un signal.* Je travaille à mon bureau, sur lequel se trouve un sac en papier contenant mon déjeuner. J'entends la cloche de l'hôpital, ce qui veut dire qu'il est midi. Je tends alors la main et prends mon déjeuner. La cloche peut être considérée ici comme une réponse à une question présente dans mon esprit à la suite d'un apprentissage antérieur de second degré ; cependant, ce simple événement – le fait de recevoir un fragment d'information – est déjà un fragment d'apprentissage. La preuve en est qu'après l'avoir reçu j'ai changé mon comportement et j'ai répondu, en quelque sorte, au sac en papier.

2. *Apprentissages qui constituent de simples changements par rapport à*[1], ou expériences classiques d'apprentissage

---

1. 1971 : dans ma version définitive de cette hiérarchie des ordres d'apprentissage, publiée sous le titre : « Les catégories de l'apprentissage et de la communication » (cf. vol. I de cette édition, p. 299-331), j'ai utilisé un autre système de numérotation. La réception d'un signal y est appelée Apprentissage

Exigences minimales...

pavlovien, récompense instrumentale, évitement instrumental, routine, etc.

3. *Apprentissages qui constituent des changements par rapport à des apprentissages de second degré.* Dans le passé, j'ai malheureusement désigné ces derniers par le terme d'apprentissage de deuxième degré *(deutero-learning)*, ce que je traduisais par « apprendre à apprendre ». Il eût été plus correct de forger le terme d'apprentissage de troisième degré *(trito-learning)* et de le traduire par « apprendre à apprendre à recevoir un signal ». Ces phénomènes intéressent tout particulièrement les psychiatres, car ils sont liés aux changements qui font qu'un individu s'attendra à ce que son univers soit structuré d'une façon plutôt que d'une autre. Ce sont notamment ces phénomènes qui sous-tendent le *transfert*, processus par lequel un patient s'attend à ce que sa relation avec le thérapeute contienne le même type de contexte d'apprentissage que ceux auxquels il a eu affaire dans les relations avec ses parents.

4. *Changements par rapport aux processus de changement de troisième degré.* Nous ne savons pas si les êtres humains sont capables de cet apprentissage de quatrième ordre. Ce que le psychothérapeute tente en général de provoquer chez son patient, ce sont des apprentissages de troisième ordre. Toutefois, il est bien possible, et même concevable, que certains changements lents et inconscients opèrent des renversements de signes de quelque dérivée supérieure du processus d'apprentissage.

Nous avons donc affaire à trois types de hiérarchie :

a) la hiérarchie des degrés d'apprentissage ;
b) la hiérarchie des contextes d'apprentissage ;
c) des hiérarchies à l'intérieur de la structure de circuit que nous pouvons – ou plutôt, devons – nous attendre à trouver dans un cerveau structuré de manière télencéphalique*.

Je soutiens que *(a)* et *(b)* sont synonymes, au sens où toute proposition énoncée en termes de contextes d'apprentissage

---

zéro, les changements dans l'apprentissage zéro, Apprentissage I ; l'apprentissage de deuxième degré, appelé Apprentissage II, etc.

* *A Telencephalized Brain* : cerveau possédant un « telencephalon » (*end brain*, partie antérieure du cerveau). (*NdT.*)

pourrait aussi bien être énoncée (sans perte ni gain) en termes de degrés d'apprentissage, et j'ajouterai que la classification ou hiérarchie des contextes doit être isomorphe de la classification ou hiérarchie des degrés d'apprentissage. J'irai même jusqu'à dire que nous devrions également chercher à établir une classification ou hiérarchie des structures neurophysiologiques, qui soit isomorphe des deux autres classifications.

Bien que cette synonymie des propositions relatives aux contextes et de celles relatives aux degrés d'apprentissage puisse sembler évidente par elle-même, l'expérience prouve qu'il faut la démontrer péniblement. Car « on ne doit pas dire la vérité seulement pour qu'elle soit comprise, mais pour qu'elle soit crue » ; mais, corollairement, elle ne peut pas être crue si elle n'est pas dite pour être comprise.

Il nous faut, tout d'abord, insister sur le fait que, dans le monde de la communication, les seules entités ou « réalités » pertinentes sont les messages, en incluant dans cette notion les fragments de messages, les relations entre messages, les ruptures significatives dans les messages, etc. En d'autres termes, c'est la *perception* d'un événement, d'un objet ou d'une relation qui est réelle, en tant que message neurophysiologique. Mais l'événement lui-même, ou l'objet lui-même, ne peuvent pénétrer dans ce monde ; ils y sont, par conséquent, *non pertinents* et, dans cette mesure, *irréels*. Inversement, dans le monde newtonien, un message n'a ni pertinence ni réalité en tant que message : il y est réduit à des ondes sonores ou à de l'encre d'imprimerie.

En ce même sens, ces « contextes » et « contextes de contextes » sur lesquels j'insiste ne sont réels ou pertinents que dans la mesure où ils sont opérants du point de vue de la communication, c'est-à-dire en ce qu'ils fonctionnent comme messages ou modificateurs de messages.

La différence entre le monde newtonien et celui de la communication tient, simplement, au fait que le premier attribue une réalité aux objets et parvient à une certaine simplicité théorique en excluant le contexte du contexte, donc en fait, toute métarelation et, *a fortiori* tout recul à l'infini dans la chaîne de telles relations. Le théoricien de la communication, lui, accorde la plus grande importance aux métarelations et arrive à la simplicité par l'exclusion de tous les objets physiques.

Le monde de la communication est un monde berkeleyen. Mais le bon évêque était encore en deçà de la vérité. En effet, non seulement je ne dois accorder aucune réalité ni pertinence au bruit de l'arbre qui tombe dans la forêt sans que je l'entende, mais il me faut encore les refuser à cette chaise que je vois et sur laquelle je suis assis : en effet, c'est ma perception de la chaise qui est vraie du point de vue de la communication, et ce sur quoi je suis assis n'est pour moi qu'une idée, un message que je crois vrai.

« Pour moi, toute chose en ce monde en vaut une autre ; et un simple fer à cheval ferait bien mon affaire », car, dans l'esprit comme dans l'expérience, il n'y a pas d'objets, mais seulement des messages et autres entités semblables.

Dans ce monde de la communication, *je* (en tant qu'objet matériel) n'a pas de pertinence et, en ce sens, pas de réalité. « Je », cependant, existe dans le monde de la communication en tant qu'élément essentiel dans la syntaxe de ma propre expérience, aussi bien que dans celle des autres, et les communications des autres peuvent détériorer mon identité, au point même de détruire l'organisation de mon expérience.

Il se peut qu'un jour on puisse opérer une synthèse définitive entre le monde newtonien et celui de la communication. Mais tel n'est pas mon objet ici. Ce qui m'intéresse pour le moment, c'est d'élucider les relations entre les contextes et les degrés d'apprentissage, ce qui m'a conduit à mettre en relief la différence entre le discours newtonien et celui de la communication.

Cette description préliminaire n'a pas été inutile : elle nous montre que la séparation entre contextes et degrés d'apprentissage n'est, en fait, qu'un artefact de la différence entre deux sortes de discours. En effet, cette séparation ne tient qu'au fait de décréter que les contextes sont extérieurs à l'individu physique, tandis que les degrés d'apprentissage lui seraient intérieurs. Or, dans le monde de la communication, cette dichotomie s'avère complètement inadéquate et dépourvue de sens : les contextes n'ont de réalité communicationnelle que dans la mesure où ils sont opérants en tant que messages, c'est-à-dire dans la mesure seulement où ils sont reflétés ou représentés (correctement ou pas) en *diverses* parties du système de communication que nous étudions ; ce système n'est pas l'individu physique, mais un vaste réseau de voies empruntées par des messages. *Il se trouve* que certains messages empruntent des voies extérieures à l'individu, et d'autres des voies intérieures ; mais les caractéristiques du *système* ne seront aucunement déterminées par des lignes frontières que nous pourrions superposer à la carte des communications. De sorte que, du point de vue de la communication, nous n'avons pas à nous demander si la canne de l'aveugle ou le microscope de l'homme de science sont des « parties » de l'homme qui les utilise. Le microscope comme la canne sont uniquement d'importantes voies de communication, et, en tant que tels, ils font partie du réseau qui nous intéresse ; mais aucune frontière (la ligne marquant la moitié de la canne, par exemple) ne nous éclairera sur la topologie de ce réseau.

D'un autre côté, cet abandon des frontières de l'individu comme points de repère ne signifie pas, comme on pourrait le craindre, que le discours de la communication soit nécessairement chaotique. Au contraire, la classification hiérarchisée de l'apprentissage et/ou du contexte est une mise en ordre de ce que, précisément, le newtonien considère comme un chaos ; et c'est bien cette mise en ordre qui est exigée par notre théorie de la double contrainte.

L'homme est probablement ce genre d'animal dont l'apprentissage se caractérise par des discontinuités hiérarchisées de ce type, comme le prouve le fait qu'il devienne schizophrène quand il est soumis aux frustrations imposées par la double contrainte.

La réalité de l'apprentissage de troisième degré [1] a déjà reçu un commencement de preuves, grâce à quelques études expérimentales, mais pas encore, à ce que je crois, celle des *discontinuités* entre les degrés différents. C'est pourquoi les expériences de poursuite, effectuées par John Stroud, méritent d'être citées ici. Le sujet est placé devant un écran sur lequel se déplace une tache représentant une cible. Une deuxième tache représente le point d'impact du tir d'un fusil, et peut être mue par le sujet lui-même, au moyen de deux manettes de réglage. Le sujet est chargé de maintenir la coïncidence entre

---

1. C. L. Hull *et al.*, *Mathematico-Deductive Theory of Rote Learning : A Study in Scientific Methodology*, Yale University Press, 1940. Cf. aussi H. F. Harlow, « The formation of learning sets », *Psychological Review*, 56, 1949, p. 51-65.

Exigences minimales...

la tache-cible mouvante et la tache-impact du tir, dont il peut contrôler le mouvement. Dans une telle expérience, il est possible de donner à la cible plusieurs sortes de mouvements, caractérisés par des équations du deuxième degré, du troisième degré ou bien d'un degré supérieur. Stroud a démontré que, de même qu'il y a discontinuité mathématique entre les degrés des équations décrivant les mouvements de la cible, de même il y a discontinuité dans l'apprentissage du sujet. Tout se passe comme si un nouveau processus d'apprentissage était mis en place, à chaque augmentation du degré de complexité du mouvement de la cible.

Pour ma part, je trouve absolument fascinante l'idée que ce qui pouvait passer pour le pur produit d'une description mathématique soit aussi, manifestement, une catégorie interne du cerveau humain, quand bien même celui-ci accomplit la tâche envisagée sans se servir d'équations mathématiques.

Il y a également, pour étayer la notion de discontinuité entre les différents degrés d'apprentissage, des preuves bien plus générales. Ainsi, par exemple, le fait curieux que les psychologues ne rangent pas la réception d'un signal signifiant (que j'ai appelée « apprentissage du premier degré ») dans la catégorie de l'apprentissage ; de même, le fait qu'encore récemment les psychologues ne s'intéressaient pas à l'apprentissage de troisième degré, qui constitue pourtant l'objet central de la psychiatrie. Tout cela en dit long sur le fossé énorme qui sépare le mode de pensée du psychologue expérimental de celui du psychiatre ou de l'anthropologue. Pour ma part, je crois que cela est dû aux discontinuités de la structure hiérarchique.

Apprentissage, génétique et évolution

Avant d'examiner l'impact de la théorie de la double contrainte sur la génétique et sur la théorie de l'évolution, il est nécessaire de voir quels rapports peuvent entretenir les théories de l'apprentissage avec ces deux autres corps de savoir. Plus haut, j'ai parlé de triade ; c'est précisément la structure de cette triade que je veux envisager à présent.

La génétique, qui englobe les phénomènes communicationnels de la variation, de la différenciation, de la croissance et de l'hérédité, est conçue habituellement comme la matière même dont est constituée la théorie de l'évolution.

La théorie darwinienne de l'évolution, une fois débarrassée des idées de Lamarck, peut être décrite comme une génétique des variations aléatoires, combinée avec une théorie de la sélection naturelle qui fait de l'« adaptation » le résultat d'une accumulation de changements. Les rapports de cette théorie avec l'apprentissage ont été l'objet de violentes controverses, qui se sont surtout concentrées autour de ce qu'on appelle la « transmission des caractères acquis ».

La théorie de Darwin a été vivement critiquée par Samuel Butler pour qui l'hérédité doit être comparée, voire identifiée, à la mémoire. Partant de ce principe, il a essayé de démontrer que les changements évolutifs – et particulièrement l'adaptation – témoignent d'une *intelligence astucieuse* du flot mouvant de la vie, et ne doivent nullement être considérés comme un gain fortuit, dû au hasard. Il établit également une analogie étroite entre le phénomène d'invention et celui d'adaptation évolutive ; c'est peut-être lui aussi qui, le premier, a signalé l'existence des « organes résiduels » dans les machines. La curieuse homologie entre l'emplacement *à l'avant* du moteur d'une voiture et la position du cheval *devant* la charrette, l'aurait beaucoup amusé. Butler argue, de manière convaincante, de l'existence d'un processus selon lequel les inventions les plus récentes du comportement adaptatif sont ensevelies le plus profondément dans le système biologique de l'organisme. Ces inventions, au départ actions conscientes et préméditées, se transforment par la suite en habitudes et, en tant qu'habitudes, deviennent de moins en moins conscientes et de moins en moins sujettes à un contrôle volontaire. Il soutenait – bien que cela ne soit pas évident – que ce passage à l'habitude, ou processus d'ensevelissement, peut opérer assez profondément pour contribuer à la formation du corps de souvenirs que nous appelons génotype, et qui détermine les caractères de la génération suivante.

La controverse autour de l'« hérédité des caractères acquis » présente deux facettes : d'un côté, elle semble pouvoir être tranchée au moyen de preuves matérielles. Un seul bon exemple confirmant l'hypothèse d'une telle hérédité suffirait pour donner gain de cause aux théories lamarckiennes. Mais, d'autre part, les arguments défavorables à cette hérédité étant négatifs, ils ne peuvent être appuyés par aucune preuve matérielle et ne peuvent se fonder que sur un appel à la théorie. Les partisans de ces arguments « négatifs » soutiennent qu'il existe une séparation entre le plasma germinatif et le tissu somatique, qui empêche toute communication systématique entre le soma et le germen ; or, seule cette communication permettrait au génotype de se corriger lui-même.

L'objection ainsi soulevée peut être formulée comme suit : il est concevable, par exemple, qu'un biceps modifié par l'activité ou l'inactivité puisse sécréter et mettre en circulation des métabolites spécifiques ; il est concevable aussi que ces métabolites servent de messages chimiques entre le muscle et la gonade. Mais : *a)* il est difficile d'imaginer que la chimie du biceps soit si différente de celle du triceps, par exemple, que le message soit spécifique ; *b)* il est difficile aussi d'imaginer que le tissu de la gonade soit équipé de façon à être convenablement affecté par de tels messages. En effet, le récepteur d'un message quelconque doit connaître le code de l'émetteur, et si les cellules germinales étaient capables de recevoir des messages du tissu somatique, cela signifierait qu'elles portent déjà une certaine version du code somatique. Les directions que le changement évolutif, aidé par ces messages, pourrait prendre devraient donc être *préfigurées* dans le plasma germinatif.

La critique de la thèse de l'« hérédité des caractères acquis » repose donc sur l'existence d'une séparation, et la différence entre les écoles de pensée opposées se cristallise autour des réactions d'ordre philosophique que provoque l'idée de cette séparation. Ceux qui pensent que le monde s'organise selon des principes multiples et séparables, accepteront l'idée que les changements somatiques provoqués par l'environnement puissent être expliqués sans aucun recours aux changements évolutifs. En revanche, ceux qui préfèrent concevoir la nature comme unité espéreront découvrir un certain rapport entre ces deux corps d'explications.

D'ailleurs, depuis l'époque où Butler supposait que l'évolution est une affaire d'astuce plutôt que de hasard, le rapport entre apprentissage et évolution a subi une étrange modification, que ni Butler ni Darwin n'auraient pu prévoir. De nos jours, nombre de théoriciens estiment que l'apprentissage est essentiellement une question stochastique ou de probabilités. En effet, si l'on met de côté certaines théories non économiques, qui postulent une entéléchie au fondement même de l'esprit, l'approche stochastique serait la seule théorie organisée qui puisse rendre compte de la nature de l'apprentissage. Le principe en serait que, dans le cerveau, ou ailleurs, il se produit des changements dus au hasard, des changements dont les résultats sont sélectionnés en vue de la survie, au moyen de processus de renforcement et d'extinction. En ce sens, par sa nature profondément stochastique, la pensée créatrice se rapprocherait du processus évolutif. Selon cette thèse, le renforcement oriente l'accumulation des changements aléatoires du système neural, tout comme la sélection naturelle oriente l'accumulation des changements aléatoires de la variation.

Cependant, dans la théorie de l'évolution comme dans celle de l'apprentissage, le mot « hasard » demeure manifestement non défini. Il faut dire qu'effectivement c'est un mot très difficile à définir. Dans ces deux domaines, on suppose conjointement que, si le changement peut dépendre des phénomènes de probabilité, la probabilité même d'un changement donné doit pourtant être déterminée par autre chose que la probabilité. Les théories de l'évolution et de l'apprentissage sont sous-tendues par des théories implicites concernant les facteurs qui déterminent les probabilités en question[1]. Et si, néanmoins, nous nous interrogeons sur les changements de ces facteurs déterminants, ce sont encore des réponses stochastiques que nous obtiendrons, de sorte que le mot « hasard », sur lequel reposent toutes ces explications, se révélera être un mot dont le sens est hiérarchiquement structuré, tout comme le mot « apprentissage », que nous avons examiné plus haut.

La question de la fonction évolutive des « caractères acquis » a été récemment reposée par les travaux de Wad-

---

[1]. Il est bien évident qu'en ce sens toutes les théories du changement supposent que le *changement* suivant est, à un certain niveau, préfiguré dans le système qui doit subir le changement.

dington sur les phénocopies de la mouche *Drosophile*. Les résultats de ces travaux démontrent au moins ceci : les changements de phénotype que peut effectuer un organisme dans un environnement comportant des stress constituent une partie importante du mécanisme par lequel les espèces ou les lignées se conservent dans les conditions d'un environnement agressif et compétitif, en attendant l'apparition d'une mutation ou d'un autre changement génétique, qui leur permettra de mieux s'adapter. Dans cette mesure au moins, les « caractères acquis » jouent un rôle important dans l'évolution. Mais l'histoire des expériences de Waddington est instructive à un autre point de vue et, pour cela, mérite d'être racontée plus en détail.

Waddington a travaillé sur une phénocopie du phénotype introduit par le gène bithorax, ce gène affecte très profondément le phénotype de l'adulte. Il modifie le troisième segment du thorax, qui ressemble alors au deuxième. Les petits organes de balancement, ou haltères, qui appartiennent à ce troisième segment, deviennent alors des ailes. On obtient ainsi une mouche à quatre ailes. Ce caractère peut être produit artificiellement chez des mouches qui ne portent pas le gène bithorax si, pendant un temps, on intoxique les nymphes avec de l'éther éthylique. C'est précisément ce qu'a fait Waddington, dont les travaux ont porté sur de larges populations de *Drosophiles*, issues d'une lignée sauvage manifestement dépourvue de gène bithorax. Il a soumis plusieurs générations de nymphes au traitement à l'éther et a choisi, pour la reproduction, ceux des adultes qui se rapprochaient le plus du caractère bithorax. Les expériences étant poursuivies sur plusieurs générations, on obtenait, dès la vingt-septième génération, un certain nombre de mouches d'apparence bithorax, dont les nymphes n'avaient pas été traitées à l'éther. La reproduction de celles-ci montre que la manifestation bithorax n'est pas due à un gène spécifique bithorax, mais à une constellation de gènes qui s'unissent pour produire cet effet.

Ces résultats frappants peuvent être interprétés de diverses façons : nous pourrions dire, par exemple, que Waddington, en sélectionnant les meilleures phénocopies, sélectionnait, en fait, la capacité génétique à produire ce phénotype ; ou bien qu'il sélectionnait en vue d'abaisser le seuil d'agression à l'éther, nécessaire pour produire ce résultat.

Je proposerai ici un modèle qui me semble approprié pour décrire ces phénomènes. Supposons, pour l'instant, que les « caractères acquis » résultent d'un processus de nature essentiellement stochastique, par exemple d'une sorte d'apprentissage somatique. Le simple fait que Waddington ait pu sélectionner les « meilleures » phénocopies semblerait confirmer cette supposition. Il est évident qu'en l'occurrence ce type de processus est ruineux : obtenir un résultat par le système d'essais-et-erreurs, quand on peut y arriver plus directement, représente un pur gaspillage d'énergie et de temps. Dans la mesure où nous croyons que l'adaptation peut se faire selon un processus stochastique, nous introduisons, dans l'adaptabilité, le concept d'économie.

Ce type d'économie n'est pas étranger aux processus mentaux : ainsi, le mécanisme courant de la formation des habitudes représente une importante et nécessaire épargne. Dans un premier temps, nous pouvons résoudre un problème au moyen d'une série d'essais-et-erreurs ; mais, lorsque ce même problème nous sera posé par la suite, nous viserons de plus en plus à l'économie. C'est dire que nous ne recourrons plus aux opérations de nature stochastique, mais à un mécanisme plus profond et moins souple : l'*habitude*. Il est donc parfaitement concevable que des phénomènes analogues président à l'apparition du caractère bithorax. Il peut être plus économique de le produire par le mécanisme rigide du déterminisme génétique que par la méthode ruineuse, quoique plus souple (et peut-être aussi moins prévisible) du changement somatique.

Cela pourrait signifier que, pour les populations de mouches de Waddington, il y aurait un bénéfice sélectif pour toute lignée porteuse de gènes convenant à l'ensemble – ou à une partie – du phénotype bithorax. Cette lignée bénéficierait aussi d'un avantage supplémentaire : son mécanisme somatique d'adaptation resté disponible pourrait lui servir dans la lutte contre d'autres types de stress. Il apparaîtrait ainsi que, dans l'apprentissage, une fois la solution d'un problème devenue affaire d'habitude, les mécanismes stochastiques, ou exploratoires, restent disponibles pour résoudre d'autres problèmes. On peut alors parfaitement imaginer, en sens inverse, que la détermination de caractères somatiques par le code génétique procure des bénéfices semblables[1].

Je dois faire remarquer que le modèle que j'ai proposé se caractérise par *deux* mécanismes stochastiques : l'un, le plus superficiel, régit les changements du niveau somatique ; l'autre, le mécanisme stochastique de la mutation (ou du mélange des constellations de gènes), opère au niveau chromosomique. À long terme, ces deux systèmes stochastiques, *soumis à certaines* conditions sélectives, seront obligés de fonctionner ensemble, même s'il ne peut y avoir échange de messages entre le soma et le germen.

Donc, lorsque Samuel Butler pressentait l'importance, primordiale pour l'évolution, de quelque chose comme l'« habitude », il n'était peut-être pas très loin de la vérité.

À partir des bases fournies par ces prémisses exploratoires, nous pouvons aborder, à présent, les problèmes qu'une théorie de la schizophrénie fondée sur la double contrainte pose au généticien.

Problèmes génétiques posés par
la théorie de la double contrainte

Si la schizophrénie est bien une modification ou une distorsion du processus d'apprentissage, nous ne pouvons pas nous contenter, en nous interrogeant sur la génétique de la schizophrénie, de généalogies qui distinguent ceux qui sont passés par l'hôpital de ceux qui n'y sont pas passés. Il n'y a aucune raison de s'attendre *a priori* à ce que ces distorsions du processus d'apprentissage, qui sont nécessairement de nature hautement formelle et abstraite, apparaissent nécessairement, avec ce contenu particulier qu'entraîne l'hospitalisation. La

1. Ces considérations modifient un tant soit peu l'ancien problème des effets évolutifs de l'utilisation et de l'absence d'utilisation des organes. La théorie classique supposait qu'une mutation réduisant le volume (potentiel) d'un organe non utilisé avait une valeur de survie, en termes d'économie de tissus. Notre théorie postule que l'atrophie d'un organe, survenant au niveau somatique, constitue une diminution de la capacité totale d'adaptation de l'organisme, et que cette perte pourrait être évitée si la réduction de l'organe était obtenue plus directement, par des facteurs génétiques.

tâche du généticien sera bien plus compliquée que celle des mendéliens, qui travaillaient, eux, sur une relation univoque entre phénotype et génotype. Nous ne pouvons supposer que les individus hospitalisés portent, tout bonnement, un gène générateur de schizophrénie que les autres ne possèdent pas ; au contraire, nous devons penser qu'un certain nombre de gènes, ou de constellations de gènes, altèrent les schémas et les potentialités du processus d'apprentissage, et que certains de ces schémas ainsi modifiés, lorsqu'ils seront confrontés à certaines formes d'agression *(stress)* du milieu, amèneront une schizophrénie « manifeste ».

En termes plus généraux, tout apprentissage, allant de l'absorption du plus petit fragment d'information jusqu'à la transformation fondamentale de la structure de l'organisme entier, est, du point de vue de la génétique, acquisition d'un « caractère acquis ». Autrement dit, l'apprentissage est lié à un changement dans le phénotype qui en a été capable grâce à une longue chaîne de processus physiologiques et embryologiques, qui remonte jusqu'au génotype. Chacune des étapes de cette liaison peut, vraisemblablement, être modifiée ou interrompue sous l'impact du milieu ; encore que, bien évidemment, certaines d'entre elles peuvent être rigides, au sens où un choc provenant du milieu, en tel point précis, provoquera la destruction de l'organisme. Ce qui nous intéresse ici, ce sont uniquement ces points de la hiérarchie sur lesquels le milieu peut agir sans remettre en question la vie de l'organisme. Combien y a-t-il de ces points « souples », nous sommes loin de le savoir. Lorsque, enfin, nous atteignons le génotype, ce qui nous intéresse, c'est de voir si les éléments génotypiques pris en considération sont, ou ne sont pas, variables. Existe-t-il des différences entre génotypes, susceptibles d'affecter la capacité de modification des processus aboutissant à des comportements phénotypiques observables ?

Dans le cas de la schizophrénie, nous avons évidemment affaire à une hiérarchie relativement vaste et complexe ; et l'histoire naturelle de la pathologie montre que cette hiérarchie n'est pas une simple chaîne de causes et d'effets, allant du code génétique au phénotype, et dépendant, en certains points, des facteurs de l'environnement. Il semble plutôt, dans le cas de la schizophrénie, que ce soit les facteurs de l'environnement eux-mêmes qui sont susceptibles d'être modifiés par le comportement du sujet, chaque fois qu'un comportement en rapport avec la schizophrénie se manifeste.

Pour illustrer la complexité de cette question, il serait peut-être utile d'examiner brièvement les problèmes de génétique soulevés par d'autres formes de communication : l'humour, le don mathématique ou la composition musicale. Il se peut que, dans tous ces cas, en ce qui concerne les facteurs qui font qu'une tendance de ce genre se développe, il y ait des différences génétiques considérables entre les individus. Mais le talent lui-même, ainsi que son mode d'expression, dépend, dans une large mesure, des conditions du milieu et même d'un entraînement spécifique. On peut ajouter à cela que, par exemple, un individu doué pour la composition musicale façonnera probablement son milieu dans un sens qui l'aidera à cultiver son talent, et ira même jusqu'à créer pour les autres un environnement qui favorisera leur développement dans cette direction.

Le cas de l'humoriste est lié à une situation encore plus complexe. En effet, il n'est pas du tout évident que la relation entre l'humoriste et son entourage soit nécessairement symétrique ; il arrive parfois que l'humoriste stimule l'humour des autres, mais, la plupart du temps, c'est une relation complémentaire qui s'instaure entre l'humoriste et l'homme « sérieux ». À vrai dire, dans la mesure où l'humoriste occupe toute la scène, il mettra les autres en position de récepteurs d'humour, et non pas de créateurs.

Ces mêmes considérations peuvent être appliquées telles quelles au problème de la schizophrénie. Il suffit d'observer les échanges qui ont lieu dans la famille d'un individu identifié comme schizophrène, pour se rendre immédiatement compte que le comportement symptomatique du patient est parfaitement adapté à son environnement, et qu'il stimule, chez les autres, un type de comportement qui s'apparente au comportement schizophrénique.

Ainsi, aux deux mécanismes stochastiques que nous avons déjà évoqués, il nous faut à présent en ajouter un troisième, celui des changements par lesquels, en limitant la gamme des comportements de ses membres, une famille s'organise, sans doute progressivement, de manière à s'adapter à la schizophrénie.

On se pose souvent cette question : « Si cette famille est

génératrice de schizophrénie, comment se fait-il que les autres frères et sœurs ne soient pas, eux, diagnostiqués comme schizophrènes ? »

Pour répondre à cette question, il faut d'abord remarquer que la famille, comme toute autre organisation, attribue des rôles à chacun de ses membres, et n'existe même que sur la base de cette différenciation. C'est ainsi que, dans beaucoup d'organisations, il n'y a de place que pour un seul patron, alors même que, pour bien fonctionner, l'organisation doit insuffler à l'ensemble de ses membres habileté administrative et ambition. Il en va de même pour les familles schizophrénogènes : elles n'ont de place que pour un seul schizophrène. En ce qui concerne le problème de l'humour, l'organisation de la famille Marx, qui a donné naissance à quatre humoristes professionnels, a dû être tout à fait exceptionnelle. En général, un seul individu de ce gabarit suffit pour cantonner les autres dans des comportements plus communs. Nous constatons donc que, quand bien même la génétique aurait son rôle à jouer dans la détermination de celui qui, de plusieurs enfants, sera le schizophrène – ou de celui qui sera le clown –, il est, néanmoins, absolument évident que les facteurs héréditaires ne suffisent pas à déterminer complètement l'évolution ou l'attribution des rôles au sein de l'organisation familiale.

Une deuxième question – qui n'a pas encore reçu de réponse définitive – peut être formulée ainsi : quel degré de schizophrénie, innée et/ou acquise, devons-nous attribuer aux parents générateurs de schizophrénie ? Pour tenter d'y répondre, je me propose de distinguer deux degrés dans la symptomatologie schizophrénique. Notons que ce que l'on appelle l'« effondrement psychotique » sert parfois de démarcation entre ces deux degrés.

Le degré le plus grave et le plus perceptible de symptomatologie est celui qu'on nomme habituellement « schizophrénie ». Moi, je l'appellerai schizophrénie « manifeste » : les comportements de ceux qui en sont affectés sont fortement déviants par rapport à leur environnement culturel. Ces patients se caractérisent par des distorsions et des erreurs graves et manifestes, aussi bien dans la nature et la classification de leurs propres messages (internes et externes) que dans celles des messages qu'ils reçoivent. L'imagination est confondue avec la perception, le littéral avec le métaphorique, les messages internes avec les messages externes, l'insignifiant avec le vital, l'émetteur du message avec le récepteur, celui qui perçoit avec la chose perçue, etc. Ces distorsions se ramènent en général à ce que le patient se comporte de manière à ne pas être responsable des aspects métacommunicatifs de ses messages. Son comportement est très caractéristique : soit il inonde son entourage de messages dont le type logique est totalement obscur ou, pour le moins, trompeur, soit il se replie complètement sur lui-même, afin de n'être impliqué dans aucun message.

La schizophrénie « latente » constitue le second degré, plus bénin, de la maladie : le comportement du patient se caractérise, là aussi, quoique de façon moins évidente, par de continuels changements dans la classification de ses propres messages, et par une tendance à répondre aux messages des autres (et, en particulier, à ceux des membres de sa famille) comme s'ils étaient d'un type logique différent de celui que l'émetteur leur a assigné. Dans ce système de communication, les messages de l'interlocuteur sont constamment oblitérés, soit parce que le schizophrène « latent » prétend qu'il s'agit de réponses inadéquates à ses propres propos, soit parce qu'il les met sur le compte des défauts de caractère ou de motivation qui existeraient chez son interlocuteur. Mais, là où ce comportement se différencie vraiment de la schizophrénie manifeste, c'est que la destructivité se maintient à un niveau où on ne peut soupçonner son existence. Tant que le schizophrène « latent » pourra mettre les autres dans leur tort, il continuera à donner le change sur sa maladie, de manière à ce que le blâme tombe toujours sur les autres. De toute évidence, ces personnes craignent, lorsqu'elles sont acculées, par les circonstances, à admettre la signification réelle de leur comportement, de sombrer dans la schizophrénie « manifeste ». Dans une telle situation, elles en arriveront même à recourir à la menace comme ultime défense : « Tu me rends fou », répètent-elles alors.

Ce que j'appelle ici schizophrénie « cachée » caractérise, surtout, dans les familles que j'ai étudiées, les parents des schizophrènes identifiés comme tels. Ce comportement, lorsqu'il se produit chez la mère, a souvent été exagérément caricaturé. Je mentionnerai donc ici un exemple dont le personnage principal est le père. M. et Mme P. sont mariés depuis dix-huit ans ; ils ont un fils de seize ans, pratiquement hébéphrénique. Leurs rapports sont difficiles et marqués par une hostilité quasi permanente. La femme est une passionnée de jardinage, et, un certain dimanche après-midi, elle et son mari ont planté ensemble des rosiers dans ce qui devait devenir sa roseraie. Elle garde de cet événement inhabituel un souvenir très agréable. Le lundi matin, le mari se rendit comme d'habitude à son travail et, durant son absence, sa femme reçut un coup de fil d'un inconnu, qui lui demanda, en s'excusant, quand elle quitterait sa maison. Elle en fut plutôt surprise. En effet, comment aurait-elle pu savoir que les messages qu'elle et son mari avaient échangés durant le travail en commun dans le jardin s'inscrivaient, de son point de vue à lui, dans un contexte plus vaste ? Une semaine auparavant, sans rien lui dire, il avait décidé de vendre leur maison.

Au vu de cet exemple, ne pourrait-on dire que, dans certains cas, la schizophrénie « manifeste » est la caricature de la schizophrénie « latente » ?

Si nous supposons qu'à la fois les symptômes manifestes du patient et la schizophrénie « latente » des parents sont partiellement déterminés par des facteurs génétiques – autrement dit, si nous pensons que, outre les facteurs liés à l'expérience du sujet dans son milieu familial, ce sont des facteurs génétiques qui font que le malade est particulièrement susceptible de développer ces modèles particuliers de comportement –, nous devons alors nous demander comment, dans ce cadre d'une théorie génétique, ces deux niveaux de pathologie peuvent être mis en rapport.

De toute évidence, cette question ne peut, pour le moment, recevoir aucune réponse valable ; il semble néanmoins clair que nous sommes confrontés ici à deux problèmes tout à fait distincts. Le premier est celui de la schizophrénie « manifeste ». La tâche du généticien est alors d'identifier les caractéristiques formelles qui, chez un individu, peuvent favoriser un « effondrement psychotique », lorsqu'il est confronté aux comportements insidieusement incohérents de ses parents, ou lorsqu'il est amené à comparer cette incohérence avec les comportements conséquents des personnes extérieures à sa famille. Il est encore trop tôt pour deviner quelles sont ces caractéristiques, mais nous pouvons déjà supposer, sans trop nous avancer, qu'elles comportent une certaine rigidité. On peut imaginer que l'individu sujet à la schizophrénie « manifeste » se caractérise par une force supplémentaire, venant de son attachement psychologique au *statu quo*, et que c'est précisément dans cet attachement qu'il est frustré ou peiné, de par la tendance de ses parents à opérer des changements trop brusques dans les cadres et les contextes. Il peut aussi posséder le paramètre qui détermine la relation entre la solution d'un problème et la formation d'habitudes à un très haut degré. Ou bien, il peut s'agir d'une personne qui s'en remet trop volontiers à l'habitude, et qui ne supporte pas que des changements de contexte viennent détruire les solutions qu'elle a trouvées, au moment même où elle les avait intégrées dans une structure stable.

Dans le second cas, celui de la schizophrénie « latente », le problème du généticien sera bien différent. Il devra, notamment, identifier les caractéristiques formelles qui peuvent être observées chez les parents du schizophrène. Ce qui semblerait prévaloir ici, c'est la souplesse plutôt que la rigidité. Toutefois, mon expérience de ce genre de cas m'incite à croire que, en ce qui concerne ces individus, le problème pourrait être aussi qu'ils sont liés *de façon rigide* à des modèles de comportements incohérents.

Ces deux questions, que le généticien doit se poser, faut-il tout simplement les fondre en une seule, en considérant la schizophrénie « latente » comme une forme bénigne de la schizophrénie « manifeste » ? Faut-il les assimiler, en pensant que, dans les deux cas, c'est, quoique à des niveaux différents, la même rigidité qui opère ? Je n'en sais rien.

De toute manière, les difficultés que nous rencontrons ici sont de celles que l'on rencontre constamment lorsqu'on cherche à donner un fondement génétique à tel ou tel trait de comportement. Il est bien connu que la valeur de tout message ou comportement est susceptible d'être inversée, cette généralisation étant, à notre avis, une des contributions les plus importantes de la psychanalyse. Si nous découvrons, par exemple, qu'un exhibitionniste est l'enfant de parents prudes, est-il justifié de demander à un généticien de rechercher quelque caractère génétique fondamental, qui trouverait son expression phénotypique à la fois dans la pruderie des parents et dans l'exhibitionnisme de leur progéniture ? Les phénomènes de suppression et de surcompensation nous obligent à affronter en permanence de telles difficultés : nous sommes enclins à penser qu'un excès en quelque chose à un certain niveau (en l'occurrence, dans le génotype) peut entraîner une déficience dans l'expression directe de cette même chose à un niveau plus superficiel (le phénotype). Et réciproquement.

Cela dit, nous sommes encore bien loin de pouvoir poser des questions précises à la place du généticien. Je pense, néanmoins, que les implications majeures de ce que je viens de souligner peuvent être de nature à modifier un tant soit peu la philosophie de la génétique. Notre approche des problèmes de la schizophrénie, à travers une théorie des niveaux ou des types logiques, a révélé, tout d'abord, que les problèmes de l'adaptation, de l'apprentissage et de leurs formes pathologiques doivent être considérés en fonction d'un système hiérarchisé, où des changements stochastiques interviennent aux frontières qui séparent les segments de la hiérarchie.

Nous avons, ensuite, envisagé trois régions de changements stochastiques : le niveau des mutations génétiques, le niveau de l'apprentissage et, enfin, le niveau des changements dans l'organisation familiale. Nous avons également dévoilé la possibilité de relations entre ces trois niveaux, alors même que les généticiens orthodoxes la nient ; et nous avons essayé de montrer que, dans les sociétés humaines au moins, le système évolutif ne consiste pas uniquement dans la survie sélective de ceux à qui il est arrivé de sélectionner l'environnement adéquat, mais également dans la modification de l'environnement familial dans une direction qui peut renforcer les caractéristiques génotypiques et phénotypiques de chacun de ses membres.

Qu'est-ce que l'homme ?

Si l'on m'avait demandé, il y a quinze ans, ce que j'entendais par le mot « matérialisme », je crois que j'aurais répondu que le matérialisme est une certaine théorie de l'univers, et j'aurais considéré comme allant de soi l'idée que cette théorie ne pouvait en rien être liée à une morale. J'aurais, à l'époque, convenu du fait que le savant est un expert qui peut fournir, à lui-même et aux autres, des intuitions et des techniques, mais aussi de ce que ce n'était pas à la science qu'il revenait de se prononcer en faveur ou non de l'utilisation de ces techniques. J'aurais en cela suivi un courant de pensée continu en philosophie des sciences, qu'illustrent les positions de savants aussi connus que Démocrite, Galilée, Newton[1], Lavoisier et Darwin.

J'aurais ainsi fait abstraction, en les tenant pour moins respectables, des idées d'Héraclite, des alchimistes, de William Blake, de Lamarck et de Samuel Butler. Pour ces derniers, la motivation véritable de leurs recherches scientifiques était leur désir d'élaborer une conception globale du monde, qui montrerait ce qu'est l'homme et quels sont ses liens avec le reste de l'univers. La vision du monde que de tels hommes essayaient de construire était donc à la fois éthique et esthétique.

Il existe, me semble-t-il, de nombreux rapports entre, d'une part, la vérité scientifique et, d'autre part, la beauté et la moralité : la preuve en est, pour moi, que, si un homme entretient des idées fausses en ce qui concerne sa propre nature, il sera nécessairement amené à commettre des actions qui seront profondément immorales et laides.

Confronté aujourd'hui à la même question sur le matérialisme, je répondrais plutôt que celui-ci représente, pour moi, un ensemble de règles concernant les questions qu'il convient de se poser sur la nature de l'univers. Mais je ne prétendrai aucunement que cet ensemble de règles ait aucun droit à la vérité absolue.

Le mystique « voit le monde dans un grain de sable », et le monde qu'il voit est soit moral, soit esthétique, soit les deux en même temps. Les newtoniens, eux, observent une régularité dans la chute libre des corps physiques et prétendent ne tirer, de cette régularité, aucune conclusion normative. Mais

---

1. Le nom de Newton appartient sans conteste à ce groupe. Mais c'était un homme complexe : son intérêt mystique pour l'alchimie et pour les écrits apocalyptiques, ainsi que son monisme théologique secret, prouve qu'il ne fut pas tant le premier des hommes de science « objectifs » que « le dernier des magiciens ». Newton a, tout comme Blake, consacré beaucoup de temps à l'étude des œuvres mystiques de Jacob Böhme (cf. J. M. Keynes, *Newton, the Man*, Tercentenary Celebrations, Londres, Cambridge University Press, 1947, p. 27-34).

cette prétention devient illégitime à partir du moment où ils prêchent que la régularité qu'ils postulent est la seule vision juste de l'univers ; car prêcher n'est possible qu'en termes, précisément, de conclusions normatives.

Au cours de cette conférence, j'ai plusieurs fois abordé des thèmes qui ont déjà prêté à controverses, au cours des longues querelles qui ont opposé un matérialisme amoral et une vision plus romantique de l'univers. La controverse, par exemple, qui a opposé Darwin et Butler a pu sembler devoir une partie de son aigreur à des attaques personnelles, mais il n'empêche que tous ces affrontements dissimulaient un problème dont le fond était religieux. Le vrai combat portait, en fait, autour du « vitalisme », le problème étant de savoir quelle quantité et quel ordre de vie pouvaient être attribués aux organismes. La victoire de Darwin tient au fait que, bien qu'il n'ait pas réussi à porter définitivement atteinte à l'idée d'une vitalité mystérieuse de l'organisme individuel, il a, au moins, démontré que le tableau de l'évolution peut se ramener à une « loi » naturelle.

Il était donc extrêmement important, à l'époque, de démontrer que ce territoire encore vierge qu'était celui de la vie de l'organisme individuel ne pouvait plus être arraché au champ de l'évolution. Il semblait encore mystérieux que les organismes vivants puissent réaliser des changements adaptatifs durant leur vie individuelle, et il ne fallait à aucun prix que ces changements – les fameux « caractères acquis » – vinssent influencer l'arbre de l'évolution. L'« hérédité des caractères acquis » menaçait continuellement de reprendre, au profit des vitalistes, le terrain gagné par les évolutionnistes. La biologie devait être scindée en deux : les hommes de science « objectifs » clamèrent évidemment leur foi dans l'unité d'une nature qui, dans toutes ses manifestations, serait un jour accessible à leur analyse, cela n'empêchant en rien que, pendant cent ans, on convînt qu'il fallait dresser un écran opaque entre la biologie de l'individu et la théorie de l'évolution. La mémoire « héritée » de Butler n'était qu'une attaque contre cet écran.

La question que je poserai, pour conclure cet exposé, peut être formulée de plusieurs façons : la querelle entre un matérialisme amoral et une conception plus mystique de l'univers peut-elle être affectée par un changement dans la fonction attribuée aux « caractères acquis » ? La vieille thèse du matérialisme repose-t-elle vraiment sur le principe que les contextes sont isolables ? Ou bien notre conception du monde change-t-elle si l'on admet un enchaînement infini de contextes, reliés entre eux dans une réseau complexe de métarelations ? Notre position, dans la controverse, peut-elle être modifiée par l'éventualité que les différents niveaux de changements stochastiques (soit dans le phénotype, soit dans le génotype) soient liés au contexte plus vaste du système écologique ?

En renonçant au postulat que les contextes sont toujours conceptuellement isolables, j'ai par là même introduit l'idée d'un univers plus unifié – et, en ce sens, plus mystique – que l'univers conventionnel du matérialisme amoral. Pouvons-nous donc, à partir de cette position nouvelle, espérer que la science répondra un jour aux questions morales et esthétiques ?

J'estime que notre position a changé de façon significative ; je peux peut-être vous en persuader en examinant ici un problème sur lequel – en tant que psychiatres – vous vous êtes certainement maintes fois penchés : je veux dire le « contrôle » et tout ce que nous suggèrent des mots comme « manipulation », « spontanéité », « libre arbitre » et « technique ». Vous conviendrez facilement avec moi que, plus que toutes autres, nos idées sur le « contrôle », quand elles reposent sur des prémisses fausses en ce qui concerne la nature du « soi » et ses relations avec les autres, peuvent engendrer la destruction et la laideur. Un être-humain en rapport avec une autre personne n'exerce qu'un contrôle très limité sur ce qui peut arriver dans cette relation. Il n'est qu'*une partie* d'une unité à deux personnes, et le contrôle que chacune des deux parties peut exercer sur l'ensemble est strictement limité.

Le rail à l'infini des contextes, dont je parlais plus haut, n'est qu'un autre exemple de ce même phénomène. Ma contribution en cette matière peut se résumer ainsi : la contradiction entre le tout et la partie, chaque fois qu'elle apparaît dans le domaine de la communication, est tout simplement une contradiction dans les types logiques. Le tout est toujours en métarelation avec ses parties. De même qu'en logique la proposition ne peut jamais déterminer la métaproposition, de même, dans le domaine du contrôle, le contexte ne peut déterminer le métacontexte. J'ai remarqué, à propos notamment des phénomènes de compensation phénotypiques, que, dans les hiérarchies de type logique, il y a souvent changement de sens à chaque niveau, lorsque les niveaux sont liés entre eux de manière à créer un système autocorrecteur.

Ce phénomène apparaît sous forme de diagramme simple dans la hiérarchie d'initiation que j'ai pu étudier en Nouvelle-Guinée : les initiateurs sont les ennemis naturels des novices parce que leur tâche est de les former en les malmenant. Mais, en même temps, ceux qui ont autrefois initié les initiateurs actuels ont pour rôle de critiquer la façon dont se déroule l'initiation, ce qui en fait les alliés naturels des novices. Et ainsi de suite. Un phénomène semblable peut être observé dans les collèges américains, où des alliances tendent à se nouer entre les première et troisième années, d'une part, et entre les deuxième et quatrième, de l'autre.

Cela nous conduit à une conception du monde qui reste encore quasi inexplorée. La complexité de cette vision peut être, en partie, suggérée par une analogie grossière et bien imparfaite. Nous pouvons comparer le fonctionnement de ces hiérarchies aux tentatives de conduire, en marche arrière, un camion auquel sont attachées une ou plusieurs remorques : chacune des segmentations d'un tel système manifestera une inversion de sens, alors que chaque segment ajouté entraînera une chute brutale de la capacité de contrôle du conducteur. Si le système est parallèle, par exemple, au côté droit de la route, et que le conducteur veuille que la première remorque s'approche de ce côté droit, il doit tourner ses roues avant vers sa gauche ; ainsi, l'arrière du camion sera éloigné du côté droit de la route, de façon que l'avant de la remorque soit dirigé vers le côté gauche. Ce mouvement, à son tour, portera vers la droite l'arrière de la remorque. Et ainsi de suite.

Toute personne ayant tenté une fois cette manœuvre sait que la possibilité de contrôle diminue rapidement. Même la marche arrière avec une seule remorque est difficile, car le nombre d'angles sur lesquels peut s'exercer le contrôle est très limité. Si la remorque est dans l'alignement – ou à peu près dans l'alignement – du véhicule, alors le contrôle est assez aisé ; mais, à force de s'éloigner de l'axe longitudinal, il arrive un moment où l'on perd le contrôle et où toute tentative de le reprendre ne pourra que provoquer un déséquilibre du système. Avec deux remorques, le seuil de déséquilibre est atteint encore plus vite, et la possibilité de contrôle devient, par conséquent, presque négligeable.

À mes yeux, le monde est constitué d'un réseau (plutôt que d'une chaîne) très complexe d'entités qui entretiennent ce genre de relations, à ceci près que beaucoup d'entre elles possèdent leur propre source d'énergie et, parfois même, leurs propres « idées » de l'endroit où elles veulent aller.

Dans un tel monde, le problème du contrôle est davantage lié à l'art qu'à la science, d'abord parce que nous sommes enclins à considérer que la difficulté et l'imprévisible sont des contextes nécessaires à l'art, mais surtout parce que le résultat de l'erreur est, la plupart du temps, la laideur.

Laissez-moi, pour conclure, mettre en garde les spécialistes des sciences sociales que nous sommes. Nous devons réfréner notre désir de contrôler ce monde que nous comprenons si mal. Ne laissons pas le sentiment de l'imperfection de notre savoir alimenter notre angoisse et, par conséquent, notre besoin de contrôle. Que nos recherches soient plutôt inspirées par un motif ancien et, hélas, aujourd'hui délaissé : la simple curiosité envers ce monde dont nous faisons partie. La récompense d'une telle attitude n'est pas le pouvoir, mais la beauté.

Car c'est un fait bien singulier, que tous les grands progrès scientifiques – et ceux accomplis par Newton ne sont pas les moindres – ont été élégants.

RÉFÉRENCES COMPLÉMENTAIRES

Ashby, W. R., *Design for a Brain* (Dessin pour un cerveau), New York, John Wiley, 1952.
– *Introduction to Cybernetics* (Introduction à la cybernétique), New York et Londres, John Wiley, 1956.
Bateson, G. D. D. Jackson, J. Haley et J. H. Weakland, « Toward a theory of schizophrenia », *Behavioral Science*, 1, 1956, p. 251-264 ; cf. ci-dessus, « Vers une théorie de la schizophrénie », p. 9.
Bateson, G., « Cultural problems posed by a study of schi-

zophrenic process », (Problèmes culturels posés par l'étude du processus schizophrénique) dans *Symposium on Schizophrenia : An Integrated Approach*, édité par Alfred Auerback (sous les auspices de l'American Psychiatric Association Hawaiian Divisional Meeting, 1958), New York, Ronald Press & C°, 1959.

Bateson, G., « The new conceptual frames for behavioral research », (Nouveaux cadres conceptuels pour les recherches sur le comportement), dans *Proceedings of the Sixth Annual Psychiatric Conference*, New Jersey Neuro-Psychiatric Institute, Princeton, 17.9.1958, p. 54-71.

– « The group dynamics of schizophrenia », dans *Chronic Schizophrenia*, édité par L. Appleby, J. M. Scher et John H. Cumming, Glencoe, Ill., The Free Press, 1960 ; cf. ci-dessus, « Dynamique de groupe de la schizophrénie », p. 57.

– « Social planning and the concept of deutero-learning », congrès sur Science, Philosophie et Religion considérées dans leur rapport à la démocratie, édité par L. Bryson et L. Finkelstein, New York, Harper & Bros, 1942 ; cf. « Planning social et concept d'apprentissage secondaire », vol. I de cette édition, p. 227-245.

– *Naven*, Stanford, Cal., Stanford University Press, 1958. Trad. française : *La Cérémonie du Naven*, Paris, Éd. de Minuit, 1971.

Butler, Samuel, *Thought and Language* (Pensée et langage), 1890, publié dans *Works of Samuel Butler*, éd. Shrewsbury, vol. XIX.

– *Luck or Cunning as the Main Means of Organic Modification* (Le hasard et la ruse comme principaux moyens de modification organique), Londres, Trubner, 1887.

Darlington, C. D., « The Origins of Darwinism », *Scientific American*, 1959, 200, p. 60-65.

Darwin, Ch., *On the Origin of Species, by Means of Natural Selection* (De l'origine des espèces, par le moyen de la sélection naturelle), Londres Murray, 1859. Trad. française, *De l'origine des espèces*, Paris, diffusion Interforum, 1973, coll. « Marabout université ».

Gillispie, C. C., « Lamarck and Darwin in the history of science », (Lamarck et Darwin dans l'histoire de la science), *American Scientist*, 46, 1958, p. 388-409.

Stroud, J., « Psychological moment in perception-discussion »

(Le moment psychologique dans les discussions sur la perception), dans *Cybernetics : Circular Causal and Feedback Mechanisms in Biological and Social Systems*, actes du 6ᵉ congrès, édité par H. von Foerster *et al.*, New York, Josiah Macy Jr. Foundation, 1949, p. 27-63.

Waddington, C. H., *The Strategy of Genes* (La stratégie des gènes), Londres, George Allen & Unwin, 1957.

– « The integration of gene-controlled processes and its bearing on evolution » (L'intégration des processus contrôlés par les gènes et leur influence sur l'évolution), dans *Caryologica, supplement*, 1959, p. 232-245.

– « Genetic assimilation of an acquired character » (Assimilation génétique d'un caractère acquis), dans *Evolution*, 7, 1953, p. 118-126.

Weismann, A., *Essays upon Heredity*, édité par E. B. Pulton *et al.*, Oxford, Clarenton Press, 1889. Trad. française, *Essais sur l'hérédité*, Paris, C. Reinwald, 1892.

Commentaire sur la troisième section

Au cours des exposés rassemblés dans cette troisième partie, j'ai parlé à plusieurs reprises du fait qu'une action ou une énonciation apparaissent toujours *à l'intérieur* d'un contexte, ce qui laisse entendre que l'énonciation ou l'action considérées seraient des variables « dépendantes », tandis que le contexte serait la variable « indépendante » ou déterminante. Toutefois, cette manière de concevoir le rapport de l'action à son contexte peut avoir pour conséquence d'empêcher le lecteur – comme cela m'est arrivé à moi-même – de percevoir l'écologie des idées, dont l'ensemble constitue le petit sous-système que j'appelle « contexte ».

Il est absolument nécessaire de corriger cette erreur heuristique, qui provient, comme tant d'autres, d'une analogie avec les concepts qui ont cours en physique et en chimie.

Il est important, en premier lieu, de considérer telle action ou telle énonciation comme des *parties* du sous-système écologique appelé contexte, et non comme produit ou résultat de ce qui reste du contexte, une fois que l'élément que nous voulons expliquer en a été retiré.

Il s'agit ici de la même erreur formelle que celle dont j'ai parlé dans le Commentaire sur la deuxième section*, à propos de l'évolution du cheval. Nous aurions tort de penser que cette évolution ne résulte que d'un ensemble de transformations dans la façon dont l'animal s'adapte à la vie dans des plaines herbeuses ; elle s'explique, bien plutôt, par une *constance dans la relation* entre l'animal et son milieu. Car *c'est l'écologie qui survit et évolue lentement*. Dans cette relation, les termes en rapport – le cheval et l'herbe – sont

---

* Cf. vol. I de cette édition, p. 221-224.

soumis à certains changements, qui, certes, peuvent être décrits comme adaptatifs pendant une période délimitée. Cependant, si les processus d'adaptation étaient à eux seuls explicatifs, il ne pourrait y avoir de pathologie systémique. Les troubles viennent, justement, de ce que la « logique » de l'adaptation est une « logique » différente de celle de la survie et de l'évolution du système écologique.

Pour reprendre l'expression de William Brodey, le « grain de temps » de l'adaptation est différent de celui de l'écologie.

La « survie » signifie que certaines des descriptions d'un être vivant déterminé continuent d'être vraies pendant une période de temps donnée, inversement, l'« évolution » se rapporte aux transformations qui affectent la vérité de certaines descriptions de l'être vivant. Il faudrait donc pouvoir préciser quelles affirmations relatives à quels systèmes restent vraies, et lesquelles subissent des transformations.

Les paradoxes (et les pathologies) du processus systémique sont, précisément, dus au fait que la constance et la survie d'un système plus vaste sont maintenues par des changements survenant dans les sous-systèmes qui le composent.

La constance relative de la relation entre l'animal et son milieu (la survie) s'explique par des changements dans les *deux* termes en rapport. Tout changement adaptatif, affectant l'un ou l'autre de ces deux termes, qui ne serait pas compensé par un changement dans l'autre terme, ne pourrait que mettre en danger la relation entre les deux termes en question. Cette thèse débouche sur un nouveau cadre conceptuel pour l'hypothèse de la double contrainte et pour l'approche de la schizophrénie, ainsi que sur une nouvelle façon de concevoir le contexte et les niveaux d'apprentissage.

Autrement dit, la schizophrénie, l'apprentissage de second degré et la double contrainte ne peuvent pas être limités au domaine de la psychologie de l'individu, mais relèvent de l'*écologie des idées* organisées en systèmes ou « esprits » (*minds*), dont les frontières ne coïncident plus avec les limites des individus qui y participent.

QUATRIÈME SECTION

BIOLOGIE ET ÉVOLUTION

De l'insensé en biologie et de certains départements de l'Éducation*

Mon père, le généticien William Bateson, avait l'habitude de nous lire un passage de la Bible à chaque petit déjeuner, et cela pour que nous ne grandissions pas comme des athées *écervelés*. C'est peut-être pour cette raison qu'il m'a semblé naturel de m'émerveiller devant l'ouverture d'esprit qu'apporte l'étrange loi antiévolutionniste, promulguée par le département de l'Éducation de l'État de Californie[1].

En effet, l'évolution a été trop longtemps mal enseignée. Particulièrement les étudiants, et même la plupart des biologistes professionnels, s'approprient la théorie évolutionniste sans aucune compréhension en profondeur des problèmes fondamentaux que cette théorie se propose de résoudre. C'est dire qu'ils n'apprennent que peu de chose sur l'évolution des théories évolutionnistes elles-mêmes.

Or, le grand mérite de ceux qui ont écrit le premier chapitre de la Genèse, c'est précisément leur parfaite compréhension du problème profond : *D'où vient l'ordre ?* Ils remarquent que terre et eaux ont été effectivement séparées, que les espèces ont été, elles aussi, séparées ; ils voient également qu'une telle séparation et un tel rangement dans l'univers posent un problème fondamental. En termes de nos théories modernes, nous pouvons dire qu'il s'agit là du problème implicite contenu dans la deuxième loi de la thermodynamique : si les événements dus au hasard mènent à des mélanges de choses, par quels événements, qui ne sont pas dus au hasard, les choses arrivent-elles à se séparer ? Et qu'est-ce qu'un événement dû au « hasard » ?

---

* Essai publié pour la première fois dans *BioScience*, vol. XX, 1970.
1. Cf. « California's anti-evolution ruling », *BioScience*, 1970.

Ce problème fut le thème central en biologie et en nombre d'autres sciences, tout au long de ces cinq mille ans. Le moins qu'on puisse dire, c'est qu'il est loin d'être banal.

De quel MOT pourrions-nous désigner le principe de l'ordre qui semble être immanent à l'Univers ?

Ce que suggère la loi sur l'éducation de l'État de Californie, c'est qu'on enseigne aux étudiants les *autres* tentatives de résoudre ce problème ancien. Moi-même, j'en ai découvert une chez les chasseurs de têtes de l'âge de pierre, dont les traditions demeurent encore aujourd'hui intactes dans la tribu Iatmul de Nouvelle-Guinée. Eux aussi, ils remarquent d'abord que les eaux et la terre ont été séparées, et cela même dans leur région marécageuse. Ils disent qu'au début il y eut un énorme crocodile, Kavwokmali, qui patouillait avec ses pattes avant et ses pattes arrière, en maintenant ainsi la boue en suspension. Le héros culturel, Kevembuangga, tua d'un coup de lance le crocodile, qui cessa ainsi de patouiller, ce qui permit aux eaux et à la terre de se séparer. Le résultat en fut la terre ferme, que Kevembuangga frappa de son pied, triomphateur. Nous pouvons dire qu'il vérifia ainsi que : « c'était bon ».

Nos étudiants d'aujourd'hui doivent ouvrir leur esprit, s'ils veulent comprendre vraiment les autres théories concernant l'évolution, et réaliser *comment* l'esprit humain peut prendre des formes différentes, selon qu'il croit que tout rangement dans l'univers est dû à un agent externe, ou, comme les Iatmul et les hommes de science modernes, qu'il s'aperçoit que la possibilité de l'ordre et du modèle est immanente dans le monde.

À ce moment-là, l'étudiant sera forcé, par ce nouveau système, de contempler la « Grande Chaîne de l'Être », avec l'Esprit Suprême au sommet et les protozoaires à la base. Il verra ainsi comment l'Esprit fut invoqué comme principe explicatif pendant tout le Moyen Âge et comment, plus tard, c'est l'Esprit lui-même qui est devenu *le problème*. L'Esprit est devenu ce qui exige d'être expliqué, lorsque Lamarck a montré que la Grande Chaîne de l'Être doit être inversée, pour devenir une séquence évolutive, avec les protozoaires en tête. Le problème devint alors d'expliquer l'Esprit à partir de ce qui pouvait être connu de cette nouvelle chaîne.

Et, lorsque l'étudiant atteindra la moitié du XIXe siècle, il faudra lui donner comme texte à étudier le livre de Philip

Henry Gosse : *Création (Omphalos) – An Attempt to Untie the Geological Knot* (Création [omphalos] – Une tentative de dénouer le nœud géologique). Dans ce livre extraordinaire, il apprendra beaucoup de choses sur la structure des animaux et des plantes, choses qui sont, de nos jours, très rarement mentionnées dans la plupart des cours de biologie : notamment, le fait que les animaux et les plantes présentent une structure temporelle, dont les cercles de croissance des arbres ne sont qu'un exemple élémentaire et les cycles de l'histoire de la vie, un temple plus complexe. Toute plante et tout animal sont construits en accord avec les prémisses de cette nature cyclique.

Après tout, il n'y a aucun mal à lire le livre de Gosse, qui fut un fondamentaliste fervent – un « Plymouth Brother » – ainsi qu'un réputé biologiste marin. Son livre parut en 1857, deux ans avant l'*Origine des espèces*. Il l'a écrit justement pour démontrer que les données fournies par les empreintes fossiles, ainsi que par l'homologie biologique, peuvent parfaitement s'accorder avec les principes du fondamentalisme. Pour lui, il eût été inconcevable que Dieu ait créé un monde dans lequel Adam n'eût de nombril, les arbres du Jardin de l'Éden n'eussent des cercles de croissance, et les rochers n'eussent des couches distinctes. Pour toutes ces raisons, Dieu a dû créer le monde *comme si* le monde avait eu un passé.

Quant à notre étudiant, cela ne lui fera aucun mal de se frotter aux paradoxes de la « loi du Prochronisme », formulée par Gosse ; s'il prêtait une oreille attentive aux généralisations tâtonnantes de Gosse, relatives au monde biologique, il entendrait là une version précoce de l'hypothèse de l'« état stable ».

Bien sûr, tout le monde sait que les phénomènes biologiques sont cycliques : de l'œuf à la poule, à l'œuf, à la poule, etc. Ce qui est bien moins connu, surtout par la plupart des biologistes, ce sont les implications de ce caractère cyclique pour les théories évolutionnistes et écologiques elles-mêmes. La vision que Gosse propose du monde biologique ne peut qu'ouvrir leur esprit en ce sens.

Il est stupide et vulgaire d'approcher la gamme tellement riche de la pensée évolutionniste, avec seulement des questions du type « qui a eu raison » et « qui a eu tort ». Nous pourrions tout aussi bien dire que les Amphibiens et les

Reptiles ont eu « tort », alors que les Mammifères et les Oiseaux ont eu « raison », quant à leurs solutions au problème : comment vivre ?

Car, en nous opposant constamment aux fondamentalistes, nous sommes amenés à des idées tout aussi *insensées* que les leurs. La vérité est que : « Autre est le semeur, autre est le moissonneur » (Jean 4, 38). Et ce texte n'est pas seulement un mémento pour notre humilité, mais également un raccourci du vaste processus d'évolution dans lequel, nous autres organismes, nous sommes bon gré mal gré impliqués.

Le rôle des changements somatiques dans l'évolution*

Toute théorie de l'évolution biologique repose sur au moins trois types de changements : *a)* des changements génotypiques, soit par mutation, soit par redistribution des gènes ; *b)* des changements somatiques, sous la pression de l'environnement ; *c)* des changements des conditions de l'environnement lui-même. Le problème, pour toute théorie de l'évolution, est d'élaborer une *synthèse* de ces trois types de changements et de les présenter sous la forme d'un processus unitaire qui, dans le cadre de la sélection naturelle, rende compte des phénomènes d'adaptation et de phylogenèse.

À cette fin, il nous faut convenir de quelques prémisses.

a) La théorie ne sera pas fondée sur l'hérédité lamarckienne. Sur ce point, les arguments d'Auguste Weismann sont toujours valables : il n'y a aucune raison de penser que, soit les changements somatiques, soit les changements du milieu puissent provoquer (au moyen d'une communication physiologique) des changements génotypiques appropriés. Le peu que nous savons de la communication à l'intérieur des organismes multicellulaires[1] tend à montrer qu'une telle communication, allant du soma vers le gène, a peu de chances d'exister et qu'il est, en outre, fort improbable qu'elle soit suivie d'effets adaptatifs.

Reste qu'il nous semble intéressant d'énoncer ici les implications de notre première prémisse :

Chaque fois que, dans un organisme, un caractère quel-

---

* Cet article a été publié pour la première fois dans la revue *Evolution*, vol. XVII, 1963.
1. C'est délibérément que nous écartons ici les problèmes de génétique bactériologique.

conque est susceptible d'être changé sous l'effet, mesurable, du milieu ou sous celui, également mesurable, de la physiologie interne, nous pouvons écrire une équation où la valeur du caractère en question est exprimée comme une fonction de la valeur du facteur d'impact. « La couleur de la peau humaine est fonction de l'exposition à la lumière solaire », « le rythme respiratoire est fonction de la pression atmosphérique », etc. Ces équations sont construites de manière à demeurer *vraies* pour un grand nombre d'observations particulières, et elles contiennent nécessairement des propositions subsidiaires stables (c'est-à-dire des propositions qui demeurent *vraies*) quelle que soit la valeur des facteurs d'impact ou des caractères somatiques. Ces propositions subsidiaires sont d'un type logique différent de celui des premières observations faites en laboratoire : elles ne décrivent pas le matériel observé, mais nos *équations* ; ce sont des énoncés se rapportant à la forme d'une équation particulière, et à la valeur des paramètres que contient cette équation.

Il serait facile, à ce stade, de faire la différence entre génotype et phénotype, en disant que *les formes et les paramètres* des équations nous sont fournis par les gènes, alors que les impacts du milieu déterminent l'événement qui se produit à l'intérieur de ce premier système. Nous dirons, par exemple, que la *capacité* de bronzer est déterminée par le génotype, alors que le degré de bronzage, dans tel cas particulier, dépend de la durée de l'exposition au soleil.

À partir de cette approche, extrêmement simplifiée, des rôles imbriqués du génotype et de l'environnement, notre prémisse excluant l'hérédité lamarckienne peut se reformuler comme suit : dans toute tentative pour expliquer le processus d'évolution, il nous faut exclure la supposition selon laquelle la réalisation d'une valeur particulière d'une certaine variable, dans des circonstances données, affecte, à travers les gamètes produits par l'individu en question, la forme on les paramètres de l'équation fonctionnelle qui régit le rapport entre ladite variable et les conditions de l'environnement.

Toutefois, une telle formulation étant simplifiée à l'extrême, il nous faut y ajouter des parenthèses, pour traiter des cas limites ou très complexes.

En premier lieu, il est très important de rappeler que l'organisme, en tant que système communicationnel, peut lui-même opérer à des niveaux logiques multiples ; ainsi y a-t-il des cas où ce que nous avons appelé plus haut « paramètres » sera susceptible de changer. L'organisme individuel peut, à la suite d'un « entraînement », modifier, par exemple, sa capacité de bronzer au soleil. Or, ce type de changement a certainement une importance capitale dans un domaine – celui du comportement animal – où il ne faut jamais oublier qu'on « apprend à apprendre ».

Deuxièmement, il nous faut développer notre formule, afin de pouvoir rendre également compte des *effets négatifs*. Certaines conditions de l'environnement peuvent avoir un effet tel, sur un organisme qui ne sait s'y adapter, que l'individu en question *ne produira pas* de gamètes.

Troisièmement, nous devons nous attendre à ce que certains des paramètres d'une équation changent sous l'impact d'une condition physiologique ou d'environnement, autre que celles mentionnées dans l'équation en question.

Ces réserves étant faites, les critiques de Weismann à la théorie de Lamarck, comme mes propres efforts pour les expliciter, se rejoignent dans le souci d'une certaine *économie* ; nous supposons que les principes qui gouvernent les phénomènes ne sont pas censés être modifiés par ces mêmes phénomènes. Nous voici amenés à reformuler le rasoir d'Occam : dans toute tentative d'explication les types logiques ne doivent pas être multipliés plus que nécessaire.

b) *Le changement somatique est absolument nécessaire à la survie.* Tout changement de l'environnement qui nécessite un changement adaptatif correspondant de l'espèce sera létal à moins que les organismes (ou certains d'entre eux) n'utilisent des changements somatiques pour surmonter une phase d'épreuve dont la durée n'est pas prévisible, en attendant soit une modification génotypique adéquate (par mutation ou redistribution des gènes existant déjà dans la population de l'espèce), soit le retour de l'environnement à la norme antérieure. Cette prémisse ne serait qu'un truisme, sans la quantité de temps qui est mise en jeu.

c) *Des changements somatiques sont nécessaires aussi pour faire face à des changements génotypiques susceptibles d'aider l'organisme dans sa lutte externe avec le milieu.* L'organisme individuel est une organisation complexe de parties interdépendantes. Tout changement génotypique, toute mutation affectant l'une de ces parties (et quelle que soit sa valeur, eu égard au monde extérieur du point de vue de la survie) appellera obligatoirement des changements dans beaucoup d'autres parties, changements qui ne seront sans doute ni définis ni latents dans le seul changement mutationnel des gènes. Une hypothétique pré-girafe, par exemple, qui aurait eu la chance de posséder un gène mutant « long-cou », aurait dû s'y adapter par des modifications complexes du cœur et du système circulatoire. Et ces ajustements collatéraux auraient dû se produire précisément au niveau somatique : seules les pré-girafes capables, grâce à leur génotype, de tels changements somatiques auraient survécu.

d) Nous supposons ici que *le corpus des messages génotypiques est de nature essentiellement digitale*. Par opposition, le soma est considéré comme un système de travail permettant d'expérimenter les recettes fournies par le génotype. S'il s'avérait que le corpus génotypique soit, dans une certaine mesure, également *analogique* – à savoir, un modèle de travail, pour le soma –, la prémisse c) serait contredite. Il serait, dans ce cas, imaginable que le gène mutant « long-cou » puisse aussi modifier les messages des gènes qui sont chargés du développement du cœur. Nous savons évidemment que les gènes peuvent avoir un effet pléiotropique ; mais, en l'occurrence, ce type de phénomènes ne serait significatif que si nous pouvions démontrer que les effets du gène A sur le phénotype et ses effets sur l'expression phénotypique du gène B, sont mutuellement compatibles, dans le cadre de l'intégration et de l'adaptation globales de l'organisme.

Ces considérations nous amènent à classer ensemble les changements génotypiques et ceux de l'environnement, en fonction du *prix* de souplesse qu'ils exigent du système somatique. En ce sens, un changement ne devient létal par rapport à l'environnement ou au génotype, qu'à partir du moment où il exige des modifications somatiques que l'organisme est incapable d'effectuer.

Or, il est probable que le *prix* somatique, pour un changement donné, ne dépend pas exclusivement des modifications demandées, mais aussi de la capacité de souplesse somatique dont dispose l'organisme à tel ou tel moment, cette capacité dépendant, à son tour, de la quantité de souplesse que l'organisme a déjà dépensée pour s'adapter à d'autres mutations ou à d'autres changements de l'environnement. Nous sommes donc confrontés à une *économie* de la souplesse qui, comme toutes les autres économies, est déterminante pour le cours de l'évolution si – et seulement si – l'organisme opère au plus près des limites déterminées par cette même économie.

Notons qu'il doit exister une différence importante entre cette économie de la souplesse somatique et les économies plus courantes, d'ordre monétaire ou énergétique. Pour ces dernières, chaque nouvelle dépense peut simplement s'*additionner* aux dépenses précédentes, et les lois économiques ne deviennent coercitives que lorsque la somme totale des dépenses avoisine les limites du budget. En revanche, les effets combinés des changements multiples, qui exigent tous leur *prix* du soma, doivent être *multiplicatifs*, ce qui peut être formulé de la manière suivante :

- soit S l'ensemble fini de toutes les possibilités vitales de l'organisme (tous les états vitaux possibles pour lui) ;
- soit s^1 le sous-ensemble de S comprenant tous les états compatibles avec une mutation donnée m^1 ;
- soit encore s^2 le sous-ensemble comprenant tous les états compatibles avec une seconde mutation m^2.

Il s'ensuit que la combinaison des deux mutations limitera l'organisme au produit logique de s_1, et s_2 c'est-à-dire à ce sous-ensemble d'états, en général plus restreint, qui est composé seulement d'éléments communs à s_1 et s_2. Ainsi, chacune des mutations successives (ou toute autre modification génotypique) fractionnera les possibilités d'adaptation (*adjustment*) somatique de l'organisme. Si, d'aventure, l'une des mutations exige un certain changement somatique diamétralement opposé à celui exigé par une mutation autre, les possibilités d'adaptation somatique de l'organisme s'en trouveront immédiatement réduites à zéro.

Le même raisonnement est certainement valable pour les multiples changements de l'environnement qui exigent des adaptations somatiques, quand bien même lorsque ces changements semblent profiter à l'organisme. Une amélioration diététique, par exemple, exclura du champ des adaptations somatiques d'un organisme certains modèles de croissance dont nous pourrions dire qu'ils sont « stoppés » parce que correspondant probablement à d'autres exigences de l'environnement.

De ces quelques considérations, il résulte que, si l'évolution se passait vraiment comme la décrivent les théories classiques, les processus qui la caractérisent seraient tout simplement bloqués ! La nature limitée du changement somatique prouve qu'aucun processus continu d'évolution ne peut résulter seulement d'une succession de changements génotypiques adaptatifs au monde extérieur, puisque leur combinaison, en exigeant une addition d'adaptations somatiques internes dont le soma est incapable, deviendrait par là même létale.

Il faut donc nous tourner vers une autre classe de changements génotypiques. En effet, pour aboutir à une théorie équilibrée de l'évolution, il faut supposer l'existence de modifications génotypiques qui *augmentent* le champ potentiel de souplesse somatique. En effet, lorsque, sous la pression des mutations ou de l'environnement, l'organisation interne des organismes d'une espèce aura été limitée à quelque sous-ensemble restreint de l'ensemble de ses états viables, tout progrès évolutif ultérieur requerra, pour compenser cette limitation première, certaines modifications génotypiques spécifiques.

Notons d'abord que, si les résultats des changements génotypiques sont irréversibles dans la vie des organismes individuels, les changements intervenant au niveau somatique ne le sont généralement pas. Lorsque ces derniers se produisent en réponse à des conditions spéciales de l'environnement, un retour à la norme initiale de cet environnement sera, le plus souvent, suivi d'une diminution ou d'une suppression du nouveau caractère (il est permis de penser qu'il pourrait en être de même des adaptations somatiques accompagnant les mutations adaptatives au monde extérieur, mais naturellement, dans ce cas précis, il est impossible de supprimer les effets de la mutation sur l'individu).

Il n'est pas sans intérêt de remarquer ici, toujours dans la perspective de ces changements somatiques réversibles, que les organismes supérieurs répondent souvent aux exigences de l'environnement par un phénomène que nous pourrions appeler la « défense en profondeur ». Par exemple, un homme qui passerait subitement du niveau de la mer à trois mille mètres d'altitude serait, très probablement, haletant et verrait son rythme cardiaque augmenter. Cependant, ces premières modifications sont aisément réversibles : si cet homme retournait le jour même au niveau de la mer, elles disparaîtraient immédiatement. En revanche, s'il prolonge son séjour à trois mille mètres d'altitude, un second niveau de défense apparaîtra : celui de l'acclimatation lente, au moyen de changements physiologiques complexes. Son rythme cardiaque et sa respiration finiront par redevenir normaux, à moins qu'il n'accomplisse de gros efforts. Et si, après cela, il retourne à l'altitude zéro, les caractéristiques du second niveau de défense mettront un certain temps à disparaître, l'individu risquant même de ressentir certains malaises.

Du point de vue d'une économie de la souplesse somatique, le premier effet de la haute altitude est de réduire l'organisme à un ensemble limité d'états (s_1), caractérisé par la rapidité du rythme cardiaque et par le halètement : l'homme peut encore survivre, mais uniquement comme être relativement rigide. L'acclimatation suivante (« défense en profondeur ») a justement pour but de corriger la perte de souplesse : une fois que l'homme est acclimaté, il peut utiliser les mécanismes du halètement pour s'adapter à d'*autres* dangers, qui risqueraient autrement de devenir létaux.

Une « défense en profondeur » similaire est aisément repérable dans le domaine du comportement. Lorsque nous sommes confrontés pour la première fois, à un problème particulier, nous l'abordons soit par l'intuition *(insight)*, soit encore par la méthode d'« essais-et-erreurs ». Plus tard, et plus ou moins graduellement, nous contractons l'« habitude » d'agir selon la procédure qui s'est révélée efficace au cours des expériences précédentes ; continuer à utiliser l'intuition ou la méthode d'essais-et-erreurs, pour des problèmes de même classe serait un véritable gaspillage. Ces mécanismes peuvent, à présent être économisés et appliqués à d'*autres* problèmes[1].

Dans l'acclimatation, comme dans la formation d'habitudes, on économise la souplesse en remplaçant un changement superficiel et réversible par un changement profond et durable. Ou, pour reprendre les termes de notre prémisse

---

1. Cf. « Exigences minimales pour une théorie de la schizophrénie », ci-dessus p. 75.

antilamarckienne : un changement est intervenu dans les paramètres de l'équation fonctionnelle qui met en rapport respiration et pression atmosphérique externe. L'organisme semble ici se comporter comme un système ultra-stable. Ashby[1] a démontré qu'une caractéristique formelle de ces systèmes est que les circuits qui contrôlent les variables à fluctuation rapide agissent comme des mécanismes régulateurs, et garantissent la constance permanente des variables pour lesquelles le changement est normalement plus lent et de plus faible amplitude ; il a fait, d'autre part, remarquer que toute intervention bloquant les valeurs des variables instables a un effet perturbateur sur la constance des éléments habituellement stables du système. Ainsi, dans le cas d'un halètement constant à haute altitude, le rythme de respiration ne peut plus servir de quantité variable dans le maintien de l'équilibre physiologique ; et inversement, si le rythme de respiration doit redevenir une variable à fluctuation rapide, il faut alors que quelque changement intervienne dans les éléments plus stables du système ; en l'occurrence, ce changement s'effectuera de façon relativement lente et sera relativement irréversible.

Il n'en demeure pas moins vrai que même l'acclimatation et la formation d'habitudes sont encore réversibles au cours de la vie de l'individu, ce qui témoigne d'un certain manque d'économie communicationnelle dans ces mécanismes d'adaptation. La réversibilité implique, en effet, que la modification de la valeur d'une variable soit réalisée à travers des circuits homéostatiques, dont le principe moteur est l'erreur. Elle exige l'existence d'un moyen permettant de repérer un changement menaçant ou indésirable dans une variable donnée, ainsi que l'existence d'une chaîne de causes et d'effets qui puisse provoquer une action corrective. De plus, l'ensemble du circuit doit, en quelque sorte, demeurer disponible pour ce but, tant que le changement réversible demeure en place. Ce qui constitue un véritable gaspillage des réseaux communicationnels disponibles !

Le rôle de l'économie communicationnelle s'avère plus sérieux encore si l'on remarque que les circuits homéostatiques d'un organisme, loin d'être indépendants les uns des

---

1. W. R. Ashby, « The effect of controls on stability », *Nature*, 1945, 155, 242. Cf. aussi W. R. Ashby, *Design for a Brain*, New York, John Wiley, 1952.

autres, sont, au contraire, imbriqués de façon extrêmement complexe : ainsi les messagers hormonaux jouant un rôle dans le contrôle homéostatique de l'organe A affecteront-ils, également, l'état des organes B, C et D ; toute surcharge particulière du circuit contrôlant A diminuera d'autant, pour l'organisme, sa liberté de contrôler B, C et D.

En revanche, tout laisse supposer que les changements provoqués par des mutations ou des modifications génotypiques sont d'une toute autre nature. Chaque cellule contient une copie du nouveau corpus génotypique et modifiera donc, au moment opportun, son comportement, sans qu'il y ait un quelconque changement dans les messages qu'elle reçoit des tissus ou des organes voisins. Si, par exemple, les pré-girafes imaginaires, porteuses du gène mutant « long-cou », pouvaient aussi porter le gène mutant « grand-cœur », leur cœur augmenterait de volume sans qu'il soit nécessaire d'utiliser les réseaux homéostatiques du corps pour obtenir ce résultat et le maintenir. Une telle mutation tire sa valeur de survie, non du fait qu'elle permet à la pré-girafe d'irriguer suffisamment sa tête surélevée – puisque la modification somatique s'en sera déjà chargée –, mais de l'accroissement de souplesse qu'elle procure à la totalité de l'organisme, qui peut maintenant répondre (et survivre) à d'*autres* exigences, pouvant provenir tant des changements de l'environnement que de ceux liés au génotype.

Il apparaît donc que le processus de l'évolution biologique serait continu, s'il existait une classe de mutations ou d'autres changements génotypiques, dont le mécanisme puisse *simuler* le fonctionnement de l'hérédité lamarckienne. La fonction de ces changements serait de former, avec l'« autorisation » du génotype, les caractères que l'organisme, à un moment donné, est déjà en train d'acquérir par la méthode non économique du changement somatique.

Je pense personnellement qu'une telle hypothèse ne contredit en rien les théories classiques de la génétique et de la sélection naturelle. Elle modifie quelque peu l'image traditionnelle de l'évolution conçue comme un tout, mais il faut rappeler que des idées assez proches de celles-ci ont déjà été formulées, il y a plus de soixante ans. C'est Baldwin[1] qui a

---

1. J. M. Baldwin, « Organic selection », *Science*, 5, 1897, p. 634.

suggéré que, en matière de sélection naturelle, nous devrions tenir compte non seulement de l'action de l'environnement extérieur, mais aussi de ce qu'il appelait la « sélection organique », à savoir du fait que le sort d'une variation dépend de sa propre viabilité physiologique. Dans le même article, Baldwin attribue à Lloyd Morgan l'idée qu'il pourrait exister, effectivement, des « variations coïncidentes » qui *simuleraient* les mécanismes de l'hérédité lamarckienne (c'est l'« effet Baldwin »).

Cette hypothèse permet de comparer les changements génotypiques survenant dans un organisme aux changements législatifs intervenant dans une société. Un législateur avisé n'introduira que très rarement une règle de comportement nouvelle ; il se bornera, le plus souvent, à confirmer dans la loi ce qui était déjà passé dans les mœurs. Car une loi novatrice ne peut être imposée qu'au prix de l'activation, et peut-être même de la surcharge, d'un grand nombre de circuits homéostatiques au sein de la société.

Il serait intéressant de se demander comment fonctionnerait un hypothétique processus évolutif, si c'était bien l'hérédité lamarckienne qui en était la règle ; autrement dit, si les caractères obtenus par homéostasie somatique étaient hérités. La réponse est extrêmement simple : *il ne fonctionnerait pas*. Et voici pour quelles raisons :

1. Nous venons de voir l'importance du concept d'économie dans l'utilisation des circuits homéostatiques. Or, il serait contraire à tout principe économique de bloquer, par des changements génotypiques, *toutes* les variables qui accompagnent un caractère souhaitable obtenu par homéostasie. Tous ces caractères résultent de changements homéostatiques auxiliaires, survenant tout au long des circuits, et il serait fort peu souhaitable que ces changements auxiliaires soient fixés par l'hérédité, comme cela serait logiquement le cas, selon toute théorie admettant le principe de l'hérédité aveugle de Lamarck.

Ceux qui veulent défendre ce type de théorie feraient mieux d'essayer de montrer *comment* il pourrait y avoir une sélection appropriée dans le génotype ; car, sans cette sélection, l'hérédité des caractères acquis ne ferait qu'augmenter la proportion des changements génotypiques non viables.

2. L'hérédité lamarckienne dérangerait la chronologie

(timing) des processus, chronologie dont cette même théorie fait néanmoins dépendre l'évolution. Il est *indispensable* qu'il y ait un décalage temporel entre la réalisation somatique, coûteuse et réversible, d'un caractère donné et les modifications, économiques mais plus durables, du génotype. Si nous considérons le soma comme un modèle de travail qui peut être modifié de maintes façons, il est évident qu'il faut consacrer à ces « épreuves d'atelier » un temps suffisant, encore que limité, avant de se lancer dans leur impression définitive et massive. Ce délai est fourni par les « hésitations » du processus stochastique. Et l'hérédité lamarckienne le raccourcirait outre mesure.

Le principe qui est ici en jeu est d'une portée générale et nullement négligeable. Il prévaut dans tous les systèmes homéostatiques où un effet donné peut être produit par un circuit homéostatique dont les caractères sont, à leur tour, modifiables par un système supérieur de contrôle. Dans tous ces systèmes (allant du thermostat ménager jusqu'aux gouvernements et à l'administration), il est important que le système supérieur de contrôle *soit en retard* par rapport aux séquences d'événements du circuit homéostatique périphérique.

Deux systèmes de contrôle sont donc présents dans l'évolution : les homéostasies du corps, qui se chargent des stress internes tolérables, et la sélection naturelle, qui agit sur les éléments (génétiquement) non viables d'une population. D'un point de vue, disons, technologique, le problème est ici de *limiter* la communication entre le système inférieur, somatique et réversible, et le système supérieur, génotypique et irréversible.

L'hypothèse que nous proposons présente également un autre aspect sur lequel nous ne pouvons que spéculer, à savoir la fréquence probablement relative des deux classes de changements génotypiques que nous avons distinguées : les changements qui innovent et ceux qui ne font que confirmer des caractères déjà obtenus par homéostasie. Chez les métazoaires et les plantes pluricellulaires, nous avons affaire à des réseaux complexes et enchevêtrés de circuits homéostatiques, et toute mutation ou recombinaison de gènes génératrice d'innovation appellera, probablement, la formation par homéostasie de caractères somatiques multiples et diversifiés. Ainsi, notre hypothétique prégirafe, porteuse du gène mutant « long-cou », devra non seulement modifier son cœur et son système circulatoire, mais encore ses canaux semi-circulaires, ses disques vertébraux, les réflexes qui régissent sa posture, la proportion, la longueur et l'épaisseur d'un certain nombre de muscles, ses tactiques de fuite devant les prédateurs, etc. Aussi, pour que les organismes complexes évitent ce cul-de-sac où la souplesse somatique tend vers zéro, faut-il que le nombre des changements génotypiques *confirmatifs* dépasse de beaucoup le nombre des changements *novateurs*.

Inversement, nous pouvons penser que, à tout moment, la plupart des organismes demeurent disponibles pour un grand nombre de modifications génotypiques confirmatives. Et si – comme cela semble probable – la mutation et la redistribution des gènes sont toutes deux dues au hasard, il y a néanmoins de fortes chances pour que l'une ou l'autre de ces possibilités multiples se réalise.

Il conviendrait, pour finir, de rechercher et d'examiner les faits susceptibles de confirmer ou d'infirmer cette théorie. Malheureusement, cette vérification s'avère d'emblée difficile, car les mutations confirmatives, sur lesquelles se fonde notre hypothèse, sont en général *invisibles*. En effet, il ne nous sera pas possible de distinguer tout de suite, au sein d'une population en train d'opérer par des moyens somatiques, une adaptation aux conditions de l'environnement, les individus peu nombreux qui effectuent la même adaptation, mais par des moyens génotypiques. Pour les identifier, il nous faudra faire se reproduire et élever dans des conditions « plus normales » la descendance des individus ayant opéré des changements génotypiques.

L'étude des caractères acquis par homéostasie en réponse aux modifications génotypiques novatrices soulève encore plus de difficultés. Un simple examen de l'organisme ne permet pas, en général, de faire la différence entre les caractères primaires résultant des changements génotypiques, et les adaptations somatiques secondaires consécutives à ces premiers changements. Dans le cas de notre prégirafe imaginaire au cou allongé et au cœur grossi, les choses sont relativement simples : il est facile de *deviner* que la modification du cou est génotypique, alors que celle du cœur est somatique. Mais toutes ces suppositions sont tributaires de nos connaissances – bien limitées à l'heure actuelle – en matière de ce qu'un organisme peut accomplir comme adaptation somatique.

C'est un grand malheur pour la science que les généticiens absorbés par la controverse autour de l'hérédité lamarckienne aient, ainsi, complètement négligé le phénomène de l'adaptabilité somatique. Après tout, les mécanismes, les seuils et les limites maximales des changements phénotypiques accomplis par des individus soumis à des stress doivent certainement être déterminés par le génotype.

Au niveau des populations – qui sont soumises à une « économie » des changements potentiels théoriquement différente de celle qui opère au niveau de l'individu –, nous rencontrons une autre difficulté, de nature à peu près semblable. Une population donnée d'espèces sauvages est, en général, considérée aujourd'hui comme hétérogène du point de vue du génotype, quelle que soit la forte ressemblance extérieure que présentent entre eux les phénotypes individuels. Une telle population fonctionne comme un réservoir de possibilités génotypiques. Simmonds, par exemple, a particulièrement insisté sur l'aspect économique de ce réservoir[1]. Pour lui, les fermiers et les éleveurs qui cherchent à tout prix à obtenir des individus hautement sélectionnés et parfaitement uniformes, du point de vue phénotypique, ne font, en réalité, que gaspiller la plupart des possibilités génétiques accumulées depuis des centaines de générations par la population sauvage. Ce qui amène Simmonds à réclamer la création d'institutions chargées de « conserver » le réservoir des variations potentielles, en laissant se reproduire librement certaines populations, sans sélection artificielle.

Lerner[2], lui, a prouvé qu'il existe un certain nombre de mécanismes d'amortissement ou d'autocorrection, dont la fonction est d'assurer la constance de la composition de ces mélanges de génotypes sauvages, et de résister aux effets de la sélection artificielle. Il y a donc des chances pour que cette

---

1. N. W. Simmonds, « Variability in crop plants, its use and conservation », *Biological Review*, 37, 1962, p. 422-462.
2. I. M. Lerner, *Genetic Homeostasis*, Édimbourg, Olivier & Boyd, 1954.

économie de la variabilité à l'intérieur de la population ait, en définitive, des effets *multiplicatifs*.

À ce stade, il devient évident que la difficulté d'établir une distinction entre les caractères acquis par homéostasie et ces mêmes caractères obtenus (de façon plus économique) par le raccourci génotypique, sera encore accentuée si l'on prend en considération non pas des individus, mais des populations. Dans ce cas, toutes nos expériences devront se faire sur des ensembles de populations, et il sera alors nécessaire de distinguer les effets de l'économie de la *souplesse*, qui opère au niveau de l'individu, des effets de l'économie de la *variabilité*, opérant au niveau des populations. C'est seulement en théorie que ces deux niveaux d'économie sont faciles à distinguer, la vraie difficulté étant de faire ressortir leurs différences dans la pratique de l'observation ou de l'expérience.

Malgré ces difficultés expérimentales, tâchons de recenser les faits déjà connus qui étayeraient quelques-unes des propositions fondamentales de notre hypothèse :

1. *Les phénomènes d'adaptation somatique sont décrits de façon adéquate en termes d'une économie de la souplesse.*

Il est généralement admis qu'un organisme soumis à une tension A sera, de ce fait, moins capable de résister à une autre tension B. Voila pourquoi, habituellement, nous protégeons le malade des intempéries. Les bureaucrates ont souvent du mal à escalader une montagne et les montagnards s'adaptent mal à la vie de bureau : de même, la mise à la retraite peut constituer un changement létal pour certains d'entre nous, etc. Reste que les connaissances scientifiques sur cette économie de la souplesse, qu'il s'agisse des hommes ou bien d'autres organismes, sont actuellement très limitées.

2. *Cette économie de la souplesse a la structure logique que nous avons décrite plus haut : chaque recours à la souplesse fractionnera l'ensemble des possibilités disponibles.*

Cette proposition, bien que vraisemblable, n'a encore jamais été démontrée, mais cela ne nous dispense pas d'examiner ici les critères qui permettent de décider s'il est plus exact de décrire un système « économique » donné, en termes d'addition ou de multiplication. Il semble que ces critères soient au nombre de deux :

a) Un système est *additif* si les unités en circulation à l'intérieur de ses limites sont mutuellement interchangeables et, donc, ne peuvent être classées de façon significative dans des ensembles comme ceux dont nous nous sommes servis, plus haut, pour démontrer que l'économie de la souplesse est multiplicative. Dans l'économie énergétique, les calories sont absolument interchangeables et inclassables, tout comme le sont les dollars dans le budget individuel. Ces deux systèmes sont donc *additifs*. Par contre, les permutations et combinaisons de variables qui définissent l'état d'un organisme sont, elles, classables et, dans cette mesure, ne sont pas interchangeables. Ce système est, par conséquent, *multiplicatif*. Sa mathématique ressemblera donc à celle de la théorie de l'information ou de l'entropie négative, plutôt qu'à celle de l'argent ou de la conservation de l'énergie.

b) Un système est *additif* lorsque les unités en circulation à l'intérieur de ses limites sont mutuellement indépendantes. Sur ce point, il y aura certainement une différence entre un budget individuel, où les problèmes sont additifs (ou plutôt, soustractifs), et le budget d'une nation, où l'ensemble de la distribution et de la circulation des biens se fait selon des systèmes homéostatiques complexes, et peut-être imparfaits. Y aurait-il donc une *économie de l'économie de la souplesse* (une méta-économie) qui serait, elle, multiplicative et semblable à l'économie de la souplesse physiologique que nous venons d'examiner ? On peut, en tout cas, remarquer que l'unité de cette métaéconomie ne serait plus le dollar, mais un quelconque modèle de distribution de la richesse. De même, l'« homéostasie génétique » de Lerner, dans la mesure où elle est vraiment homéostatique, aura elle aussi un caractère *multiplicatif*.

Toutefois, les choses ne sont pas si simples, et il ne faut guère s'attendre à ce que chaque système soit exclusivement additif ou exclusivement multiplicatif. La plupart du temps, il s'agira de cas intermédiaires, combinant ces deux caractères. Ainsi, lorsque plusieurs circuits homéostatiques alternatifs et *indépendants* contrôlent une seule variable, le système présentera évidemment des caractères additifs ; il pourrait même s'avérer bénéfique d'introduire ces voies alternatives dans le système même, à condition cependant qu'elles puissent être convenablement isolées les unes des autres. Ce système à contrôles alternatifs multiples peut offrir des avantages du point de vue de la survie, dans la mesure où la mathématique de l'addition ou de la soustraction se montre plus payante que celle du fractionnement logique.

3. *Les changements génotypiques novateurs font couramment appel à la capacité d'adaptation du soma.*

Cette proposition, bien que classique en biologie, n'a jamais pu être vraiment vérifiée en pratique.

4. *Les innovations génotypiques successives ont des effets multiplicatifs sur le soma.*

Cette proposition – qui fait appel *à la fois* à la notion d'économie multiplicative de la souplesse, et à l'idée que chaque changement génotypique novateur exige son *prix* du soma – a certaines conséquences intéressantes et probablement vérifiables.

a) Il y a tout lieu de penser que les organismes qui accumulent de multiples changements génotypiques récents (soit par sélection, soit par reproduction programmée) sont fragiles, et ont donc besoin d'être protégés contre les tensions de l'environnement. Nous devons donc nous attendre à trouver cette vulnérabilité aux tensions dans les nouvelles lignées de plantes et d'animaux domestiques, ainsi que dans les organismes obtenus expérimentalement et qui sont porteurs soit de plusieurs gènes mutants, soit de combinaisons génotypiques inhabituelles (c'est-à-dire récemment acquises).

b) Nous devons également nous attendre à ce que de nouvelles innovations génotypiques (autres que celles qui ont trait aux changements confirmatifs décrits plus haut) soient, à la longue, nuisibles pour les organismes.

c) Au fur et à mesure que la sélection opère sur des générations successives, en favorisant les individus chez qui l'« assimilation génétique des caractères acquis » est réalisée, les nouvelles lignées devront mieux résister tant aux tensions de l'environnement qu'aux changements génotypiques (proposition 5).

5. *Les caractères acquis déterminés par l'environnement peuvent, sous certaines conditions de sélection, être remplacés par des caractères similaires, déterminés génétiquement.* Waddington[1] a démontré l'existence de ce phénomène

---

1. C. H. Waddington, «Genetic assimilation of an acquired character», *Evolution*, 7, 1953, 118. Cf. également C. H. Waddington, *The Strategy of Genes*, Londres, Allen & Unwin, 1957.

pour les phénotypes bithorax de la *Drosophile*. Il l'a appelé : « assimilation génétique des caractères acquis ». Des phénomènes similaires ont certainement dû se produire au cours d'expériences sur l'hérédité des caractères acquis, bien que celles-ci n'aient rien démontré à ce sujet, faute d'un contrôle approprié des conditions de la sélection. Nous ne possédons aucune donnée certaine sur la fréquence de ces phénomènes d'assimilation génétique. Remarquons toutefois que, en vertu des propositions avancées ici même, il devrait, en principe, être impossible d'exclure le facteur de la sélection à partir d'expériences qui chercheraient à démontrer l'« hérédité des caractères acquis ». Ma thèse est précisément celle-ci : la *simulation* de l'hérédité lamarckienne possède une valeur de survie dans une situation de tensions *indéterminées* ou multiples.

6. *Du point de vue de la souplesse, il est plus économique d'acquérir un caractère par des changements génotypiques que par des changements somatiques*. Sur ce point précis, les travaux de Waddington ne nous donnent aucune lumière, parce que, dans ce cas, c'était l'expérimentateur lui-même qui avait opéré la sélection. Pour vérifier cette proposition, nous devrions réaliser des expériences où les populations seraient soumises à une double tension : *a)* celle, d'abord, qui provoquerait l'apparition du caractère qui nous intéresse ; et *b)* celle qui décimerait sélectivement la population, favorisant ainsi (du moins, c'est ce que nous espérons) la survie des individus qui, par leur souplesse, seront les plus aptes à répondre à cette seconde tension, après s'être adaptés à la première. Selon cette hypothèse, un tel système devrait favoriser les individus qui réalisent leur adaptation à la première tension par un processus génotypique.

7. Pour terminer, il serait intéressant d'examiner un corollaire qui serait le contraire de notre thèse. Il a été dit plus haut que la *simulation* de l'hérédité lamarckienne aura une valeur de survie, lorsque la population devra s'adapter à une tension qui restera constante sur plusieurs générations successives. Ce cas est, précisément, celui qui a été examiné par tous ceux qui ont voulu démontrer l'hérédité des caractères acquis. Le problème inverse sera posé par des situations – rares dans la nature, mais réalisables en laboratoire – où les tensions

changent d'intensité de façon imprévisible, et assez fréquemment, toutes les deux ou trois générations, par exemple.

Dans ces circonstances variables, les organismes ont peut-être intérêt, pour survivre, à réaliser le *contraire* de l'assimilation génétique des caractères acquis : c'est-à-dire qu'il serait profitable qu'ils cèdent à des mécanismes somatiques homéostatiques le contrôle des caractéristiques qui avaient été, auparavant, plus rigidement contrôlées par le génotype.

Il est évident, néanmoins, que ce genre d'expérience est extrêmement difficile à réaliser. Rien que pour établir l'assimilation génétique du bithorax, par exemple, il a fallu établir une sélection sur une échelle astronomique : la population finale présentant ce caractère déterminé génétiquement était un échantillon sélectionné sur une population potentielle d'environ 10^{50} ou même 10^{60} individus ! De plus, il est fort peu probable que, après ce processus de sélection, il reste dans l'échantillon assez d'hétérogénéité génétique pour permettre ensuite la sélection inverse, destinée à favoriser les individus qui acquièrent encore le phénotype bithorax par des moyens somatiques.

Il se peut cependant, bien que le laboratoire ne puisse probablement pas nous fournir la démonstration de ce corollaire inverse, que, dans l'ample mouvement de l'évolution, quelque chose de semblable au processus en question se produise souvent. Ce problème des changements d'intensité des tensions externes peut être présenté sous une forme, pour ainsi dire, plus dramatique, en prenant en considération la dichotomie entre « régulateurs » et « adaptateurs »[1]. D'après Prosser, lorsque la physiologie interne contient une variable quelconque qui présente les mêmes dimensions qu'une variable de l'environnement externe, il convient de classer les organismes en fonction du degré auquel ceux-ci peuvent assurer la constance de la variable interne, en dépit des modifications de la variable externe. Ainsi, les animaux homoïothermes seront classés comme « régulateurs » de la température, alors que les animaux poïkilothermes seront classés comme « adaptateurs » à ce même égard. On peut étendre cette dichotomie aux ani-

---

1. C. L. Prosser, « Physiological variations in animals », *Biological Review*, n° 30, 1955, p. 222-262.

maux aquatiques, selon leur manière d'équilibrer les pressions osmotiques internes et externes.

Il est habituellement admis que, du point de vue de l'évolution, les régulateurs sont, en quelque sorte, placés « plus haut » que les adaptateurs. Essayons cependant de voir ce que cela peut vouloir dire. S'il existe un large courant évolutif favorable aux régulateurs, celui-ci est-il compatible, pour autant, avec les effets bénéfiques du passage au contrôle génotypique, dont nous parlions plus haut ?

Il est évident que non seulement les régulateurs, mais également les adaptateurs ont besoin de recourir à certains mécanismes homéostatiques. Pour que la vie continue, il faut qu'un grand nombre de variables physiologiques essentielles soient maintenues à l'intérieur de limites très étroites : ainsi, par exemple, pour que la pression osmotique interne puisse varier, il faut que certains mécanismes protègent strictement ces variables essentielles. Il s'ensuit que ce qui distingue, en fait, les régulateurs des adaptateurs, c'est uniquement *le lieu où*, dans ce réseau complexe de causes et d'effets physiologiques, opère le processus homéostatique.

Chez les régulateurs, les processus homéostatiques opèrent aux points (ou près des points) d'entrée et de sortie de ce réseau qu'est l'organisme individuel. Chez les adaptateurs, les variables de l'environnement sont autorisées à pénétrer dans le corps, et l'organisme doit alors répondre à leurs effets, en utilisant des mécanismes qui mettent en jeu des boucles plus profondes par rapport à l'ensemble du réseau.

Cette analyse nous permet, à présent, d'introduire par extrapolation une troisième classe d'organismes : celle des « extra-régulateurs », ou organismes qui parviennent à exercer un contrôle homéostatique *à l'extérieur* de leur corps, par des modifications et un contrôle de l'environnement, l'être humain étant l'exemple typique de cette classe.

Au début de cet article, nous avons soutenu que, du point de vue d'une économie de la souplesse, il est bénéfique de passer, par exemple, du halètement à des changements d'acclimatation plus profonds et moins réversibles ; autrement dit, que l'habitude est plus économique que la méthode d'essais-et-erreurs, et que le contrôle génotypique est plus économique que l'acclimatation. Toutes ces modifications sont des changements *centripètes* dans la localisation du contrôle.

Or, il semble que, dans le mouvement d'ensemble de l'évolution la tendance soit inverse : à la longue, la sélection naturelle favorise les régulateurs plus que les adaptateurs, et les extra-régulateurs plus que les régulateurs. Ce qui semble bien indiquer que, à cette échelle plus vaste, ce sont les changements *centrifuges* de la localisation du contrôle qui s'avèrent les plus avantageux.

Il est peut-être romantique de s'adonner à des spéculations d'une telle envergure, mais il serait néanmoins utile de remarquer que c'est, précisément, cette contradiction entre la tendance d'ensemble de l'évolution et la tendance qu'on peut observer dans une population confrontée à une tension constante, dont rend compte le corollaire inverse examiné plus haut. Si la tension constante favorise les changements *centripètes*, alors que la tension variable favorise les changements centrifuges, il devrait s'ensuivre que, sur des longues périodes de temps et à l'échelle des vastes changements qui caractérisent l'évolution, ce sont bien les changements *centrifuges* qui l'emportent.

Résumé

Nous avons utilisé ici une méthode déductive. Partant des prémisses classiques de la physiologie et de l'évolution, et leur appliquant les modèles fournis par la cybernétique, nous avons montré qu'il existe à coup sûr une *économie de la souplesse somatique*, et que cette économie devient, à la longue, coercitive pour le processus d'évolution. L'adaptation à l'environnement par mutation ou par redistribution des gènes, telle qu'on la conçoit habituellement, épuisera inévitablement la souplesse somatique dont dispose l'organisme. Dans ce cas, et si l'évolution doit être continue, il doit exister également une autre classe de changements génotypiques, qui augmentent la souplesse somatique.

En général, les changements obtenus par la voie somatique sont peu économiques, parce qu'ils recourent à l'homéostasie, c'est-à-dire à l'ensemble des circuits de variables interdépendantes. Il s'ensuit que l'hérédité des caractères acquis serait létale pour le système évolutif, parce qu'elle *fixerait* les valeurs des variables, tout au long des circuits. En revanche, les organismes ou les espèces trouveraient des avantages (du point de vue de la survie) à des modifications génotypiques qui simuleraient l'hérédité lamarckienne, c'est-à-dire à des modifications qui feraient apparaître la composante adaptative de l'homéostasie somatique, sans faire appel à l'ensemble du circuit homéostatique. Une telle modification (appelée à tort l'« effet Baldwin ») accroîtrait la souplesse somatique et aurait, ainsi, une grande valeur de survie.

Pour finir, nous avons émis l'idée que c'est exactement le contraire qui se produit lorsqu'une population doit s'acclimater à des tensions *variables*. Dans ce cas, la sélection naturelle devrait favoriser un anti-effet Baldwin.

Problèmes de communication chez les cétacés et autres mammifères*

La communication préverbale chez les mammifères

Au cours de mes recherches, j'ai rarement eu l'occasion de travailler avec des cétacés. J'ai disséqué, un jour, dans les laboratoires zoologiques de Cambridge, un spécimen de *Phocoena* acheté à la poissonnerie du coin et, depuis, plus rien jusqu'à cette année, où j'ai eu l'occasion de connaître les dauphins du Dr Lilly. J'espère que l'examen des questions qui me sont venues à l'esprit, lors de mes recherches sur les mammifères singuliers, vous aidera dans vos propres travaux concernant cette question ou des questions connexes.

Mes études antérieures en anthropologie, éthologie animale et psychiatrie m'ont permis de dégager une théorie de l'analyse transactionnelle du comportement. Les prémisses d'une telle position théorique peuvent être brièvement résumées ainsi :

1. Une relation entre deux (ou plusieurs) organismes est, en fait, une séquence des séquences S-R (stimulus-réponse), à savoir un contexte où se réalise l'apprentissage primaire (*proto-learning*).

2. L'apprentissage du deuxième degré (*deutero-learning*), ou « apprendre à apprendre », consiste à acquérir des informations sur les modèles possibles de contextes où se réalise l'apprentissage primaire.

3. Le « caractère » de l'organisme est le résultat de l'ensemble de son apprentissage de deuxième degré et

---

* Cet article constitue le 25ᵉ chapitre du livre *Whales, Dolphins and Porpoises*, édité par K. S. Norris, Berkeley and Los Angeles, University of California Press, 1966, p. 569-799.

reflète, par conséquent, les modèles contextuels de l'apprentissage primaire antérieur[1].

Ces prémisses ne sont qu'une structuration hiérarchisée de la théorie de l'apprentissage, selon des critères fournis par la Théorie des types logiques de Russell[2], qui n'avait prévu d'appliquer ces prémisses qu'à l'étude de la communication *digitale*. On peut se demander jusqu'à quel point elles sont applicables à la communication *analogique* ou aux systèmes qui combinent le digital et l'analogique. Je pense que l'étude de la communication chez les dauphins apportera quelques éclaircissements sur ce point. Le problème, disons-le tout de suite, n'est pas de découvrir, par exemple, que les dauphins possèdent un langage complexe, ou de leur apprendre l'anglais, mais simplement d'essayer de combler les lacunes de notre savoir théorique sur la *communication*, en étudiant un système d'un type qui, qu'il soit rudimentaire ou complexe, nous est sans doute complètement étranger.

Je commencerai par rappeler le fait bien connu que le dauphin est un mammifère. Ce fait implique, bien sûr, toutes sortes de choses quant à son anatomie et à sa physiologie, mais ce ne sont pas ces aspects-là auxquels je m'arrêterai ici. Ce mammifère m'intéresse plutôt par son système de communication et par ce que nous appelons son « comportement », considéré comme un ensemble de données *perceptibles* et *signifiantes* pour les autres membres de son espèce. Ce comportement est *signifiant*, d'abord, dans la mesure où il affecte le comportement d'un animal « récepteur » et, ensuite, dans celle où un échec manifeste dans la transmission de cette « signification » affectera le comportement des deux animaux. Par exemple, les propos que je vous adresse en ce moment peuvent n'avoir aucun effet sur vous, mais si cette *absence d'effet* devient perceptible, elle vous affectera, vous comme moi. J'insiste sur ce point, parce que, dans toute relation entre homme et animal, et particulièrement lorsqu'il s'agit du dauphin, c'est bien cette « absence d'effet » qui détermine une grande partie du comportement des deux.

Quand je considère le comportement des dauphins comme

---

1. J. Ruesch et G. Bateson, *Communication: The Social Matrix of Psychiatry*, New York, Norton, 1951.
2. A. N. Whitehead et B. Russell, *op. cit.*

de la communication, leur qualité de mammifère implique, à mon avis, quelque chose de tout à fait spécifique. Pour illustrer cela, je prendrai l'exemple d'une scène filmée au zoo de Brookfield, parmi la horde des loups de Benson Ginsburg.

Chez les canidés, c'est la mère qui se charge du sevrage : lorsque le petit réclame du lait, elle le presse par terre, en le poussant sur le cou avec sa gueule ouverte. Elle répète cette manœuvre jusqu'à ce que le petit cesse sa demande. C'est la méthode que pratiquent les coyotes, les chiens Dingo et les chiens domestiques. Cependant, chez les loups, le système est différent. Leurs petits passent progressivement de la mamelle à la nourriture régurgitée par les adultes : la horde revient à la tanière le ventre plein, tous les adultes régurgitent ce qu'ils ont avalé et, ensuite, ils remangent le tout ensemble. Le moment venu, les adultes sèvrent les petits, en les privant de ce genre de repas collectif et, à ce stade, ils retrouvent la méthode de tous les autres canidés : l'adulte presse le petit par terre, en lui appuyant sur le cou avec sa gueule ouverte. Toutefois, chez les loups, ce rôle n'est pas réservé aux mères, mais incombe aux adultes des deux sexes.

Le chef de la horde des loups de Chicago est un animal superbe qui passe son temps à patrouiller le territoire où est confinée la horde. Il trotte élégamment et semble infatigable, alors que les huit ou neuf autres membres de la horde sont presque tout le temps assoupis. Lorsque les femelles sont en chaleur, elles tentent de séduire le chef, en butant contre lui avec leur arrière-train. D'habitude celui-ci ne réagit pas, si ce n'est qu'il empêche d'autres mâles de posséder les femelles. Cependant, l'année dernière, l'un des mâles parvint à copuler avec une femelle. Le loup étant, comme tous les autres canidés, coincé dans la femelle pendant le coït et incapable d'en retirer son pénis, le rival du chef de la horde était ainsi sans défense. Sur ces entrefaites arriva le chef. Que croyez-vous qu'il fît au mâle sans défense qui avait osé usurper ses prérogatives ? Qu'il le mit en pièces ? C'est ce que nous ferait conclure notre anthropomorphisme. Eh bien, non : le film montre que, de sa gueule ouverte, le chef abaissa quatre fois la tête du mâle qui l'avait offensé et s'en alla calmement.

Quelles sont les implications théoriques de cette histoire ? Premièrement, que le comportement du chef de la horde ne peut être décrit (ou ne peut être qu'imparfaitement décrit) en terme S-R (stimulus-réponse). Il ne « renforce pas négativement » l'activité sexuelle de l'autre mâle. Il définit, ou affirme, la nature de ses relations avec lui. S'il fallait traduire en mots son geste, ces mots ne seraient pas : « Ne fais pas ça ! » Ils devraient plutôt traduire une action métaphorique du genre : « Je suis ton aîné, un mâle adulte ; toi, tu n'es qu'un bébé. » Vous voyez que je cherche à montrer que, chez les loups, en particulier, et chez les mammifères à communication préverbale, en général le discours porte d'abord sur les règles et les aléas des relations.

Pour vous faire admettre la généralité de cette idée – totalement hérétique pour les éthologues –, je prendrai un exemple qui doit vous être familier. Lorsque votre chat vous demande à manger, comment s'y prend-il ? Il n'a pas de mots pour dire nourriture ou lait. Ce qu'il fera, ce seront les mouvements et les sons qu'adresse toujours un chaton à sa mère. Et, ici encore, si nous devions traduire ce message en mots, il serait incorrect de dire que le chat crie : « Lait » ; il exprime plutôt quelque chose comme : « Maman » ; ou, mieux encore, nous pourrions dire qu'il crie : « Dépendance ! Dépendance ! » Car le chat s'exprime en termes de modèles et de possibilités de relations, et ce sera à vous de faire, à partir de là, une *déduction* et de deviner que le chat veut du lait. On voit donc que c'est la nécessité de l'étape déductive qui distingue la communication préverbale des mammifères de celle *tout à la fois* des abeilles et de l'homme.

Le fait exceptionnel – la grande nouveauté – qui a caractérisé la formation et l'évolution du langage humain n'a pas été l'abstraction ou la généralisation, mais la découverte du moyen de parler de manière spécifique d'autre chose que des relations. Bien sûr, cette découverte, quoique effective, n'a que fort peu modifié le comportement des êtres humains. Si A dit à B : « L'avion doit décoller à 6 heures 30 », il est rare que A y voie purement et simplement un énoncé sur un fait concernant l'avion. Le plus souvent, il consacrera quelques neurones à chercher une réponse à la question : « Qu'est-ce qu'un tel énoncé venant de A signifie quant à ma relation avec lui ? » En somme, quoique nous ayons appris depuis peu quelques *trucs* linguistiques, notre héritage de mammifère n'est pas très profondément enfoui.

Cette réserve étant faite, le premier résultat à attendre

d'une étude de la communication chez les dauphins est de prouver qu'elle possède la propriété, commune à tous les mammifères, d'avoir pour tout premier objet la relation. Cette prémisse suffit peut-être en elle-même à rendre compte du développement sporadique, parmi les mammifères, de cerveaux de grand volume. Il est donc inutile que nous nous lamentions en croyant que, puisque les éléphants ne parlent pas et que les baleines n'ont pas inventé de pièges à rats, ces animaux ne sont pas manifestement intelligents. Contentons-nous de supposer que, à un certain stade de l'évolution, certains êtres vivants pourvus d'un cerveau d'un volume important furent assez fous pour se lancer dans le jeu des relations ; une fois l'espèce entière prise à ce jeu d'interprétation du comportement d'autrui – interprétation devenue complexe et vitale –, les individus les plus aptes à jouer le jeu avec ingéniosité et opportunité sont devenus les plus aptes à survivre. Nous pouvons donc nous attendre à ce que, chez les cétacés, la communication concernant les relations soit très complexe : étant donné qu'il s'agit de mammifères, nous pouvons supposer que leur communication traite de modèles et de possibilités de relations et, fondamentalement, s'exprime en de tels termes ; étant donné, également, qu'ils sont sociables et pourvus d'un cerveau de grand volume, nous pouvons nous attendre à un haut degré de complexité dans leur communication.

Considérations méthodologiques

L'hypothèse que nous venons de formuler introduit des difficultés très particulières dans la façon de tester ce qu'on appelle, d'habitude, la « psychologie » des animaux dotés d'individualité : intelligence, ingéniosité, faculté de discrimination, etc. Rien que le simple test de la faculté de discrimination, tel qu'il a été mis au point dans les laboratoires du Dr Lilly, et sans doute ailleurs, comporte toute une série d'étapes :

1. Le dauphin peut ou non percevoir une différence entre deux objets stimulus, X et Y.

2. Le dauphin peut ou non voir dans cette différence une indication sur le comportement qu'il lui faut adopter.

3. Le dauphin peut ou non percevoir que le comportement en question est un renforcement positif (ou négatif), autrement dit que le comportement « juste » est conditionnellement suivi d'une récompense (poisson).

4. Le dauphin peut ou non choisir d'agir de la façon « juste », même lorsqu'il a appris ce qui est « juste ».

Le succès dans l'accomplissement des trois premières étapes ne fait que confronter le dauphin à un nouveau choix. Pour des raisons méthodologiques, c'est justement ce degré supplémentaire de liberté qui doit être l'objet *premier* de nos investigations.

Considérons, en effet, les conclusions qui sont habituellement tirées de ce genre d'expériences. Le raisonnement va toujours de la dernière à la première étape, et se formule ainsi : « Si l'animal a réussi à accomplir la deuxième étape, c'est qu'il a été capable d'accomplir la première. » Si l'animal a réussi à apprendre à se comporter de façon à obtenir la récompense, c'est donc qu'il possède l'acuité sensorielle nécessaire pour distinguer X de Y, et ainsi de suite.

Or, précisément, parce que nous cherchons à tirer, du succès de l'animal à accomplir la dernière étape, des conclusions sur les étapes plus élémentaires, il devient d'une importance capitale de savoir si l'organisme en question est capable d'accomplir la quatrième étape. S'il en est capable, alors tous les raisonnements concernant les étapes (1) à (3) sont invalidés, à moins qu'on ne puisse intégrer au schéma expérimental des méthodes adéquates pour contrôler la quatrième étape. Fait bien significatif de ce point de vue, les spécialistes en psychologie humaine ont étudié les étapes (1) à (3), sans prendre aucune précaution pour dissiper les ambiguïtés liées à la possibilité de l'étape (4), dont les êtres humains sont pourtant pleinement capables. Les choses se passent ainsi : si le sujet humain est « coopératif » et « sain », il répond, en général, à la situation expérimentale en réprimant la plupart de ses impulsions, pour modifier son comportement en fonction de son point de vue personnel sur ses relations avec l'expérimentateur. Les mots « coopératif » et « sain » impliquent, précisément, une certaine constance au niveau (4). De sorte que le psychologue opère, en fait, une sorte de *petitio principii* : *si le sujet est coopératif et sain, c'est-à-dire si les règles relationnelles sont stables, le psychologue n'aura pas à se soucier du changement de ses règles.*

Les problèmes méthodologiques seront totalement différents lorsque le sujet n'est justement pas coopératif : lorsqu'il est psychopathe, schizophrène, enfant « inadapté » ou dauphin.

Ce qu'il y a, sans doute, de plus fascinant chez cet animal est sa capacité – qui reste encore à démontrer théoriquement – à opérer à ce niveau relativement élevé de la hiérarchie des étapes.

Réfléchissons, en effet, à ce qu'est l'art du dresseur. Mes conversations avec ces personnes hautement qualifiées que sont les dresseurs de dauphins et de chiens d'aveugles, m'ont amené à la conclusion que la première qualité d'un dresseur consiste à empêcher l'animal d'exercer son choix au niveau de l'étape (4). Il faut continuellement que l'animal sache que le seul « choix » qui lui reste, s'il ne veut pas s'attirer d'ennuis, c'est de faire la chose qu'il a appris à reconnaître comme « juste » dans un contexte donné. Autrement dit, la première condition d'un numéro de cirque réussi, c'est que l'animal renonce à se servir des niveaux supérieurs de son intelligence. L'art de l'hypnotiseur repose sur un principe similaire.

Cela me rappelle une histoire que raconte le Dr Samuel Johnson. Une dame assez stupide fit accomplir quelques tours à son chien en sa présence. Le docteur ne parut nullement impressionné. « Mais, enfin, docteur, dit la dame, vous ne pouvez pas imaginer comme c'est difficile pour un chien ! – Difficile, madame ? répondit le docteur. Si seulement ça pouvait être impossible ! »

L'étonnant, dans les numéros de cirque, c'est que, après avoir renoncé à utiliser autant d'intelligence, l'animal en possède encore assez pour faire son tour.

À mes yeux, l'intelligence consciente est le plus bel ornement de l'esprit humain. Cependant, de grands penseurs, depuis les maîtres zen jusqu'à Sigmund Freud, ont insisté sur l'ingéniosité des formes d'intelligence moins conscientes et sans doute plus archaïques.

Communication concernant les relations

J'ai dit, tout à l'heure, que je m'attendais à ce que la communication chez les dauphins soit d'un type qui nous est très peu familier. Je voudrais m'étendre ici sur ce point. En tant que mammifères, ce qui nous est familier, et en même temps très souvent inconscient, c'est l'habitude de communiquer sur nos relations. Comme tous les autres mammifères terrestres, nous communiquons la plupart du temps au moyen de signaux kinésiques et paralinguistiques : mouvements du corps, tensions involontaires dans les muscles contrôlables, changements dans l'expression du visage, hésitations, modifications du rythme de la parole et du mouvement, nuances de la voix, irrégularités respiratoires. Si vous voulez comprendre ce que « signifie » l'aboiement d'un chien, regardez ses babines, les poils de son cou, sa queue, etc. Ces parties « expressives » de son corps vous indiqueront quel est l'objet qui provoque l'aboiement, et quel modèle de relations avec cet objet il est susceptible d'adapter dans les secondes qui suivent. Ce qu'il faut surtout regarder, ce sont les organes sensoriels : les yeux, les oreilles, le nez.

Chez tous les mammifères, les organes sensoriels deviennent aussi des organes de transmission de messages à propos des relations. Ce qui nous met parfois mal à l'aise chez un aveugle, ce n'est pas tant le fait qu'il ne voit pas – après tout, c'est son problème, et nous n'en sommes que vaguement conscients –, mais le fait qu'il ne nous transmet pas, au moyen du mouvement de ses yeux, les messages que nous attendons et dont nous avons besoin pour connaître l'état de nos relations avec lui. Nous ne saurons donc pas grand-chose sur la communication des dauphins, tant que nous ne saurons pas *ce que* un dauphin peut lire dans l'utilisation, la direction, le volume et la tonalité de l'écholocation par un de ses semblables.

Peut-être est-ce cette lacune de notre savoir qui fait que la communication des dauphins nous semble mystérieuse et opaque, mais je ne peux, cependant, m'empêcher de supposer qu'il y a à cela une explication plus profonde.

L'adaptation à la vie dans les océans a dépouillé les cétacés de toute expression faciale. Ils n'ont pas d'oreilles externes à agiter, peu ou pas de poils érectiles ; beaucoup d'espèces ont même les vertèbres cervicales soudées en un seul bloc, et l'évolution a fuselé leur corps, sacrifiant ainsi la force d'expression de chaque partie à la mobilité de l'ensemble. En outre, les conditions de la vie marine sont telles que, même si le dauphin avait un « visage » mobile, les autres dauphins ne pourraient voir les détails de son expression que de très près, même en eaux claires.

Il est donc vraisemblable que, chez ces animaux, la vocalisation ait remplacé la fonction de communication qui est assumée, chez les autres animaux, par l'expression faciale, le remuement de la queue, le serrement du poing, la supination de la main, le gonflement des narines, etc. Nous pourrions même dire que, du point de vue de la communication, le cétacé est le contraire de la girafe : il n'a pas de cou, mais il a une voix. Cette hypothèse, à elle seule, justifie pleinement le grand intérêt théorique porté à la communication des dauphins. Il serait, par exemple, fascinant de savoir si les mêmes structures catégorielles se sont maintenues ou non, à travers le mouvement évolutif qui va de la kinésie à la vocalisation.

Mon impression – qui n'est cependant pas étayée sur des tests –, lorsque j'entends les sons émis par les dauphins, est qu'il n'y a pas vraiment eu de passage de la kinésie à des formes paralinguistiques, comme on le suppose d'habitude. Nous autres, en tant que mammifères terrestres, nous sommes familiarisés avec la communication paralinguistique ; nous l'utilisons nous-mêmes par des gémissements, grognements, rires, pleurs, modulations de la respiration, et ainsi de suite. Pour cette raison, les signaux paralinguistiques des autres mammifères ne nous paraissent pas complètement obscurs. Nous apprenons assez facilement à y reconnaître certaines sortes de salut, de pathos, de rage, de persuasion ou de territorialité, même s'il arrive que nous nous trompions. Mais, dans les sons émis par les dauphins, nous ne pouvons rien deviner.

Je ne suis guère convaincu par ceux qui croient que les sons des dauphins représentent une forme élaborée du système paralinguistique des autres mammifères. Il faut, néanmoins, souligner que raisonner ainsi, à partir de notre incapacité de comprendre, est une plus « faible » méthode théorique qu'une approche positive, s'appuyant sur des éléments connus.

Personnellement, je ne crois pas que les dauphins possèdent ce qu'en linguistique humaine on pourrait appeler un « langage ». Je ne pense pas qu'aucun animal dépourvu de mains serait assez stupide pour en arriver à un mode de communication aussi inadapté : pourquoi utiliserait-on une syntaxe et un système de catégories ne visant que les choses qu'on peut manipuler, au lieu de communiquer sur des modèles et des possibilités de relations ?

Je vous ferai pourtant observer que c'est là exactement ce qui se passe dans cette salle, en ce moment même. Je suis ici, en train de parler, alors que vous écoutez et attendez. Moi, je m'efforce de vous convaincre, de vous faire regarder les choses à ma façon, de susciter votre respect à mon égard, de vous témoigner le mien, de vous provoquer, et ainsi de suite. En somme, notre enjeu véritable, c'est une discussion sur les modèles et les possibilités de nos relations réciproques, qui adopte les règles d'une conférence scientifique sur les cétacés : voilà ce que c'est que d'être homme.

Je ne crois pas du tout que les dauphins aient un langage dans ce sens-là. Mais ce que je crois, c'est que, comme nous-mêmes et comme les autres mammifères, ils se préoccupent des modèles de leurs relations réciproques. Appelons cette communication sur les modèles des relations, fonction μ du message. Après tout, c'est le chat qui nous a montré l'importance de cette fonction, en miaulant. Lorsqu'ils en ont besoin, les animaux à communication non verbale communiquent sur les choses, en utilisant les signaux qui relèvent d'abord de la fonction μ. Au contraire, les humains se servent du langage, lequel porte d'abord sur les choses, pour parler de relations. Le chat, pour demander du lait, dit : « Dépendance ! », alors que moi, pour attirer votre attention et peut-être votre respect, je vous parle de baleines !

Mais nous ne savons toujours pas si le système de communication des dauphins ressemblent au mien où à celui du chat. Ou s'il est encore d'un troisième type.

Communication analogique ou communication digitale

Autre aspect du problème : comment se fait-il que les systèmes paralinguistiques et kinésiques des hommes appartenant à des cultures qui nous sont étrangères, et même les systèmes paralinguistiques des autres mammifères terrestres, nous sont au moins en partie intelligibles, alors que le langage verbal des hommes appartenant à des cultures étrangères nous est complètement opaque ?

À cet égard, il semblerait que les vocalisations des dauphins s'apparentent davantage au langage humain qu'aux systèmes kinésiques et paralinguistiques des autres mammifères terrestres.

Bien sûr, nous savons pourquoi les gestes et les intonations nous sont partiellement compréhensibles, et pas les langues étrangères : c'est parce que le langage est *digital*, tandis que la kinésie ou les signaux paralinguistiques sont analogiques[1]. Le fond du problème, c'est que la communication digitale repose sur l'existence d'un certain nombre de signes purement conventionnels : 1, 2, 3, X, Y, etc., qui sont combinés selon des règles qu'on appelle des algorithmes. Les signes eux-mêmes n'ont pas de rapport simple (rapport de grandeur, par exemple) avec ce qu'ils désignent. Le signe « 5 » n'est pas plus grand que le signe « 3 ». Et, s'il est vrai qu'en enlevant la barre horizontale de « 7 » on obtient « 1 », il est vrai aussi que la barre en question ne désigne nullement le chiffre « 6 ». Un nom n'a, en général, qu'un rapport purement conventionnel et arbitraire avec la *classe* qu'il nomme. Le signe « 5 » n'est que le nom d'une grandeur. Il serait absurde, par exemple, que je me demande si mon numéro de téléphone est plus grand que le vôtre, puisqu'un central téléphonique n'est qu'un ordina-

---

1. La différence entre les communications *digitale* et *analogique* sera mieux comprise, si l'on prend l'exemple d'un mathématicien de langue anglaise confronté au texte d'un collègue japonais. Il fixera sans les comprendre les idéogrammes japonais, mais il sera capable de comprendre au moins une partie des courbes cartésiennes figurant dans la publication japonaise. Car les idéogrammes, bien qu'à l'origine images *analogiques*, sont à présent purement *digitaux*, tandis que les courbes cartésiennes, elles, sont *analogiques*.

teur digital : on ne le nourrit pas de *grandeurs*, mais seulement de *noms* désignant des positions sur une matrice.

Dans la communication *analogique*, en revanche, on utilise des grandeurs réelles, qui correspondent à des grandeurs réelles au niveau de l'objet du discours. Un bon exemple d'ordinateur analogique est fourni par le télémètre incorporé de l'appareil photographique moderne : il s'agit d'un mécanisme dont le fonctionnement repose sur un angle de grandeur réelle, et qui est réellement sous-tendu en un certain point de l'objet à photographier, par la base du télémètre. Cet angle contrôle une came, qui, à son tour, fait avancer ou reculer l'objectif de l'appareil. Le secret du télémètre réside dans la forme de cette came, qui doit être une représentation analogique (une image ou une courbe cartésienne) de la relation fonctionnelle entre la distance de l'objet et la distance de l'image.

Le langage verbal, lui, est purement digital dans presque tous ses éléments. Le mot « grand » n'est pas plus grand que le mot « petit », en général, on ne trouve rien, dans le schéma du mot « table », (c'est-à-dire dans le système des grandeurs qui lui sont corrélatives), qui pourrait correspondre au système de grandeurs corrélatives à l'objet qu'il désigne.

Au contraire, dans la communication kinésique et paralinguistique, l'ampleur du geste, la profondeur de la voix, la longueur de la pause ou la tension du muscle correspondent (directement ou inversement) aux grandeurs de relations qui font l'objet du discours. Le modèle d'action, dans la communication du chef d'une horde de loups, par exemple, est immédiatement intelligible dès qu'on possède des informations sur les pratiques de sevrage chez ces animaux, puisque ces pratiques sont elles-mêmes des signaux kinésiques *analogiques*.

On peut donc logiquement envisager l'hypothèse que la vocalisation des dauphins est une expression *digitale* des fonctions μ. C'est précisément ce que j'avais à l'esprit, lorsque je disais que la communication de ces animaux est, probablement, d'un type qui nous est tout à fait inhabituel. Il est vrai que l'homme dispose, lui aussi, de quelques mots pour exprimer ces fonctions μ, comme, par exemple : « amour », « respect », « dépendance », etc. Mais ces mots n'ont qu'une fonction très pauvre dans la communication sur les relations entre personnes. Si vous dites à une jeune fille : « Je vous aime », elle attachera certainement beaucoup plus d'importance aux signes kinesthésiques et paralinguistiques qui accompagnent votre déclaration, qu'aux mots eux-mêmes.

Les humains que nous sommes détestons que quelqu'un se mette à interpréter nos attitudes et nos gestes, et à les traduire en termes de relations interpersonnelles. Nous préférons nettement que nos messages affectifs restent *analogiques*, inconscients et involontaires. Nous avons tendance à nous méfier de tous ceux qui sont capables de *simuler* les messages concernant les relations.

Pour toutes ces raisons, nous n'avons donc aucune idée de ce que pourrait être une espèce pourvue d'un système de communication *digital*, fût-il simple et rudimentaire, et dont l'objet principal serait les fonctions µ. C'est là un système que nous autres, mammifères terrestres, ne pouvons imaginer et pour lequel nous n'avons aucune empathie.

Directions de recherches

Il nous faut, maintenant, aborder l'étude des moyens permettant de tester et d'augmenter le corpus de nos hypothèses, et cela constituera la partie la plus théorique de cet essai. Pour ce faire, je pose ici les prémisses heuristiques suivantes :
1. L'épistémologie sur laquelle s'appuie notre hypothèse ne fera pas l'objet de nos tests. Empruntée à Whitehead et Russell[1], elle nous sert de fil conducteur. Si ce travail se montrait payant, il ne s'agirait là que d'une vérification bien modeste de cette épistémologie.
2. J'ignore quels peuvent être les aspects d'un système digital primaire, dont l'objet serait la communication sur des modèles de relation ; il y a, cependant, de fortes chances qu'il offre des aspects différents de ceux d'un langage sur les « choses », et sans doute se rapprocherait-il davantage de la musique. Je ne m'attends donc pas à ce que les techniques du décodage du langage humain puissent être immédiatement appliquées à la vocalisation des dauphins.

---

1. A. N. Whitehead et B. Russell, *op. cit.*

3. Notre première tâche sera, donc, d'identifier et de classer les formes et les éléments des relations qui existent entre les animaux, au moyen d'études éthologiques de leurs actions, interactions et organisations sociales. Les éléments qui composent ces modèles sont certainement encore présents dans les actions et la kinésie des espèces. Nous commencerons donc par établir une liste de signaux kinésiques utilisés par les dauphins, et nous les rapporterons ensuite aux contextes où ils apparaissent.

4. Il ne fait pas de doute que, tout comme le comportement du chef de la horde nous a appris que, chez les loups, la « domination » est métaphoriquement liée au sevrage, de même les dauphins finiront par nous livrer leurs métaphores kinésiques pour « domination », « dépendance » ou toute autre fonction µ. Peu à peu ce système de signaux s'assemblera, élément par élément, pour constituer un tableau de toutes les formes de relations qui existent, même entre des animaux arbitrairement enfermés dans le même bassin.

5. Lorsque nous commencerons à comprendre le système métaphorique du dauphin, il nous sera alors possible de reconnaître et de classer les contextes de ses vocalisations. C'est à ce stade que les techniques statistiques de décodage deviendront peut-être utiles.

6. L'hypothèse de la structure hiérarchisée du processus d'apprentissage – sur laquelle se fonde l'ensemble de cet essai – fournit le point de départ d'une série d'expériences diverses. On peut ainsi élaborer différents contextes d'apprentissage simple, afin de déterminer les types de contextes dans lesquels certains apprentissages ont le plus de chances de se produire. Nous nous attacherons surtout aux contextes qui impliquent des relations entre une personne et deux ou plusieurs animaux, ou des relations entre un animal et deux ou plusieurs personnes. De tels contextes sont des modèles réduits d'organisation sociale, où l'on doit s'attendre à ce que l'animal montre des comportements spécifiques et fasse des tentatives spécifiques pour modifier les contextes, c'est-à-dire manipuler les humains.

Discussions

M. WOOD : Durant les douze années que j'ai passées dans les *Marine Studios* de Floride, j'ai longuement observé la concentration probablement la plus vaste qui existe de *Tursiops* en captivité. Elle comprend des animaux de tous âges, et, la plupart du temps, deux ou trois individus en plein processus de croissance. Or, je dois dire que je n'y ai pas vu grand-chose de ce que vous êtes allé chercher dans un groupe d'animaux beaucoup plus restreint, aux *Virgin Islands*.

En revanche, j'ai assisté, une fois, à une scène très intéressante : un matin de bonne heure, à 6 heures ou 6 heures 30, un adulte mâle, pendant près d'une demi-heure, prit position à côté d'une femelle qui se tenait strictement immobile, dans le courant du bassin. Il remontait de temps à autre à la surface, puis revenait auprès d'elle, et lui donnait des coups répétés sur le côté, à l'aide de sa nageoire droite. Rien n'indiquait, cependant, que ce manège eût une quelconque signification sexuelle : le mâle n'était pas en érection, et l'on ne pouvait observer aucune réponse non plus de la part de la femelle. Il s'agissait là d'un *signal non vocal*, aussi clair que tous ceux que j'avais jusque-là observés dans le bassin.

BATESON : Je répondrai d'abord en disant qu'il s'échange certainement beaucoup plus de signaux qu'il ne semble à première vue. Bien sûr, il existe – et je suis loin de nier leur importance – nombre de signaux spécifiques. Je veux dire des attouchements et ainsi de suite. Ce qu'il faut surtout remarquer ici, c'est que cette femelle timide, pour ainsi dire « traumatisée », qui demeure immobile à un mètre au-dessous de l'eau, alors que deux autres cétacés lui tournent autour, cette femelle attire leur entière attention précisément en restant immobile. Il est bien possible qu'elle ne transmette pas activement ses messages, mais, en matière de communication corporelle, point n'est besoin d'être actif pour que les autres captent vos signaux. Il suffit d'*être*, et c'est uniquement *en étant* que cette femelle attire toute l'attention des deux mâles qui passent, s'arrêtent un peu, partent et reviennent, etc. On a envie de dire que cette femelle est « repliée » sur elle-même, elle l'est, effectivement, mais à la manière du « schizophrène » qui, parce qu'il est « replié » sur lui-même, devient le centre de gravité de toute sa famille. Dans le cas du cétacé femelle, tous les autres membres du groupe tournent autour de ce *repli*, et elle ne permet à personne de l'oublier.

DR RAY : Je serais plutôt d'accord avec M. Bateson. Au *New York Aquarium*, nous travaillons sur le béluga*, et je suis persuadé que ces animaux sont en réalité beaucoup plus expressifs que nous voulons bien le croire. Je pense qu'une des raisons qui explique leur apathie est le fait qu'en captivité, la plupart du temps, ils s'ennuient à mourir. L'environnement constitué par le bassin est fort peu intéressant, et j'estime, pour ma part, que nous devrions organiser leur captivité beaucoup plus intelligemment que nous ne le faisons. Il ne s'agit pas, bien sûr, de manipuler les baleines, elles n'aiment pas cela ; mais peut-être d'introduire d'autres espèces animales, ou de trouver quelques petites astuces qui les amèneraient à nous répondre davantage. Les cétacés en captivité sont comme les singes en cage. Ils sont extrêmement intelligents et développés, mais ils s'ennuient.

Un autre facteur à prendre en considération, c'est notre propre faculté d'observation : avec les bélougas, nous avons pu, au moins, étudier visuellement les sons qu'ils émettent, en observant les changements qui se produisent dans la forme du dôme que présente leur front, fortement développé chez ces animaux : il peut s'enfler d'un côté ou de l'autre, et prendre différentes formes liées à la quantité des sons émis. Il suffit donc d'une observation attentive et/ou d'une manipulation habile, pour accomplir beaucoup de choses avec ces animaux, et d'une façon relativement simple.

BATESON : J'ai voulu souligner, tout à l'heure, que chez les mammifères, et même chez les fourmis, tous les organes sensoriels deviennent des organes importants de transmission de messages : « Qu'est-ce qu'il fixe du regard, celui-là ? » ; ou bien : « De quel côté pointe-t-il ses antennes *(pinnae)* ? »

---

* Variété de dauphin, aussi appelé « canari de mer ». (*NdT.*)

C'est de cette façon que les organes sensoriels deviennent des organes de transmission de signaux.

Alors, si nous voulons comprendre les dauphins, une des premières choses que nous devons absolument éclaircir, c'est l'interprétation que donne un cétacé de l'utilisation du sonar* par un autre membre de son espèce. Pour ma part, je crois qu'il existe tout un tas de règles de courtoisie dans cette utilisation : par exemple, il doit être très grossier de se servir de son sonar pour observer trop attentivement ses copains, exactement comme, entre humains, il est très impoli de trop détailler les pieds d'une autre personne. Nous avons, nous humains, de nombreux interdits concernant l'observation des signaux kinesthésiques d'autrui, précisément parce qu'une telle observation fournirait *trop* d'informations sur son comportement.

DR PURVES : À mes yeux, les dauphins et les autres cétacés doivent souffrir d'un désavantage supérieur à celui dont les hommes ont eux-mêmes souffert dans leur passé. Quelqu'un – je ne sais plus quelle autorité – disait que l'origine du langage humain se trouverait dans le langage analogique. Autrement dit, si on utilise le mot « bas », du même coup, on baisse la main et le maxillaire inférieur ; si on dit « haut », on lève la main et le maxillaire inférieur. Si on emploie le mot « table » (surtout en le prononçant en français), la bouche s'élargit et l'on fait un geste horizontal. Quelle que soit sa complexité, le langage humain s'appuie à tout instant sur son origine analogique. Le pauvre cétacé, lui, n'a rien de semblable qui lui serve de point de départ. Il a donc fallu qu'il soit vraiment très intelligent, pour avoir réussi à élaborer un système de communication *à partir de rien*.

BATESON : Ce qui a dû se passer avec eux, c'est que les informations que nous-mêmes, humains, ainsi que les autres mammifères terrestres, pouvons recueillir visuellement, ont

---

* *Sonar :* terme emprunté à la technologie de la navigation sous-marine, désignant l'équipement de détection et de communication sous-marines, analogue au radar, et basé sur la réflexion des ondes sonores ou supersoniques. (*NdT.*)

été *déplacées dans la voix*. Il n'en demeure pas moins que, pour les comprendre, nous devons commencer par étudier ce qui demeure du matériel visuel.

Réexamen de la « loi de Bateson »*

Introduction

Il y a environ quatre-vingts ans, mon père, William Bateson, avait été fasciné par les phénomènes de symétrie et de régularité métamérique qu'on peut observer dans la morphologie des animaux et des plantes. Bien qu'il soit aujourd'hui difficile de définir les motifs exacts de cette attirance, on peut néanmoins supposer qu'il espérait que l'étude de ces phénomènes pourrait lui fournir les bases d'une conception nouvelle de la nature du vivant : il soutenait, avec raison, que la sélection naturelle ne suffisait pas à déterminer, à elle seule, la direction des changements évolutifs, et qu'on ne pouvait mettre la genèse des variations sur le seul compte du hasard. Il entreprit, ainsi, de démontrer l'existence d'une régularité et d'une certaine « légalité » dans les phénomènes de variabilité.

Dans sa tentative de mettre en évidence un ordre que les biologistes de son temps ignoraient presque complètement, il fut guidé par l'idée, qu'il n'a jamais formulée clairement, que le lieu où il fallait rechercher la régularité des variations devait être précisément celui où la variation a un impact sur ce qui est déjà régulier et répétitif. Ces phénomènes de symétrie et de métamérie, eux-mêmes remarquablement réguliers, peuvent certainement être attribués à une régularité, à des « lois » intérieures au processus évolutif. Par conséquent, on doit s'attendre à ce que les *variations* de la symétrie et du métamérisme illustrent le fonctionnement de ces lois.

* Cet essai a été publié pour la première fois dans le *Journal of Genetics*.

Dans le langage d'aujourd'hui, nous dirions qu'il était à la recherche d'un certain ordre dans les caractères du vivant, d'un ordre qui témoigne de ce que les organismes évoluent et se développent dans le cadre de systèmes cybernétiques, organisationnels ou de ceux appartenant encore à d'autres niveaux de communication.

C'est au cours de ces travaux que William Bateson a forgé le terme de « génétique »[1]. Il a rassemblé et examiné, dans les musées, dans les collections privées et les diverses revues du monde entier, tout ce qui concernait les manifestations tératologiques de la symétrie et du métamérisme des animaux. Cette énorme documentation a été réunie dans un ouvrage dont l'intérêt reste encore considérable[2].

Afin de prouver l'existence d'une régularité dans le champ des variations tératologiques, il a tenté une classification des différentes sortes de modifications qu'il a pu observer. Nous ne nous arrêterons pas sur cette classification, mais plutôt sur la généralisation qu'il a pu en tirer, et qui constitue une véritable découverte : il s'agit de ce qui fut appelé la « loi de Bateson », qui demeure encore aujourd'hui un des mystères de la biologie. Mon propos, ici, est justement de replacer la loi de Bateson dans une nouvelle perspective théorique, celle de la cybernétique, de la théorie de l'information et d'autres théories similaires.

Brièvement et simplement résumée, cette loi de Bateson s'énoncerait ainsi :

> Lorsqu'un appendice asymétrique (par exemple, la main droite) est redoublé, le membre résultant de cette réduplication présentera une symétrie bilatérale et se composera de deux parties, dont chacune sera le reflet spéculaire de l'autre, et qui seront disposées de telle sorte que l'on pourrait imaginer entre elles un plan de symétrie.

Néanmoins, W. Bateson lui-même doutait fort que ces réduplications se produisent toujours avec une telle simplicité. Il a prouvé abondamment que, dans la plupart de ces cas, l'un des éléments du système redoublé était lui-même double. Il a

---

[1] William Bateson, « The progress of genetic research », allocution inaugurale du congrès de la Royal Horticultural Society, 1966.
[2] W. Bateson, *Materials for the Study of Variation*, Londres, MacMillan & C°, 1894.

montré également que, dans ce type de systèmes, les trois éléments sont en général sur le même plan ; que les deux éléments du doublet sont les reflets spéculaires l'un de l'autre, tandis que l'élément du doublet qui est le plus proche de l'appendice original est le reflet spéculaire de ce même appendice.

Mon père a montré que cette généralisation est valable pour un grand nombre de réduplications se produisant chez les vertébrés et les arthropodes : pour les autres *phyla**, le matériel muséographique étant moins abondant, les possibilités de démonstration sont moins nombreuses.

D'aucuns, comme Ross Harrison[1], pensaient que Bateson avait sous-estimé l'importance de la réduplication simple. Que cette réduplication simple soit ou non un phénomène réel et courant, je commencerai cet essai par un exposé des problèmes logiques qu'elle soulève.

Redéfinition du problème

En 1894, la question se posait en ces termes : qu'est-ce qui provoque l'apparition de la symétrie bilatérale dans un contexte qui ne possède pas cette propriété ?

Les théories modernes ont inversé l'énoncé de ce type de questions. En effet, l'information au sens technique, c'est ce qui *exclut* certaines alternatives : une machine autoréglable ne choisira jamais l'état stable ; elle s'*empêche* elle-même de demeurer dans un quelconque état alternatif. Dans tout système cybernétique de ce type, l'action corrective est engendrée par la *différence*. Pour reprendre un terme technique, ce sont là des systèmes dont « le principe actif est l'erreur » *(error-activated)*. C'est la différence entre un état en cours et un état « meilleur » qui provoque la réponse corrective.

Le terme technique d'« information » peut alors, succincte-

---

* *Phylum :* « Souche primitive d'où est sortie une série généalogique ; suite de formes revêtues par les ascendants d'une espèce » (cf. *Petit Robert*). (*NdT.*)

1. R. G. Harrison, « On relations of symmetry in transplanted limbs », *Journal of Experimental Zoology,* n° 32, 1921, p. 1-118.

ment, être défini comme *n'importe quelle différence qui engendre une différence dans un événement ultérieur*. Cette définition est essentielle pour toute analyse des systèmes et des organisations cybernétiques, car elle jette un pont entre cette analyse et le reste de la science, où, en général, les événements ne sont pas produits par des différences, mais par des forces, des impacts, etc. La machine thermique, où l'énergie disponible (l'entropie négative) est fonction de la différence entre deux températures, est un exemple classique de la rencontre entre l'« information » et l'« entropie négative ».

En outre, les relations énergétiques de ces systèmes cybernétiques sont d'habitude inversées. Dans la mesure où les organismes sont capables d'emmagasiner de l'énergie, il est fréquent que les dépenses d'énergie (pour une période de temps limitée) soient fonction inverse de l'entrée *(input)* d'énergie. L'amibe, par exemple, est plus active quand elle manque de nourriture, et la tige d'une plante verte pousse plus vite du côté qui est le moins exposé à la lumière.

Cela étant, nous pouvons maintenant inverser la question que pose la symétrie de l'appendice totalement redoublé : « Pourquoi ce double appendice n'est-il pas asymétrique, comme l'est l'appendice correspondant dans tous les organismes normaux ? »

À la question ainsi formulée, une réponse formelle et générale (mais non particulière) peut être imaginée à partir des points suivants :

1. L'œuf de grenouille non fécondé présente une symétrie radiale, avec un pôle animal et un pôle végétatif, mais aucune différenciation de ses rayons équatoriaux. Cet œuf deviendra cependant un embryon à symétrie bilatérale. La question se pose de savoir comment il sélectionne le méridien destiné à devenir le plan de cette symétrie bilatérale. La réponse est connue : l'œuf reçoit une information de l'*extérieur*. Le point d'entrée du spermatozoïde (ou la piqûre d'un fil très fin) différenciera l'un des méridiens des autres, et ce sera ce méridien qui servira de plan à la symétrie bilatérale.

Il existe aussi des cas inverses. De nombreuses familles de plantes produisent des fleurs à symétrie bilatérale. On sait que toutes ces fleurs sont issues d'une symétrie radiale triple (les orchidées) ou quintuple (labiées et légumineuses) ; on sait aussi que la symétrie bilatérale est réalisée par la différenciation de l'un des axes (par exemple, l'«étendard» du pois de senteur commun) de cette symétrie radiale. La question se pose, à nouveau, de savoir comment un choix peut se faire entre trois ou cinq axes similaires. Ici encore, nous trouvons que chaque fleur reçoit l'information de l'*extérieur*. Ces fleurs à symétrie bilatérale ne peuvent être produites *que* sur une tige secondaire, et la différenciation de la fleur est toujours orientée de façon que la branche porteuse naisse de la branche principale. Il est très rare de voir une plante dont les fleurs sont, normalement, à symétrie bilatérale produire une fleur à l'extrémité d'une tige principale ; une telle fleur ne présentera forcément qu'une symétrie radiale ; elle est alors un monstre cupulaire*. (Le cas des fleurs qui présentent une asymétrie bilatérale, comme, par exemple, les *catasetum*, de la famille des orchidées, est intéressant. On peut penser qu'elles ont poussé, comme les appendices latéraux chez les animaux, sur des branches secondaires issues de branches principales qui sont, elles-mêmes, déjà bilatéralement symétriques, présentant, par exemple, un affaissement dorso-ventral.)

2. Nous constatons donc que, dans les systèmes biologiques, le passage de la symétrie radiale à la symétrie bilatérale nécessite, en général, un élément d'information venant de l'extérieur. On peut, néanmoins, imaginer qu'un processus distinct soit ébauché par des différences infimes et distribuées au hasard (parmi les rayons de l'œuf de grenouille, par exemple). Dans ce cas, il est évident que le choix d'un méridien particulier, en vue d'un développement spécial, ne sera dû qu'au hasard et ne pourra pas être orienté par rapport aux autres parties de l'organisme, comme l'est le plan de la symétrie bilatérale chez les pois de senteur ou les labiées.

3. On peut faire les mêmes observations pour ce qui est du passage de la symétrie bilatérale à l'asymétrie. Ici encore, l'asymétrie (ou la différenciation des deux moitiés) se fera soit par le jeu du hasard, soit grâce à une information venant de l'extérieur, par exemple des tissus ou des organes voisins. Chez les vertébrés et les arthropodes, chaque appendice laté-

---

* *Cupule :* « Assemblage soudé de bractées formant une petite coupe qui se couvre d'émergences écailleuses ou épineuses » (cf. *Petit Robert*). (*NdT*.)

ral est plus ou moins asymétrique[1], et cette asymétrie n'est jamais aléatoire par rapport au reste de l'organisme. Les membres droits ne naissent jamais sur le côté gauche du corps, sauf en conditions de laboratoire. L'asymétrie doit donc dépendre des informations venant de l'*extérieur*, c'est-à-dire, vraisemblablement, des tissus voisins.

4. Il s'ensuit que, si ce passage de la symétrie bilatérale à l'asymétrie exige un complément d'information, en l'absence de ce complément, l'appendice qui aurait dû être asymétrique ne peut qu'avoir une symétrie bilatérale.

Le problème de la symétrie bilatérale des membres redoublés se trouve, ainsi, ramené à un problème simple, celui de la *perte* d'un élément d'information. Cette conclusion n'est qu'une conséquence de la règle logique générale, selon laquelle toute régression dans la symétrie (de la symétrie radiale à la symétrie bilatérale, et de celle-ci à l'asymétrie) nécessite un *supplément* d'information.

Je ne prétends nullement que ce principe peut rendre compte de tous les phénomènes qui illustrent la loi de Bateson. À vrai dire, je le propose ici surtout pour montrer qu'on peut raisonner d'une façon très simple sur des phénomènes peu explorés. Il se constitue d'une *famille* d'hypothèses, plutôt que d'une seule et unique hypothèse. Cependant, un examen critique de ce qui a été dit plus haut, comme s'il s'agissait d'une unique hypothèse, donnera une image plus approfondie de ma méthode.

Dans chaque cas de réduplication, il sera nécessaire de décider quel est précisément l'élément particulier d'information qui a été perdu. Les propositions que je viens de formuler plus haut devraient, en principe, faciliter cette décision. À première vue, il semble que l'asymétrie de l'appendice naissant dépende de trois types d'informations qui l'orientent : infor-

---

1. À cet égard, les écailles, les plumes et les poils offrent un intérêt tout particulier. La plume semble présenter une nette symétrie bilatérale, dont le plan serait lié à la différenciation antéro-postérieure de l'oiseau. À cette symétrie se superpose une asymétrie comme celle des membres bilatéraux individuels. Et, comme pour les membres latéraux, il existe, de chaque côté du corps, des plumes qui se correspondent et qui sont le reflet les unes des autres. Disons que chaque plume est comme une sorte de drapeau dont la couleur et la forme dénotent les valeurs des variables déterminantes au lieu et au moment de sa croissance.

mations proximo-distale, dorso-ventrale et antéro-postérieure. L'hypothèse la plus simple suggère que ces informations puissent être reçues *séparément* et que, par conséquent, l'une d'entre elles puisse être perdue (ou absente), dans chaque cas de réduplication. Il serait alors facile de classer les cas de réduplication en fonction de l'élément d'information manquant. Nous aurions donc au maximum trois types de réduplication, nettement distincts les uns par rapport aux autres.

Les coléoptères à doubles pattes surnuméraires

Malheureusement, dans le seul ensemble de cas qui permette de vérifier notre hypothèse, les faits contredisent formellement la théorie. Il s'agit, notamment, du problème des paires d'appendices surnuméraires, chez les coléoptères. En 1894, on connaissait environ cent cas de ce type, dont Bateson a décrit près de la moitié ; pour treize d'entre eux[1], il a fait une figure.

Dans la mesure où les relations formelles sont ici d'une uniformité remarquable, il ne fait aucun doute qu'un seul type d'explication devrait être valable pour tous ces cas de symétrie.

Dans ce corpus l'une des pattes du coléoptère (rarement plus d'une) présente très souvent une anomalie[2] consistant en une ramification à un certain point du membre. Celle-ci se présente toujours comme un doublet, se composant de deux parties qui peuvent être confondues au point où la ramification se sépare de la patte d'origine, mais dont les extrémités s'écartent le plus souvent.

Si l'on considère ces extrémités, il y a donc, à partir de la ramification, trois éléments : la patte d'origine, et les deux autres pattes surnuméraires. Elles se situent toutes trois sur le même plan et présentent la symétrie suivante : les deux éléments du doublet surnuméraire constituent une paire complémentaire – comme le voudrait la loi de Bateson – avec un élément droit et un élément gauche. De ces deux derniers, le

---

1. W. Bateson, *Materials...*, *op. cit.*, p. 447-503.
2. Cf. figures, p. 163-164.

plus proche de la patte d'origine est complémentaire par rapport à celle-ci.

Ces relations sont illustrées par la figure 4 (p. 164). Chaque élément est représenté par une coupe transversale schématique ; les faces dorsale, ventrale, antérieure et postérieure sont indiquées respectivement par les lettres D, V, A et P.

Ces anomalies sont surprenantes en ce sens que, contrairement à ce que laisserait prévoir notre hypothèse, elles ne témoignent d'aucune discontinuité nette, qui permettrait une classification selon l'information orientative perdue. Le doublet surnuméraire peut naître en n'importe quel point de la circonférence de la patte d'origine.

La figure 4 illustre la symétrie d'un doublet naissant dans la région dorsale. La figure 5 montre la symétrie d'un doublet dans la région dorso-antérieure.

D'après ces exemples, il apparaît que les plans de symétrie sont parallèles à la tangente à la circonférence de la patte principale, tangente qui passe par le point de naissance de la ramification. Mais, dans la mesure où ce point peut être situé *n'importe où* sur la circonférence, il existera une série *continue* de symétries bilatérales possibles.

La figure 2 représente une machine inventée par W. Bateson, pour décrire cette série continue de possibilités.

Si la symétrie bilatérale du doublet est due à une perte d'information orientative, nous devons attendre à ce que le plan de cette symétrie forme un angle droit avec la direction de l'information perdue. Si, par exemple, c'est l'information dorso-ventrale qui a été perdue, les nouveaux membres (doublets) doivent comporter un plan de symétrie qui soit à angle droit avec la ligne dorso-ventrale.

(Nous pouvons justifier cette hypothèse de la façon suivante : l'existence d'un gradient, dans une séquence linéaire, crée une différence entre les deux extrémités de la séquence. En revanche, en l'absence de ce gradient, les deux extrémités seront semblables, autrement dit, la séquence sera symétrique par rapport à un plan perpendiculaire à son propre plan. Considérons, par exemple, le cas de l'œuf de grenouille. Les deux pôles et le point d'entrée du spermatozoïde déterminent un plan de symétrie bilatérale. Pour qu'il y ait *asymétrie* il faut que l'œuf reçoive une information qui soit à *angle droit avec ce plan* ainsi défini, c'est-à-dire quelque chose qui rende la moitié

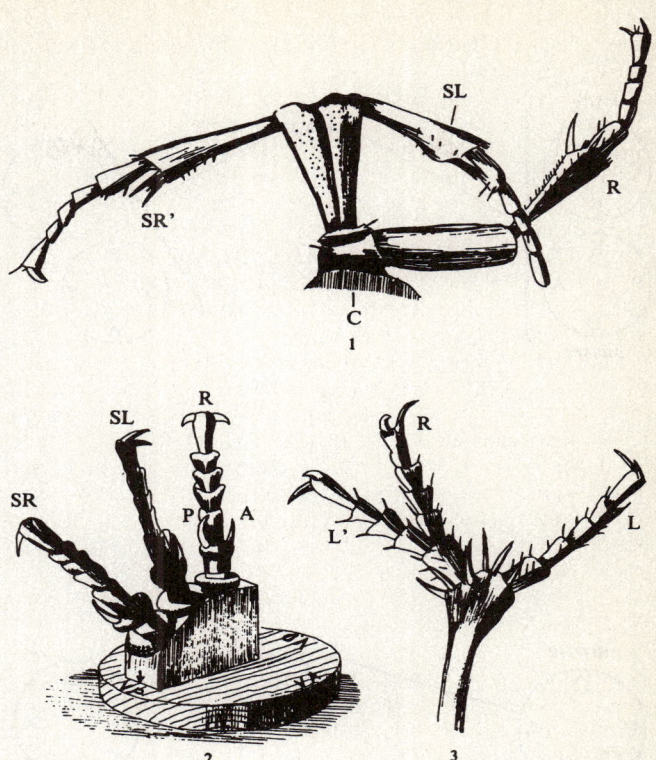

Fig. 1. Carabus scheidleri, n° 736. Patte droite avant normale R supportant une paire surnuméraire de pattes SL et SR', sortant de la surface ventrale de la hanche de l'insecte, C. Vue de face. (Propriété du Dr Kraatz.) Extrait de W. Bateson, *Materials…*, *op. cit.*, p. 483.

Fig. 2. Engin mécanique montrant les relations qu'entretiennent les pattes surnuméraires (de la symétrie secondaire) entre elles et avec la patte normale sur laquelle elles poussent. Le modèle R représente une patte droite normale. SL et SR représentent, respectivement, les pattes droite et gauche de la paire surnuméraire. A et P, les ramifications antérieure et postérieure du tibia. Pour chaque patte, la surface *morphologiquement antérieure* est ombragée, la surface postérieure étant blanche. R est vu sous l'aspect ventral ; SL et SR sont dans la position VP. Extrait de W. Bateson, *Materials…*, p. 480.

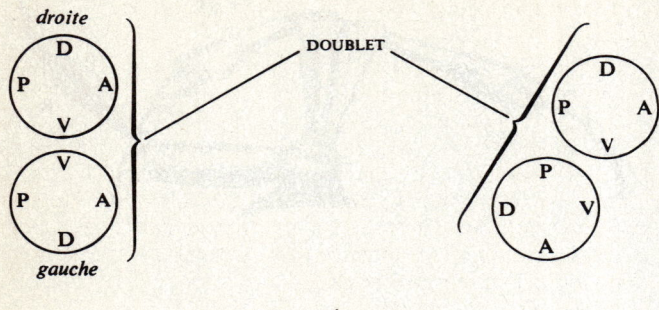

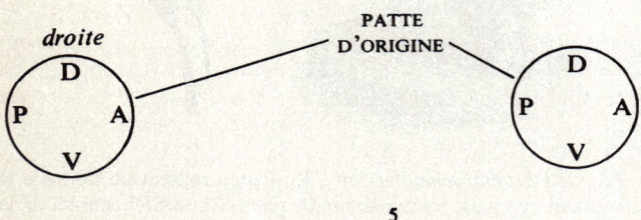

Fig. 3. Pterostichus mühlfeldii, n° 742. Représentation semi-diagrammatique du tibia gauche du milieu, portant des tarses surnuméraires sur le coté antéro-ventral de son extrémité (apex). L, le tarse normal ; R, le tarse surnuméraire droit ; L', le tarse surnuméraire gauche. (Propriété du Dr Kraatz.) Extrait de W. Bateson, *Materials...*, *op. cit.*, p. 485.

Fig. 4. Symétrie d'un doublet de la région dorsale.

Fig. 5. Symétrie d'un doublet de la région dorso-antérieure.

droite différente de la moitié gauche. Si ce quelque chose se perd, l'œuf retrouvera sa symétrie bilatérale première, avec le plan initial de symétrie perpendiculaire à la direction de l'information perdue.

Les doublets surnuméraires peuvent – comme je l'ai indiqué plus haut – prendre naissance sur *n'importe quelle face* de la patte primaire, et, par conséquent, toute une série de formes intermédiaires pourra apparaître entre les différents types – présumés discontinus – de perte d'information. Cela signifie que, si la symétrie bilatérale de ces doublets provient d'une perte d'information, cette information perdue ne peut être classée ni comme antéro-postérieure, ni comme dorsoventrale, ni comme proximo-distale*.

Ce qui nous oblige à revoir notre hypothèse.

Retenons, pour l'instant, seulement cette notion générale de perte d'information et son corollaire : à savoir que le plan de symétrie bilatérale doit être à angle droit avec la direction de l'information perdue.

L'hypothèse la plus simple qui vient, alors, à l'esprit est que l'information perdue a dû être certainement centropériphérique. (J'adopte ici ce terme bicéphale, plutôt que le terme plus simple de « radiale ».)

Imaginons donc quelques différences centro-périphériques (gradient chimique ou électrique, par exemple), dans la coupe transversale de la patte primaire ; supposons aussi que la perte ou l'affaiblissement de cette différence, en un point quelconque de la longueur de la patte principale, empêche toute asymétrisation d'un membre secondaire qui naîtrait en ce point.

Nécessairement, un tel membre secondaire (si tant est qu'il est produit) serait bilatéralement symétrique, et son plan de symétrie formerait un angle droit avec la direction du gradient ou de la différence perdus.

Cependant, il est bien évident qu'une différence centropériphérique, ou gradient, *n'est pas* un élément primitif du système d'information qui a déterminé l'asymétrie de la patte primaire. Un tel gradient peut néanmoins empêcher la ramification, de sorte que sa perte, ou son affaiblissement, provo-

---

* *Distal :* terme utilisé en biologie, pour désigner l'élément qui est le plus éloigné (par opposition à *proximal*) de la base de la colonie, de l'aisselle du rameau, de la base du membre, etc. (*NdT*.)

quera l'apparition, à l'endroit même de cette perte, d'un appendice surnuméraire.

Il ne s'agit là que d'un paradoxe apparent : la perte d'un gradient susceptible d'empêcher la ramification provoque une formation d'appendice telle que ce dernier ne peut pas réaliser l'asymétrie. Il semble donc que l'hypothétique gradient (ou différence centropériphérique) a deux sortes de fonctions de commande :

a) interdire la ramification ; et

b) déterminer une asymétrie dans cet appendice dont l'existence n'est rendue possible que par l'absence de ce même gradient. Si l'on pouvait montrer que ces deux types de transmissions de messages se recoupent, ou qu'ils sont sous certains aspects synonymes, nous aurions mis au point une description économique possible du phénomène.

Nous sommes donc amenés à nous poser la question suivante : y a-t-il des raisons *a priori* qui nous permettent de penser que l'*absence* d'un gradient – gradient qui, présent, aurait interdit la ramification dans la branche d'origine – autorise la formation d'un appendice auquel il manque l'information nécessaire pour développer une asymétrie, par rapport à un plan perpendiculaire au gradient manquant ?

En fait, cette question devrait être inversée pour s'adapter aux explications, toujours « inversées », de la cybernétique. Le concept d'« information nécessaire pour déterminer l'asymétrie » devient, alors, celui d'« information nécessaire *pour interdire* la symétrie bilatérale ».

Mais tout ce qui « interdira la symétrie bilatérale » interdira aussi la « ramification », puisque les deux éléments d'une structure de ramification constituent une paire symétrique (même dans le cas d'une symétrie radiale).

Cela étant, nous sommes fondés à penser que la *perte* (ou l'effacement) du gradient centro-périphérique qui interdit la ramification permettra, pourtant, la formation d'un appendice bilatéralement symétrique, par rapport à un plan parallèle à la circonférence du membre primaire.

En même temps, il est possible que la présence d'un gradient centropériphérique dans le membre primaire, précisément parce qu'elle prévient la ramification, ait pour fonction de maintenir une asymétrie antérieurement déterminée.

Ces hypothèses fournissent un cadre explicatif possible

pour la formation du doublet surnuméraire et sa symétrie bilatérale. Reste à examiner l'orientation des éléments de ce doublet. D'après la loi de Bateson, l'élément le plus proche de la patte primaire est bilatéralement symétrique par rapport à elle. Autrement dit, la face du doublet surnuméraire qui est tournée vers la patte primaire est la contrepartie morphologique de la face de la périphérie d'où le doublet est issu.

L'explication la plus simple et la plus évidente de cette régularité, c'est qu'il y aurait eu, au cours du processus de ramification, un partage des structures morphologiquement différenciées entre la patte primaire et l'appendice ; et que ce seraient, précisément, ces structures communes qui véhiculent les informations nécessaires. Toutefois, dans la mesure où les informations ainsi transmises auront, manifestement, des propriétés très différentes de celles transmises par les gradients, il convient d'examiner cette question plus en détail.

Considérons un cône à base circulaire et à symétrie radiale. Cette figure géométrique présente une différenciation axiale entre base et sommet. Pour rendre ce cône complètement asymétrique, il suffit de différencier sur la circonférence de sa base deux points, distincts l'un de l'autre et qui ne soient pas diamétralement opposés : autrement dit, la base est différenciée de manière à ne pas donner le même résultat, selon que nous énumérons les éléments dans le sens des aiguilles d'une montre ou bien dans le sens contraire.

Supposons maintenant que le rameau surnuméraire, de par son origine même d'élément issu d'une matrice, présente une différenciation proximo-distale, et que celle-ci soit analogue à la différenciation axiale du cône. Pour obtenir une asymétrie totale, il suffira alors que le membre en cours de développement reçoive une information orientative située dans un arc quelconque de sa circonférence. Il est clair qu'une telle information est immédiatement utilisable, puisque, au point de ramification, le membre surnuméraire et la patte primaire partagent un certain arc de circonférence. Mais ces points communs sont disposés, sur la périphérie de la patte primaire, dans le sens des aiguilles d'une montre et, sur la périphérie du rameau, dans le sens contraire. Les informations de l'arc commun auront donc une double fonction : faire du nouveau membre un reflet spéculaire du premier, et lui permettre d'être orienté de façon appropriée, par rapport à la patte primaire.

Il est maintenant possible d'imaginer la séquence hypothétique de la réduplication des pattes du coléoptère :

1. Une patte primaire développe l'asymétrie, et cela, en prenant l'information nécessaire dans les tissus voisins.

2. Cette information, une fois qu'elle a agi, continue d'exister, mais sous forme de différenciation morphologique.

3. L'asymétrie de la patte primaire normale est, désormais, conservée par un gradient centro-périphérique qui, en principe, empêche la ramification.

4. Dans les spécimens anormaux, ce gradient centro-périphérique est soit perdu, soit effacé, probablement en un point affecté par une lésion ou un traumatisme.

5. La perte du gradient centro-périphérique entraîne une ramification.

6. Le rameau ainsi produit est un doublet. Comme il n'a pas reçu l'information du gradient susceptible d'engendrer l'asymétrie, il doit présenter une symétrie bilatérale.

7. Étant donné qu'il partage avec la patte primaire des structures périphériques différenciées, l'élément du doublet qui est le plus proche de celle-ci est orienté de façon à être son reflet spéculaire.

8. De même, chaque élément du doublet est lui-même asymétrique et, pour se faire, il tire l'information nécessaire de la morphologie des périphéries communes, dans le plan du doublet.

Ces hypothèses ont pour but de montrer de quelle façon le principe explicatif de la *perte d'un élément d'information* peut être appliqué à certaines régularités obéissant à la loi de Bateson. Il est intéressant de remarquer, également, que les données concernant la symétrie des pattes du coléoptère ont été, en quelque sorte, « sur-expliquées ».

En effet, j'ai fait appel à deux types d'explications différents, mais non incompatibles :

a) la perte de l'information qui aurait dû provenir d'un gradient centro-périphérique ; et

b) l'information tirée de la morphologie périphérique commune.

Ni l'un ni l'autre de ces principes ne peut, à lui seul, rendre compte de ces phénomènes ; mais, combinés, ils se recoupent, de sorte que certains détails de l'ensemble peuvent être rapportés aux deux principes explicatifs simultanément.

Une telle redondance est, sans aucun doute, la règle et non l'exception dans les systèmes biologiques, comme dans tous les autres systèmes d'organisation, de différenciation et de communication. Dans tous ces cas, la redondance est une source importante et nécessaire de stabilité, de prévisibilité et d'intégration.

À l'intérieur d'un système explicatif, la redondance donnera toujours l'impression que les différentes explications se superposent. Il faut dire cependant que, sans cette superposition, celles-ci seront certainement insuffisantes pour rendre compte des phénomènes d'intégration biologique.

Nos connaissances actuelles ne nous permettent pas de préciser l'influence de ces redondances morphogénétiques et physiologiques sur les directions des changements évolutifs. Il est, néanmoins, sûr que ces redondances internes introduisent, dans les phénomènes de variation, un autre élément que le hasard[1].

Réduplication des membres chez les amphibiens

À ce point de l'analyse, il est intéressant de passer de l'examen de la réduplication des pattes du coléoptère, à l'étude d'un autre corpus de données, où la réduplication est un phénomène courant, et pour l'explication duquel on s'est souvent référé à la loi de Bateson[2]. Les données que j'examinerai ici portent sur la réduplication des membres expérimentalement greffés chez les tritons larvaires.

1. Dans un certain nombre de cas – le plus souvent pour les greffes hétérotopes –, le greffon se développe pour constituer un système binaire simple et dont les deux éléments – apparemment égaux – présentent une symétrie spé-

---

1. G. Bateson, « Le rôle des changements somatiques dans l'évolution », ci-dessus, p. 115.
2. R. G. Harrison, *loc. cit.* ; cf. aussi F. H. Swett, « On the production of double limbs in amphibians », *Journal of Experimental Zoology*, n° 44, 1926, p. 419-472.

culaire. Il y a environ trois ans, le Dr Emerson Hibbard, du California Institute of Technology, m'a montré une expérience frappante : l'embryon de membre d'un spécimen avait subi une rotation de 180°, de sorte que le bord antérieur du greffon, orienté vers l'extrémité postérieure du receveur, avait été implanté dans une position médio-dorsale, dans la région postérieure de la tête. Ce greffon se développa, pour donner deux pattes parfaitement formées et présentant une symétrie spéculaire. Ce système binaire n'était relié à la tête du receveur que par une fine membrane de tissus.

De telles expériences, où le produit est un organe binaire, comportant deux parties égales, sont conformes à ce que nous pouvons attendre de la perte simple de l'une des dimensions de l'information orientative. (C'est, d'ailleurs, ce spécimen du Dr Hibbard qui m'a donné à penser que l'hypothèse de l'information perdue pourrait être aussi valable dans le cas des amphibiens.)

2. Notons, toutefois, que, sauf dans ces cas de réduplication binaire égale, aucune théorie expliquant la réduplication par une perte simple d'information ne convient aux amphibiens. En effet, si la loi de Bateson se limitait aux seuls cas où l'explication est formellement analogue à celle qui convient à la réduplication des pattes du coléoptère, les amphibiens s'en trouveraient exclus.

Mais comme, selon moi, les limites d'une théorie sont tout aussi importantes que son champ d'application, j'examinerai maintenant le matériel complexe fourni par le cas des greffes orthotopes.

Un seul paradigme schématique sera suffisant : si l'on excise un embryon de membre antérieur *droit*, et que, après lui avoir fait subir une rotation de 180°, on le replace dans la plaie, on obtiendra un membre *gauche*. Mais ce membre primaire peut ultérieurement former à sa base des embryons de membres secondaires, en général immédiatement antérieurs ou postérieurs au point d'insertion. Ce membre secondaire présentera une symétrie spéculaire par rapport au membre primaire et pourra même, par la suite, produire un membre tertiaire, lequel sera issu du membre secondaire de manière caractéristique, à partir de la face de celui-ci qui est la plus éloignée du membre primaire.

On peut expliquer la formation du membre gauche sur le

côté droit du corps[1], en admettant que l'embryon du membre a reçu l'information antéro-postérieure avant l'information dorso-ventrale, et que cette première information, une fois reçue, est irréversible. On suppose que, au moment de la greffe, l'orientation du greffon est déjà déterminée dans le sens antéro-postérieur, mais qu'il reçoit, ensuite, une information dorso-ventrale des tissus avec lesquels il est alors en contact. Le résultat, c'est un membre dont l'orientation dorso-ventrale est correcte par rapport à son nouvel emplacement, mais dont l'orientation antéro-postérieure est inversée. Il est tacitement admis que l'orientation proximo-distale, elle, reste inchangée. Le résultat en sera un membre inversé relativement à *un seul* de ces trois types d'asymétrie. Logiquement, un tel membre ne peut être qu'un membre gauche.

Cette explication me semble satisfaisante pour l'instant, et je passerai maintenant à l'étude des réduplications. Quatre aspects importants les différencient des réduplications des pattes du coléoptère :

a) Chez les coléoptères, la réduplication est le plus souvent égale : les deux moitiés du doublet surnuméraire sont de même taille et, en général, approximativement égales aux parties correspondantes de la patte primaire. Les seules différences qui apparaissent, parfois, entre ces trois éléments sont celles qui résultent normalement des différences trophiques*. Chez les tritons larvaires, en revanche, il y a de grandes différences de taille entre les éléments du système redoublé, et ces différences sont, elles, déterminées par le *temps*. En effet, les membres secondaires sont plus petits que les membres primaires, parce qu'ils se sont formés *plus tard* qu'eux, et, de même, les rares membres tertiaires, qui se forment *plus tard* que les secondaires, sont encore plus petits. Ce décalage dans le temps indique clairement que le membre primaire a reçu, lui, toutes les informations nécessaires pour la détermination de sa propre asymétrie. Il est vrai, par ailleurs, qu'il a reçu une « fausse » information, qui a fait de lui une patte *gauche* sur le côté *droit* du corps ; cependant, il n'a pas souffert d'une déficience de l'information à un point tel que l'asymétrisation en ait été rendue impossible. Il n'est donc pas possible d'attribuer

---

1. F. H. Swett, *loc. cit.* ; cf. aussi R. G. Harrison, *loc. cit.*
* *Trophiques :* relatif à la nutrition. (*NdT.*)

la réduplication à un manque d'information orientative dans la patte primaire.

b) Les réduplications des pattes chez les coléoptères peuvent se produire en *n'importe quel* point sur la longueur de la patte. Chez les larves d'amphibiens, elles apparaissent, en général, dans la région où le membre se rattache au corps ; en outre, il n'est même pas évident qu'il y ait toujours des tissus communs à la patte primaire et à la patte secondaire.

c) Chez les coléoptères, les doublets surnuméraires forment une série continue : ils sont issus de *n'importe quelle* partie de la périphérie de la patte primaire. Au contraire, la réduplication des membres, chez les larves d'amphibiens, se concentre sur la face postérieure ou sur la face antérieure de la patte primaire.

d) Chez les coléoptères, il est évident que les deux éléments surnuméraires constituent ensemble une unité. On assiste même souvent (cf. fig. 1, p. 163) à une combinaison étroite de ces deux éléments. En aucun cas [1], on ne verra l'élément le plus proche de la patte primaire se combiner avec elle, plutôt qu'avec l'autre élément surnuméraire. Pour les spécimens amphibiens, il n'est pas du tout évident que les membres secondaire et tertiaire constituent un tel ensemble unifié. La relation entre le membre secondaire et le membre tertiaire ne semble pas plus étroite que celle entre le membre primaire et le membre secondaire, par exemple. Avant tout, cette relation est asymétrique dans sa dimension temporelle.

Ces profondes différences formelles entre les deux corpus de données montrent que les explications portant sur les amphibiens doivent être d'un ordre différent. Il semble que le processus ne soit pas localisé dans le corps de la patte, mais à sa base et dans les tissus avoisinant cette base. Il est probable aussi que le membre primaire propose, en quelque sorte, la formation ultérieure d'un membre secondaire, par inversion de l'information du gradient, et que le membre secondaire propose, de la même façon, la formation d'un membre tertiaire inversé. Le modèle de ces systèmes est fourni par les structures circulaires que proposent les para-

---

[1]. W. Bateson décrit et illustre une exception possible à cette règle : la réduplication du tarse postérieur chez les *platycerus caraboïdes* (cf. *Materials...*, *op. cit.*, p. 507).

doxes de Russell[1]. Pour l'instant, toute tentative d'élaborer en détail ce type de modèle serait prématurée.

Résumé

Cet essai, portant sur la symétrie des appendices latéraux redoublés, s'appuie sur un principe explicatif, selon lequel chaque étape, dans la différenciation ontogénétique qui réduit la symétrie d'un organe (en la faisant passer, par exemple, d'une symétrie radiale à une symétrie bilatérale, et de celle-ci à l'asymétrie), nécessite une information orientative supplémentaire. Selon ce principe, un appendice latéral dont la structure est normalement asymétrique, et auquel il *manque* un élément nécessaire d'information orientative, ne peut développer qu'une symétrie bilatérale ; autrement dit, au lieu d'un appendice asymétrique normal, il y aura formation d'un doublet à symétrie bilatérale.

Afin d'examiner le fonctionnement de ce principe explicatif, j'ai élaboré une hypothèse qui tente de rendre compte de la loi de Bateson et, par là même, du cas d'application de cette loi que constitue la régularité qu'on rencontre, dans les rares exemples de pattes doubles surnuméraires, chez les coléoptères. Pour ce faire, j'ai supposé que l'information morphogénétique orientative peut subir des transformations et passer d'un type de codage à un autre, et que chacune de ces transformations (ou code) est soumise à des limitations spécifiques :

a) L'information peut être contenue dans les *gradients* (éventuellement biochimiques). Dans ce système de code, l'information peut provenir des tissus voisins et apporter les premiers facteurs déterminants de l'asymétrie, dans l'appendice en cours de développement. On suppose que l'information ainsi codée n'est disponible que durant très peu de temps, et que, une fois l'asymétrie du membre établie l'information continue d'exister, mais sous forme morphologique.

b) Il semble que, lorsqu'elle est codée comme différence

---

1. G. Bateson, « Exigences minimales pour une théorie de la schizophrénie », ci-dessus, p. 75.

morphologique, l'information est essentiellement statique : elle ne peut ni être transmise aux tissus voisins ni empêcher la ramification. Elle peut néanmoins, être utilisée par un appendice lorsque celui-ci a, à sa base, des tissus communs avec la patte dont il est issu. Dans ce cas, l'information qui est transmise par le moyen de la périphérie commune est nécessairement inversée : si la patte primaire est une patte *droite*, l'appendice sera un appendice *gauche*.

c) Dans la mesure où l'information, sous sa forme morphologique, est par définition incapable d'empêcher la ramification, l'asymétrie d'un membre primaire en cours de développement doit être préservée par un gradient centropériphérique, qui n'est pas lui-même le facteur déterminant de cette asymétrie.

d) On peut penser que la *perte* de ce gradient centropériphérique a deux effets : autoriser la ramification, et priver le nouvel appendice ainsi obtenu d'une des dimensions de l'information orientative nécessaire ; de sorte que l'appendice ne peut présenter qu'une unité symétrique bilatérale, dont le plan de symétrie forme un angle droit avec le gradient centropériphérique perdu.

J'ai examiné également les données fournies par les réduplications des embryons de membres expérimentalement greffés, chez les amphibiens. Je suis arrivé à la conclusion que ces faits ne peuvent être expliqués par une perte simple d'information orientative. En effet, la perte simple engendre une symétrie bilatérale, égale et synchrone. Or, chez les amphibiens, les réduplications sont, en général, inégales et successives. Des réduplications synchrones et égales apparaissent néanmoins dans certains cas, surtout dans les greffes hétérotopes. Il semble qu'elles peuvent être attribuées à une perte simple d'information orientative.

Post-scriptum 1971

Comparons la symétrie bilatérale du doublet surnuméraire dans la patte du coléoptère, et la symétrie bilatérale dans la fleur du pois de senteur ou de l'orchidée. Dans la plante comme dans l'animal, l'unité symétrique bilatérale prend naissance en un point de ramification.

Dans le cas de la plante, c'est la morphologie de la fourche qui *fournit* l'information permettant à la fleur d'opérer une symétrisation bilatérale et non radiale ; autrement dit, l'information différencie l'étendard « dorsal » de la lèvre ventrale de la fleur.

Dans le doublet de la patte du coléoptère, le plan de symétrie bilatérale est situé à angle droit par rapport à celui de la fleur.

Nous pouvons dire alors que l'information *perdue* par la patte du coléoptère est, précisément, cette information que crée la fleur par la ramification.

Commentaire sur la quatrième section

Les articles qui constituent cette quatrième section sont très divers : en effet, bien qu'ils se rapportent tous à la pensée maîtresse de mon livre, ils émanent cependant de lieux théoriques différents. Ainsi « Le rôle des changements somatiques dans l'évolution » prolonge les réflexions contenues dans « Exigences minimales pour une théorie de la schizophrénie », alors que « Problèmes de communication chez les cétacés et autres mammifères » est une application à un type d'animal particulier de l'étude « Les catégories logiques de l'apprentissage et de la communication »*.

« Réexamen de la loi de Bateson » peut paraître un peu divergent, mais en réalité cet article est solidaire du reste du livre, il étend la notion de contrôle informationnel au champ de la morphogenèse, et, par son étude des conséquences d'une *absence* d'information vitale, il met en relief l'importance du contexte *dans* lequel l'information est reçue.

Avec sa remarquable perspicacité, Samuel Butler a fait quelque part un commentaire sur l'analogie entre rêves et parthénogenèse. Nous pouvons dire que les doubles pattes monstrueuses du coléoptère participent de cette analogie : elles sont la projection du contexte récepteur, privé de l'information qui aurait dû lui parvenir d'une source extérieure.

Les messages matériels, ou informations, passent d'un contexte à un autre contexte. Dans les autres sections de ce livre, j'ai mis l'accent sur le contexte *d'où* émane l'information ; là, j'insiste surtout sur l'état interne de l'organisme, considéré comme un contexte *dans lequel* l'information doit parvenir.

* Cf. vol. I de cette édition, p. 299-331.

Il est évident qu'aucun point de vue ne suffirait, à lui seul, à assurer la compréhension de l'homme ou de l'animal. Cependant, peut-être n'est-ce pas un simple accident si, dans ces articles qui traitent des organismes non humains, le « contexte » que nous étudions est l'inverse (ou le complément) du « contexte » envisagé dans les autres sections du livre.

Considérons, par exemple, le cas de l'œuf de grenouille non fécondé, pour lequel le point d'entrée du spermatozoïde définit le plan de symétrie bilatérale du futur embryon. La piqûre d'un poil d'une brosse en poil de chameau pourrait tout aussi bien faire l'affaire : le message transmis serait le même. On peut donc en conclure que le contexte externe d'où provient le message est relativement indéterminé. De ce point d'entrée, en effet, l'œuf n'apprend que peu de chose sur le monde extérieur. Pourtant, le contexte interne qui reçoit le message doit être extrêmement complexe.

Nous pouvons dire que l'œuf non fécondé renferme une *question immanente*, à laquelle le point d'entrée du spermatozoïde fournit une réponse. Cette manière de considérer les choses est à l'opposé de la façon de penser traditionnelle, qui voit dans le contexte externe d'apprentissage une « question » à laquelle le comportement « juste » de l'organisme est une réponse.

On peut même tenter de dresser ici la liste des éléments qui constituent cette question immanente. Il y a, d'abord, les deux pôles de l'œuf, et aussi, nécessairement, la polarisation du protoplasme vers ces deux pôles. Si de semblables conditions structurelles n'étaient pas réunies pour répondre à la piqûre du spermatozoïde, ce message ne pourrait avoir aucun sens. Le message doit donc être reçu dans une *structure* adéquate.

Mais la structure seule ne suffit pas. Il est probable que n'importe lequel des méridiens de l'œuf peut potentiellement devenir le futur plan de la symétrie bilatérale ; à cet égard, tous les méridiens se valent et ne présentent aucune différence structurelle entre eux. En même temps, chaque méridien doit *être prêt* à recevoir le message inducteur, et ce caractère d'« état d'alerte » est seulement orienté mais non limité par la structure. En réalité, l'« état d'alerte » est justement une *non-structure*. Ce n'est que lorsque le spermatozoïde transmet – s'il le transmet – son message, qu'une nouvelle structure est engendrée.

En termes d'une économie de la souplesse (cf. « Le rôle des changements somatiques dans l'évolution », ainsi que le texte, plus tardif, inclus dans la sixième section du livre : « Écologie et souplesse dans la civilisation urbaine », cet « état d'alerte » est une *potentialité non impérative de changement*. Notons aussi que cette potentialité doit non seulement être toujours quantitativement finie, mais encore convenablement située dans une matrice structurelle, laquelle doit aussi, à tout moment, être quantitativement finie.

Ces considérations nous amènent tout naturellement à la cinquième section, que j'ai intitulée « Épistémologie et écologie ». Peut-être le terme d'« épistémologie » n'est-il ici qu'une autre façon de désigner le champ de l'écologie de l'esprit.

CINQUIÈME SECTION

ÉPISTÉMOLOGIE ET ÉCOLOGIE

Explication cybernétique*

Pour des raisons méthodologiques, il serait peut-être utile de décrire certaines particularités propres à l'explication de type *cybernétique*.

L'explication de type *causal* est, en général, *positive*. Nous disons, par exemple, que la boule de billard B s'est déplacée dans telle ou telle direction, parce que la boule de billard A l'a heurtée sous tel ou tel angle.

Par contre, l'explication de type *cybernétique* est toujours *négative*. Nous examinons d'abord quels sont les événements qui auraient eu le plus de chances de se produire, pour nous demander ensuite pourquoi un grand nombre d'entre eux ne se sont pas réalisés, montrant ainsi que l'événement particulier étudié était l'un des rares à pouvoir se produire effectivement. L'exemple classique de ce type d'explication est la théorie de l'évolution qui repose sur la sélection naturelle. Selon cette théorie, les organismes qui, à la fois du point de vue physiologique et de celui de l'environnement, n'étaient pas « viables » n'ont, vraisemblablement, pas pu vivre assez pour se reproduire. Par conséquent, l'évolution aurait toujours suivi les voies de la « viabilité ». Comme l'a si bien remarqué Lewis Carroll, cette théorie explique de façon assez satisfaisante pourquoi il n'y a pas, de nos jours, de « grand-papapillons** ».

---

* Cet article a été publié pour la première fois dans l'*American Behavioral Scientist* (Sage Publications Inc.), vol. X, avril 1967, p. 29-32.

** Lewis Carroll, « De l'autre côté du Miroir », chap. III, p. 98 (trad. de Henri Parisot, Paris, 1971, Aubier-Flammarion).
Anglais : *bread-and-butter flies*, littéralement « mouches à pain et beurre ». Jeu de mots intraduisible sur *butterfly* (« papillon ») et *bread and butter* (« pain au beurre »). (*NdT.*)

En termes cybernétiques, on dit que le cours des événements est soumis à des *restrictions*, et on suppose que, celles-ci mises à part, les voies du changement n'obéiraient qu'au seul principe de l'égalité des probabilités. En fait, les « restrictions » sur lesquelles se fonde l'explication cybernétique peuvent être considérées, dans tous les cas, comme autant de facteurs qui déterminent l'inégalité des probabilités. Prenons l'exemple d'un singe qui, en tapant au hasard sur une machine à écrire, produirait une prose pleine de sens : nous serions nécessairement amenés à chercher des « restrictions », soit chez le singe, soit dans la machine à écrire. Peut-être le singe ne pouvait-il taper que les touches appropriées, peut-être les tiges à caractères ne pouvaient-elles bouger à moins d'être convenablement frappées ; peut-être, encore, les lettres mal placées ne pouvaient-elles pas « survivre » sur le papier. De toute façon, il faut bien qu'il y ait quelque part un circuit susceptible d'identifier l'erreur et de la supprimer aussitôt.

Idéalement – et c'est bien ce qui se passe dans la plupart des cas –, dans toute séquence ou ensemble de séquences, l'événement qui se produit est uniquement déterminé en termes d'une explication cybernétique. Un grand nombre de « restrictions » différentes peuvent se combiner pour aboutir à cette détermination unique. Dans le cas du puzzle, par exemple, le choix d'une pièce pour combler tel vide est « restreint » par de nombreux facteurs : sa forme doit être adaptée à celle des pièces voisines et, en certains cas, également à celle des frontières du puzzle ; sa couleur doit correspondre à celles des morceaux environnants ; l'orientation de ses côtés doit obéir aux régularités topologiques déterminées par la machine qui a découpé les morceaux de puzzle, etc. Du point de vue de celui qui essaie de résoudre le puzzle, ce sont là des indices, autrement dit des sources d'information qui le guideront dans son choix. Du point de vue de la cybernétique, il s'agit de *restrictions*.

De même, pour la cybernétique, un mot dans une phrase, une lettre à l'intérieur d'un mot, l'anatomie d'un quelconque élément d'un organisme, le rôle d'une espèce dans un écosystème, ou encore le comportement d'un individu dans sa famille, tout cela est à expliquer *(négativement)* par une analyse des *restrictions*.

La forme *négative* de l'explication cybernétique est en tous points comparable à la forme d'une démonstration logique par *reductio ad absurdum*. Ce type de démonstration consiste à énumérer une série suffisamment grande de propositions alternatives qui s'excluent mutuellement, du type : [« P » et « non P »] ; la preuve consiste, alors, à démontrer que toutes les possibilités de cet ensemble, sauf une, sont insoutenables ou « absurdes ». Il s'ensuit que l'élément « survivant » de l'ensemble des propositions doit être « soutenable » selon les critères d'un système logique donné. C'est là un type de preuve que les esprits étrangers aux mathématiques trouvent parfois peu convaincant ; et, sans aucun doute, si la théorie de la sélection naturelle paraît parfois invraisemblable aux non-mathématiciens, c'est bien pour des raisons similaires, de quelque nature qu'elles soient.

L'utilisation de la « cartographie » ou de la métaphore rigoureuse est une autre tactique de démonstration mathématique, qui trouve son correspondant dans la construction des explications cybernétiques. Une proposition algébrique, par exemple, peut être reportée sur un système de coordonnées et démontrée, ainsi, par des méthodes géométriques. En cybernétique, la « cartographie » est utilisée comme technique d'explication, chaque fois qu'on a affaire à un « modèle » conceptuel ; plus concrètement, c'est elle qui entre en jeu lorsqu'on utilise un ordinateur pour *simuler* un processus complexe de communication. Mais ce n'est pas là la seule intervention de la cartographie dans la cybernétique. Les processus formels de la cartographie, de la traduction ou de la transformation sont, en principe, attribués à *chaque* étape de n'importe quelle séquence de phénomènes que le cybernéticien essaie d'expliquer. Ces *cartographies*, ou transformations peuvent être très complexes : par exemple, lorsque la sortie *(output)* d'une machine est considérée comme une transformation élémentaire *(transform*)* de l'entrée *(input)*. Dans d'autres cas, les

---

* *Transform :* nous avons traduit ce mot par « transformation élémentaire » ou « unité de transformation » (si elle était mesurable), par analogie avec la théorie mathématique des différentielles, où dx représente la variation élémentaire (en l'occurrence, mesurable et infinitésimale) de la variable x. Du fait de sa non-mesurabilité, la structure interne, les mécanismes, le temps (rythme), la simplicité ou la complexité d'une « transformation élémentaire » (ou, de façon légèrement impropre, d'une « unité de transformation ») seront différents pour chaque cas. Par conséquent, on peut avoir affaire à des « transformations élémentaires » complexes et systématiques (cf. ci-dessous, p. 201). (*NdT.*)

cartographies peuvent être simples, par exemple, lorsque la rotation d'une tige en un point donné de sa longueur est considérée comme une transformation élémentaire (quoique identique) de sa rotation en un point précédent.

Les relations qui demeurent constantes au cours de ces transformations peuvent être de n'importe quel type.

Le parallélisme entre l'explication cybernétique et les tactiques de démonstration logiques et mathématiques, est d'une extrême importance. En tout autre domaine que la cybernétique, nous recherchons une explication, mais jamais une quelconque simulation d'une démonstration logique. La *simulation* de la démonstration est quelque chose de nouveau en sciences. Cependant, du point de vue d'une sagesse rétrospective, nous pouvons aussi nous dire que ce type d'explication, qui fait appel à la *simulation* d'une démonstration logique ou mathématique, était prévisible. En définitive, la matière de la cybernétique n'est pas constituée par des événements et des objets, mais par l'*information* « véhiculée » par ces objets et événements. De ce point de vue, nous considérons les objets et événements uniquement en tant qu'ils proposent des faits, des propositions, des messages, des perceptions, et ainsi de suite. Cette matière étant de l'ordre de la proposition, il faut s'attendre à ce que l'explication *simule* la démonstration logique.

Les cybernéticiens se sont donc spécialisés dans des explications qui *simulent* la *reductio ad absurdum* et la « cartographie ». Peut-être existe-t-il des champs entiers d'explications attendant encore d'être découverts par un mathématicien qui reconnaisse, dans les aspects informationnels de la nature, des séquences qui *simulent* d'autres types de démonstration.

Du fait même que sa matière est l'aspect propositionnel ou informationnel des événements et des objets du monde naturel, la cybernétique est obligée d'employer des méthodes différentes de celles des autres sciences. Un exemple : la différenciation entre « carte » et « territoire », que les sémanticiens aimeraient bien voir respectée *dans les écrits* des hommes de science, doit, en cybernétique, être recherchée *dans les phénomènes mêmes* qu'étudient ces hommes de science. Il est fort probable que certains organismes communicationnels, ainsi que les ordinateurs mal programmés, confondent la « carte » et le « territoire », et le langage de l'homme de science doit pouvoir rendre compte de ces anomalies. Dans les systèmes de comportement humain, tout particulièrement dans la religion et les rites, et partout où c'est le processus primaire qui domine, le *nom* est souvent la *chose nommée* : le pain *est* le Corps, comme le vin *est* le Sang.

De même, toute la question de l'induction et de la déduction – ainsi que celle de nos préférences doctrinaires pour l'une ou pour l'autre – revêtira une nouvelle signification, lorsque nous saurons reconnaître les étapes déductives et inductives, non seulement dans nos propres raisonnements, mais aussi dans les relations entre les données elles-mêmes.

En ce sens, la relation entre le *contexte* et son contenu est particulièrement significative. Un phonème n'existe en tant que tel que par la liaison qu'il entretient avec d'autres phonèmes, avec lesquels il forme un mot : le mot est le *contexte* du phonème. À son tour, le mot n'existe en tant que tel – n'a une « signification » – qu'à l'intérieur du contexte plus vaste de l'expression, qui, elle-même, n'a de « signification » que dans le cadre d'une relation.

Cette hiérarchie de contextes à l'intérieur de contextes est universelle pour ce qui concerne l'aspect communicationnel (ou « émique » – *emic*) des phénomènes, ce qui amène l'homme de science à rechercher continuellement des explications dans des ensembles toujours plus grands. Les physiciens ont (peut-être) raison de vouloir rechercher l'explication du macroscopique dans le microscopique. C'est pourtant le contraire qui est vrai en cybernétique : sans contexte, il n'y a pas de communication.

En accord avec le caractère négatif de l'explication cybernétique, l'« information », elle aussi, est quantifiée en termes négatifs. Un événement ou un objet, par exemple, la lettre K à tel endroit du texte d'un message, *aurait pu* également être tout autre lettre de l'ensemble limité des vingt-six lettres de l'alphabet anglais. La lettre effective K exclut (autrement dit, élimine par restriction) vingt-cinq autres possibilités. Un idéogramme chinois exclurait, lui, plusieurs milliers de possibilités. Par conséquent, nous pouvons dire qu'un idéogramme chinois transmet plus d'informations qu'une lettre de l'alphabet anglais. La quantité d'informations s'exprime conventionnellement comme le logarithme à base 2 de l'improbabilité de l'événement ou de l'objet effectifs.

La probabilité, étant un rapport entre des quantités de dimensions similaires, est elle-même de dimension zéro. Autrement dit, la quantité explicative centrale, l'information, est de dimension zéro. Les quantités à dimensions réelles (masse, longueur, temps), ainsi que leurs dérivées (force, énergie, etc.), n'ont aucune place dans l'explication cybernétique.

De ce point de vue, il est intéressant de préciser le statut de l'énergie. Dans tout système communicationnel, nous avons, en général, affaire à des séquences qui ressemblent plus à la séquence : stimulus-et-réponse, qu'à la séquence : cause-et-effet. Lorsqu'une boule de billard en heurte une autre, il se produit un transfert d'énergie : le déplacement de la seconde boule est fourni en énergie par l'impact de la première. Par contre, dans les systèmes communicationnels, l'énergie de la réponse est fournie par le répondant lui-même. Si je donne un coup de pied à un chien, sa réaction immédiate sera fournie en énergie par son métabolisme et non par mon coup. De même, si un neurone en excite un autre, ou si l'impulsion d'un microphone active un circuit, l'événement consécutif puisera son énergie dans ses propres ressources.

Bien sûr, chacune de ces réactions demeure toujours à l'intérieur des limites définies par la loi de la conservation de l'énergie. Le métabolisme du chien pourrait finir par limiter sa réaction, mais, en général dans les systèmes qui nous intéressent ici, les réserves d'énergie sont plus importantes que les demandes. Et, de toute façon, bien avant que ces réserves ne soit épuisées, certaines limites « économiques » seront imposées par le nombre fini des possibilités viables : autrement dit, il existe une économie de la probabilité. Cette économie diffère cependant, de l'économie énergétique ou monétaire en ceci que, la probabilité étant un rapport, elle n'est pas sujette à l'addition ou à la soustraction, mais uniquement à des processus de multiplication, tels que le fractionnement. Il peut arriver, par exemple, que, dans un cas d'urgence le central téléphonique soit « encombré », lorsqu'une grande partie des circuits alternatifs sont occupés. Il y a alors une très faible probabilité d'y faire passer un message.

Explication cybernétique

Aux « restrictions » dues à l'économie limitée des probabilités viennent s'ajouter deux autres catégories de « restrictions » : les « restrictions » liées à la « rétroaction » *(feedback)* et celles concernant la « redondance ». Ce sont ces deux types de restrictions que nous allons examiner maintenant.

Considérons, tout d'abord, le concept de « rétroaction » *(feedback)*.

Si l'on conçoit les phénomènes de l'univers comme étant associés par des séquences du type cause-et-effet et par le transfert d'énergie, l'image qui en résulte est celle d'un réseau complexe de chaînes de causalité. Dans certaines régions de cet univers – organismes dans leurs environnements, écosystèmes, thermostats, machines à vapeur autoréglables, sociétés, ordinateurs, etc. –, ces chaînes de causalité constituent des circuits *fermés*, ce qui signifie que l'interconnexion causale peut être relevée le long du circuit dans un sens, puis dans le sens inverse, quelle que soit la position (arbitrairement) choisie comme point de départ de la description. Dans un tel système, les événements survenant en n'importe quel point du circuit sont censés avoir un certain effet sur *toutes* les positions du circuit.

Ces systèmes demeurent, cependant, toujours *ouverts* :

a) parce que le circuit reçoit son énergie d'une source extérieure et, en même temps, rejette de l'énergie à l'extérieur, généralement sous forme de chaleur ; et

b) parce que les événements de l'intérieur du circuit peuvent être influencés de l'extérieur et peuvent, à leur tour, influencer des événements extérieurs.

Une partie importante de la théorie cybernétique traite des caractéristiques formelles de ces circuits causaux, ainsi que des conditions de leur stabilité. Je n'envisagerai ici ces systèmes qu'en tant que sources de *restrictions*.

Considérons une variable, en n'importe quel point du circuit, et supposons qu'elle soit soumise à une modification fortuite de sa valeur, cette modification pouvant être imposée par l'impact de quelque événement extérieur au circuit. Comment cette modification affectera-t-elle plus tard la valeur de cette variable, lorsque la séquence d'effets aura fait le tour du circuit ? Il apparaît clairement que la réponse à cette question dépendra des caractéristiques du circuit, et qu'elle ne sera donc *pas fortuite*.

Par conséquent, nous pouvons énoncer le principe suivant : un circuit causal donnera généralement une réponse non fortuite à un événement fortuit, *en ce point du circuit où s'est produit l'événement fortuit.*

C'est là, précisément, la condition générale requise par la création d'une restriction cybernétique, dans n'importe quelle variable, en n'importe quelle position donnée. La restriction particulière, créée à chaque instant, dépendra, bien sûr, des caractéristiques du circuit particulier : celles de son gain global – positif ou négatif –, celles de son temps propre, celles des seuils de son activité, etc. Tous ces facteurs concourent à déterminer les restrictions exercées par le circuit en n'importe laquelle de ses positions.

Pour les besoins d'une explication cybernétique, en observant le fonctionnement d'une machine à un rythme constant (ce qui est peu probable), et cela même en charge variable, nous chercherons certaines restrictions : par exemple, dans un circuit qui sera activé par les modifications du rythme de fonctionnement et qui, une fois activé, agira sur une variable (les réserves de fuel, par exemple), de sorte à diminuer les changements du rythme.

Pour revenir à l'exemple que j'ai déjà donné, si nous voyons un singe taper un texte en prose (ce qui est improbable), nous chercherons un circuit qui soit activé chaque fois que le singe fait une « erreur » et qui, une fois activé, efface la trace de cette erreur, à l'endroit même où elle s'est produite.

La méthode cybernétique de l'explication négative soulève la question suivante : y a-t-il une différence entre « avoir raison » et « ne pas avoir tort » ? Devrions-nous dire, du rat dans un labyrinthe, qu'il a « appris le bon chemin », ou seulement dire qu'il a « appris à éviter les impasses » ?

Subjectivement, je « sens » que je sais comment épeler un certain nombre de mots anglais, et sous doute ne suis-je pas conscient de rejeter comme inappropriée la lettre K, lorsqu'il me faut épeler le mot *« many »*. Et pourtant, selon le premier niveau de l'explication cybernétique, je serais considéré comme rejetant activement la possibilité K.

Cette question est loin d'être futile, et la réponse est à la fois nuancée et fondamentale : *les choix ne se font pas tous au même niveau.* Il se peut que j'aie à éviter des erreurs dans mon choix du mot « beaucoup » dans un contexte donné, en rejetant ainsi les possibilités suivantes : « peu », « plusieurs », « nombreux », etc. Cependant, si je peux réaliser ce choix de niveau supérieur sur une base négative, il s'ensuit que le mot « beaucoup » et les autres possibilités citées sont, en quelque sorte, concevables pour moi ; autrement dit, qu'ils existent, dans mes processus nerveux, en tant que modèles distincts et probablement étiquetés ou codifiés. Et s'ils existent, il s'ensuit qu'après avoir réalisé le choix de niveau supérieur, je ne serai pas nécessairement confronté à plusieurs possibilités, au niveau inférieur : je n'aurai pas nécessairement à exclure, par exemple, la lettre K du mot « beaucoup ». Il sera, alors, correct de dire que je sais *positivement* comment épeler « beaucoup », et non de dire simplement que je sais comment éviter les fautes en épelant ce mot.

On voit donc que la plaisanterie de Lewis Carroll, à propos de la théorie de la sélection naturelle, n'est pas entièrement convaincante. Si, dans les processus communicationnels et organisationnels de l'évolution biologique, il existe quelque chose de comparable à des *niveaux* – éléments, modèles et, peut-être, modèles de modèles –, il est alors logiquement possible que le système évolutif fasse quelque chose de comparable à des choix positifs ; et il est possible que ces niveaux et cette structuration *(patterning)* se trouvent inscrits *dans* les gènes, *parmi* les gènes ou quelque part ailleurs.

C'est à son système de circuits que notre singe devrait faire appel pour rechercher les déviations de ce qu'on appelle la « prose » ; et la « prose », elle, se caractérise par un certain modèle ou – comme diraient les spécialistes – par une redondance.

Me voici donc amené à examiner le second type de « restrictions » proposé : celui de la redondance.

L'apparition de la lettre K à tel endroit d'un message anglais en prose n'est pas un événement purement fortuit, en ce sens qu'il y aurait toujours une probabilité égale pour que l'une des vingt-cinq autres lettres de l'alphabet apparaisse à ce même endroit. Mais certaines lettres et combinaisons de lettres sont plus fréquentes que d'autres. Ainsi y a-t-il une sorte de structuration qui détermine, en partie, quelles sont les lettres qui apparaîtront à tel endroit. Si, donc, le destinataire du message a reçu le texte dans son intégralité, à l'exception de cette fameuse lettre K, il sera capable – avec des chances de succès supérieures à celles du hasard – de deviner que la lettre manquante est précisément un K. Cela est si vrai que, pour lui, ce n'est pas la lettre K qui a exclu les vingt-cinq autres lettres, puisqu'elles étaient déjà partiellement exclues par l'information contenue dans le reste du message. Et c'est précisément cette structuration ou cette prévisibilité des événements particuliers, à l'intérieur d'un ensemble plus vaste d'événements, qui est appelée « redondance ».

Le concept de « redondance » est habituellement déduit, comme je viens de le faire, par une double opération : en considérant, d'abord, le maximum d'informations qui peuvent être transmises par une unité donnée, et en examinant, ensuite, la façon dont on peut décrypter ce tout grâce à la connaissance des modèles environnants, dont l'unité donnée n'est qu'une partie composante. Nous pourrions également aborder le problème en sens inverse : considérer la structuration ou la prévisibilité comme l'essence même et la *raison d'être** de la communication, et qualifier la lettre seule, qui ne serait pas accompagnée d'indications collatérales, de cas particulier.

L'idée que la communication *est* création de redondance ou de structuration peut s'appliquer à des exemples techniques des plus simples. Supposons un *observateur* qui regarde A envoyer un message à B. Du point de vue de A et de B, le but de l'opération est de créer, sur le bloc-notes de B, une séquence de lettres identique à celle qui existe d'ores et déjà sur le bloc-notes de A. Mais, du point de vue de l'observateur, *ceci n'est que création de redondance*. En effet, s'il a déjà vu ce qu'il y avait sur le bloc-notes de A, regarder ce qu'il y a maintenant sur celui de B ne lui apportera aucune information nouvelle sur le message lui-même.

Il est évident que la nature de la « signification », du modèle, de la redondance, de l'information, etc., dépend de la perspective où l'on se place. Dans une discussion technique habituelle du message transmis de A à B, on omettra en général l'observateur ; on dira que B a reçu une information de A, information mesurable en fonction du nombre de lettres transmises, et décryptée grâce à certaines redondances dans le texte, qui permettent à B de deviner. Alors que, dans un univers plus vaste, celui défini par le point de vue de l'obser-

---

* En français dans le texte. (*NdT.*)

vateur, le message n'apparaîtra plus comme une « transmission » d'information, mais plutôt comme une diffusion de redondance. Les activités de A et de B se sont combinées de telle sorte que l'univers de l'observateur est devenu plus prévisible, plus ordonné et plus redondant. Nous pouvons dire que les règles du « jeu » joué par A et B expliquent (sous forme de « restrictions ») ce qui ne serait, autrement, que coïncidence embarrassante et improbable dans l'univers de l'observateur, à savoir la conformité entre ce qui est écrit sur le bloc-notes de A et sur celui de B.

« Deviner » consiste, pour l'essentiel, à être confronté à une coupure ou à un trou dans la séquence d'événements, et à prédire, au-delà de celui-ci, les éléments qui doivent se trouver de l'autre côté de la coupure. La coupure peut être spatiale ou temporelle (ou les deux à la fois), et la conjecture, prédictive ou rétrospective. De ce fait, un modèle sera défini comme un ensemble d'événements ou d'objets qui permettent, d'une façon ou d'une autre, des conjectures de ce type, lorsqu'on n'est pas en mesure d'examiner l'ensemble du système.

Ce type de structuration est également un phénomène d'une grande généralité, qui dépasse le domaine de la communication *entre* organismes. La réception, par *un seul* organisme, d'un matériel de messages n'est pas fondamentalement différente de n'importe quel autre cas de perception. Si je vois, par exemple, la partie supérieure d'un arbre, je peux prédire – avec des chances de succès non hasardeuses – que cet arbre a des racines enfoncées dans le sol : la perception du sommet de l'arbre est redondante avec (contient des « informations » sur) des parties du système que je ne peux pas percevoir, à cause de la coupure que constitue l'opacité du sol.

Si nous disons, maintenant, qu'un message a une « signification » ou bien qu'il est « à propos » de tel référent, nous entendons par là qu'il existe un univers plus vaste, pertinent, formé d'un message plus-référent, et que le message introduit, dans cet univers, la redondance, le modèle ou la prévisibilité.

Si je vous dis : « Il pleut », ce message introduit une redondance dans l'univers : message-plus-gouttes-de-pluie, et vous pourrez, dès lors deviner – avec des chances de succès non hasardeuses – quelque chose de ce que vous verriez en regardant par la fenêtre. L'univers : message-plus-référent, reçoit ainsi une forme ou un modèle, au sens shakespearien du terme, l'univers est *informé* par le message, et cette « forme »-là ne se trouve ni dans le message ni dans le référent. *Elle apparaît comme correspondance entre message et référent.*

Dans le langage courant, il semble très simple de localiser l'information : la lettre K, placée dans une rainure donnée, montre que la lettre de cette rainure particulière est un K. Tant que l'information sera de nature aussi directe, il sera facile de la « localiser » : l'information relative à la lettre K se trouvera vraisemblablement dans cette rainure.

Mais le problème n'est plus aussi simple si le texte du message est redondant. Toutefois, si nous avons de la chance et si la redondance est d'un niveau inférieur, nous pourrons toujours désigner les parties du texte qui indiquent (transmettent des informations) que la lettre K doit probablement se trouver à l'endroit de cette rainure particulière.

Pourtant, si l'on nous pose la question : où sont les éléments d'information énonçant que : *a)* « ce message est en anglais » ; et que *b)* « en anglais, il est fréquent qu'un K suive un C, sauf lorsque le C se trouve au commencement du mot », nous pourrons répondre uniquement que cette information n'est localisée en *aucun* endroit du texte, mais qu'elle se présente plutôt comme une induction statistique tirée de l'ensemble du texte (ou peut-être d'un ensemble de textes « similaires »). Après tout, il s'agit là de méta-information, laquelle est d'un ordre fondamentalement différent – autrement dit, d'un type logique différent – de l'information qui nous apprend que « la lettre qui se trouve dans cette rainure est un K ».

Pendant des années, le problème de la localisation de l'information a tenu en échec la théorie de la communication, et particulièrement la neurophysiologie. C'est pourquoi il est intéressant de reconsidérer la question en partant, cette fois, de la redondance, du modèle ou de la forme, comme concepts fondamentaux.

Il saute aux yeux qu'une variable de dimension zéro n'est pas véritablement localisable. L'« *information* » et la « *forme* » ressemblent au *contraste*, à la *fréquence*, à la *symétrie*, à la *correspondance*, à la *congruence*, à la *conformité*, et ainsi de suite, en ceci qu'elles sont de dimension zéro et, de ce fait, ne sont pas localisables. Le *contraste* entre ce papier blanc et ce café noir ne se situe pas quelque part entre le papier et le café ;

et, même si l'on rapproche davantage papier et café, le contraste entre l'un et l'autre n'en sera pas non plus localisé ni saisi. Ce contraste ne se situe pas davantage entre ces deux objets et mes yeux. Il ne se place même pas dans ma tête ; sinon, il devrait se trouver également dans la vôtre. Mais vous, lecteurs, n'avez vu ni le papier ni le café dont je parle. J'ai, dans la tête, une image, ou une transformation élémentaire, ou un nom pour ce contraste ; et vous avez une transformation élémentaire de ce que, moi, j'ai dans l'esprit. Cependant, la conformité entre nous n'est pas, elle non plus, localisable. On peut dire, par conséquence, que l'« information » et la « forme » ne sont pas des éléments localisables.

Il est toutefois possible, même si nous ne pouvons pas aller jusqu'au bout, de commencer par dresser une sorte de carte des relations formelles jouant à l'intérieur d'un système contenant une redondance. Considérons un ensemble fini d'objets ou d'événements (une séquence de lettres, ou un arbre), et un observateur déjà informé de toutes les règles de redondance qui sont reconnaissables (autrement dit, qui ont une signification statistique) à l'intérieur de l'ensemble. Il sera, alors, possible de délimiter les régions de l'ensemble à l'intérieur desquelles l'observateur peut deviner avec des chances de succès non hasardeuses. On peut encore progresser, dans cette tentative de localisation, en délimitant des zones dans ces régions par des coupures : en passant par-dessus ces marques, l'observateur informé pourra, à partir de ce qui est d'un côté de la coupure, deviner certains éléments de ce qui se trouve de l'autre côté.

N'oublions pas, cependant, que cette *carte* de la distribution des modèles est, en principe, incomplète, puisque nous n'avons pas considéré les sources qui ont permis à l'observateur d'avoir une connaissance préliminaire des règles de redondance. Si, maintenant, nous considérons un observateur qui n'ait *aucune* connaissance préalable, il est évident qu'il pourrait découvrir certaines des règles pertinentes à partir de sa perception d'une *partie* seulement de l'ensemble dans son entier. Il pourrait utiliser, ensuite, ces premières découvertes pour prévoir certaines *règles* applicables au reste, règles qui seraient correctes, même si elles ne se trouvaient pas illustrées. Il pourrait ainsi découvrir qu'en anglais H suit souvent T, même si le reste de l'ensemble ne contient aucun exemple de cette combinaison. Pour ce genre de phénomènes, il faudra adopter un ordre différent de coupures : des métacoupures.

Il est intéressant de remarquer que les *métacoupures* qui délimitent ce qui est nécessaire à un observateur naïf pour découvrir une règle sont, en principe, déplacées par rapport aux *coupures* qui seraient marquées sur une carte préparée par un observateur pleinement informé des règles de redondance de ce même ensemble. (En esthétique, ce principe est très important : pour un œil d'artiste, la forme d'un crabe qui aurait une pince plus grosse que l'autre n'est pas simplement asymétrique. Elle offre tout d'abord une règle de symétrie, qu'elle contredit subtilement ensuite, par une combinaison plus complexe de règles.)

Si nous supprimons tous les objets et toutes les dimensions réelles de notre système d'explications, il ne nous reste plus qu'à considérer chaque étape de séquence communicationnelle comme une transformation élémentaire de l'étape précédente. Si nous observons le passage d'un influx le long d'un axone, nous considérons les événements en chaque point du parcours comme des transformations élémentaires (quoique identiques et similaires) des événements en n'importe quel point précédent. Ou bien, si nous observons une série de neurones, où chacun exciterait le suivant, nous pouvons alors considérer l'excitation de chaque neurone comme une transformation élémentaire de l'excitation du précédent. Cela signifie que nous avons affaire à des séquences d'événements qui n'impliquent pas nécessairement le transfert de la *même* énergie.

De même, dans un réseau quelconque de neurones, nous pouvons sectionner arbitrairement l'ensemble du réseau, suivant une série de points distincts, pour considérer ensuite les événements de chaque section comme des transformations élémentaires des événements de la section précédente.

Dans le cas de la perception, nous ne dirons pas, par exemple :

« Je vois un arbre », parce que l'arbre n'est pas compris dans notre système d'explication. Tout au plus pouvons-nous voir une image qui est une transformation élémentaire, complexe et systématique de l'arbre. Cette image, bien sûr, reçoit son énergie de mon métabolisme, et la nature de la transformation

Explication cybernétique

élémentaire est partiellement déterminée par certains facteurs à l'intérieur de mes circuits nerveux : *je* fais l'image, sous différentes restrictions, qui sont en partie imposées par mes circuits nerveux, en partie par l'arbre extérieur.

C'est pourquoi une hallucination ou un rêve sont davantage « miens », dans la mesure où il n'est plus question alors de restrictions extérieures immédiates.

Tout ce qui n'est ni information, ni redondance, ni forme, ni restriction, *c'est du bruit* : là se trouve la seule source possible de *nouveaux* modèles.

Redondance et codage*

Nos recherches sur les relations entre les systèmes de communication des êtres humains et ceux des animaux, qu'elles soient évolutives ou non, ont fait apparaître clairement que les systèmes de codage qui caractérisent la communication verbale diffèrent profondément de ceux de la kinésie et du paralangage. En revanche, il a été démontré qu'il existe une grande ressemblance entre les codes de la kinésie et du paralangage, d'une part, et les codes des mammifères non humains, de l'autre.

Nous pouvons affirmer, avec certitude, que le système verbal de l'homme n'est pas dérivé de façon simple et directe de ces codes, qui sont essentiellement iconiques. La croyance communément répandue qui veut que, au cours de l'évolution de l'homme, le langage ait remplacé les systèmes moins élaborés des autres animaux est, à mes yeux, entièrement fausse, et je m'appliquerai ici à démontrer ce point de vue.

En effet, dans tout système fonctionnel complexe susceptible de changements évolutifs en vue d'une adaptation, lorsque les performances de telle fonction sont remplacées par une méthode nouvelle et plus efficace, la vieille méthode tombe en désuétude et se dégrade. C'est ainsi qu'a disparu, avec l'utilisation des métaux, la technique qui consistait à tailler des armes en silex.

Cette décadence des organes et des facultés, à la suite d'un remplacement évolutif, est un phénomène systémique nécessaire et inévitable. Si donc, au cours de l'évolution, le langage

* Cet essai a été publié pour la première fois dans *Animal Communication: Techniques of Study and Results of Research*, édité par Thomas A. Sebeok, Indiana University Press, 1968.

avait remplacé, d'une manière quelconque, la communication par des moyens kinésiques et paralinguistiques, il eût été normal que les anciens systèmes – essentiellement iconiques – subissent une décadence manifeste. Or, il est clair que cela ne s'est pas produit. Au contraire, la kinesthésie humaine s'est plutôt enrichie et diversifiée, tandis que le paralangage s'épanouissait parallèlement à l'évolution du langage verbal. Et la kinesthésie et le paralangage ont été portés à des formes complexes, dans l'art, la musique, le ballet, la poésie, etc. ; même dans la vie courante, la complexité de la communication kinésique humaine – expressions du visage, intonations de la voix – dépasse de loin ce à quoi tout autre animal peut parvenir. Le rêve du logicien, qui souhaite voir les hommes communiquer uniquement au moyen de signaux digitaux, dépourvus d'ambiguïtés, ne s'est pas réalisé, et ne se réalisera sans doute jamais.

Je suppose que cette évolution progressive et indépendante de la kinesthésie et du paralangage, parallèlement à l'évolution du langage verbal, indique que notre communication iconique remplit des fonctions radicalement différentes de celles du langage verbal, fonctions que ce dernier ne saurait remplir convenablement.

Lorsqu'un garçon dit à une fille : « Je t'aime », il utilise des mots pour communiquer ce que le ton de sa voix et ses gestes transmettent de façon beaucoup plus convaincante ; et, si elle a un tant soit peu de bon sens, la fille prêtera plus d'attention à ces signes qui accompagnent les mots, qu'aux mots eux-mêmes. Certains individus – acteurs, escrocs professionnels, ou autres – savent utiliser la communication kinésique ou paralinguistique avec un degré de contrôle volontaire, comparable à celui que nous pensons tous avoir sur les mots. Pour ces gens, qui peuvent ainsi mentir avec la kinésie, se trouve diminué le profit spécifique qui s'attache à cette communication non verbale. Il leur est un peu plus difficile d'être sincères, et plus difficile encore de passer pour sincères ; ils se trouvent pris dans un cercle vicieux qui les pousse, lorsqu'on ne les croit pas, à s'efforcer d'améliorer leur talent et à simuler la sincérité paralinguistique et kinésique. Or, c'est précisément cette habileté qui conduit les autres à mettre en doute leur sincérité.

Il semble bien que le discours de la communication non

verbale porte sur des questions de relations : amour, haine, respect, crainte, dépendance, etc., entre soi et autrui, ou entre soi et environnement. La nature de la société humaine est telle que la falsification de ce discours devient rapidement pathogène. Du point de vue de l'adaptation, il est donc important que ce discours soit assuré par des techniques relativement inconscientes et qui se prêtent mal au contrôle volontaire. En termes neurophysiologiques, on dira que les contrôles de ce discours doivent se situer dans la région de l'encéphale chargée du contrôle du langage vrai.

Si cet aperçu général de la question est correct, la conséquence en est que la traduction en mots des messages kinésiques et paralinguistiques introduira des falsifications grossières dans ce message. Celles-ci ne seront pas dues uniquement à la tendance trop humaine d'essayer de falsifier les propositions concernant des « sentiments » ou des relations, ni seulement aux distorsions qui apparaissent chaque fois que les produits d'un système de codage sont analysés en fonction des prémisses d'un autre système, mais surtout au fait que toute traduction de ce type doit donner une apparence d'intention consciente à un message iconique qui, lui, est plus ou moins inconscient et involontaire.

La préoccupation des hommes de science est de construire, avec des mots, un simulacre de l'univers phénoménal. Autrement dit, notre produit sera une transformation verbale élémentaire *(transform*)* des phénomènes. Il est donc nécessaire d'examiner soigneusement les règles de cette transformation, ainsi que les différences de codage entre phénomènes naturels, phénomènes de message et mots. Je sais bien qu'il est inhabituel de supposer l'existence d'une « codification » pour des phénomènes qui n'appartiennent pas à l'ordre du vivant. Aussi devrai-je, pour justifier l'emploi de cette expression, développer quelque peu le concept de « redondance », au sens où ce mot est utilisé par les techniciens de la communication.

Les techniciens et les mathématiciens n'ont voulu se préoccuper que de la structure interne du matériel porteur de message. Ce matériel consiste, essentiellement, en une séquence ou une collection d'événements ou d'objets qui font généralement partie d'ensembles finis, comme les phonèmes, par

---

* Cf. ci-dessus, note p. 185.

exemple. Cette séquence se différencie des autres événements ou objets « insignifiants » se trouvant dans la même région de l'espace-temps, par le rapport signal/bruit, ainsi que par d'autres caractéristiques. On dit que le matériel porteur d'un message contient de la « redondance » si, lorsque la séquence est reçue amputée de quelques éléments, le destinataire peut néanmoins deviner (avec des chances de succès plus que fortuites) quels sont les éléments manquants. On a fait remarquer qu'en fait le terme de « redondance », ainsi utilisé, devenait synonyme de « structuration »[1]. Il est important de souligner que cette structuration du matériel porteur de message aide toujours le destinataire à faire la différence entre *signal* et *bruit*. En fait, la régularité que nous appelons le « rapport signal/bruit » n'est rien d'autre qu'un cas spécial de « redondance ». Quant au *camouflage* (l'opposé de la communication), il est le résultat :

1. de la réduction du rapport signal/bruit ;
2. de la rupture des modèles et des régularités du signal ;
ou
3. de l'introduction de modèles analogues dans le bruit.

En se limitant à l'étude de la structure interne du matériel porteur de message, les techniciens croient pouvoir éviter les complexités et les difficultés qu'introduit, dans la théorie de la communication, le concept de « signification ». J'espère, cependant, montrer que le concept de « redondance » est, du moins en partie, un synonyme de « signification ». Dans ma conception, si le destinataire peut deviner les éléments manquants du message, il faut bien que les éléments reçus portent une « signification » quant aux éléments manquants, signification qui n'est autre chose qu'une information à propos de ceux-ci.

Si nous abandonnons maintenant l'univers étroit de la structure du message, pour nous tourner vers le monde extérieur des phénomènes naturels, nous constatons d'emblée que ce monde extérieur se caractérise, lui aussi, par de la « redondance ». En effet, lorsqu'un observateur ne perçoit que certaines parties d'une séquence ou d'une configuration de phénomènes, dans la plupart des cas il peut deviner (avec

---

[1]. F. Attneave, *Applications of Information Theory to Psychology*, New York, Henry Holt, 1959.

des chances de succès plus que fortuites) quels sont les éléments dont il n'a pas la perception immédiate. N'est-ce pas le principal but du chercheur, que d'élucider ces redondances, ou structurations, du monde phénoménal ?

En considérant, maintenant, l'univers encore plus vaste dont ces deux sous-univers font partie, à savoir le système : *messages plus phénomènes extérieurs*, nous nous apercevons que celui-ci contient une redondance d'un type tout à fait particulier. La réception d'un matériel porteur de message accroît considérablement la capacité de l'observateur de prédire les phénomènes extérieurs. Si je vous dis, par exemple : « Il pleut », et que vous regardiez par la fenêtre, la perception des gouttes de pluie vous donnera moins d'informations qu'elle ne vous en aurait données si vous n'aviez jamais reçu mon message. La seule réception de ce message vous aurait fait deviner que vous verriez la pluie tomber.

En somme, « redondance » et « signification » deviennent synonymes, à partir du moment où les deux concepts s'appliquent au même univers de discours. Il est évident, par ailleurs, que « redondance », à l'intérieur de l'univers restreint de la séquence du message, n'est pas synonyme de « signification », laquelle opère dans l'univers plus vaste, qui comprend à la fois le message et le référent extérieur.

On remarquera, en passant, que cette façon de penser la communication regroupe toutes les méthodes de codage sous une seule rubrique, celle de « la-partie-pour-le-tout ». Le message verbal : « Il pleut », doit être considéré comme une partie d'un univers plus vaste, à l'intérieur duquel ce message crée de la redondance ou de la prévisibilité. Le « digital », l'« analogique », l'« iconique », le « métaphorique » et toutes les autres méthodes de codage sont comprises sous cette seule rubrique. (Ce que les grammairiens appellent « synecdoque » n'est que l'utilisation métaphorique du nom d'une partie, à la place du nom de l'ensemble, comme dans l'expression « cinq *têtes* de bétail ».)

Cette façon d'aborder le problème présente certains avantages : l'analyste est obligé de définir à tout moment l'univers du discours à l'intérieur duquel la « redondance » ou la « signification » sont censées se produire. Il est obligé d'examiner la « structuration logique » de l'ensemble de tout matériel porteur de message. Nous verrons que cette vue générale du problème facilite l'identification des principales étapes de l'évolution de la communication. Prenons l'exemple du chercheur qui observe deux animaux dans un environnement naturel. Il lui faudra tenir compte des éléments suivants :

1. L'environnement naturel contient une structuration ou une redondance internes : la perception de certains événements ou objets permet aux animaux et/ou à l'observateur de prévoir d'autres événements ou objets.

2. Les sons ou autres signaux émis par un animal peuvent renforcer la redondance du système : *environnement plus signal* ; autrement dit, les signaux peuvent *se rapporter* à l'environnement.

3. La séquence des signaux contiendra certainement de la redondance : le signal émis par un animal rendra plus prévisible un autre signal du même animal.

4. Les signaux peuvent renforcer la redondance de l'univers : *signaux de A plus signaux de B* ; autrement dit, les signaux peuvent se rapporter à l'interaction dont ils sont des éléments composants.

5. Si toutes les règles ou codes de la communication et de la compréhension animales étaient fixés par le génotype, notre liste s'arrêterait là. Mais certains animaux sont capables d'*apprentissage*, ce que montre le fait que la répétition de certaines séquences a comme résultat la transformation de celles-ci en modèles effectifs. On dit, en logique, que « chaque proposition offre sa propre vérité », mais, en histoire naturelle, nous avons toujours affaire à une proposition converse de cette généralisation : les événements perceptibles qui accompagnent une perception donnée laissent supposer que cette perception « signifiera » ces événements. En franchissant de telles étapes, un organisme peut apprendre à utiliser l'information contenue dans les séquences structurées d'événements extérieurs. Je peux donc prédire (avec des chances de succès non hasardeuses) que, dans l'univers : *organisme plus environnement*, certains événements se produiront pour compléter les modèles ou les configurations d'une adaptation, acquise par apprentissage, entre organisme et environnement.

6. L'« apprentissage » comportemental, qui est habituellement étudié dans les laboratoires de psychologie, est d'un ordre différent. La redondance de cet univers : *actions de l'animal plus événements extérieurs* est augmentée, du point

de vue de l'animal, lorsque celui-ci répond régulièrement par les mêmes actions aux mêmes événements. De même, cet univers gagne en redondance lorsque l'animal réussit à produire des actions fonctionnant comme des *précurseurs* (ou causes) des événements extérieurs spécifiques.

7. Chaque organisme a ses propres limitations et régularités qui définissent ce qui sera appris, et dans quelles circonstances s'effectuera l'apprentissage. Ces régularités et ces modèles deviennent les prémisses fondamentales de l'adaptation de l'individu et de l'organisation sociale de toute l'espèce.

8. Dernier point, et non le moindre : le problème de l'apprentissage phylogénétique et de la phylogenèse en général. Le système : *organisme plus environnement* contient une redondance telle que la morphologie et le comportement de l'organisme permettent à un observateur humain de deviner, avec des chances de succès non hasardeuses, la nature de l'environnement. Cette « information » relative à l'environnement s'est inscrite dans l'organisme, à la suite d'un long processus phylogénétique, et son codage est d'un type très particulier. L'observateur qui apprendrait quelque chose sur l'environnement aquatique d'après la forme fuselée du requin, devrait déduire cette « hydrodynamique » de l'adaptation accomplie en contact avec les caractères propres à l'environnement « eau ». Les informations renfermées dans la phénotypie du requin sont implicites dans les formes qui sont complémentaires des caractères des autres parties de l'univers : *phénotype plus environnement*, dont la redondance est augmentée par le phénotype.

Cet examen, trop rapide et incomplet, de quelques types de redondances dans les systèmes biologiques et les univers qui s'y rattachent, indique que, sous la rubrique générale de « la-partie-pour-le-tout », il est possible de regrouper un grand nombre de types différents de relations entre la partie et le tout. Nous pouvons d'ores et déjà dresser une liste de certaines caractéristiques de ces relations formelles. Considérons quelques-unes des relations qui s'appliquent à la communication iconique :

1. Les événements ou objets que nous appelons ici la « partie », ou le « signal », peuvent être des éléments réels d'une séquence ou d'un ensemble existants. Le tronc d'un arbre, comme nous l'avons déjà dit précédemment, indique

la présence probable de racines invisibles. Un nuage peut annoncer une tempête proche, dont il est une partie. La menace d'un chien qui montre ses crocs peut faire partie d'une attaque réelle.

2. La « partie » peut n'avoir qu'une relation conditionnelle à son « tout » : le nuage peut indiquer que nous allons être mouillés, si nous restons dehors ; la menace des crocs peut être le début d'une attaque imminente, qui deviendra effective seulement sous certaines conditions.

3. La « partie » peut être entièrement coupée du « tout » qui est son référent. La menace des crocs, à un moment donné, peut *mentionner* une attaque qui, si elle se produit et au moment où elle se produit, comportera une *nouvelle* menace des crocs. La partie, dans ce cas, est donc devenue un véritable signal iconique.

4. Une fois qu'un vrai signal iconique s'est développé – mais pas nécessairement en suivant l'ordre, ci-dessus, des étapes 1, 2, 3 –, de nombreuses autres voies d'évolution deviennent alors possibles :

> *a)* La « partie » peut devenir plus ou moins digitalisée, si bien que les grandeurs à l'intérieur de celle-ci ne se rapporteront plus aux grandeurs à l'intérieur du « tout » qui est son référent, mais contribueront, par exemple, à l'amélioration du rapport signal/bruit.
>
> *b)* La « partie » peut se charger de significations rituelles ou métaphoriques particulières, dans des contextes où le « tout » d'origine, auquel elle se référait auparavant, n'est plus pertinent. Le jeu où la chienne prend, après le sevrage, le museau de son chiot, peut devenir une séquence rituelle de contact. Les actions accomplies lors du gavage de l'oisillon peuvent se constituer en rituel de cour chez les adultes, etc.

Cette énumération, dont les prolongements et les variantes ne sont ici que brièvement indiqués, montre que la communication animale se limite aux signaux qui découlent des actions des animaux eux-mêmes, c'est-à-dire aux signaux qui sont des « parties » de ces actions. L'univers extérieur, comme je l'ai dit plus haut, est lui-même redondant, au sens où il est rempli de messages du type « la-partie-pour-le-tout » ; et peut-être est-ce là la raison pour laquelle ce type fondamental de codage est caractéristique de la communication animale primitive. Il reste que, dans la mesure où ils peuvent émettre des signaux relatifs à l'univers extérieur, les animaux le font au moyen d'actions qui sont des « parties » de *leurs réponses* à cet univers. Les choucas, par exemple, se signalent les uns aux autres que Lorenz est un « mangeur de choucas* », non pas en simulant une partie de l'action de manger des choucas, mais en simulant une partie de leur agressivité à l'égard d'une telle créature (Lorenz). Parfois, ce sont de véritables éléments de l'environnement extérieur – matériaux pour la construction du nid, « trophées », etc. – qui sont utilisés pour la communication. Et, une fois encore, dans ces cas, les messages augmentent en général la redondance de l'univers : *message plus relations entre organismes*, plutôt que celle de l'univers : *message plus environnement extérieur*.

Il n'est pas facile, dans le cadre de la théorie de l'évolution, d'expliquer pourquoi il a fallu développer sans cesse des contrôles génotypiques, pour diriger cette signalisation iconique. Du point de vue de l'observateur humain, ces signaux iconiques sont faciles à interpréter, ce qui laisserait supposer que le codage iconique est aisément décodable pour les animaux eux-mêmes, dans la mesure où les animaux doivent *apprendre* à procéder de la sorte. Mais, le génome étant présumé incapable d'un tel apprentissage, il y aurait normalement lieu de supposer que les signaux déterminés de façon génotypique sont aniconiques ou arbitraires, plutôt qu'iconiques.

Trois explications de la nature iconique des signaux génotypiques peuvent être envisagées :

1. Même les signaux déterminés de façon génotypique n'apparaissent pas sous forme d'éléments séparés et indépendants dans la vie du phénotype ; ils sont nécessairement des parties d'une matrice complexe de comportement, dont certains éléments, au moins, sont *appris*. Il se peut que la codification iconique des signaux déterminés génotypiquement permette à ceux-ci d'être facilement assimilés dans la matrice. Peut-être existe-t-il une sorte de « conseil de révision » empirique, qui agit sélectivement, en favorisant les transforma-

---

* Bateson s'amuse ici à définir l'éthologue en adoptant le point de vue des choucas (Lorenz = mangeur de choucas = menace). (*NdT.*)

tions génotypiques qui donneront lieu à une signalisation iconique, plutôt qu'arbitraire.

2. Un signal d'agression, qui place celui qui l'émet dans une position de préparation pour l'attaque, présente probablement un plus grand intérêt pour la survie, qu'un signal plus arbitraire.

3. Lorsque le signal déterminé génotypiquement – indications données par les yeux, attitudes qui ont un effet d'avertissement, mouvements qui facilitent le camouflage ou le mimétisme aposématique* – affecte le comportement d'une autre espèce, ce signal doit, évidemment, être iconique pour le système perceptif de cette autre espèce. On constate, cependant, un phénomène intéressant dans un grand nombre de cas où le résultat est un iconisme statistique secondaire. *Labroides dimidiatus*, petit labre indo-pacifique, qui se nourrit des ectoparasites des autres poissons, a une coloration très vive et se distingue facilement à la façon dont il se déplace ou « danse ». Ce sont ces caractéristiques qui, sans aucun doute, attirent les autres poissons ; elles sont des « parties » d'un système de signalisation qui conduit les individus des autres espèces à permettre au labre-nettoyeur de s'approcher d'eux. Cependant, il existe une espèce mimétique de ce *labroides*, une blennie dite à dents de sabre (*aspidontus taeniatus*), qui, grâce à une coloration et à des mouvements identiques à ceux du labre, peut approcher les autres poissons pour s'attaquer à leurs nageoires[1].

La coloration et les mouvements de l'imitateur sont, évidemment, iconiques et « représentent » le labre-nettoyeur. Mais que peut-on dire de la coloration et des mouvements de ce dernier ? À l'origine, leur seule raison d'être est de rendre le nettoyeur visible et facilement distinguable. Il n'est pas besoin qu'il représente quelque chose d'autre que lui-même. Mais, si l'on prend en considération l'évolution statistique du système, il est évident que, si les blennies deviennent trop nombreuses, les traits distinctifs des labres

---

* *Aposématique :* cf. en biologie la coloration aposématique : coloration d'un animal, très visible, avec dessins contrastés et associés à des caractères morphologiques, physiologiques et psychologiques.
1. J. E. Randall et H. S. Randall, « Examples of mimicry and protective ressemblance in tropical marine fishes », dans *Bulletin of Marine Science of the Gulf and Caribean*, 10, 1960, p. 444-480.

deviennent, dès lors, des avertissements iconiques, et leurs hôtes les éviteront. Il est donc nécessaire que les signaux du labre représentent, clairement et sans l'ombre d'un doute, le labre lui-même : autrement dit, les signaux, bien que peut-être aniconiques au départ, doivent réaliser et conserver, par des impacts multiples, une sorte d'auto-iconisme. « Si je le jure trois fois, c'est vrai. »

Ce besoin d'auto-iconisme peut apparaître également à l'intérieur de l'espèce. Le contrôle génotypique de la signalisation garantit la répétitivité nécessaire, qui ne pourrait être que fortuite si les signaux devaient être appris.

4. Nous sommes donc fondés à affirmer que la détermination génotypique des caractéristiques adaptatives est, en un certain sens, plus économique que la réalisation de caractéristiques similaires par un changement somatique ou un apprentissage phénotypique. La question a déjà été abordée ailleurs[1].

Rappelons rapidement qu'on suppose que la souplesse adaptative somatique et/ou la capacité d'apprentissage de n'importe quel organisme sont limitées ; que les demandes auxquelles ces capacités doivent répondre sont réduites par un changement génotypique orienté vers n'importe quelle direction appropriée ; et que ces changements doivent donc avoir une valeur de survie, puisqu'ils libèrent à d'autres fins une capacité d'adaptation ou d'apprentissage précieuse. Cette thèse constitue un argument en faveur de l'*effet Baldwin*. Par extension, le caractère iconique des caractéristiques de signalisation contrôlées de façon génotypique peut être expliqué, dans certains cas, par la supposition que ces dernières ont été apprises auparavant. (Cette supposition n'implique, bien sûr, aucune sorte d'héritage lamarckien. Il est évident :

– que le système homéostatique de l'organisme serait rapidement grippé, si la valeur de n'importe quelle variable dans un circuit homéostatique était fixée par la voie d'une telle hérédité ;

– et qu'aucune modification des variables dépendantes dans un circuit homéostatique ne changerait l'orientation du circuit.)

5. Enfin, il est difficile de préciser à quel niveau peut agir la détermination génotypique du comportement. Nous avons

---

1. Cf. ci-dessus, « Le rôle des changements somatiques dans l'évolution », p. 115.

supposé précédemment qu'un organisme apprend plus facilement les codes iconiques que les codes plus arbitraires. Il se peut que la génotypie ne contribue pas tant à fixer le comportement donné de cet organisme, qu'à rendre plus facile l'apprentissage de ce comportement; ce qui correspond à un changement dans la capacité spécifique d'apprentissage, plutôt qu'à un changement dans le comportement déterminé par génotypie. Cette contribution génotypique aurait des avantages évidents, car elle irait dans le sens d'un changement ontogénétique, au lieu de le contrecarrer éventuellement.

Il est possible de résumer notre raisonnement comme suit :

1. On comprend facilement que, au début de l'évolution, la première méthode pour créer de la redondance ait été l'utilisation de la codification iconique du type « la-partie-pour-le-tout ». L'univers non biologique extérieur contient une redondance de ce type, et, en développant un code de communication, il est concevable que les organismes aient fait de même. Nous avons remarqué que la partie peut être séparée du tout : de sorte que la menace du chien qui montre ses crocs annonce un combat possible, mais encore inexistant. Tout cela nous fournit une base explicative pour la communication au moyen de « mouvements intentionnels », etc.

2. Il est partiellement compréhensible que ces astuces de codage au moyen d'éléments iconiques, puissent être fixées de façon génotypique.

3. La survie d'une telle signalisation primitive (et donc involontaire), dans la communication humaine concernant les relations interpersonnelles, pourrait s'expliquer par un besoin d'honnêteté en la matière.

Il reste que nous n'avons toujours pas expliqué l'évolution du codage verbal aniconique.

Les études sur l'aphasie, l'énumération que Hockett vient de faire ici même* des caractéristiques linguistiques, et même le simple bon sens, prouvent que de nombreux processus entrent en jeu dans la création et la compréhension de la communication verbale, et que le langage est affecté lorsque l'un quelconque de ces processus est interrompu. Chacun

---

* Cet essai a été présenté au congrès sur la *communication animale*, organisé par la fondation Wenner-Gren, entre le 13 et le 22 juin 1965, à Burg Wartenstein, en Autriche.

d'eux pourrait faire l'objet d'une étude indépendante. Toutefois, je me limiterai ici à l'analyse d'un seul aspect du problème : *l'évolution de l'assertion indicative simple*.

Les rêves et les mythes humains constituent un intermédiaire intéressant entre la codification iconique des animaux et la codification verbale du langage humain. D'après la théorie psychanalytique, les productions oniriques se caractérisent par des pensées appartenant au « processus primaire »[1]. Qu'ils soient verbaux ou non, les rêves doivent être considérés comme des propositions métaphoriques, c'est-à-dire que les référents du rêve sont des *relations* que le dormeur perçoit, consciemment ou inconsciemment, à l'état de veille. Comme dans toute métaphore, les termes en rapport ne sont pas mentionnés, mais remplacés par des substituts qui entretiennent entre eux les mêmes relations que celles qui existent entre les termes en rapport à l'état de veille.

L'identification de ces termes en relation à l'état de veille, auxquels se réfèrent les rêves, transformerait la métaphore en comparaison ; or, en général, les rêves ne contiennent aucun matériel porteur de message qui remplisse ouvertement cette fonction. Il n'existe aucun signal, dans le rêve, qui puisse avertir le dormeur qu'il s'agit là d'une métaphore, ou qui lui dise ce que peut être le référent de cette métaphore. De même, le rêve ne contient pas de temps grammaticaux. Le temps y est télescopé et les représentations d'événements passés, sous des formes réelles ou déformées, peuvent avoir le présent comme référent, et réciproquement. Les modèles des rêves sont atemporels.

Au théâtre, ce sont le rideau et les décors qui indiquent aux spectateurs que l'action qui se déroule sur scène *n'est qu'une pièce*. À l'intérieur du cadre théâtral, le metteur en scène et les acteurs peuvent essayer de susciter chez les spectateurs une illusion de réalité, tout aussi directe en apparence que l'expérience onirique. Comme le rêve, la pièce de théâtre contient, elle aussi, des références métaphoriques au monde extérieur. Mais, dans le rêve, à moins que le dormeur ne soit partiellement conscient qu'il dorme, il n'y a ni rideau ni cadre pour l'action. La négation partielle : « *Ce n'est qu'une* métaphore », y est absente.

---

1. O. Fenichel, *Psychoanalytic Theory of Neurosis*, New York, Morton, 1945.

À mes yeux, l'absence de cadres métacommunicatifs, ainsi que la persistance d'une reconnaissance de modèles dans le rêve, est une caractéristique archaïque, au sens évolutionniste. Si cela est exact, la compréhension des rêves devrait, en principe, éclairer à la fois la façon dont s'opère la communication iconique chez les animaux et ce mystérieux passage évolutif du langage iconique au langage verbal.

Étant donné les limites qu'impose cette absence de cadres métacommunicatifs, la production d'une assertion indicative (positive ou négative) est évidemment impossible dans le rêve. De même qu'il ne peut y avoir de cadre qui répertorie le contenu comme « métaphorique », de même il ne peut y avoir de cadre pour répertorier le contenu comme « littéral ». Le rêve peut imaginer la pluie ou la sécheresse, mais il ne peut jamais affirmer : « Il pleut », ou « Il ne pleut pas ». Par conséquent, l'utilité que peut avoir l'action d'imaginer la « pluie » ou la « sécheresse » se limite à leurs aspects métaphoriques.

Le rêve peut seulement *proposer* les conditions d'application d'un modèle. Il ne peut jamais affirmer ou nier cette applicabilité. Et il peut encore moins énoncer une assertion indicative concernant un quelconque référent identifié, puisque aucun référent n'est identifié.

En l'occurrence, le modèle est la chose.

Bien que ces caractéristiques du rêve soient archaïques, il faut souligner le fait qu'elles ne sont cependant pas tombées en désuétude : de même que la communication kinésique et paralinguistique a été perfectionnée dans la danse, la musique et la poésie, de même la logique du rêve a été perfectionnée dans le théâtre et l'art. Plus surprenant encore est ce monde de fantaisie rigoureuse, à qui ses axiomes et ses définitions interdisent à jamais une éventuelle assertion indicative sur le monde réel, et que nous appelons les mathématiques. Le théorème de Pythagore est une affirmation, *si* et seulement si une ligne droite est la distance la plus courte d'un point à un autre.

Le banquier manipule les chiffres selon les règles que lui a fournies le mathématicien. Ces chiffres sont les noms des nombres, et les nombres eux-mêmes sont, en quelque sorte, matérialisés par des dollars (réels ou fictifs). Pour se rappeler ce qu'il est en train de faire, le banquier marque ses chiffres de certaines étiquettes, comme, par exemple, le signe dollar ; mais ces signes-là ne sont pas mathématiques, et aucun ordinateur n'en a besoin. Dans les méthodes strictement mathématiques, comme dans les processus du rêve, c'est le modèle des relations qui contrôle toutes les opérations, alors que les termes en rapport restent non identifiés.

Revenons maintenant au contraste entre, d'une part, la méthode iconique qui consiste à créer une redondance dans l'univers : « organisme-plus-un-autre-organisme », par l'émission de certaines « parties » de modèles interactifs, et, d'autre part, le dispositif linguistique qui consiste à nommer les termes en rapport. Nous avons remarqué précédemment que la communication humaine, qui crée de la redondance dans les relations interpersonnelles, est toujours essentiellement iconique et qu'elle est réalisée par des moyens kinesthésiques, paralinguistiques, par des mouvements intentionnels, des actions, etc. C'est en traitant de l'univers : « message-*plus*-environnement », que l'évolution du langage verbal a fait les plus grands pas.

Dans le discours animal, la redondance est introduite, dans ce même univers, par des signaux qui sont des parties iconiques de la réponse éventuelle de l'émetteur. Les éléments de l'environnement peuvent remplir une fonction manifeste, mais ne peuvent généralement pas être mentionnés. De même, dans la communication iconique concernant une relation, les termes en rapport – les organismes eux-mêmes – ne doivent pas être identifiés, puisque, dans ce discours iconique, le sujet de tout prédicat est l'émetteur du signal, qui est toujours présent de façon manifeste.

Il semble donc qu'il faille au moins deux étapes pour passer de l'utilisation iconique des parties de modèles de son propre comportement, à la nomination des entités de l'environnement extérieur : à la fois un changement de la codification et un changement dans le centrage du cadre sujet-prédicat.

Un essai de reconstruction de ces étapes ne peut être que spéculatif ; nous pouvons néanmoins en poser ici quelques jalons :

1. L'imitation des phénomènes de l'environnement permet d'orienter le cadre sujet-prédicat, en le faisant passer du « soi »

à une entité de l'environnement, tout en gardant le code iconique.

2. On retrouve, à l'état latent, une réorientation analogue du cadre sujet-prédicat, allant du « soi » vers l'autre, dans les interactions entre animaux, lorsque A propose un modèle d'interaction et que B le nie, par un « ne fais pas ça », exprimé sous une forme iconique ou manifeste. A devient alors le sujet du message de B, qu'on peut verbaliser sous la forme : « ne fais pas ça ».

3. Il n'est pas à exclure que les paradigmes de l'interaction, qui sont fondamentaux pour la signalisation iconique concernant les relations, aient pu servir de modèles évolutifs pour les paradigmes de la grammaire verbale. Je pense, néanmoins, qu'il serait faux de comparer les premiers rudiments de la communication verbale aux balbutiements de quelqu'un qui ne posséderait que quelques mots d'une langue étrangère, et n'en connaîtrait ni la grammaire ni la syntaxe. À tous les différents stades de l'évolution linguistique, la communication de nos ancêtres était certainement structurée et formée : autrement dit, complète en elle-même, et non pas faite de bric et de broc. Les antécédents de la grammaire doivent remonter tout aussi loin, sinon plus loin encore, que les antécédents des mots.

4. Pour les actions du « soi », les abréviations iconiques sont facilement disponibles. Et elles contrôlent l'autre par une référence implicite aux paradigmes interactionnels. Cependant, cette communication est nécessairement positive. Pour un chien, montrer les crocs, c'est mentionner le combat, et mentionner le combat, c'est le proposer. Pour lui, il ne peut y avoir aucune représentation iconique simple de la négation. L'animal ne dispose d'aucune possibilité simple d'exprimer : « Je ne te mordrai pas. » Il est néanmoins facile d'imaginer des façons de communiquer des ordres négatifs, à condition et *seulement* à condition que ce soit l'autre organisme qui commence par proposer le modèle de l'action qui doit être interdite. La menace ou une réaction inadéquate, etc., permettent alors de communiquer le : « ne fais pas ça ». Un modèle d'interaction, proposé par tel organisme est ainsi nié par l'autre, qui détruit le paradigme proposé.

Cependant, « ne fais pas ça » *(don't)* est très différent de « ne pas » *(not)*. Le message important : « je ne te mordrai pas », est d'habitude engendré comme un *accord* entre deux organismes engagés dans un combat réel ou rituel. Autrement dit, c'est le contraire du message final qui est « travaillé » pour atteindre une *reductio ad absurdum*, qui peut devenir la base d'une paix mutuelle, d'une présence hiérarchique ou de relations sexuelles. Bon nombre de ces curieuses interactions entre animaux, que l'on qualifie de « jeux » (qui ressemblent au combat, sans vraiment l'être), sont, probablement, des vérifications et des réaffirmations d'un tel accord négatif.

Toutefois, ce sont là des méthodes maladroites et incommodes pour parvenir à la négation.

5. J'ai affirmé plus haut que les paradigmes de la grammaire verbale peuvent découler, en quelque sorte, des paradigmes de l'interaction. Par conséquent, nous sommes portés à rechercher les racines évolutives de la négation simple parmi les paradigmes de l'interaction. Cela pose, néanmoins, quelques difficultés. Ce qui se passe au niveau animal, c'est une présentation simultanée de signaux contradictoires – attitudes qui signifient à la fois l'agression et la fuite, etc. Ces ambiguïtés-là sont, cependant, assez différentes du phénomène habituel chez les humains, où la gentillesse de certaines paroles est souvent contredite par la tension ou l'agressivité de la voix ou de l'attitude. Les humains sont engagés dans une sorte de tromperie, d'une nature fort complexe, alors que les animaux offrent des possibilités positives à travers cette ambivalence : aucun de ces modèles ne permet de déduire aisément l'origine d'un « non » simple.

6. Ces considérations laissent supposer que l'évolution de la négation simple a été accomplie par introjection ou imitation de l'autre, si bien que le « ne pas » est, en quelque sorte, issu du « ne fais pas ça ».

7. Cela laisse toujours inexpliqué le passage de la communication concernant des modèles d'interaction, à la communication relative à des choses et à d'autres éléments du monde extérieur. C'est ce passage qui fait que le langage ne fera jamais tomber en désuétude la communication iconique relative aux modèles de contingence des relations personnelles.

Pour l'heure, nous ne pouvons guère aller plus loin. Nous pouvons, néanmoins, supposer que l'évolution de la nomination verbale a précédé l'évolution de la négation simple. Cependant, il est important de remarquer que l'évolution d'une négation simple constitue une étape décisive vers le langage tel que nous le connaissons de nos jours. Cette étape permet de donner immédiatement aux signaux – qu'ils soient verbaux ou iconiques – une certaine distance par rapport à leurs référents, ce qui justifierait le fait que nous appelions les signaux des « noms ». Cette même étape permet d'utiliser les aspects négatifs de la classification : les éléments qui ne sont pas les membres d'une classe identifiée deviennent alors identifiables comme non-membres. Et, enfin, les assertions indicatives simples deviennent alors possibles.

But conscient ou nature*

Notre civilisation actuelle – que nous passons ici au crible de nos interrogations et de nos doutes – s'enracine, pour l'essentiel dans trois civilisations anciennes : celle des Romains, celle des Hébreux et celle des Grecs. Or, il semble que bon nombre de nos problèmes d'aujourd'hui sont en rapport direct avec le fait que notre civilisation impérialiste s'est développée et épanouie sous l'action du ferment apporté par une colonie palestinienne opprimée et exploitée. Une fois encore, nous allons ici rejouer ce vieux conflit entre Romains et Palestiniens.

Souvenez-vous de saint Paul, qui se vantait d'être né libre. Il voulait dire, par là, qu'il était né romain et que cela offrait certains avantages légaux.

D'habitude, il n'y a que deux façons de prendre part au conflit : en soutenant les opprimés, ou en soutenant les impérialistes. Si on y entre, on doit absolument prendre parti. On n'a pas d'autre échappatoire.

Mais, en raisonnant ainsi, on oublie qu'évidemment l'ambition de saint Paul, ainsi que celle des opprimés, a toujours été de passer du côté des impérialistes, d'accéder eux-mêmes à la classe moyenne impérialiste, et que l'on peut se demander si augmenter le nombre des membres de cette civilisation que nous sommes, ici, en train de critiquer apportera vraiment une solution positive au problème.

Il existe une autre façon, plus abstraite, d'aborder la question : comprendre les pathologies et les particularités de

---

* Cette conférence a été donnée en juillet 1967, à Londres, au congrès sur les dialectiques de la libération. Cf. actes du congrès dans *The Dialectics of Liberation*, Londres, Penguin Books.

l'*ensemble du système* romano-palestinien. Tel est ici mon propos. Je ne me soucierai guère de prendre parti pour ou contre les Romains ou les Palestiniens, les larrons d'en haut ou les larrons d'en bas. Ce qui m'intéresse, c'est de prendre en considération la dynamique de l'*ensemble* de cette pathologie traditionnelle dans laquelle nous sommes pris, et où nous resterons certainement tant que nous continuerons à nous battre dans le cadre de ce vieux conflit. Nous ne faisons que tourner en rond, encore et encore, autour de ces prémisses anciennes.

Fort heureusement, notre civilisation a une troisième racine : la civilisation grecque. Certes, la Grèce elle-même est tombée dans les mêmes erreurs, mais elle a toujours gardé une pensée lucide et sereine tout à fait étonnante, qui assure encore sa supériorité sur les deux autres.

J'approcherai le problème principal d'un point de vue historique. De saint Thomas d'Aquin jusqu'au XVIIIe siècle dans les pays catholiques, et jusqu'à la Réforme dans les pays protestants (car nous nous sommes débarrassés d'une partie de la sophistication des Grecs au moment de la Réforme), la structure de notre religion était grecque. Au milieu du XVIIIe siècle, on se figurait le monde biologique sous la forme d'une échelle au sommet de laquelle se tenait un esprit suprême, qui était l'explication fondamentale de tout ce qui se trouvait plus bas ; pour la chrétienté, cet esprit suprême était Dieu, à qui l'on octroya divers attributs selon les différentes étapes de la pensée philosophique. Cette échelle d'explication descendait, de manière déductive, de Dieu à l'homme, de l'homme au singe, et ainsi de suite jusqu'aux infusoires.

Cette hiérarchie se présentait comme un ensemble d'étapes déductives allant du plus parfait au plus grossier, ou au plus simple. Elle était rigide ; toutes les espèces y étaient supposées immuables.

Lamarck – qui fut sans doute le plus grand biologiste de l'histoire – a renversé cette échelle d'explication. Il affirma qu'au début de l'échelle on trouve les infusoires et que, par certains changements, on aboutit à l'être humain. Ce renversement de la taxinomie est l'un des exploits les plus étonnants de l'histoire de la pensée. Il est l'équivalent, en biologie, de la révolution de Copernic en astronomie.

La conséquence logique de ce renversement de la taxinomie est que c'est l'étude de l'évolution qui peut fournir une explication de l'esprit.

Avant Lamarck, c'était l'esprit qui fournissait l'explication du monde biologique. Et voilà que, tout à coup, naquit la question suivante : le monde biologique est-il l'explication de l'esprit ? Ce qui était, jusque-là, *explication* devint alors ce qu'il fallait *expliquer*. Près des trois quarts de la *Philosophie zoologique* de Lamarck (1809) est une tentative (assez simpliste) de bâtir une psychologie comparée. Ce faisant, Lamarck parvint à formuler nombre d'idées très modernes comme, par exemple : le fait qu'on ne peut attribuer à aucun être vivant des capacités psychologiques pour lesquelles il n'a pas d'organes appropriés ; le fait qu'un processus mental doit toujours avoir une représentation physique ; et que la complexité du système nerveux est en rapport avec la complexité de l'esprit.

Pendant un siècle et demi, on en resta là, notamment parce que la théorie de l'évolution fut reprise, non par une hérésie catholique, mais par une hérésie protestante, au milieu du XIXe siècle. Les adversaires de Darwin, vous devez vous en souvenir, n'étaient ni Aristote ni saint Thomas, chez qui l'on trouve une certaine sophistication, mais des chrétiens fondamentalistes dont le goût des nuances s'arrêtait au premier chapitre de la Genèse. De sorte que les évolutionnistes du XIXe siècle essayèrent d'exclure de leurs théories tout ce qui touchait à la nature de l'esprit, et il fallut attendre la fin de la Seconde Guerre mondiale pour que cette question soit reconsidérée sérieusement. (En simplifiant ainsi le cours de l'histoire, je suis conscient de faire injustice à certains hérétiques que l'on rencontre en chemin, comme Samuel Butler et d'autres.)

C'est dans les recherches qui furent faites pendant la Seconde Guerre mondiale, qu'on découvrit quel genre de complexité implique l'*esprit*. Et, depuis cette découverte, lorsque nous tombons sur ce genre de complexité, *quel que soit le lieu de l'univers où nous pouvons l'observer*, nous savons que nous avons affaire à des phénomènes mentaux. C'est aussi matérialiste que ça.

J'essayerai ici de décrire cet ordre de complexité, qui, dans une certaine mesure, constitue un problème technique. Russell Wallace envoya d'Indonésie un fameux essai à Charles Darwin. Là, il annonçait sa découverte de la sélection naturelle, qui coïncidait avec celle de Darwin. Il est intéressant de rappeler ici une partie de sa description du combat pour l'existence :

> L'action de ce principe [le combat pour l'existence] ressemble parfaitement à celle de la machine à vapeur, qui contrôle et rectifie toutes les irrégularités juste avant qu'elles ne deviennent évidentes. De la même façon, aucun déséquilibre non compensé ne peut jamais prendre de proportions manifestes dans le règne animal, car il se ferait sentir tout de suite, en rendant d'abord l'existence plus difficile et en provoquant nécessairement, par la suite, l'extinction de la vie.

La machine à vapeur autoréglable consiste simplement en un enchaînement circulaire d'événements causaux, avec quelque part, dans cette chaîne, un lien entre les phénomènes successifs de nature telle que toute *augmentation* de quelque chose entraîne aussitôt la *diminution* d'autre chose dans le circuit : plus les boules du régulateur s'écartent, plus l'alimentation en fuel diminue. Si les enchaînements causaux qui possèdent cette caractéristique sont alimentés en énergie (et si l'on a aussi la chance que le système soit équilibré), le résultat en sera un système autoréglable.

En fait, Wallace proposait ainsi le premier modèle cybernétique. Aujourd'hui, la cybernétique traite de systèmes beaucoup plus complexes du même ordre. Et, lorsque nous parlons des processus de civilisation ou évaluons le comportement humain et l'organisation humaine, ou n'importe quel autre système biologique, nous savons que nous avons affaire à des systèmes autoréglables. À leur base même, ces systèmes sont toujours *conservateurs* de quelque chose. De même que, dans une machine autoréglable, l'approvisionnement en fuel est modifié de façon à conserver (à garder constante) la vitesse du volant, de même, dans ces systèmes, interviennent toujours certains changements qui doivent conserver la vérité d'une proposition descriptive, ou quelque élément du *statu quo*. Wallace a vu juste : la sélection naturelle agit, en premier lieu, de façon à maintenir les espèces invariables ; cependant, elle peut aussi agir à des niveaux supérieurs, pour garder constante cette autre variable complexe que nous appelons la « survie ».

Le Dr Laing a fait remarquer que ce qui est évident peut être très difficile à voir. La raison en est que nous sommes des systèmes autocorrectifs. Nous sommes autocorrectifs contre toutes les perturbations ; et, si l'évidence n'est pas de celles qui peuvent être aisément assimilables sans perturbations internes, nos mécanismes d'autocorrection s'appliquent à la reléguer au second plan, à la dissimuler ; et si nécessaire, ils vont même jusqu'à nous fermer les yeux ou à supprimer différents éléments du processus de perception. L'information perturbatrice peut être enrobée, comme le parasite à l'origine de la perle, de façon qu'il ne constitue plus en lui-même une nuisance ; et cette opération se fera selon la compréhension qu'a le système de ce qui pourrait lui être nuisible. Cela aussi – la prémisse concernant les causes éventuelles de la nuisance – est quelque chose d'*appris* et qui, par la suite, est perpétué ou conservé.

Ici même, à ce congrès, nous avons affaire à trois de ces systèmes fort complexes, ou bien encore à trois dispositifs de boucles de conservation.

Le premier des trois est l'individu humain : sa physiologie et sa neurologie conservent la température du corps, la composition chimique du sang, la longueur, la dimension et la forme des organes pendant la période embryonnaire et pendant la croissance, ainsi que toutes les autres caractéristiques de l'organisme. Il s'agit là d'un système qui conserve les propositions descriptives concernant l'être humain, son corps et son âme. Car la même chose est vraie de la psychologie de l'individu, où c'est l'apprentissage qui intervient pour conserver les opinions et les éléments du *statu quo*.

En deuxième lieu, nous avons affaire à la société où vit cet individu. Et cette société est, elle aussi, un système de ce type.

En troisième lieu, nous avons affaire à un écosystème, c'est-à-dire aux milieux biologiques naturels qui entourent les animaux humains.

Considérons, tout d'abord, ces écosystèmes naturels qui entourent l'homme. Un bois de chênes en Angleterre, une forêt tropicale ou une région du désert constituent des communautés d'êtres vivants. Le bois de chênes peut comprendre mille espèces, sinon plus. Dans la forêt tropicale, le nombre d'espèces vivant ensemble est probablement dix fois supérieur.

Cependant, je crois bien pouvoir dire que très peu d'entre vous ont jamais vu des systèmes aussi intacts. Il n'en reste que très peu à l'heure actuelle, car ils ont été, en grande partie, bouleversés par *Homo Sapiens*, qui a exterminé certaines espèces, en a introduit d'autres, qui se sont avérées finalement être de l'ivraie ou des fléaux, ou bien encore a altéré l'approvisionnement en eau, etc. Il est évident que nous autres, humains, détruisons fort rapidement tous les systèmes naturels du monde, je veux dire les systèmes équilibrés. Ceux-ci n'en restent pas moins naturels, mais sont désormais déséquilibrés par notre faute.

Quoi qu'il en soit, ces animaux et ces plantes vivent ensemble en une combinaison de compétitions et de dépendances mutuelles, et c'est cette combinaison qui m'intéresse ici. Chaque espèce dispose d'une faculté malthusienne primitive : toute espèce dont le potentiel de reproduction est inférieur à celui de la génération précédente est dépassée. Elle est condamnée à disparaître. Les composants de toutes les espèces et de tous les systèmes de ce type doivent, absolument, acquérir un gain positif potentiel dans la courbe démographique. Mais, à partir du moment où toutes les espèces acquièrent ce gain potentiel, parvenir à l'équilibre relève du tour de force. À ce moment-là, de multiples équilibres interactifs et dépendances entrent en jeu, et ce sont ces processus qui présentent le type de structure circulaire dont j'ai parlé plus haut.

La courbe malthusienne est exponentielle. Elle représente la croissance démographique, et le terme d'*explosion* (démographique) lui convient parfaitement.

On peut, certes, regretter que les êtres vivants possèdent ce caractère « explosif », mais mieux vaut en prendre son parti, car ceux qui ne le possèdent pas seront éliminés.

D'autre part, dans un système écologique bien équilibré, dont les étais sont précisément de cette nature, il est évident que, chaque fois que l'on ruse avec le système, on risque fort de rompre l'équilibre. C'est alors qu'apparaissent les courbes exponentielles. Telle plante deviendra une mauvaise herbe, tels animaux seront exterminés, et le système lui-même, en tant que système *équilibré*, tombera probablement en morceaux.

Ce qui est vrai des espèces qui cohabitent dans un bois, se vérifie également pour la répartition en groupes et catégories de la population au sein d'une société ; on trouve, ici aussi, un équilibre délicat de dépendances et de compétitions. Même chose pour notre organisme, où s'opère une coexistence difficile de compétitions physiologiques et de dépendances mutuelles entre organes, tissus, cellules, etc. Sans cette compétition et cette dépendance, nous n'existerions plus, car nous ne pouvons nous passer d'aucun de ces organes et de ces parties concurrentes. Toute partie qui ne présenterait pas ces caractéristiques expansives disparaîtrait, et nous avec. Si bien qu'à l'intérieur même de l'organisme existe une prédisposition à ces phénomènes : à toute action inappropriée et perturbatrice sur le système, les courbes exponentielles apparaissent.

Et c'est la même chose pour la société.

Il nous faut admettre que toute modification physiologique sociale importante constitue, en quelque sorte, un glissement du système, en un point quelconque d'une courbe exponentielle. Ce glissement peut ne pas aller très loin, comme il peut mener au désastre. Mais, en principe, si vous exterminez, par exemple, les grives dans un bois, certains facteurs d'équilibre se déplaceront le long des courbes exponentielles jusqu'à une nouvelle position d'arrêt.

Ce glissement comporte toujours un certain danger, celui qu'une certaine variable, comme, par exemple, la densité de la population, atteigne une valeur telle que le glissement consécutif soit contrôlé par des facteurs intrinsèquement nocifs. Si, par exemple, la population finit par être fonction des ressources alimentaires disponibles, les survivants seront à moitié morts de faim, et les ressources alimentaires seront dévorées jusqu'à un point qui sera probablement le point de non-retour.

Examinons le cas de l'organisme individuel. Cette entité est comparable au bois de chênes ; ses contrôles sont représentés dans la *totalité* de l'esprit, qui n'est peut-être, en fin de compte, qu'une réflexion de la totalité du corps. Toutefois, le système est segmenté de diverses façons, si bien que les effets de quelque chose intervenant dans la vie alimentaire, par exemple, ne modifieront pas radicalement la vie sexuelle, ou que la vie sexuelle ne modifiera pas radicalement la vie kinésique, etc. Il existe donc un certain degré de compartimentage, qui constitue, à n'en pas douter, une économie nécessaire. Cependant, il existe un compartimentage qui demeure, à bien des égards, mystérieux, tout en étant certainement d'une importance cruciale dans la vie de l'homme. Je fais ici allusion à la liaison semiperméable entre la conscience et le reste de la totalité de l'esprit. Seule une quantité d'informations limitée sur ce qui se passe dans cette partie plus vaste de l'esprit, semble être acheminée jusqu'à ce que nous pouvons appeler l'écran de la conscience. En outre, ce qui parvient à la conscience est déjà sélectionné : c'est un échantillonnage systématique (et non dû au hasard) du reste de la totalité de l'esprit.

Bien sûr, la *totalité* de l'esprit ne peut se transporter dans une *partie* de l'esprit. Cela découle logiquement de la relation entre le tout et la partie. L'écran de télévision ne vous donne pas la retransmission ou le compte rendu intégral de tous les événements qui se déroulent dans l'ensemble des processus qui constituent la « télévision ». Cette impossibilité ne vient pas de ce que les spectateurs ne seraient nullement intéressés par cette transmission, mais surtout de ce que, pour rendre compte de toute partie supplémentaire du processus global, il faudrait des circuits supplémentaires. Et rendre compte de ce qui se passe dans ces circuits supplémentaires demanderait encore d'autres circuits supplémentaires, et ainsi de suite.

On voit, donc, que chaque nouvelle étape vers l'élargissement de la conscience éloigne davantage le système d'un état de conscience total. Ajouter un rapport sur les événements qui se produisent dans une partie donnée de l'appareil ne fera, en fait, que *diminuer* le pourcentage des événements rapportés dans leur totalité.

Il nous faut donc nous contenter d'une conscience très limitée, et la question qui se pose alors peut s'énoncer ainsi : comment s'effectue la sélection ? À partir de quels principes votre esprit sélectionne-t-il ce dont « vous » serez conscient ? Bien que nous ignorions en grande partie la nature de la plupart d'entre eux, car ils sont souvent inaccessibles à la conscience, nous avons une idée de leur fonctionnement. Nous savons, tout d'abord, qu'une grande partie de l'entrée est scrutée par la conscience, mais seulement *après* avoir été traitée par le processus totalement inconscient de la perception. Les événements sensoriels doivent, d'abord, être emballés dans des images, et ce sont ces images qui deviennent alors « conscientes ».

Je, le *je* conscient, vois seulement la version élaborée inconsciemment d'un faible pourcentage de ce qui affecte la rétine. Je suis guidé, dans ma perception, par certains *buts*. Je vois qui me prête attention et qui m'ignore, je vois qui me comprend et qui ne me comprend pas, ou plutôt je me crée un mythe là-dessus, qui parfois peut être tout à fait juste. Et, comme je parle, j'ai intérêt à conserver ce mythe ; car, par rapport à mes *buts*, il est très important que vous m'écoutiez.

Que devient l'image que nous nous faisons d'un système cybernétique – un bois de chênes ou un organisme –, dès lors que cette image est dessinée sélectivement de façon à répondre uniquement aux questions que soulèvent nos *buts* ?

Prenons l'exemple de la médecine d'aujourd'hui. On l'appelle « science médicale ». Qu'y voyons-nous ? Des médecins qui pensent que ce serait une bonne chose de faire disparaître la polio, la typhoïde ou le cancer. Ils y consacrent donc tous les crédits de recherches et concentrent leurs efforts sur ces « problèmes », ou ces *buts*. Au bout d'un moment, le Dr Salk et ses collaborateurs découvrent la « solution » au problème de la polio, c'est-à-dire un vaccin que l'on peut administrer aux enfants pour qu'ils n'attrapent plus la polio. Arrivés là, les médecins arrêtent les dépenses en argent et en efforts pour les recherches sur la polio, pour passer au problème du cancer, ou de n'importe quelle autre maladie.

De sorte que la médecine finit par devenir une science totalisante, dont la structure ressemble fort à celle d'un sac à malices. On ne trouve, dans cette science, que des connaissances extrêmement limitées sur ce qui m'intéresse ici : le corps en tant que système autoréglable, organisé cybernétiquement et systématiquement. Ses interdépendances internes sont très peu comprises. Ce qui s'est passé, dans le cas de la médecine, c'est que le *but* a décidé de ce qui allait être examiné ou de ce dont avait à prendre conscience la « science médicale ».

Si nous laissons nos *buts* décider seuls de ce qui doit être examiné consciemment, nous n'obtiendrons jamais qu'un sac à malices, quand bien même certaines de ces malices seraient très utiles : je ne discute pas le fait que leur découverte constitue un extraordinaire exploit, mais il faut bien reconnaître que nous n'avons toujours pas un sou vaillant de connaissance en ce qui concerne le réseau du système global. Cannon a écrit un livre sur *La Sagesse du corps* (The Wisdom of the Body), mais personne n'a encore rien écrit sur la sagesse de la médecine, parce que c'est précisément la sagesse qui lui fait défaut. J'entends par sagesse la connaissance du système interactif plus vaste, ce système qui, s'il est perturbé, est à même d'engendrer des courbes exponentielles de changement.

La conscience opère de la même façon que la médecine, dans la mesure où elle sélectionne les événements et processus du corps, ainsi que ce qui se passe dans la totalité de l'esprit. Autrement dit, elle est organisée en fonction du *but*. Elle est un dispositif *court-circuité*, qui nous permet d'obtenir rapidement ce que nous souhaitons : non pas d'agir avec un maximum de sagesse pour vivre, mais de suivre la voie logique ou causale la plus courte, pour obtenir ce que nous voulons dans l'immédiat : un dîner, une sonate de Beethoven, du sexe, et surtout, plus de pouvoir et plus d'argent.

Vous pourriez me rétorquer : « Bien sûr, mais c'est ainsi que nous avons vécu pendant des millions d'années. » Certes, la conscience et les *buts* ont caractérisé l'homme pendant au moins un million d'années, et peut-être même beaucoup plus que cela. Vous ne me ferez pas dire que les chiens et les chats ne sont pas conscients, et encore moins les marsouins.

Vous pourriez me dire alors : « Pourquoi donc s'en inquiéter ? »

Ce qui m'inquiète aujourd'hui, c'est l'adjonction de la technique moderne à ce système ancien. De nos jours, les *buts* de la conscience sont rapidement atteints, grâce à des machines de plus en plus efficaces, des systèmes de transport, des avions, de l'armement, grâce à la médecine, aux pesticides, etc. Le *but conscient* a, de nos jours, tout pouvoir pour bouleverser les équilibres de l'organisme, de la société et du monde biologique qui nous entoure. Une pathologie – une perte d'équilibre – nous menace.

Je pense que ce qui nous amène ici aujourd'hui, à ce congrès, a, pour une grande part, un rapport fondamental avec les idées que je viens d'exposer. D'un côté, nous avons la nature systémique de l'être humain individuel, la nature systémique de la culture où il vit, et la nature systémique du système écologique et biologique qui l'entoure ; d'un autre côté, nous avons cette curieuse déformation de la nature systémique de l'individu, qui fait que la conscience est, presque nécessairement, aveugle à la nature systémique de l'homme lui-même. La conscience, attachée au but, extrait de l'esprit global des séquences qui ne présentent pas la structure en boucle qui caractérise l'ensemble de la structure systémique. Si vous suivez les ordres pleins de «bon sens» de la conscience, vous deviendrez rapidement avides et dépourvus de sagesse. Ici encore, j'entends par «sagesse» la prise en compte dans notre comportement du savoir concernant la totalité de l'être systémique.

Le manque de sagesse systémique est, en effet, toujours puni. Nous pouvons dire que les systèmes biologiques – l'individu, la culture, l'écologie – sont en partie le soutien vivant des cellules et des organismes qui les composent. Mais les systèmes n'en punissent pas moins toute espèce qui manque assez de sagesse pour se brouiller avec son écologie. Appelez ces forces systémiques Dieu si ça vous plaît.

Je vous proposerai maintenant un mythe.

Il était une fois un Jardin. Sur son sol riche en humus poussaient, en grande abondance et en équilibre parfait, plusieurs centaines d'espèces, probablement des espèces subtropicales. Dans ce Jardin vivaient deux anthropoïdes qui étaient plus intelligents que les autres animaux.

L'un des arbres du Jardin portait un fruit, mais il était si haut que ces deux singes ne pouvaient l'atteindre. Ils se mirent alors à *penser*. Ce fut là leur erreur. Car ils se mirent à penser en fonction d'un but.

De fil en aiguille, le singe mâle, qui s'appelait Adam, alla chercher une boîte vide, la mit sous l'arbre et monta dessus. Mais il constata qu'il ne pouvait toujours pas atteindre son but. Il alla donc chercher une autre boîte et la cala sur la première. Il se hissa alors sur les deux boîtes superposées et, finalement, cueillit la pomme.

Adam et Ève devinrent ivres d'excitation. C'est donc *comme cela* qu'il fallait s'y prendre : vous faites un plan ABC, et vous obtenez D !

Ils commencèrent alors à se spécialiser dans ce genre d'opérations planifiées, et, effectivement, ils chassèrent ainsi hors du Jardin l'idée de leur propre nature systémique globale et celle de la nature systémique globale du Jardin.

Une fois Dieu rejeté hors du Jardin, ils se mirent sérieusement à travailler suivant leurs buts, et, peu après, le sol superficiel riche en humus disparut. Après quoi, plusieurs espèces de plantes devinrent de « mauvaises herbes » et certains animaux, de véritables « fléaux » ; Adam se rendit compte alors qu'il devenait de plus en plus dur de travailler la terre. Il devait maintenant gagner son pain à la sueur de son front, et il dit : « C'est un Dieu vengeur. Je n'aurais jamais dû manger cette pomme. »

En outre, il se produisit un changement qualitatif dans les relations entre Adam et Ève, après qu'ils eurent renvoyé Dieu du Jardin. Ève commença à éprouver du ressentiment contre ce qui touchait au sexe et à la reproduction. Chaque fois que ces phénomènes plutôt essentiels intervenaient dans son actuelle façon de vivre, tout entière soumise à l'idée du but, elle se souvenait de la vie plus vaste qui s'en était allée du Jardin. Elle se mit donc à craindre le sexe et la reproduction, et, chaque fois qu'elle enfantait, elle trouvait cela pénible. Elle accusa, elle aussi, la nature vengeresse de Dieu. Elle entendit même une Voix lui dire : « Tu enfanteras dans la douleur », et « Ton désir se portera sur ton mari, et c'est lui qui dominera sur toi. »

La version biblique de cette histoire, à laquelle j'ai grandement emprunté, n'explique cependant pas l'extraordinaire perversion des valeurs, qui fit que la capacité d'amour de la femme commença à être ressentie comme une malédiction infligée par la divinité.

En dépit de tous ses malheurs, Adam continua à poursuivre ses buts, et finit même par inventer le système de la libre entreprise. Pendant longtemps, Ève ne fut pas autorisée à y participer, du fait qu'elle était une femme. Alors, elle s'inscrivit dans un club de bridge, où elle trouva un exutoire à sa haine.

Dans la génération suivante, il y eut encore des problèmes avec l'amour. Caïn, l'inventeur et l'innovateur, entendit la voix de Dieu lui dire : « Son désir [celui d'Abel] se portera sur toi, et tu lui imposeras ta loi. » Et Caïn tua Abel.

Une parabole, bien entendu, ce n'est pas des données vigoureuses sur le comportement humain. C'est simplement un dispositif d'explications. J'y ai cependant introduit un phénomène qui semble presque universel, chaque fois que l'homme commet l'erreur de penser en fonction des *buts*, et mésestime la nature systémique du monde dans lequel il vit. Les psychologues appellent ce phénomène « projection ». Après tout, l'homme a agi selon ce qu'il croyait être le « bon sens », et le voilà aujourd'hui dans le pétrin. Il ne voit pas exactement où chercher l'origine de ses déboires, et il se sent lui-même plus ou moins victime d'une injustice. Il ne se considère toujours pas comme faisant partie d'un système qui ne tourne pas rond, et il s'obstine à accuser le reste du système, ou bien à se blâmer lui-même. Dans ma parabole, Adam associe deux sortes d'absurdités : la notion de « J'ai péché » et celle du « Dieu vengeur ».

Si l'on examine des exemples de situations réelles, où la nature systémique du monde a été laissée pour compte au profit du *but* à atteindre ou du « bon sens », on peut y observer des réactions assez analogues.

Pour ma part, je suis persuadé que le président Johnson est pleinement conscient du chambardement qu'il a provoqué non seulement au Vietnam, mais aussi dans d'autres parties des écosystèmes nationaux ou internationaux ; et je suis également convaincu que, du lieu où il se place, il doit trouver qu'il a poursuivi avec « bon sens » les *buts* qu'il s'était fixés, et que la chienlit doit être due à la perversité des autres, à ses propres péchés ou à une combinaison de ces deux facteurs, selon son tempérament.

Ce qu'il y a de terrible dans ce genre de situations, c'est qu'elles réduisent inévitablement le temps octroyé aux planifications. L'état d'alerte est déjà là, ou ne va pas tarder. Il faut donc sacrifier la sagesse à long terme au profit de l'opportunité du moment, même si l'on a vaguement conscience que cet opportunisme n'apportera jamais une solution à long terme.

Puisque je suis en train de porter un diagnostic sur les mécanismes de notre société, laissez-moi ajouter autre chose : tous nos politiciens – qu'ils soient au pouvoir ou bien dans l'opposition, assoiffés de pouvoir – ignorent, de façon tout aussi flagrante les uns que les autres, tout des questions que je viens d'aborder. Recherchez donc dans les Archives du Congrès les discours prouvant que les politiciens sont un tant soit peu conscients que les problèmes de gouvernement sont des problèmes biologiques, et vous constaterez que ceux qui font preuve d'intuition biologique ne sont que très, très rares. Fabuleux !

En général, les décisions gouvernementales sont prises par des individus qui n'ont pas plus de connaissance en la matière que des pigeons. Comme le fameux docteur Skinner, dans *The Way of All Flesh* (Ainsi va toute chair)*, ils « allient la sagesse du pigeon à l'innocence du serpent ».

Cependant, si nous sommes ici aujourd'hui, ce n'est pas uniquement pour diagnostiquer certaines des maladies de notre monde, mais aussi pour tenter d'y apporter remède. J'ai déjà dit, plus haut, qu'on ne trouvera aucune solution simple à ce que j'appelle le problème romano-palestinien en prenant le parti des Romains contre les Palestiniens, ou inversement. Le problème est, ici aussi, systémique, et la solution dépend certainement de la prise de conscience qu'on a de ce fait.

Le premier remède réside dans l'humilité. Je ne l'avance pas ici comme un principe moral, chose détestable pour beaucoup, mais simplement comme un élément d'une philosophie scientifique. Pendant la période de la Révolution industrielle, le plus grand désastre a été, probablement, le développement considérable de l'arrogance scientifique. Nous avions découvert comment fabriquer des trains et autres machines, nous savions comment empiler des boîtes les unes sur les autres pour attraper cette fameuse pomme, et l'homme occidental s'est vu en autocrate disposant de pouvoirs absolus sur un univers fait uniquement de physique et de chimie. Les phénomènes biologiques promettaient d'être contrôlés comme des réactions dans une éprouvette. L'évolution était l'histoire de la façon dont les organismes avaient appris toujours plus de trucs pour contrôler l'environnement ; et c'était l'homme qui, de tous les êtres vivants, connaissait les meilleurs trucs.

Mais cette arrogante philosophie de la science est maintenant obsolète, et a été remplacée par la découverte que l'homme n'est qu'une partie de systèmes plus vastes, et que la partie ne peut jamais contrôler le tout.

Goebbels croyait pouvoir contrôler l'opinion publique de l'Allemagne, au moyen d'un vaste système de communications, et nos *public relations* d'aujourd'hui se bercent peut-être des mêmes illusions. Mais, en fait, celui qui aspire à contrôler doit toujours s'entourer d'espions à l'extérieur pour s'informer sur ce que les autres disent de sa propagande. Il

---

* Samuel Butler, *The Way of All Flesh*, Londres, 1903.

sera donc mis en position de réceptivité à l'égard de ce que disent les autres. Par conséquent, il ne peut nullement exercer un contrôle linéaire simple. Nous ne vivons pas dans un univers où un tel contrôle linéaire simple est possible, ou même concevable. La vie n'est pas ainsi faite.

De même, dans le domaine de la psychiatrie, la famille fonctionne comme un système cybernétique comparable, et, d'habitude, lorsque apparaît une pathologie systémique, ses membres s'accusent mutuellement, ou prennent tout sur eux-mêmes. En vérité, ces deux choix s'avèrent également, et fondamentalement, arrogants. Car chacun suppose que l'être humain exerce un pouvoir total sur le système dont il (ou elle) n'est, en fait, qu'une partie.

Or, même à l'intérieur de l'être humain, le contrôle est bien limité. Nous pouvons, dans une certaine mesure, décider d'apprendre des caractéristiques aussi abstraites que l'arrogance ou l'humilité, mais nous ne sommes aucunement les capitaines de notre âme.

Il se peut, toutefois, que le remède aux maladies du *but conscient* réside dans l'individu. Je pense à ce que Freud appelait la voie royale vers l'inconscient : il se référait aux rêves, mais je crois que nous devrions mettre sur le même plan les rêves, la création artistique, la perception de l'art, la poésie, etc. J'y ajouterais même les aspects les plus élevés de la religion. Ce sont là autant d'activités où c'est la totalité de l'individu qui est impliquée. L'artiste peut avoir un *but conscient*, pour vendre sa toile, et peut-être même pour la réaliser. Mais, au cours même de cette réalisation, il doit nécessairement écarter toute arrogance, au profit d'une expérience créatrice où l'esprit conscient ne jouera plus qu'un rôle secondaire.

Nous pouvons dire que, dans l'art créatif, l'homme doit faire l'expérience de lui-même – de son « soi » total – comme d'un modèle cybernétique.

Chose caractéristique des années soixante, un grand nombre d'individus ont commencé à rechercher dans les drogues psychédéliques une sorte de sagesse ou d'élargissement de la conscience. Je crois, pour ma part, que ce symptôme de notre époque apparaît comme une tentative pour compenser notre propension excessive aux buts. Mais peut-on parvenir ainsi à la sagesse ? Je n'en suis pas si sûr. Elle exige plus qu'un simple relâchement de la conscience pour que le matériel inconscient afflue. Agir ainsi, c'est tout simplement échanger une vue partielle du « soi » contre une autre vue, tout aussi partielle. Il faudrait, bien plutôt, parvenir à une synthèse des deux vues, ce qui est beaucoup plus difficile.

Ma propre petite expérience du LSD m'a amené à penser que Prospéro avait tort de dire : « Nous sommes de l'étoffe dont les rêves sont faits. » Il m'a semblé que le *rêve pur* est tout aussi banal et insuffisant que le *but pur*. Ce n'est pas là l'étoffe dont nous sommes faits, mais seulement de bribes et de morceaux de cette étoffe. Nos buts conscients ne sont, eux aussi, que des bribes et des morceaux.

La vue systémique, c'est encore autre chose.

Effets du but conscient sur l'adaptation humaine*

« Progrès », « apprentissage », « évolution », ressemblances et différences entre évolution phylogénétique et culturelle…, toutes ces notions ont alimenté les discussions scientifiques pendant de nombreuses années. Elles peuvent maintenant être abordées sous un jour nouveau, grâce à la cybernétique et à la théorie des systèmes.

Durant ce congrès, nous étudierons le rôle de la *conscience* dans le processus ininterrompu de l'adaptation humaine, qui constitue un aspect particulier de ce vaste domaine.

Trois systèmes cybernétiques ou homéostatiques seront examinés : l'organisme humain individuel, la société humaine, et l'écosystème qui l'englobe. La *conscience* sera considérée précisément comme un élément important du *couplage* de ces systèmes.

Il serait d'un grand intérêt scientifique, et sans doute d'une importance vitale pour l'homme, de vérifier si l'information véhiculée par la *conscience* est adéquate et appropriée à la tâche de l'adaptation humaine. Il est probable que la conscience contient des déformations systématiques qui, renforcées par la technique moderne, deviennent nuisibles aux équilibres entre l'homme, sa société et son écosystème.

À des fins exploratoires, il convient de rappeler les considérations suivantes :

1. Tous les systèmes biologiques et évolutifs (organismes

---

* Cet article est un exposé des vues de l'auteur au congrès organisé par la fondation Wenner-Gren sur les effets du but conscient sur l'adaptation humaine. L'auteur présida ce congrès, qui eut lieu du 17 au 24 juillet 1968, à Burg Wartenstein, en Autriche. Les actes du congrès ont été édités par Kropf and C°, par Mary Catherine Bateson, sous le titre *Our Own Metaphor*.

individuels, sociétés humaines et animales, écosystèmes, etc.) se constituent comme des réseaux cybernétiques complexes, ayant tous en commun certaines caractéristiques formelles. Chaque système contient des sous-systèmes, qui sont potentiellement régénérateurs, ce qui signifie qu'ils sont entraînés dans une « fuite » exponentielle, s'ils ne sont pas corrigés. Exemples d'éléments régénérateurs : les caractéristiques malthusiennes de la population, les changements schismogéniques des interactions personnelles, les courses aux armements, etc. Les potentialités régénératrices de ces sous-systèmes sont continuellement contrôlées par diverses sortes de boucles directrices, afin de maintenir ainsi un « état stable ». Ces systèmes sont dits « conservateurs », au sens où ils ont tendance à perpétuer la vérité des propositions relatives aux valeurs des variables qui les composent ; ils conservent surtout les valeurs des variables dont la modification ferait apparaître des changements exponentiels. De tels systèmes sont homéostatiques, ce qui veut dire que les effets de petits changements dans les entrées (*input*) seront annulés, et que l'état stable sera maintenu par un ajustement *réversible*.

2. Mais « plus c'est la même chose, plus ça change*». Cette proposition, converse de l'aphorisme français bien connu, semble être la description la plus exacte des systèmes biologiques et écologiques : la constance d'une certaine variable est maintenue par le changement d'autres variables. L'exemple le plus typique en est la machine à vapeur autoréglable : la constance du rythme de rotation est maintenue en jouant sur l'alimentation en fuel. *Mutatis mutandis*, la même logique sous-tend le progrès évolutif, par lequel seront perpétuées les mutations qui contribuent à maintenir constante cette variable complexe que nous appelons la « survie ». La même logique s'applique aussi à l'apprentissage, aux changements sociaux, etc. Le maintien ininterrompu de la vérité de certaines propositions descriptives est assuré par la modification d'autres propositions.

3. Dans les systèmes qui contiennent plusieurs boucles homéostatiques reliées entre elles, les changements provoqués par un impact extérieur peuvent se répercuter lentement à travers l'ensemble du système. Pour maintenir une variable

---

* En français dans le texte. (*NdT.*)

Effets du but conscient sur l'adaptation humaine

donnée (V_1) à une valeur donnée, les valeurs de V_1, V_2, etc., subissent un changement. Mais V_2 et V_3 peuvent elles-mêmes être soumises à un contrôle homéostatique, ou peuvent être liées à d'autres variables (V_4, V_6, etc.) qui sont, elles aussi, soumises à un contrôle. Ce second niveau d'homéostasie peut conduire à des modifications en V_6, V_7, etc. ; et ainsi de suite.

4. Ce phénomène de modifications successives est, au sens le plus large du terme, une sorte d'apprentissage. L'acclimatation et la dépendance sont des cas particuliers de ce processus. Avec le temps, le système devient dépendant de la présence continuelle de l'impact extérieur primitif, dont les effets immédiats ont été neutralisés par le premier niveau d'homéostasie.

Un exemple : sous l'effet de la loi de la prohibition, le système social américain a réagi de façon homéostatique, afin de maintenir la constance de la quantité d'alcool en circulation. Une nouvelle profession apparut alors, celle de *bootlegger**. Pour contrôler cette profession, des changements s'imposèrent dans l'organisation de la police. Mais, lorsqu'il fut question d'abolir cette loi, les *bootleggers*, peut-être même la police, furent, comme on pouvait s'y attendre, en faveur du maintien de la prohibition.

5. En fin de compte, tout changement biologique vise à conserver quelque chose (*is conservative*), et tout apprentissage se fait contre quelque chose (*is aversive*). Le rat, que l'on « récompense » par de la nourriture, accepte cette récompense afin de neutraliser les changements que la faim commence à induire. Et la distinction conventionnelle entre « récompense » et « punition » dépend d'une ligne plus ou moins arbitraire, que nous traçons pour délimiter le sous-système appelé « individu ». Un événement extérieur sera considéré comme une « récompense », si son apparition corrige un changement « interne » qui serait une « punition ». Et ainsi de suite.

6. La *conscience* et le « soi » sont des idées très proches l'une de l'autre (vraisemblablement reliées à des prémisses de territorialité génotypiquement déterminées), qui se cristallisent autour de cette ligne, plus ou moins arbitraire, qui délimite l'individu et définit une différence logique entre

---

* *Bootlegger* : individu pratiquant, au moment de la prohibition (1919-1933), la contrebande de l'alcool. (*NdT*.)

« récompense » et « punition ». Lorsque nous considérons l'individu comme un servosystème couplé avec son environnement, ou bien comme une partie du système plus vaste : individu + environnement, l'aspect de l'adaptation et des buts conscients change complètement.

7. Dans certains cas extrêmes, le changement précipitera ou facilitera une suite ou un glissement le long des courbes potentiellement exponentielles des circuits régénérateurs sous-jacents. Cela peut se passer sans qu'il y ait destruction totale du système, mais celle-ci peut s'avérer indispensable pour limiter le glissement le long des courbes exponentielles. S'il existe des facteurs autres que la destruction pour limiter ce glissement, il faut, toutefois, signaler que le danger est réel de voir des facteurs intrinsèquement nuisibles imposer cette limitation, quand on atteint des niveaux excessifs dans la courbe. Wynne-Edwards a fait remarquer – ce que tout fermier sait – qu'une population d'individus sains ne peut être limitée directement par une restriction de l'approvisionnement. La sous-alimentation, comme méthode pour se débarrasser du surplus de population, n'entraînera peut-être pas la mort de tous, mais, du moins, l'apparition de sérieux troubles de carence chez les survivants, tandis que l'approvisionnement en nourriture sera réduit, peut-être de façon irréversible, par la surconsommation. En principe, les contrôles homéostatiques des systèmes biologiques doivent être activés par des variables qui ne sont pas nuisibles en elles-mêmes. Ce n'est pas un manque d'oxygène qui active les réflexes respiratoires, mais un excès relativement inoffensif de gaz carbonique. Le plongeur qui ne tient pas compte des signaux qui annoncent un excès de CO^2, et continue sa plongée jusqu'à manquer sérieusement d'oxygène, court des risques graves.

8. le problème du couplage des systèmes autocorrecteurs est essentiel pour l'adaptation de l'homme aux sociétés et aux écosystèmes dans lesquels il vit. Lewis Carroll, il y a déjà longtemps, plaisantait à propos du genre et du degré de hasard créé par un couplage inapproprié de systèmes biologiques. La difficulté consistait, pour ainsi dire, à inventer un « jeu » qui ne relèverait pas seulement du hasard, comme dans le jeu de « pile ou face », mais aussi d'un « métahasard ». Dans le jeu de « pile ou face », le hasard se limite, à tout moment du jeu, à un ensemble fini de possibilités connues, qui sont « pile » et « face ». Il est, là, abso-

lument impossible de sortir de cet ensemble ; autrement dit, il n'existe aucun choix relevant d'un méta-hasard à l'intérieur d'un ensemble fini ou infini d'ensembles.

Dans le fameux jeu de croquet d'*Alice au pays des merveilles*, en couplant arbitrairement des systèmes biologiques, Lewis Carroll crée un jeu où intervient du méta-hasard : Alice a pour maillet (autrement dit, est couplée à) un flamant rose, et a pour balle un hérisson*.

Les « buts » (si l'on peut utiliser ce terme) de ces systèmes biologiques contrastants sont tellement discordants que le hasard intervenant dans le jeu ne peut plus se restreindre à des ensembles finis de possibilités connues des joueurs.

La difficulté qu'éprouve Alice vient de ce qu'elle ne « comprend » pas le flamant rose, c'est-à-dire qu'elle ne possède pas d'information systémique sur le « système » auquel elle est confrontée. Pareillement, le flamant, lui non plus, ne comprend pas Alice. Tous deux se trouvent engagés dans un véritable dialogue de sourds. Il en va de même pour l'homme couplé à son environnement biologique par l'intermédiaire de la conscience. Si la conscience véhicule, en ce qui concerne la nature de l'homme et de son environnement, des informations insuffisantes, déformées ou sélectionnées de façon inadéquate, le déséquilibre du couple homme-environnement qui en résulte peut fort bien engendrer une séquence d'événements relevant d'un méta-hasard.

9. Nous pensons que la conscience n'est pas entièrement sans effets ; on ne peut la confondre avec une sorte de résonance purement collatérale, sans aucune rétroaction (*feedback*) à l'intérieur du système, ce n'est pas un simple miroir observé par quelqu'un qui ne s'y refléterait pas lui-même, ni un appareil qui, dans un poste de télévision, contrôlerait les images sans affecter le programme. Nous croyons, au contraire, que la conscience exerce une certaine rétroaction dans le reste de l'esprit et qu'elle a, par conséquent, un effet sur l'action. Mais les effets de cette rétroaction sont pratiquement inconnus, et il faudrait les examiner et les valider sans tarder.

10. Par contre, nous pouvons affirmer, avec certitude, que le contenu de la conscience n'est pas un échantillonnage

---

* Cf. aussi vol. I de cette édition, « Métalogues : Pourquoi les choses ont-elles des contours ? », p. 55-60.

fortuit de comptes rendus sur les événements qui se produisent dans le reste de l'esprit. En fait, le contenu de l'écran de la conscience est systématiquement sélectionné à partir de l'extrême abondance des événements mentaux. Cependant, nous sommes bien loin de connaître les règles et les critères de cette sélection. C'est là un problème qui reste à étudier, parallèlement aux limitations du langage verbal.

11. Il apparaît, cependant, que le système de sélection de l'information destinée à l'écran de la conscience est étroitement rattaché au « but », à l'« attention », et autres phénomènes similaires, qu'il faudrait également définir, élucider, etc.

12. Si la conscience exerce une rétroaction sur le reste de l'esprit (cf. 9, ci-dessus), et si elle n'a affaire qu'à un échantillonnage en diagonale des événements de l'esprit global, il doit alors exister une différence systématique (par conséquent, non fortuite) entre les vues de la conscience sur le « soi » et le monde, et la nature réelle du soi et du monde. Or, une telle différence ne peut que déformer les processus d'adaptation.

13. À cet égard, il existe une profonde différence entre les processus du changement culturel et ceux de l'évolution phylogénétique. Dans ces derniers, la barrière wessmannienne entre soma et plasma germinatif est censée être complètement opaque. Il n'y a donc aucun couplage entre environnement et génome. Par contre, dans l'évolution culturelle et dans l'apprentissage individuel, le couplage opéré par la conscience est présent, mais imparfait et probablement déformant.

14. Il y a tout lieu de supposer que la nature spécifique de cette distorsion est telle que la *nature cybernétique du « soi » et du monde tend à devenir imperceptible pour la conscience*, dans la mesure où les contenus de l'écran de cette dernière sont déterminés en fonction des *buts à atteindre*. Les raisonnements finalistes ont tendance à prendre la forme suivante : « D est souhaitable ; B mène à C, C mène à D ; par conséquent, D peut être atteint en passant par B et C. » Mais, comme l'ensemble de l'esprit et le monde extérieur n'ont généralement pas cette structure linéaire, en la leur imposant, nous devenons aveugles aux circularités cybernétiques du « soi » et du monde extérieur. Notre échantillonnage conscient des données ne découvrira pas des circuits entiers, mais uniquement des arcs de circuit, coupés de leur matrice par notre attention sélective. En particulier, la tentative d'obtenir un changement

dans une variable donnée, qui peut être située dans le « soi » ou dans le monde extérieur, ne tiendra aucun compte du réseau homéostatique qui entoure cette variable. Autrement dit, toutes les considérations exposées plus haut dans les paragraphes 1 à 7 seront totalement ignorées. Le premier pas dans la voie de la *sagesse* serait donc de corriger quelque peu l'étroitesse de nos conceptions uniquement finalistes.

15. Le rôle de la conscience, dans le couplage entre l'homme et les systèmes homéostatiques qui l'entourent, n'est certes pas un phénomène nouveau. Cependant, trois facteurs en rendent aujourd'hui l'étude urgente.

16. En premier lieu, il y a cette habitude qu'a l'homme de changer son environnement plutôt que de se changer lui-même. En présence d'une variable intérieure qu'il devrait contrôler (par exemple, sa propre température), l'organisme peut apporter des changements *soit* à l'intérieur de lui-même, *soit* dans l'environnement extérieur : autrement dit, il peut s'adapter à l'environnement, ou adapter l'environnement à lui-même. L'histoire de l'évolution montre que la grande majorité des étapes ont été des changements à l'intérieur même de l'organisme ; les seules exceptions sont les quelques étapes d'un type intermédiaire, qui ont vu les organismes changer d'environnement en changeant de lieu, et les rares cas où des organismes non humains sont parvenus à créer ou à modifier autour d'eux des micro-environnements, comme les nids des hyménoptères et des oiseaux, les denses forêts de conifères, les colonies de champignons, etc.

Dans tous ces cas, la logique du progrès évolutif va vers des éco-systèmes favorisant *uniquement* les espèces dominantes qui peuvent contrôler l'environnement, ainsi que leurs symbiotes et parasites.

L'homme, le transformateur par excellence de l'environnement, parvient, de même, à établir dans ses villes des écosystèmes à une seule espèce dominante, la sienne, mais il va encore plus loin, en créant des environnements spéciaux pour ses symbiotes. Ceux-ci deviennent également des écosystèmes à une seule espèce : champs de blé, cultures de bactéries, basses-cours, colonies de rats de laboratoire, etc.

17. Deuxièmement, le rapport de forces entre les buts conscients et l'environnement a rapidement changé au cours du siècle dernier, et le progrès technologique ne fait qu'accé-

lérer le *rythme* de changement de ce rapport. L'homme conscient, transformateur de son environnement, peut désormais sans entraves s'anéantir soi-même, en anéantissant son environnement, tout en ayant les meilleures intentions conscientes du monde.

18. Troisièmement, il s'est produit, au cours de ce dernier siècle, un phénomène sociologique singulier, qui menace d'isoler le but conscient des nombreux processus correcteurs qui pourraient provenir des parties moins conscientes de l'esprit. De nos jours, la scène sociale se caractérise par l'existence d'un grand nombre d'entités automaximisantes dont le statut juridique est, en quelque sorte, celui de « personnes » : ce sont les trusts, les syndicats, les sociétés, les partis politiques, les agences commerciales et financières, les nations, etc. Mais, d'un point de vue biologique, ces entités *ne sont pas* des personnes, ni même des ensembles de personnes entières. Ce sont, en fait, des ensembles de *parties* de personnes. Lorsque M. Dupont entre dans la salle de conseil de sa société, il est censé limiter strictement sa pensée aux buts spécifiques de la société en question, ou bien à ceux de la partie de cette société qu'il « représente ». Fort heureusement, cela ne lui est pas entièrement possible, et certaines décisions de conseils d'administration sont influencées par des considérations qui proviennent de parties plus larges et plus sages de l'esprit. Mais, idéalement, M. Dupont est censé agir comme une pure conscience non corrigée – une créature déshumanisée.

19. Enfin, il convient de mentionner également certains des facteurs qui peuvent agir de façon corrective : je pense à ces régions de l'action humaine qui échappent aux déformations contraignantes du couplage opéré par la conscience finaliste, et où peut prévaloir la sagesse :

a) L'amour est sans doute le plus important de ces facteurs. Martin Buber a classé les relations interpersonnelles avec une grande pertinence : il oppose les relations de type « Je/Tu » (personne/personne) aux relations de type « Je/Ça » (personne/non-personne), en définissant cette dernière comme le modèle normal d'interaction entre hommes et objets inanimés. Il considère, en outre, que la relation « Je/Ça » caractérise les relations humaines chaque fois que la pensée du but l'emporte sur l'amour. Étant donné que la structure cybernétique complexe des sociétés et des écosystèmes aboutit, en quelque sorte, à les « personnifier », il

Effets du but conscient sur l'adaptation humaine

s'ensuit qu'une relation « Je/Tu » est également concevable entre l'homme et sa société ou son écosystème. À ce propos, la formation de « groupes de sensibilité* » dans un grand nombre d'organisations dépersonnalisées serait d'un intérêt particulier.

b) Les arts, la poésie, la musique et les lettres en général sont, pareillement, des régions où l'esprit est plus actif que la conscience pure ne veut l'admettre. « Le cœur a ses raisons, que la raison ne connaît point**. »

c) Le contact entre l'homme et les animaux, ainsi qu'entre l'homme et le monde naturel, peut – parfois – aboutir à la sagesse.

d) Il y a aussi la religion.

20. Pour conclure, rappelons-nous que la piété bornée de Job, son attachement aux buts, son « bon sens » et son succès dans le monde sont finalement condamnés, dans un merveilleux poème totémique, par la Voix issue de la Tempête :

> Quel est celui qui obscurcit mon plan
> Par des paroles dépourvues de science ?
> [Ceins donc tes reins comme un brave ;
> Je vais t'interroger : instruis-moi.
>
> Où étais-tu quand je fondais la terre ?
> Indique-le, si tu connais l'intelligence.
> ....
> Qui prépare au corbeau sa provende
> Lorsque ses petits crient vers Dieu
> Qu'ils errent faute de nourriture ?]
>
> Sais-tu comment mettent bas les antilopes du rocher ?
> Les biches en travail, les observes-tu ?
> Est-ce que tu comptes les mois qu'elles doivent accomplir
> et sais-tu le temps de leur délivrance*** ?

---

* Au sens cybernétique : prise en considération de la « sensibilité » de l'ensemble, de sa respiration, et de ses besoins organiques, qui peuvent parfois (sinon souvent) aller à l'encontre des buts immédiats, liés à l'efficacité, voire, par le biais de la circularité du système, à la destruction. (*NdT.*)

** En français dans le texte. (*NdT.*)

*** Job 38 : 2, 3, 4 et 41 ; 39 : 1, 2. Cf. *Bible Osty*, Paris, Éd. du Seuil, 1973, p. 1150-1151. Le passage entre crochets n'est pas cité par l'auteur. (*NdT.*)

Forme, substance et différence*

C'est un grand honneur et un plaisir pour moi d'être ici ce soir. Je dois cependant avouer que, tous ensemble, vous me faites un peu peur, car il y a certainement parmi vous des gens qui connaissent mieux que moi les différents domaines que j'ai abordés dans ma vie. Certes, j'en ai approché un bon nombre, et je pourrais sans doute faire face à chacun d'entre vous séparément, et lui dire que j'ai étudié tel champ qu'il ne connaît guère. Toutefois, je suis sûr que, pour chaque domaine que j'ai abordé, il y a au moins une personne parmi vous bien plus spécialisée que moi. Je ne suis pas un grand spécialiste en philosophie, car tel n'est pas mon métier, ni en anthropologie, où je ne suis qu'un amateur. Cependant, j'ai tenté de cerner quelque chose qui a beaucoup préoccupé l'ensemble du mouvement sémantique, et Korzybski en particulier : j'ai étudié la zone d'impact entre, d'une part, la pensée philosophique très abstraite et formelle et, de l'autre, l'histoire naturelle de l'homme et des autres êtres vivants. Ce chevauchement des prémisses formelles et du comportement réel revêt, de nos jours, une importance redoutable. Nous vivons aujourd'hui dans un monde menacé non seulement par diverses sortes de désorganisations, mais encore par la destruction de son environnement ; or, à l'heure actuelle, nous sommes toujours incapables de concevoir clairement les relations entre un organisme et son environnement. Comment définir cette chose que nous désignons par l'expression : « organisme + environnement » ?

* Conférence donnée le 9 janvier 1970, lors de la 19ᵉ conférence annuelle à la mémoire d'Alfred Korzybski, sous les auspices de l'Institut de sémantique générale. Publiée pour la première fois dans *General Semantics Bulletin*, 37, 1970.

Revenons à la formule qui a rendu Korzybski célèbre, à la formule qui affirme que *la carte n'est pas le territoire*. Cet énoncé trouve son origine dans un vaste courant de pensée philosophique qui est né en Grèce, et a traversé, sous diverses formes, toute l'histoire de la pensée européenne de ces deux mille dernières années. Cette histoire a été le théâtre d'une violente controverse, fondée sur une espèce de dichotomie grossière, et qui excita parfois les esprits jusqu'à l'effusion de sang. Je suppose que tout a commencé avec le débat qui opposa les pythagoriciens à leurs prédécesseurs, et qui prit la forme de l'alternative suivante : « Faut-il se demander de quoi sont faits la terre, le feu et l'eau, etc. ? », ou bien : « Faut-il se demander quel est le modèle ? » Pythagore prit le parti d'analyser le *modèle* plutôt que la *substance*[1]. Cette controverse s'est poursuivie à travers les âges, et, jusqu'à une date récente, le parti des pythagoriciens a toujours été en position d'infériorité. Il a poursuivi son chemin souterrainement, mais obstinément : les gnostiques prirent la relève des pythagoriciens, les alchimistes celle des gnostiques, et ainsi de suite. C'est à la fin du XVIIIe siècle que cette controverse devait atteindre une sorte d'apogée, avec l'élaboration, puis le rejet d'une théorie pythagoricienne de l'évolution, théorie qui impliquait l'existence de l'Esprit.

La théorie de l'évolution de la fin du XVIIIe siècle, autrement dit celle de Lamarck, qui fut la première théorie transformiste organisée de l'évolution, fut construite en réaction à la curieuse toile de fond historique que décrit Lovejoy dans *The Great Chain of Being* (La grande chaîne de l'être). Avant Lamarck, on supposait que le monde organique, le monde des êtres vivants, présentait une structure hiérarchique, avec l'*esprit* à son sommet. Cette chaîne, ou échelle, était supposée descendre à travers les anges, les hommes, les singes, jusqu'aux infusoires et aux protozoaires et, ensuite, aux plantes et aux minéraux.

L'idée de Lamarck fut de renverser cette échelle. Il remarqua que les animaux changent sous la pression de l'environnement. Bien sûr, Lamarck eut tort de croire que ces changements étaient héréditaires, mais, quoi qu'il en soit, ils

---

1. R. G. Collingwood a clairement exposé la position pythagoricienne dans *The Idea of Nature*, Oxford, 1945.

représentaient pour lui la preuve évidente de l'évolution. Le renversement de l'échelle fit que ce qui avait été jusque-là le principe explicatif de toutes choses – c'est-à-dire l'esprit au sommet – devint, désormais, la chose même à expliquer. Le vrai problème de Lamarck était donc d'expliquer l'Esprit. Une fois persuadé de l'existence de l'évolution, il se désintéressa complètement de celle-ci. De sorte que, en relisant sa *Philosophie zoologique* (1809), vous constatez que Lamarck n'a consacré que le premier tiers de son livre à résoudre le problème de l'évolution et à renverser la taxinomie, mais a consacré les deux autres tiers à la psychologie comparée, science dont il est le fondateur ; ayant posé l'*habitude* comme un des phénomènes axiomatiques de sa théorie de l'évolution, Lamarck a été nécessairement entraîné à examiner la question de la psychologie comparée. Mais, en réalité et en profondeur, le problème de l'esprit inspirait toutes ses recherches.

Or, l'*esprit* et le *modèle*, en tant que principes explicatifs qui, au premier chef, exigent des investigations, furent totalement ignorés par la pensée biologique des dernières théories de l'évolution, développées, au milieu du XIXe siècle, par Darwin, Huxley et d'autres. Il y eut bien encore quelques enfants terribles, comme Samuel Butler, pour dire que l'esprit ne pouvait pas être occulté de cette façon, mais leurs voix furent trop faibles et manquaient d'autorité, puisqu'ils n'avaient jamais examiné par eux-mêmes d'organismes vivants. Je ne crois pas que Samuel Butler ait jamais examiné d'autre animal que son propre chat, ce qui ne l'a, d'ailleurs, nullement empêché d'en savoir plus sur l'évolution que certains des penseurs les plus conventionnels.

De nos jours, enfin, avec la découverte de la cybernétique, de la théorie des systèmes et de la théorie de l'information, nous commençons à avoir une base formelle nous permettant de concevoir l'esprit, et de réfléchir à tous ces problèmes d'une façon qui eût été considérée comme absolument hétérodoxe entre 1850 et la Seconde Guerre mondiale.

Mon exposé sera donc consacré à décrire la façon dont la grande dichotomie de l'épistémologie a changé sous l'impact de la cybernétique et de la théorie de l'information.

Dorénavant, nous pouvons dire – ou, du moins, commencer à dire – ce que nous pensons être la *nature de l'esprit*. Il y aura certainement, dans les vingt années à venir, d'autres façons d'en parler et, dans la mesure où, à cet égard, les découvertes sont relativement récentes, je ne peux que vous proposer ici mes idées personnelles sur cette question. Les représentations anciennes concernant ce problème sont fort probablement inexactes ; mais nous ne sommes pas à même de deviner ce qui, dans l'avenir, survivra de toutes nos idées modernes.

Je partirai de considérations sur l'évolution. Il est, à présent, empiriquement démontré que la théorie évolutionniste comporte une très grave erreur dans la façon de définir *l'unité de survie* en fonction de la sélection naturelle. L'unité que Darwin croyait être cruciale, et autour de laquelle s'échafaudait toute sa théorie, était soit l'individu reproducteur, soit la descendance, soit les sous-espèces, ou bien encore tout ensemble homogène d'individus d'une même espèce. À mon avis, les cent dernières années ont montré empiriquement que, si un organisme, ou un ensemble d'organismes, se concentre uniquement sur sa propre *survie* en vue de sélectionner ses démarches adaptatives, son « progrès » aboutit à la destruction de son environnement. Et si l'organisme finit par détruire son environnement, c'est lui-même, en fait, qu'il détruit. Dans les vingt prochaines années, nous risquons fort de voir ce processus poussé à son ultime *reductio ad absurdum*. Car l'unité au niveau de laquelle il faut considérer la survie n'est pas l'organisme reproducteur, ni la descendance, ni même la société.

Cette conception ancienne a déjà été partiellement corrigée par les généticiens de la population. Ils ont insisté sur le fait que l'unité évolutive n'est pas, en réalité, homogène. Pour toute espèce, la population sauvage se compose toujours d'individus dont la constitution génétique varie très largement. Autrement dit, potentialité et aptitude au changement sont déjà intégrées dans l'unité de survie. L'hétérogénéité de la population sauvage représente, déjà, la moitié du système d'essais-et-erreurs qui est nécessaire pour faire face à l'environnement.

En revanche, les populations à homogénéité artificielle,

Forme, substance et différence

comme les animaux domestiques et les plantes de culture, sont à peine adaptées pour la survie.

Et, aujourd'hui, il nous faut encore apporter une correction à la définition de l'unité de survie. La souplesse de l'environnement doit être prise en compte au même titre que la souplesse de l'organisme, car, comme je l'ai dit plus haut, l'organisme qui détruit son environnement se détruit lui-même. Par conséquent, l'unité de survie est l'entité souple : *organisme dans son environnement.*

Laissons maintenant, pour un moment, l'évolution de côté, et considérons l'unité au niveau de laquelle il faut situer l'esprit. Revenons-en à la carte et au territoire, et demandons-nous : « Quels sont les éléments du territoire qui se retrouvent sur la carte ? » Nous savons pertinemment que le territoire ne rentre pas dans la carte. Sur ce point essentiel, nous sommes tous d'accord. Admettons un instant que le territoire soit uniforme : il n'y aurait rien à reporter sur la carte, excepté les frontières, qui sont les points où le territoire cesse d'être uniforme, par rapport à une matrice plus vaste. Par conséquent, ce qui apparaît sur la carte, c'est en fait, la *différence*, qu'il s'agisse d'une différence d'altitude, de végétation, de structure démographique, de superficie, etc. Ce sont donc les différences qui sont portées sur la carte.

Mais qu'est-ce qu'une *différence* ? Le concept de *différence* est obscur et très spécifique. Une *différence* n'est certainement ni une chose ni un événement. Cette feuille de papier est différente du bois de ce pupitre ; il y a entre eux de nombreuses différences de couleur, de forme, de texture, etc. Cependant, si nous cherchons à localiser ces différences, les difficultés commencent. Il est évident que la différence entre le papier et le bois ne réside pas dans le papier ; elle ne se trouve pas davantage dans le bois, ni dans l'espace ou dans le temps qui les séparent. (La différence qui apparaît dans le temps est ce que nous appelons un « changement ».)

Une différence est donc quelque chose d'abstrait.

Dans le domaine des sciences exactes, les effets sont généralement causés par des circonstances ou des événements concrets : impacts, forces, etc. Mais, lorsqu'on pénètre dans le monde de la communication, de l'organisation, etc., on quitte tout cet univers où les effets sont produits par des forces, des impacts et des échanges d'énergie. On pénètre dans un monde où les « effets » – et je ne suis pas sûr qu'il faille encore utiliser ici ce mot – sont produits par des *différences*, c'est-à-dire par cette sorte de « chose » qui, du territoire, va sur la carte : voilà la *différence*.

La différence « voyage » du bois et du papier jusqu'à ma rétine. Là, elle est alors recueillie et travaillée par cet étonnant élément d'ordinateur qui se trouve dans ma tête.

Et là, la notion d'énergie doit être envisagée tout autrement. Dans le monde de l'esprit, rien – c'est-à-dire, *ce qui n'existe pas* – peut être une cause. Dans les sciences exactes, nous recherchons des causes que nous supposons exister et être « réelles » Mais souvenez-vous que Zéro est différent de Un, et c'est précisément parce qu'il est différent que Zéro peut être une cause dans le monde psychologique, dans l'univers de la communication.

Par exemple, la lettre que vous n'écrivez pas peut vous valoir une « réponse » pleine de reproches ; la feuille de déclaration d'impôts que vous négligez de remplir peut déclencher une action énergique de la part des employés des Contributions, qui, eux aussi, prennent leur petit déjeuner, leur déjeuner, leur thé et leur dîner et qui *utilisent*, pour réagir, l'énergie que leur procure leur propre métabolisme, et sûrement pas une lettre qui n'a jamais existé.

Par conséquent, il nous faut modifier radicalement notre façon de concevoir le processus mental et communicationnel. Toute tentative visant, comme cela est fréquent à construire un cadre théorique pour la psychologie et le comportement, en empruntant aux sciences exactes la théorie énergétique, relève du non-sens et de l'erreur manifeste, c'est une manœuvre à la Procruste*.

Pour progresser dans cette définition ardue de la différence, je lui proposerai comme synonyme le mot « idée », dans son sens le plus élémentaire. Kant, dans sa *Critique du jugement*, affirme – si j'ai bien compris – que l'acte esthétique élémentaire est la « sélection d'un fait ». Il soutient qu'un morceau

---

* Procruste, selon la légende, était un brigand qui vivait près d'Athènes ; il possédait un grand lit et un petit lit, et contraignait les voyageurs à s'y étendre, coupant les pieds des grands pour les ajuster au petit lit et étirant violemment les petits pour les ajuster au grand ! Thésée en débarrassa la Grèce. (*NdT.*)

de craie contient un nombre infini de faits potentiels. C'est pourquoi la *Ding an sich*, la chose en soi – le morceau de craie –, ne peut jamais entrer en communication ou dans un processus mental à cause de cette infinité de possibilités. Les récepteurs sensoriels ne peuvent l'accepter ; ils la filtrent, se contentant de sélectionner certains *faits* du morceau de craie, lesquels deviennent alors, selon la terminologie moderne, de l'information.

Je propose de modifier la proposition de Kant, et de dire qu'il existe un nombre infini de *différences* dans le morceau de craie et autour de lui. Il y a des différences entre la craie et le reste de l'univers, entre la craie et le Soleil ou la Lune. Et, à l'intérieur même du morceau de craie, il y a, pour chaque molécule, un nombre infini de différences entre son emplacement et les emplacements qu'elle aurait pu avoir. De cette infinité, nous sélectionnons un nombre très limité de différences, qui deviennent de l'information. En fait, ce que nous désignons par information – l'unité élémentaire d'information –, c'est une *différence qui crée une différence* ; elle peut créer une différence parce que les voies nerveuses qu'elle emprunte, et le long desquelles elle est continuellement transformée, sont elles-mêmes alimentées en énergie. Autrement dit, ces voies nerveuses sont prêtes à être stimulées. Nous pouvons même dire que la question s'y trouve déjà d'une manière implicite.

Toutefois, la plupart des voies d'information, à l'intérieur et à l'extérieur du corps, s'opposent sur un point important. Les différences entre le papier et le bois sont, tout d'abord, transformées en différences dans la propagation de la lumière ou du son, et parviennent sous cette forme à mes organes sensoriels terminaux. La première partie de leurs parcours est alimentée en énergie selon le processus habituel dans toutes les sciences exactes, autrement dit venant de l'arrière. Mais, lorsque les différences pénètrent dans mon corps en excitant un de mes organes terminaux, ce type de parcours est remplacé par un autre, qui est alimenté à chaque instant par l'énergie métabolique latente du protoplasme, qui *reçoit* la différence, la recrée ou la transforme, pour ensuite la transmettre.

Lorsque je frappe la tête d'un clou avec un marteau, une impulsion est transmise à l'autre extrémité du clou. Ce serait, toutefois, une erreur sémantique, une métaphore trompeuse, de dire, par analogie, que ce qui se déplace dans un axone est une « impulsion ». Il serait plus exact d'appeler cela : les « *nouvelles d'une différence* ».

Cependant, le contraste entre voies internes et externes n'est pas absolu. Il se produit, en effet, des exceptions de part et d'autre. Certaines chaînes d'événements externes sont alimentées en énergie par des relais, tandis que certaines chaînes d'événements internes à l'organisme sont alimentées par- « derrière ». On peut, notamment, utiliser l'interaction mécanique des muscles comme un modèle d'ordinateur [1].

Malgré ces exceptions, il reste largement vrai que le codage et la transmission des différences à l'extérieur de l'organisme sont très différentes du codage et de la transmission à l'intérieur de celui-ci ; et il nous faut souligner cette différence, car elle risque de nous induire en erreur. Nous pensons habituellement au « monde physique » externe comme à une chose qui, d'une façon ou d'une autre, est séparée du « monde mental » interne. Pour ma part, je crois que cette division se fonde sur la différence de codage et de transmission à l'intérieur et à l'extérieur de l'organisme.

Or, le monde mental – l'*esprit* –, le monde des processus d'information, n'est pas limité par la peau.

Revenons, maintenant, à la suggestion selon laquelle la transformation élémentaire d'une différence qui se déplace dans un circuit est une idée élémentaire. Si cette suggestion est vraie, il faut alors nous demander ce que c'est qu'un *esprit*. Nous disons couramment que la carte est différente du territoire. Mais qu'est-ce que le territoire ? D'un point de vue purement opératoire, quelqu'un pourvu d'une rétine ou d'une chaîne d'arpenteur a fait des relevés, qui ont été ensuite reportés sur du papier. Ce qui est porté sur la carte est donc une représentation de la représentation rétinienne de celui qui a fait la carte ; en reculant ainsi, d'étapes en étapes, nous ne trouverons qu'une régression infinie, une série infinie de

---

1. Il est intéressant de remarquer que les ordinateurs digitaux dépendent d'une alimentation en énergie venant de l'arrière, pour câbler des « nouvelles » d'un relais à un autre. Cependant, chaque relais a sa propre source d'énergie. Les ordinateurs analogiques, de même que les machines à mesurer les marées, sont, en général, entièrement activés par une énergie venant de l'arrière. L'un et l'autre type d'alimentation en énergie peuvent être utilisés pour les calculs électroniques. (*G. B.*)

cartes. Nous n'y retrouverons jamais le territoire lui-même. Car le territoire est une *Ding an sich*, une chose en soi, sur laquelle il n'y a pas de prise possible. Le processus de représentation le filtrera toujours si bien que le monde mental ne sera qu'une série de cartes de cartes de cartes, *ad infinitum*[1]. Ainsi, tous les « phénomènes » sont littéralement des « apparences ».

Nous pouvons également avancer dans la chaîne, au lieu de reculer, comme nous l'avons fait. Je reçois diverses sortes de cartographies, que j'appelle données, ou informations. C'est sur la base de ces données qu'ensuite j'agis. Mais mes actions, mes contractions musculaires sont des transformations élémentaires de différences dans le matériel de l'entrée. Et je reçois encore d'autres données, qui sont des transformations élémentaires de mes actions. Nous obtenons ainsi une image du monde mental quelque peu éloignée de l'image habituelle que nous nous faisons du monde physique.

Tout cela n'est pas nouveau ; pour en retrouver les racines historiques, nous reviendrons aux alchimistes et aux gnostiques. Carl Gustav Jung a écrit un petit livre très étrange, que je vous recommande vivement : *Septem Sermones ad Mortuos* (Sept Sermons aux morts)[2]. Dans ses *Souvenirs, rêves et pensées*, Jung nous raconte que sa maison avait été envahie par des esprits extrêmement bruyants, qui dérangeaient tout le monde, lui, sa femme et ses enfants. Dans le vulgaire jargon de la psychiatrie, nous dirions, et à juste titre, que tous les membres de cette famille étaient aussi psychotiques que des chiens enragés. Lorsque votre épistémologie devient confuse, vous devenez psychotique ; et Jung traversait alors une telle crise épistémologique. Il s'assit donc à sa table de travail, prit

---

1. Nous pouvons encore exprimer d'une autre façon le problème et dire qu'à chaque étape – c'est-à-dire, à chaque fois qu'une différence est transformée et transmise le long du réseau –, l'incarnation de la différence avant l'étape est un « territoire » dont l'incarnation après l'étape est une « carte », De sorte que la relation « carte-territoire » existe à chaque étape. (*G. B.*)
2. Écrit en 1916 et traduit en anglais par H. G. Baynes, ce livre circulait de la main à la main en 1925. Il fut réédité par Stuart et Watkins, à Londres, puis à Random House, en 1961. La clarté de ces *Sept Sermons* ne semble pas se retrouver dans l'œuvre postérieure de Jung. Dans sa « Réponse à Job », les archétypes sont qualifiés de « plérômatiques ». Cependant, il est certainement vrai que les constellations d'idées peuvent, subjectivement, ressembler à des « forces », lorsque leur caractère idéationnel n'est pas reconnu.

son stylo et se mit à écrire. Aussitôt, tous les esprits disparurent, de sorte qu'il put finir ce petit livre, qui constitua, d'après lui, le point de départ de toutes ses intuitions ultérieures. Il signa ce livre du nom de « Basilide », fameux gnostique d'Alexandrie, du IIe siècle de notre ère.

Jung y fait remarquer qu'il existe deux mondes ; nous pourrions les appeler, aujourd'hui, deux « mondes d'explications ». Lui, il les désigne par deux termes gnostiques : *pleroma* et *creatura*. Le *pleroma* est le monde où les événements sont causés par des forces et des impacts, et où il n'existe pas de « distinctions » ; ou, pour mieux dire, pas de « différences ». Dans la *creatura*, les effets résultent précisément de la différence. En fait, on retrouve, là encore, la bonne vieille dichotomie entre esprit et matière.

Nous pouvons étudier et décrire le *pleroma*, mais les distinctions que nous établirons seront toujours attribuées *par nous* au *pleroma*. Le *pleroma* ignore tout des différences ou des distinctions ; il ne contient aucune « idée », au sens où j'utilise ce mot. En revanche, lorsque nous analysons et décrivons la *creatura*, il nous faut identifier correctement les différences qui existent effectivement à l'intérieur de celle-ci.

Pour ma part, je crois que « *pleroma* » et « *creatura* » sont des mots que nous pouvons utilement adopter. Il serait, de ce fait, intéressant de considérer les ponts qui relient ces deux « mondes ». Dire que les sciences exactes ne traitent que du *pleroma*, alors que les sciences de l'esprit traitent de la *creatura*, serait une simplification abusive. Le problème est, en réalité, beaucoup plus complexe.

Considérons d'abord la relation entre énergie et entropie négative. La machine à vapeur classique de Carnot se compose d'un cylindre à gaz muni d'un piston. Alternativement, ce cylindre est mis en contact avec un récipient de gaz chaud et un récipient de gaz froid. Le gaz contenu dans le cylindre se dilate et se contracte, selon qu'il est chauffé ou refroidi par les sources chaudes ou froides, ce qui a pour effet d'actionner le piston vers le haut ou vers le bas.

Mais, à chaque nouveau cycle de la machine, la *différence* entre la température de la source chaude et celle de la source froide diminue. Lorsque cette différence atteint la valeur zéro, la machine s'arrête.

En décrivant le *pleroma*, le physicien écrira des équations pour traduire la différence de température en « énergie disponible », que, dans son langage, il appelle « entropie négative », et il continuera son analyse sur ces bases.

Celui qui analyse la *creatura* remarquera que l'ensemble du système est un organe sensoriel qui est stimulé par la différence de température. Il appellera cette différence qui crée une différence une « information », ou une « entropie négative ». Pour lui, l'intérêt énergétique éventuel d'une telle différence effective ne constitue qu'un cas particulier. Il porte un intérêt égal à toutes les différences qui peuvent activer un organe sensoriel. Il considère n'importe laquelle de ces différences comme une « entropie négative ».

Ou bien, considérons le phénomène que les neurophysiologistes appellent un « ajout synaptique » : dans certains cas, lorsque deux neurones, A et B, ont une liaison synaptique avec un troisième neurone, C, l'excitation de l'un ou l'autre neurone, séparément, n'est pas suffisante pour exciter C ; mais, lorsque A et B sont excités simultanément (ou presque), leurs impulsions combinées « provoquent » l'excitation de C.

Dans leur langage pléromatique, cette combinaison d'événements permettant de dépasser un certain seuil est appelée un « ajout ».

Mais, pour celui qui étudie la *creatura* (et le neurophysiologiste doit sûrement avoir un pied dans le *pleroma* et l'autre dans la *creatura*), il n'est pas du tout question d'« ajout » : en réalité, le système opère de façon à créer des différences. Il y a deux *classes* différenciées d'excitation « par A » : celles qui sont accompagnées par une excitation « par B », et celles qui se produisent sans cette dernière. Et il en va de même pour B.

De ce point de vue, ledit « ajout », lorsque les deux neurones sont excités, n'est pas un processus additif. C'est la formation d'un produit logique – un processus de fractionnement plutôt qu'une addition.

La *creatura* est donc le monde vu en tant qu'esprit, chaque fois qu'une telle vue est appropriée. Et là où cette vue est appropriée, il apparaît un ordre de complexité qui est absent dans la description pléromatique : la description de la *creatura* est toujours hiérarchisée.

J'ai dit plus haut que ce qui va du territoire à la carte est une transformation élémentaire de différences, et que ces différences (sélectionnées d'une manière ou d'une autre) constituent des idées élémentaires.

Mais il y a également des différences entre les différences. Chaque différence effective dénote une démarcation, une ligne de classification, et toute classification est hiérarchique. Autrement dit, il faut différencier et classer les différences elles-mêmes. Je n'entrerai pas ici outre mesure dans les détails du problème des classes de différences car aller plus loin nous amènerait aux questions soulevées dans *Principia Mathematica*.

Je vous invite cependant à une expérience psychologique, ne serait-ce que pour montrer la fragilité de l'ordinateur humain. Remarquons, pour commencer, que les différences de texture sont *différentes* (a) des différences de couleur. Observons, ensuite, que les différences de taille sont *différentes* (b) des différences de forme. Pareillement, les rapports sont *différents* (c) des différences soustractives.

Et, à présent, je vous invite, vous qui êtes des disciples de Korzybski, à définir les différences entre : « différentes (a) », « différentes (b) » et « différents (c) », telles que ces expressions apparaissent dans le paragraphe précédent.

Nous nous apercevrons vite que l'ordinateur du cerveau humain rechigne à la tâche.

Mais toutes les classes de différences ne sont pas aussi délicates à manier.

Il existe une classe qui vous est bien familière : c'est celle des différences créées par le processus de transformation qui rend les différences immanentes au territoire, différences immanentes à la carte. Dans un coin de toute carte bien faite, on trouvera, explicitées, ces règles de transformation, généralement en mots. Pour l'esprit humain, il est absolument essentiel de reconnaître les différences de cette classe. Ce sont justement ces différences qui constituent le thème central du livre de Korzybski : *Science and Sanity* (Science et santé).

Une hallucination ou une image onirique est certainement une transformation de quelque chose. Mais de quoi ? Et obéissant à quelles règles de transformation ?

Enfin, il existe aussi cette hiérarchie de différences que les biologistes appellent les « niveaux ». J'entends par là les différences qui peuvent exister entre une cellule et un tissu, un tissu et un organe, un organe et un organisme, un organisme et une société.

Ce sont là des hiérarchies d'unités, ou *Gestalten*, dans lesquelles chaque sous-unité est une partie de l'unité de grandeur supérieure. En biologie, cette différence, ou relation, que nous appelons « partie de », est toujours telle que certaines différences dans la partie ont un effet informationnel sur l'unité plus vaste, et réciproquement.

Une fois établie cette relation entre partie et ensemble biologiques, je peux passer de la notion de *creatura*, en tant qu'Esprit en général, à la question de savoir ce qu'est *un* esprit.

Qu'est-ce que j'entends par « mon » esprit ? Je suppose que la délimitation de l'esprit individuel dépend toujours des phénomènes que nous souhaitons expliquer ou comprendre. Nous savons qu'il existe des quantités de voies de messages qui sont extérieures à la peau ; ces voies, ainsi que les messages dont elles sont porteuses, doivent être considérées comme faisant partie du système mental, chaque fois qu'elles sont pertinentes.

Prenons le cas d'un arbre, d'un homme et d'une hache. Nous constaterons que la hache parcourt une trajectoire dans l'air, et ouvre certaines entailles sur une partie déjà entamée du tronc de l'arbre. Pour expliquer cet ensemble de phénomènes, nous devrons tenir compte des différences dans la partie entamée de l'arbre, des différences dans la rétine de l'homme, des différences dans son système nerveux central, des différences dans ses messages nerveux efférents, des différences dans le comportement de ses muscles, des différences dans la trajectoire de la hache, et ainsi de suite, jusqu'aux différences que la hache imprime, à la fin, sur le tronc de l'arbre. Nos explications tourneront en rond, à l'intérieur de ce circuit. En principe, si l'on veut expliquer ou comprendre quoi que ce soit au comportement humain, on doit toujours tenir compte de circuits entiers, de circuits complets. C'est là le principe même de la pensée cybernétique.

On peut dire qu'un système cybernétique élémentaire, avec ses messages inscrits dans un circuit, est, en fait, l'*unité d'esprit* la plus simple ; et la transformation élémentaire d'une différence se déplaçant dans un circuit est une « idée élémentaire ». Des systèmes plus complexes méritent peut-être davantage d'être appelés des systèmes mentaux, mais, pour l'essentiel, cela suffira pour notre propos. Toute unité qui se caractérise par le processus d'essai-et-erreur peut légitimement être un système mental.

Mais qu'en est-il de « moi » ? Supposons que je sois aveugle et que j'utilise une canne. J'avance doucement en tapant du bout de ma canne. Où est-ce que je commence ? Mon système mental est-il limité par la poignée de ma canne ? Est-il limité par ma peau ? Commence-t-il à mi-chemin de ma canne ? Ou bien à son extrémité ? Toutes ces questions sont aussi absurdes les unes que les autres, car la canne est une voie le long de laquelle sont transmises des transformations élémentaires de différences. Pour définir un système, il faut en tracer la ligne frontière en respectant l'intégrité de chacune de ses voies : si vous les coupez, vous ne comprendrez plus rien au système. Lorsque vous essayez, par exemple, d'expliquer un élément donné de comportement comme la locomotion de l'aveugle, il vous faut alors considérer la rue, la canne, l'homme ; la rue, la canne, l'homme, et ainsi de suite, encore et encore.

Mais, lorsque l'aveugle se met à table, sa canne et ses messages ne sont plus significatifs – si c'est sa façon de manger que vous voulez comprendre.

Pour compléter ce que j'ai dit pour définir l'esprit individuel, je crois qu'il est nécessaire d'y inclure les parties significatives de la mémoire, ainsi que les « banques » de données. Après tout, on dit bien que le circuit cybernétique le plus simple a une mémoire de type dynamique – non pas fondée sur le stockage statique, mais sur le déplacement de l'information le long d'un circuit. Le comportement du régulateur d'une machine à vapeur au moment 2 est, en partie, déterminé par ce qu'il a fait au moment 1 – l'intervalle entre le moment 1 et le moment 2 correspondant au temps nécessaire à l'information pour parcourir le circuit entier.

L'image de l'esprit que nous obtenons ainsi est celle d'un système cybernétique : d'unité significative totale qui mène à son terme un processus d'essai-et-erreur et traite l'information. Et nous savons également qu'à l'intérieur de l'Esprit, au sens le plus large, existe une hiérarchie de sous-systèmes, dont chacun peut être considéré comme un esprit individuel.

Mais cette image est précisément la même que l'image à laquelle je suis parvenu en analysant l'*unité d'évolution*. Je pense que cette identité est la généralisation la plus importante que j'aie à vous proposer ici.

En considérant les *unités d'évolution*, j'ai soutenu qu'il fallait y inclure, à chaque étape et dans leur intégralité, les voies extérieures à l'ensemble protoplasmique, qu'il s'agisse de l'ADN-dans-la-cellule, de la cellule-dans-l'organisme, ou de l'organisme-dans-l'environnement. La structure hiérarchisée n'est pas nouvelle. Nous pensions autrefois en termes d'individu procréateur, de descendance et de taxon*, etc. Aujourd'hui, il nous faut considérer chaque étape de la hiérarchie en tant que *système*, et non plus comme un tronçon coupé qui *s'opposerait* à la matrice environnante.

Cette identité entre *unité d'esprit* et *unité de survie évolutive* est très importante, et pas seulement d'un point de vue théorique, mais également d'un point de vue éthique.

Cette idée signifie, comme vous le voyez, qu'à présent je considère (et localise) l'*Esprit* comme immanent au vaste système biologique que constitue l'écosystème ; ou bien, si je trace les limites du système à un autre niveau, que je pense désormais l'esprit comme immanent à l'ensemble de la structure évolutive. Or, s'il est vrai qu'il existe une identité entre les unités mentales et évolutives, c'est notre façon de penser qu'il nous faut alors modifier.

Considérons tout d'abord l'écologie. Celle-ci revêt généralement deux aspects : le premier, qu'on appelle bioénergétique, concerne l'économie d'énergie et de matériaux à l'intérieur d'un récif de corail, d'une forêt de séquoias ou d'une ville ; le second concerne l'économie d'information, d'entropie, de néguentropie, etc. Ces deux aspects distincts ne s'accordent pas très bien entre eux, précisément parce que, dans ces deux types d'écologie, les unités sont différemment délimitées. En bioénergétique, il est naturel et adéquat de concevoir des unités délimitées par la membrane de la cellule, ou par la peau ; ou bien des unités composées d'ensembles d'individus cospécifiques. Ces limites constituent alors des frontières où l'on peut déterminer par des mesures le budget additif-soustractif d'énergie pour une

---

* En biologie, groupe d'êtres rapprochés par des traits communs, la classification des êtres vivants présente donc un système hiérarchisé de taxon, à partir des faits singuliers jusqu'aux concepts les plus abstraits. (*NdT.*)

unité donnée. Par contre, l'écologie informationnelle, ou entropique, s'occupe de la budgétisation des voies et des probabilités. Les budgets qui en résultent ne sont pas soustractifs, mais fractionnants. Les limites doivent inclure, et non couper, les voies pertinentes.

En outre, la signification même de la notion de *survie* change du tout au tout, lorsque nous cessons de l'appliquer à des unités bioénergétiques délimitées par la peau, pour l'appliquer désormais au système d'idées dans le circuit entier. À la mort, les contenus de la peau, ainsi que les voies à l'intérieur de celle-ci, sont abandonnés au hasard. Mais les idées, à condition de subir d'autres transformations peuvent se propager dans le monde, à travers les livres ou les œuvres d'art. Socrate, en tant qu'individu bioénergétique, est mort. Mais une grande partie *de lui* survit comme élément de l'écologie contemporaine des idées[1].

Il est également clair que la théologie elle-même se modifie et peut-être même se renouvelle. Pendant cinq mille ans, les religions méditerranéennes n'ont cessé d'osciller entre immanence et transcendance. À Babylone, les dieux étaient transcendants, sur les sommets des collines ; en Égypte, le dieu était immanent, dans le pharaon ; et la chrétienté se constitua comme une combinaison complexe de ces deux croyances.

L'épistémologie cybernétique que je vous propose suggère une nouvelle approche. L'esprit individuel est immanent, mais pas seulement dans le corps. Il est immanent également, dans les voies et les messages extérieurs au corps ; et il existe également un Esprit plus vaste, dont l'esprit individuel n'est qu'un sous-système. Cet Esprit plus vaste est comparable à Dieu, et représente peut-être ce que certains entendent effectivement par Dieu, mais il n'en est pas moins immanent à l'ensemble interconnecté formé par le système social et l'écologie planétaire.

La psychologie freudienne a étendu le concept d'esprit vers le dedans, de manière à inclure la totalité du système de

---

1. Je dois l'expression « écologie des idées » à sir Geoffrey Vickers, cf. son essai « Ecology of ideas », dans *Value Systems and Social Process*, Basic Books, 1968. Pour une analyse plus formelle de la survie des idées, voir les remarques de Gordon Pask, au congrès Wenner-Gren sur les effets du but conscient sur l'adaptation humaine, en 1968.

communications – les habitudes, l'autodétermination, ainsi que le vaste champ des processus inconscients – à l'intérieur du corps. Ce que je dis, moi, étend l'esprit vers le dehors. Et ces deux mouvements réduisent, l'un et l'autre, le champ du « soi » conscient. Une certaine humilité devient alors de rigueur, tempérée par la dignité ou la joie de faire partie de quelque chose de plus vaste. D'être, si vous voulez, partie de Dieu.

Or, si vous mettez Dieu à l'extérieur de l'univers, face à sa création, et si vous vous racontez que vous êtes créé à son image, vous vous considérerez alors, tout logiquement et naturellement, comme étant extérieur aux choses qui vous entourent, et même opposé à elles. Et, comme vous vous arrogez tout ce qui relève de l'esprit, vous penserez alors que le monde qui vous entoure en est totalement dépourvu et n'a donc droit à aucune considération morale ou éthique. L'environnement semblera vous appartenir, pour le seul but d'être exploité par vous. Votre unité de survie se composera alors de vous-même, de vos semblables et de vos proches, et vous les opposerez à l'environnement d'autres unités sociales et d'autres races, ou aux bêtes, ou même aux légumes.

Si c'est ainsi que vous concevez votre relation à la nature, et si, en plus, *vous disposez d'une technologie avancée*, votre chance de survie sera celle d'une boule de neige en enfer : vous succomberez aux sous-produits toxiques de votre haine, ou simplement du fait de la surpopulation et de la surconsommation. Car les ressources naturelles de la terre sont limitées.

Si ce que je dis est vrai, il nous faudra restructurer entièrement nos opinions sur nous-mêmes et sur les autres peuples. Cette perspective n'a rien de réjouissant, et je ne sais même pas combien de temps il nous faudra pour y arriver. Mais, si nous continuons d'agir en fonction de prémisses qui étaient en vogue à l'époque précybernétique – et qui furent tout particulièrement accentuées et renforcées pendant la Révolution industrielle, qui sembla valider l'*unité de survie* darwinienne –, il nous reste peut-être une vingtaine ou une trentaine d'années devant nous, avant que la *reductio ad absurdum* logique de nos anciennes positions ne nous détruise. En réalité, personne ne peut savoir ce qu'il nous reste à vivre, en continuant avec le système actuel, avant d'être frappés par une catastrophe qui sera plus grave encore que ne le serait la destruction d'un quelconque groupe de pays.

Aujourd'hui, notre tâche la plus urgente est peut-être d'apprendre à penser *autrement*. Et je ne vous cacherai pas que, moi-même, *je* ne sais pas comment faire pour penser autrement. Bien sûr, intellectuellement, je peux vous exposer ici le problème de manière raisonnée ; mais si je me mets à abattre un arbre, je penserai toujours : « Gregory Bateson » est en train d'abattre un arbre. *Je* suis en train d'abattre l'arbre. Mon « moi » demeure encore, à mes yeux, un objet extrêmement concret, différent du reste de ce que j'ai appelé l'« esprit ».

Arriver à adopter concrètement cette autre façon de penser, et à s'en faire une habitude au point qu'elle devienne consubstantielle à mes gestes quotidiens – boire un verre d'eau ou abattre un arbre – n'est pas chose facile.

Et pourtant, je vous assure que je crois fermement que nous ne devrions nous fier à aucune décision politique émanant d'individus qui n'ont pas encore contracté cette habitude.

Il existe, cependant, certaines expériences et certaines disciplines qui peuvent nous aider à imaginer l'état que procurerait cette habitude de pensée correcte. Sous LSD, j'ai éprouvé, comme beaucoup d'autres, la disparition de la division entre le « soi » et la musique que j'écoutais. Le récepteur et la chose reçue se confondaient étrangement en une entité unique. Cet état est certainement plus vrai que celui où il me semble que « j'entends la musique ». Après tout, bien que le son soit une *Ding an sich*, une chose en soi, la perception que j'en ai est une partie de l'esprit.

On raconte que J.-S. Bach aurait répondu à quelqu'un qui lui demandait comment il arrivait à jouer si divinement : « Je ne fais que jouer les notes dans l'ordre, telles qu'elles ont été écrites. C'est Dieu qui fait la musique. » Mais peu nombreux sont ceux d'entre nous qui peuvent prétendre à cette exactitude épistémologique, qui était le fait d'un Bach, ou d'un William Blake, qui savait, lui, que l'Imagination poétique est la seule réalité. De tout temps, les poètes ont su ces choses, mais nous autres, nous nous sommes égarés dans toutes sortes de fausses réifications du « soi », et de séparations entre le « soi » et l'« expérience ».

Une autre clé – un autre moment où la nature de l'esprit a été, pour un instant, rendue claire – nous est fournie par les fameuses expériences d'Adelbert Ames Jr. Il s'agit d'illusions d'optique dans la perception de la profondeur. En devenant les cobayes d'Ames, nous découvrons que les processus mentaux par lesquels nous créons le monde dans une perspective à trois dimensions sont situés dans notre esprit, mais qu'ils sont totalement inconscients et en dehors de tout contrôle volontaire. Bien sûr, nous savons tous qu'il en est ainsi, que l'esprit crée les images que « nous » voyons. Il n'empêche que c'est un choc épistémologique profond que d'avoir une expérience directe de ce que nous avons toujours su.

Je ne voudrais pas être mal compris. Lorsque je dis que les poètes ont su cela depuis toujours, ou que la plus grande partie du processus mental est inconsciente, je ne préconise nullement un plus grand emploi de l'émotion ou un emploi moindre de l'intellect. Certes, si ce que je vous dis ce soir est plus ou moins vrai, il nous faudra réviser nos idées sur la relation entre pensée et émotion. Si les frontières de l'*ego* sont mal délimitées, ou même entièrement fictives, il serait absurde, dans ce cas, de considérer les émotions, les rêves, ou nos estimations inconscientes de la perspective, comme étant « étrangers à l'*ego* ».

C'est une bien curieuse époque que la nôtre : nombre de psychologues essayent d'« humaniser » leur science en prêchant un évangile anti-intellectuel. Ils pourraient, tout aussi sensément, essayer de « physicaliser » la physique, en la dépouillant de ses outils mathématiques.

Toute tentative visant à *séparer* l'intellect de l'émotion me paraît monstrueuse, de même que je prétends qu'il est tout aussi monstrueux – et dangereux – de vouloir séparer l'esprit externe de l'esprit interne. Ou bien de séparer l'esprit du corps.

Blake notait qu'« une larme est une chose intellectuelle », et Pascal affirmait que « le cœur a ses *raisons* que la raison ne connaît point ». Nous ne devons pas être déconcertés par le fait que les raisonnements de cœur (ou de l'hypothalamus) s'accompagnent de sensations de joie ou de douleur. Ces « raisonnements » touchent à des questions vitales pour les mammifères, des questions concernant les *relations*, c'est-à-dire l'amour, la haine, le respect, la dépendance, la position de spectateur, la réalisation, la domination, etc. Tout cela est fondamental dans la vie de tout mammifère, et je ne vois pas pourquoi on n'appellerait pas ces « raisonnements » de la « pensée », bien que, certainement, les unités dont nous nous servons pour raisonner sur des relations soient différentes de celles que nous utilisons pour raisonner sur des éléments isolables.

Mais il existe des ponts entre ces deux sortes de pensée, et il me semble que les artistes et les poètes les voient mieux que nous. Ce n'est pas tant que l'art soit l'expression de l'inconscient, mais plutôt qu'il est concerné par la relation *entre* les niveaux du processus mental. À partir d'une œuvre d'art, il est possible d'analyser certaines pensées inconscientes de l'artiste; cependant, je crois que, par exemple, dans son analyse de *La Vierge sur les genoux de sainte Anne* de Léonard de Vinci, Freud est passé à côté de l'essentiel. Le talent artistique se présente, en effet, comme une combinaison de plusieurs niveaux de l'esprit (inconscient, conscient et externe) qui concrétise cette combinaison; il ne consiste pas à exprimer un niveau unique.

De même, lorsque Isadora Duncan décrétait : « Si je pouvais le dire, je ne le danserais plus », elle disait des bêtises, car sa danse exprimait des combinaisons de paroles et de mouvements.

Si ce que j'ai avancé tout au long de cet essai est entièrement vrai, il faudra alors réexaminer tous les fondements de l'esthétique. Il semble que nous associons les sentiments non seulement aux raisonnements du cœur, mais également à ceux des voies extérieures de l'esprit. Ainsi, c'est lorsque nous reconnaissons les opérations de la *creatura* dans le monde extérieur que nous percevons la « beauté » ou la « laideur ». Le vers de Woodsworth : « une primevère au bord d'une rivière* », nous semble beau parce que nous sommes conscients que seul le processus d'information, c'est-à-dire la *pensée* – permet de réaliser la combinaison des différences qui lui donnent sa physionomie extérieure. Nous reconnaissons un autre esprit à l'intérieur de notre propre esprit extérieur.

---

* Cf. Woodsworth, *Pefer Bell*, I.
        A primrose by a river's brim
        A yellow primrose was to him,
        And it was nothing more. (*NdT.*)

Forme, substance et différence

Enfin, il y a aussi la mort pour nous aider à penser autrement. Il est compréhensible que, dans une civilisation qui sépare l'esprit du corps, les hommes doivent essayer d'oublier la mort ou d'échafauder des mythologies à propos de la survie d'un esprit *transcendant*. Mais si l'esprit est *immanent* non seulement aux voies d'information qui se situent à l'intérieur du corps, mais également aux voies extérieures, la mort prendra un aspect différent. La connexion individuelle de voies que j'appelle « moi » ne sera plus si précieuse, parce que alors cette connexion ne sera que partie d'un esprit plus vaste.

Les idées qui semblaient se confondre avec moi peuvent également devenir immanentes en vous. Puissent-elles survivre, si elles sont vraies !

Commentaire sur la cinquième section

Ce dernier essai, intitulé « Forme, substance et différence », donne leur véritable perspective et leur unité à toutes les idées que j'ai avancées dans les chapitres précédents. En somme, elles se résument toutes dans l'idée qu'au déterminisme physique, qui caractérise notre univers, et toujours en conformité avec lui, il faut ajouter un déterminisme mental. Ce dernier n'a rien à voir avec un quelconque surnaturel, car il est conforme à la nature même du monde macroscopique* de manifester des caractéristiques mentales. Le déterminisme mental n'est pas transcendant, mais immanent ; il se manifeste avec le plus de force et de complexité dans les domaines de l'univers qui sont vivants, ou qui comprennent des êtres vivants.

Cependant, la pensée occidentale est à ce point moulée sur la prémisse du Dieu transcendant, que la plupart d'entre nous ont du mal à repenser leurs théories en fonction de cette immanence. Même Darwin a parfois écrit sur la sélection naturelle en des termes qui attribuaient, pratiquement, à ce processus les caractéristiques de la transcendance et du but.

Par conséquent, il peut être utile de donner un aperçu sommaire des différences qui caractérisaient la croyance et la transcendance et la croyance en l'immanence.

L'esprit transcendant, la divinité, est supposé être à la fois personnel et omniscient, de même qu'il est censé recevoir de l'information par des voies autres que terrestres. IL constate que telle espèce agit aux dépens de sa propre écologie, et,

---

* Je ne suis pas d'accord avec Samuel Butler, Whitehead ou Teilhard de Chardin, pour voir dans le caractère mental du monde macroscopique un argument pour attribuer aux atomes un caractère ou une potentialité mentale. Pour moi, le mental n'est qu'une fonction d'une complexité *relationnelle*. (G. B.)

poussé par le chagrin ou la colère, IL envoie les guerres, les épidémies, la pollution et la discorde.

L'esprit immanent parvient, lui, au même résultat final, mais sans être nullement mû par le chagrin ou la colère. L'esprit immanent n'a pas de voies séparées et surnaturelles pour savoir ou pour agir et, de ce fait, il n'éprouve aucune émotion qui lui soit propre et ne porte aucun jugement. L'immanent se distinguera du transcendant par son plus grand déterminisme.

Saint Paul (Épître aux Galates, VI) dit que « l'on ne se moque pas de Dieu » ; de la même façon, il n'y a ni vengeance ni pardon à attendre de l'esprit immanent. Point n'est besoin de faire des excuses, on ne se « moque » pas de l'esprit immanent.

Mais, comme nos esprits – et cela signifie aussi nos outils et nos actions – ne sont que des parties de l'esprit universel, les calculs de celui-ci peuvent être bouleversés par nos propres contradictions et nos confusions. Puisqu'il contient notre folie, l'esprit immanent lui-même est inévitablement sujet à une éventuelle folie. Car il est désormais en notre pouvoir, grâce à notre technique, de répandre la folie dans le système plus vaste dont nous faisons partie.

Dans la dernière section de ce livre, je considérai certains de ces processus mentaux pathogènes.

SIXIÈME SECTION

CRISE DANS L'ÉCOLOGIE DE L'ESPRIT

De Versailles à la cybernétique*

Mon intention étant de vous entretenir de notre histoire récente telle qu'elle a été vécue par ma génération et par la vôtre, dans mon avion, ce matin, des mots résonnaient dans mon esprit. Ces formules étaient plus fulgurantes que toutes celles que je pourrais imaginer moi-même. L'une d'entre elles était : « Les pères ont mangé des raisins verts et les dents des enfants en sont agacées. » Une autre était cette affirmation de Joyce : « L'histoire est ce cauchemar dont on ne se réveille jamais. » Une autre encore : « Les péchés des pères retomberont sur leurs enfants, même jusqu'à la troisième et la quatrième génération de ceux qui me haïssent. » Et, enfin, cette autre proposition, peut-être moins significative à première vue, mais révélatrice pour le problème des mécanismes sociaux : « Celui qui veut le bien d'autrui doit s'attacher uniquement au cas particulier. Le Bien général n'est que le prétexte dont s'ornent les hypocrites, les fripouilles et les flatteurs. »

J'ai choisi le titre de cette conférence en me référant aux deux principaux événements historiques du XXe siècle : le congrès de Versailles et l'avènement de la cybernétique. Ce mot « cybernétique » vous est familier. Mais combien d'entre vous savent ce qui s'est passé à Versailles, en 1919 ?

La question est de savoir *ce que* l'histoire retiendra de plus important dans ces soixante dernières années. Moi-même, j'ai

---

* Le texte de cette conférence a été prononcé, le 21 avril 1966, à Sacramento State College, dans le cadre du Symposium des Deux Mondes (« Two World Symposium »).

soixante-deux ans, et, quand je pense aux événements historiques que j'ai pu vivre il me semble que je n'ai vu que deux moments qui mérite d'être considérés comme vraiment importantes d'un point de vue anthropologique : les événements qui ont conduit au traité de Versailles et la percée de la cybernétique. Certains d'entre vous seront surpris, ou même choqués, que je ne mentionne pas la bombe A, ou la Seconde Guerre mondiale ; que je ne mentionne pas non plus la grande expansion de l'automobile, de la radio ou de la télévision, ni aucune de toutes les nouveautés qui sont apparues au cours de ces soixante ans.

Je dois, par conséquent, préciser ici mon critère d'importance en matière d'histoire.

Les mammifères, dont nous faisons partie, n'accordent, en général, que très peu d'attention aux épisodes qui peuvent affecter leurs relations, et en retiennent surtout les modèles *(patterns)*. Lorsque vous ouvrez la porte de votre réfrigérateur et que votre chat arrive en miaulant, il ne vous « parle » ni de foie ni de lait, même si vous savez pertinemment que c'est ce qu'il désire. Vous pouvez donc deviner juste et même lui donner du lait, si vous en avez au réfrigérateur. Mais ce dont il vous parle, en réalité, c'est de la relation entre vous et lui. Traduit en mots, son message donnerait à peu près : « Dépendance, dépendance, dépendance. » Ce dont traite ce message est donc un modèle assez abstrait, à l'intérieur d'une relation. Et vous, de l'affirmation de ce modèle, vous êtes censés faire le chemin du général au particulier, autrement dit déduire : foie ou lait.

Tel est l'enjeu capital de la communication chez les mammifères. Ils se préoccupent essentiellement des modèles de relation à travers lesquels ils établissent des rapports d'amour, de haine, de respect, de dépendance, de confiance et autres abstractions de ce genre, avec quelqu'un d'autre. C'est là que le bât nous blesse lorsque nous nous sentons dans notre tort. Lorsque nous accordons notre confiance et découvrons qu'elle est imméritée, ou lorsque nous éprouvons de la méfiance et découvrons ensuite qu'elle est injustifiée, nous nous sentons *mal*. La souffrance que peut causer aux êtres humains et aux autres mammifères une telle méprise est extrême. Et si, maintenant, nous voulons réellement savoir quels sont les moments significatifs de l'histoire, nous devons nous demander quelles sont les périodes qui ont vu un renversement d'attitude. C'est à ces moments-là que les êtres humains sont blessés dans leurs anciennes « valeurs ».

Prenons l'exemple du thermostat de la chaudière de votre maison. Lorsque le temps change, la température à l'intérieur baisse, et le thermomètre du living-room fait son travail et allume le dispositif de chauffage ; lorsque la pièce est suffisamment chauffée, le changement de niveau dans le thermomètre éteint le chauffage. Cela constitue ce qu'on appelle un circuit homéostatique, ou un servocircuit. Mais il y a aussi une petite boîte sur le mur du living qui permet de régler le thermostat. S'il a fait trop froid dans la maison la semaine passée, nous allons déplacer vers le haut le point d'allumage, pour que le système oscille autour d'un niveau supérieur. Aucun changement de temps, de chaleur, de froid, ou de ce que vous voudrez, ne pourra modifier ce réglage. La température de la pièce variera, se réchauffera ou se refroidira en fonction de diverses circonstances, mais le réglage du système ne sera pas affecté par ces changements. Mais quand c'est vous qui modifiez ce réglage, vous modifierez également ce que l'on peut appeler l'« attitude » du système.

C'est la même question qu'il faut se poser à propos de l'histoire : « La polarisation ou le réglage ont-ils été modifiés ? » Le déroulement épisodique des événements, lorsque le « réglage » reste constant, est de peu d'importante. Voilà pourquoi je pense que les deux événements historiques les plus importants de ma vie ont été le traité de Versailles et la découverte de la cybernétique.

Je suppose que la plupart d'entre vous savent à peine comment ce traité a vu le jour. L'histoire en est très simple. La Première Guerre s'éternisait ; il était presque sûr que les Allemands allaient la perdre. C'est alors que George Creel, quelqu'un qui travaillait comme *public relation* – et je vous demande de ne pas oublier que cet homme fut à l'origine des relations publiques modernes –, eut une idée : peut-être les Allemands se rendraient-ils si nous leur proposions des conditions d'armistice honorables. Il dressa donc une liste de conditions modérées, qui stipulaient, pour l'essentiel, qu'il n'y aurait pas de mesures de rétorsion à l'égard de l'Allemagne. Ces conditions furent résumées en quatorze points, et soumises au président Wilson. Il est bien connu que, si l'on veut tromper quelqu'un, on a intérêt à choisir un messager honnête. Or, le président Wilson était d'une honnêteté quasi pathologique et, par-dessus le marché, humaniste. Il développa ces points dans de nombreux discours : il ne devait y avoir « ni annexions, ni réparations, ni représailles ». Et les Allemands se rendirent.

Bien entendu, nous autres, Anglais et Américains – mais surtout les Anglais –, nous avons continué le blocus de l'Allemagne, parce que nous ne voulions pas que les Allemands reprennent du poil de la bête avant la signature du traité. Donc, pendant encore un an, ils continuèrent à crever de faim.

Cette conférence de paix a été brillamment décrite par Maynard Keynes, dans son livre *The Economic Consequences of the Peace* (1919).

Le traité fut finalement élaboré par quatre hommes : Clemenceau, le « Tigre », qui voulait écraser l'Allemagne : Lloyd George, qui estimait qu'il serait politiquement payant d'obtenir de l'Allemagne des réparations importantes et d'en tirer une revanche ; et le président Wilson, qu'il fallait constamment mener en bateau ; chaque fois qu'il s'inquiétait du sort de ses fameux Quatorze Points, les autres lui faisaient faire une balade dans les cimetières militaires pour lui faire honte de ne pas être plus vindicatif à l'égard des Allemands. Et qui était le quatrième homme ? C'était Orlando, un Italien.

Ce fut là une des plus grandes braderies de l'histoire de notre civilisation. Un événement des plus extraordinaires, qui a conduit presque directement et inéluctablement à la Seconde Guerre mondiale. Il a conduit également – et cela est peut-être encore plus intéressant que l'enclenchement de la Seconde Guerre – à la dégradation de la vie politique en Allemagne. Promettez donc quelque chose à votre fils et reniez votre promesse tout en brandissant tout haut de grands principes moraux, vous verrez non seulement votre fils très en colère contre vous, mais aussi *son* comportement moral se détériorer au fur et à mesure qu'il sentira sur sa peau le coup de fouet des injustices que vous lui faites.

Ainsi, non seulement la Seconde Guerre mondiale fut la réponse appropriée d'une nation qui avait été indignement traitée, mais surtout ce genre de traitement eut comme conséquence nécessaire la corruption de la nation. Et la corruption de l'Allemagne entraîna notre propre corruption. C'est la raison pour laquelle je disais que le traité de Versailles était un tournant pour l'histoire de nos comportements.

Je suppose que les effets secondaires de cette braderie se feront encore sentir pendant deux générations au moins. Nous sommes, en fait, dans la même situation que les Atrides de la tragédie grecque. Il y eut d'abord l'adultère de Thyeste, puis le meurtre de trois enfants de Thyeste par Atrée, qui les lui servit à table lors d'un banquet de paix. Ensuite, le meurtre du fils d'Atrée, Agamemnon, par le fils de Thyeste, Égisthe, et, finalement, le meurtre d'Égisthe et de Clytemnestre par Oreste.

Cette tragédie se poursuit indéfiniment : la haine, la méfiance et la destruction ravagent les générations les unes après les autres.

Imaginez-vous débarquant au beau milieu d'une de ces scènes de tragédie. Qu'est-ce qui se passe pour la deuxième génération des Atrides? Ils ont l'impression de vivre dans un monde complètement fou. Du point de vue de ceux qui ont commencé le massacre, il n'y a pas lieu de crier à la folie : ils savent, eux, ce qui s'est passé et comment ils en sont arrivés là. Mais leurs descendants, qui n'ont pas vu le début de l'histoire, se croient dans un monde fou, et se croient fous eux-mêmes, précisément parce qu'ils sont ignorants de leur propre histoire.

Prendre une dose de LSD, c'est très joli : on vit alors une expérience de folie plus ou moins intense, mais, en tout cas, on comprend ce qui arrive, puisque l'on *sait* que l'on a pris une dose de LSD. Imaginez malmenant quelqu'un qui prendrait du LSD par accident : il se sentirait devenir fou, ne sachant comment il en est venu là ; ce serait certainement une expérience horrible et terrifiante, beaucoup plus grave et plus pénible que le « trip » dont on peut jouir si l'on sait qu'on a pris du LSD.

Examinons maintenant la différence qu'il y a entre ma génération et la vôtre, celle des moins de vingt-cinq ans. Nous vivons tous dans le même monde fou, monde dont la haine, la méfiance et l'hypocrisie sont imputables (surtout au plan international) aux fameux Quatorze Points et au traité de Versailles.

Nous, les anciens, nous savons comment nom en sommes

arrivés là. Je me souviens de mon père, lisant les Quatorze Points au petit déjeuner et s'exclamant : « Mince alors ! Ils vont leur accorder un armistice décent, une paix décente ! », ou quelque chose dans ce goût-là. Et je me souviens aussi de ce qu'il proféra lorsque le traité de Versailles fut finalement signé. Je m'abstiendrai de répéter ses propos, qui sont impubliables. Alors, vous voyez, moi, je suis plus ou moins comment nous en sommes arrivés là.

Mais, de votre point de vue, nous sommes tous complètement fous et, vous-mêmes, vous ignorez quel genre d'événement historique nous a menés à cette folie. « Les pères mangent des raisins verts, et les dents des enfants en sont agacées. » Va pour les pères, ils savent ce qu'ils ont mangé, mais leurs enfants, eux, ne le savent pas.

Demandons-nous, maintenant, quelle attitude peuvent adopter ceux qui s'aperçoivent qu'ils ont été victimes d'une magistrale duperie. Avant la Première Guerre mondiale, on convenait généralement que le compromis et une légère hypocrisie étaient les ingrédients nécessaires d'une vie agréable. Lisez *Retour à Erewhon* de Samuel Butler, et vous comprenez parfaitement ce que je veux dire : les personnages principaux du livre se sont tous mis d'eux-mêmes dans un terrible guêpier : les uns sont promis à l'échafaud, les autres au scandale public, et le système religieux de la nation menace de s'effondrer. Tout ce désarroi et ces désastres sont soigneusement atténués dans les propos de Mme Ydgrun (ou, si vous voulez, Mme Grundy : Mme « Qu'en dira-t-on »), la gardienne de la morale éréwhonienne. Elle s'applique à reconstruire avec beaucoup de soin l'histoire, comme un jeu de patience, et finalement personne ne se trouve ni blessé, ni déshonoré, ni encore moins exécuté. C'était là une philosophie confortable : un peu d'hypocrisie et quelques compromis, çà et là, pour huiler les rouages de la vie sociale.

Mais, au lendemain d'une formidable tromperie, cette philosophie devient intenable. On a alors parfaitement raison de dire qu'il y a quelque chose qui ne va pas, et que ce quelque chose est de l'ordre de la tromperie et de l'hypocrisie, car on vit effectivement en pleine corruption.

Il est sur que la première réaction en ce cas ne peut être qu'une réaction puritaine ; non pas une réaction de puritanisme sexuel, puisqu'il ne s'agit nullement, en l'occurrence, d'une supercherie sexuelle, mais d'un puritanisme exacerbé, opposé à tout compromis, à toute hypocrisie, d'un puritanisme qui pourrait fort bien en arriver à mettre en pièces toute vie sociale. On pense que ce sont les grandes structures intégrées de la vie qui sont responsables de la démence ; la seconde réaction est donc, elle aussi, très logique : on finit par ne plus s'intéresser aux petites choses. En effet : « Celui qui veut le bien d'autrui doit s'attacher uniquement au cas particulier. Le Bien général n'est que le prétexte dont s'ornent les hypocrites, les fripouilles et les flatteurs. » Autrement dit, pour les nouvelles générations, le Bien général a des relents d'hypocrisie.

Je ne doute pas une seconde que, si vous aviez demandé à George Creel de justifier ses Quatorze Points, il aurait invoqué le Bien général. Il se peut que sa petite initiative ait sauvé quelques milliers de vies américaines en 1918. Je ne sais combien elle en a coûté pendant la Seconde Guerre mondiale, et ensuite en Corée et au Vietnam. Je vous rappelle qu'on avait justifié Hiroshima et Nagasaki par le même Bien général, et par la nécessité de sauver des vies américaines. On parlait beaucoup, à l'époque, de « reddition inconditionnelle », peut-être justement parce que nous ne pouvions pas nous fier à nous-mêmes pour respecter les termes d'un armistice conditionnel. Le sort de Hiroshima s'est-il joué à Versailles ?

Je voudrais, maintenant, vous parler de cet autre événement historique significatif qui est survenu au cours de mon existence. Nous pouvons le placer à peu près dans les années 1946-1947. Il s'agit du développement simultané d'un certain nombre d'idées qui, pendant la Seconde Guerre mondiale, sont parvenues à éclore en différents lieux. Nous pouvons appeler cet ensemble d'idées cybernétique, ou théorie de la communication, ou théorie de l'information, ou encore, théorie des systèmes. Ces idées furent développées en plusieurs endroits simultanément : à Vienne, où travaillait Bertalanffy ; à Harvant, grâce à Wiener : à Princeton, par von Neumann ; dans les laboratoires téléphoniques Bell, par Shannon ; à Cambridge, par Craik, etc. Tous ces développements séparés, provenant de centres intellectuels différents, trairaient des problèmes de communication, et notamment de celui de savoir ce que c'est qu'un système organisé.

Vous remarquerez que tout ce que j'ai dit de l'histoire et du traité de Versailles équivalent à une discussion sur les systèmes organisés leurs propriétés. Je veux souligner le fait que, aujourd'hui, nous disposons d'un début de connaissance scientifique rigoureuse en ce qui concerne ces systèmes organisés si mystérieux. Notre savoir actuel dépose de beaucoup tout ce que George Creel aurait pu dire : il faisait de la science appliquée avant même que la science ne soit applicable.

La cybernétique découle, en partie, de la Théorie des types logiques de Whitehead et Russell : en principe, le nom n'est pas la chose nommée, le nom du nom n'est pas le nom, et ainsi de suite. Dans les termes de cette théorie forte, un message *sur* la guerre ne fait pas partie *de* la guerre.

Le message : « Jouons aux échecs », n'est pas un mouvement dans le jeu d'échecs lui-même. C'est *un message formulé en un langage plus abstrait que celui du jeu qui se déroule sur l'échiquier*. Le message : « Faisons la paix dans telles ou telles conditions », n'appartient pas au même système éthique que les supercheries et les ruses du combat. On dit que tout est permis, en amour et à la guerre, ce qui est peut-être vrai *à l'intérieur* de l'amour et de la guerre ; mais, lorsqu'on se place à l'extérieur teneur et que l'on parle *de* l'amour et *de* la guerre, l'éthique devient légèrement différente. Depuis des siècles, les hommes estiment que la tromperie dans l'établissement de la trêve ou de la paix est bien pire que la ruse de guerre. Ce principe éthique reçoit, aujourd'hui, un support théorique et scientifique. On peut désormais considérer l'éthique de façon formelle, rigoureuse, logique, mathématique, et l'on peut la fonder sur d'autres bases que de simples sermons faits d'invocations. Nous n'avons plus à « ressentir » les choses d'une façon ou d'une autre ; nous pouvons parfois *savoir* ce qui est bien et ce qui est mal.

Si j'ai parlé de la cybernétique comme du deuxième événement historique important de ma vie, c'est parce que j'ai l'espoir – assez mince, il est vrai – que nous pourrons utiliser ce nouveau savoir avec plus d'honnêteté que de coutume. Si nous comprenons un peu plus ce que nous sommes en train de faire, peut-être trouverons-nous ainsi plus facilement une issue à cet écheveau d'hallucinations que nous avons tissé autour de nous-mêmes.

Et, quoi qu'il en aille de mes espoirs, la cybernétique

demeure une contribution au changement ; et non seulement au changement d'attitude, mais aussi au changement dans la compréhension de ce qu'est une attitude.

Le critère que j'ai choisi pour déterminer l'ordre d'importance des événements historiques – critère du changement d'attitude ou du changement dans la polarisation du thermostat – dérive donc directement de la cybernétique, telle que celle-ci s'est développée sous la pression des événements survenus depuis 1946.

Cela étant dit, les cailles ne nous tombent pas toutes rôties dans la bouche. Nous *savons* aujourd'hui beaucoup de choses en cybernétique, nous sommes très calés sur la théorie des jeux, nous commençons seulement à comprendre les systèmes complexes. Encore faut-il que cette compréhension ne soit pas utilités à des fins destructrices.

Bien que, pour ma part, je croie que la cybernétique est un des plus beaux fruits que nous ayons cueillis sur l'Arbre de la Connaissance depuis deux mille ans, je pense aussi qu'il ne faut pas oublier, pour autant, que la plupart des fruits auxquels nous avons goûté jusque-là se sont avérés plutôt indigestes – et généralement pour des raisons cybernétiques.

Si la cybernétique contient en elle-même assez d'intégrité pour nous aider à ne pas succomber à sa propre séduction, et sombrer à nouveau dans la démence, nous ne pouvons pas non plus nous en remettre entièrement à elle pour nous tenir éloignés du péché.

Pensons à ces nombreux pays où les ministères des Affaires étrangères utilisent les ordinateurs et la théorie des jeux, pour décider de leur politique internationale. Comment est-ce que cela se passe ? On commence par repérer ce qu'on croit être les règles du jeu de l'interaction internationale ; on considère ensuite la répartition géographique des forces, des armes, des points stratégiques, des revendications, etc. ; puis on demande à l'ordinateur de déterminer le prochain mouvement, de telle sorte que les risques de perdre au jeu soient réduits au minimum. L'ordinateur démarre, vibre, donne une réponse, et c'est alors qu'il y a quelque tentation à y obéir. Après tout, si l'on suit les ordres de l'ordinateur, on est *un peu moins responsable* que si l'on prend soi-même la décision. Or, en suivant les ordres de l'ordinateur, on approuve implicitement les *règles du jeu* qu'on y a introduites. On *affirme* ces règles du jeu.

Étant donné qu'il est évident que, de leur côté, les autres nations disposent elles aussi d'ordinateurs, qu'elles jouent à des jeux similaires, et qu'elles *affirment* aussi ces mêmes règles du jeu qu'elles introduisent dans leurs ordinateurs, le résultat, c'est donc un système dans lequel les règles de l'interaction internationale deviennent de plus en plus rigides.

Cela me semble pernicieux : je crois, pour ma part, que les tares du système international viennent, justement, de ce que *ce sont les règles qui ont besoin de changer*. La question n'est pas de savoir comment améliorer le système en fonction des règles déjà existantes mais de savoir comment nous débarrasser de ces règles avec lesquelles nous jouons depuis dix ou vingt ans, ou même depuis le traité de Versailles. Le vrai problème est de *changer* les règles, et si nous laissons nos propres inventions cybernétiques, les ordinateurs, nous enfermer dans des situations de plus en plus rigides, nous gâcherons la première chance véritable de progrès qui nous ait été offerte depuis 1918.

Tel est donc l'un des dangers de la cybernétique. Il peut en exister d'autres, dont beaucoup ne sont pas encore identifiés : nous ne savons pas, par exemple, quels pourraient être les effets d'une mise en ordinateurs de *tous* les dossiers gouvernementaux.

Je conclurai, néanmoins, en réaffirmant que c'est pourtant aussi la cybernétique, qui recèle en elle-même ces moyens latents par lesquels nous pouvons escompter parvenir à des perspectives nouvelles et peut-être plus humaines, qui peut nous permettre de changer notre philosophie du contrôle et de considérer, enfin, notre propre folie selon une plus large perspective.

Pathologies de l'épistémologie*

Puis-je vous demander, pour commencer, de participer à une petite expérience ? Répondez-moi en levant la main : combien d'entre vous sont-ils prêts à affirmer qu'*ils me voient* ? Je vois beaucoup de mains levées. Ce qui prouve que la folie est la chose du monde la mieux partagée. Bien entendu, *vous* ne *me* voyez pas « vraiment ». Ce que vous voyez est un faisceau d'éléments d'informations me concernant, que vous synthétisez en formant une « image » de moi. Vous faites cette image. C'est pourtant simple à admettre.

La proposition : « Je vous vois », ou « Vous me voyez », est une proposition qui contient ce que j'appelle de l'« épistémologie » : elle suppose implicitement tel mode d'acquisition de l'information, telle nature pour cette information, et ainsi de suite. Quand vous dites que vous me « voyez » et, naïvement, levez la main, vous affirmez implicitement certaines propositions sur la nature de la connaissance, sur la nature de l'univers où nous vivons et sur la façon dont nous la connaissons.

Mon intention est, ici, de montrer que nombre de ces propositions se révèlent fausses, même si elles sont largement partagées. Dans le cas de ce type de propositions épistémologiques, l'erreur est difficile à repérer, et la munition n'arrive qu'à long terme. Ainsi, vous et moi sommes capables de parcourir le monde dans tous les sens, de prendre l'avion pour Hawaii, et d'y lire des articles sur la psychiatrie, de trouver nos places autour de ces tables et, en général, de fonctionner raisonnablement comme des êtres humains, en

---

* Exposé présenté au 2ᵉ congrès sur la culture et la santé mentale en Asie et dans la zone du Pacifique, qui a eu lieu en 1969 au East-West Center Hawaii.

dépit des profondes erreurs que nous commettons sans cesse. Incontestablement, les fausses prémisses *fonctionnent*.

Mais prenez-y garde, ces prémisses ne fonctionnent que jusqu'à certaines limites ; à un certain moment ou dans certaines circonstances, si vous traînez après vous des erreurs épistémologiques graves, vous vous apercevrez que vos apercevez que vos prémisses ne marchent plus. Et vous découvrirez alors avec horreur qu'il est extrêmement difficile de s'en débarrasser, qu'elles sont gluantes, comme si vous aviez touché du miel. Comme le miel, la fausseté colle ; tout ce que vous essayerez de nettoyer deviendra gluant à son tour, et vos propres mains en resteront poisseuses.

En fait, vous savez aussi bien que moi, ne serait-ce qu'intellectuellement, que vous ne me voyez pas. Il faut pourtant que je vous dise que cette vérité ne m'était pas vraiment apparue avant que je participe aux expériences d'Adelbert Ames, et que j'aie été confronté à des circonstances où mes erreurs épistémologiques m'ont entraîné à des actes erronés.

Voici une des expériences typiques d'Ames, menée avec un paquet de cigarettes Lucky Strike et une boîte d'allumettes : le paquet de Lucky Strike est placé à peu près à un mètre du sujet de l'expérience, soutenu par une pointe située au-dessus de la table, et la boîte d'allumettes se trouve à deux mètres du sujet, soutenue elle aussi par une pointe. Ames demande au sujet de regarder la table, et d'indiquer la taille des objets et leur emplacement. Le sujet reconnaît la place où ils sont, et la taille qu'ils ont, sans commettre aucune erreur épistémologique apparente. Ames lui demande alors : « Je voudrais que vous vous penchiez et que vous regardiez à travers cette planche. » La planche est posée verticalement au bout de la table. Il s'agit d'un simple morceau de bois où l'on a pratiqué un trou rond, par lequel on regarde. Le sujet ne se sert plus alors que d'un seul œil, et, comme il est penché, il n'a plus une vision oculaire croisée. Mais il voit encore le paquet de Lucky Strike à sa place et à sa dimension. Après cela, Ames lui dit : « Pourquoi n'essayez-vous pas d'obtenir un effet de parallaxe en faisant glisser votre planche ? » Vous faites alors glisser la planche vers le bord, et soudain votre image change : vous voyez une minuscule pochette d'allumettes, à peu près de la moitié de sa taille primitive, placée à un mètre de vous, alors que le paquet de cigarettes paraîtra

Pathologies de l'épistémologie

deux fois plus grand qu'auparavant, et semblera se trouver à deux mètres de vous.

Cet effet est obtenu de la façon la plus simple qui soit. Lorsque vous faites glisser la planche, vous agissez en même temps sur un levier disposé au-dessous de la table, que vous ne voyez pas. Le levier inverse l'effet de parallaxe : il amène l'objet le plus proche à se déplacer avec vous, tandis que l'objet le plus éloigné reste derrière, à sa place.

Votre esprit s'est habitué, ou a été déterminé génotypiquement (la première hypothèse étant plus plausible), à faire le travail mathématique nécessaire pour utiliser la parallaxe de manière à créer aussi une image en profondeur. Il réalise cet exploit indépendamment de la volonté, et sans que votre conscience intervienne. Vous ne pouvez pas contrôler ce processus.

C'est de cet exemple dont je voudrais me servir ici, comme paradigme du type d'erreur que j'ai l'intention de vous décrire. En effet, ce cas est très simple ; il peut être vérifié expérimentalement ; il illustre la nature intangible de l'erreur épistémologique, ainsi que la difficulté de changer ses habitudes épistémologiques.

Lorsque je pense machinalement, je dis que *je vous vois*, même si, intellectuellement, je sais que je ne vous vois pas. Depuis 1943, c'est-à-dire depuis que j'ai assisté à cette expérience, j'ai tenté de vivre dans le monde de la vérité, plutôt que dans celui des fantaisies épistémologiques. Je ne crois pas y être parvenu. Après tout, le traitement de la folie demande une psychothérapie ou quelque expérience radicalement nouvelle et déterminante. Une seule expérience, qui prend fin au laboratoire, ne saurait être suffisante.

Ce matin, lors de la discussion du texte du Dr Jung, j'ai soulevé une question que personne n'a prise au sérieux, peut-être parce que mon ton prêtait à sourire. La question était : « Y a-t-il des idéologies *vraies* ? » Nous savons que des peuples différents ont des idéologies différentes, des épistémologies différentes, des idées différentes sur les relations entre l'homme et la nature, sur la nature de l'homme lui-même, de son savoir, de ses sentiments et de sa volonté. S'il existait quelque vérité dans ces domaines, on pourrait raisonnablement s'attendre à ce que seuls les groupes sociaux qui la posséderaient soient stables. Et si aucune culture au monde n'était en accord avec cette vérité, il n'y aurait pas de culture stable.

La question, notez-la à nouveau, est : combien de temps faut-il pour se dégager de l'erreur épistémologique ? L'erreur épistémologique est souvent renforcée, et, de ce fait, elle s'autolégitime. Et vous pouvez très bien continuer tranquillement votre chemin, en dépit du fait que vous entretenez, au fin fond de votre esprit, des prémisses qui sont tout simplement fausses.

À mes yeux, la découverte scientifique la plus intéressante du XXe siècle – bien qu'elle soit encore incomplète – est celle de la nature de l'*esprit*. Je rappellerai ici quelques-unes des idées qui ont contribué à cette découverte. Emmanuel Kant dans sa *Critique du jugement*, affirme que le premier acte d'un jugement esthétique est la sélection d'un fait. En un sens, il n'existe pas de faits dans la nature ; ou, si vous préférez, il y existe un nombre infini de faits potentiels, parmi lesquels le jugement en sélectionne quelques-uns, qui ne deviennent réellement des faits que par cet acte de sélection.

Rapprochons maintenant cette idée de Kant de l'intuition de Jung dans ses *Septem Sermones ad Mortuos**, ce texte étrange où il signale l'existence de deux mondes d'explications, ou de compréhension : le *pleroma* et la *creatura*. Dans le premier, on ne trouve que des forces et des impacts. Dans le second, on trouve la différence. Autrement dit, le *pleroma* est le monde des sciences exactes, tandis que la *creatura* est le monde de la communication et de l'organisation. Une différence ne peut être localisée ; il y a, par exemple, une différence entre la couleur de ce bureau et celle du bloc-notes. Mais cette différence ne se trouve ni dans le bloc-notes ni dans le bureau, et elle n'est pas non plus saisissable entre les deux : elle ne se trouve pas dans l'espace qui les sépare. En un mot, *une différence est une idée*.

Le monde de la *creatura* est donc cet univers explicatif où les effets sont produits par des idées, essentiellement par des différences.

Si, maintenant, nous essayons de faire la synthèse des intuitions de Kant et de Jung, nous aboutirons à une théorie affirmant qu'il existe une infinité de *différences* dans ce morceau

---

* Cf. ci-dessus : « Forme, substance et différence », p. 243.

Pathologies de l'épistémologie

de crase, mais que seulement un petit nombre d'entre elles créent une différence. Nous retrouvons là le fondement épistémologique de la théorie de l'information. L'unité d'information est une différence. Et, en fait, l'unité d'entrée *(input)* psychologique est une différence.

C'est pourquoi toute la structure énergétique du *pleroma*, ces forces et ces impacts des sciences exactes, a été jetée aux offres : dès qu'il est question d'explication à l'intérieur de la *creatura*, elle devient inutilisable. En définitive, Zéro diffère de Un et, par conséquent, Zéro peut être une cause, ce qui est tout à fait inadmissible dans les sciences exactes. La lettre que vous n'avez pas écrite peut précipites une réponse désagréable, parce que Zéro peut constituer à lui seul la moitié de l'élément d'information nécessaire. Même la similitude *(sameness)* peut être une cause, puisqu'elle diffère de la différence.

Ces relations étranges ne sont possibles que parce que nous autres organismes (ainsi qu'un grand nombre des machines que nous fabriquons) sommes capables d'emmagasiner de l'énergie. Il se trouve que nous sommes en possession de la structure de circuit nécessaire pour que nos dépenses d'énergie soient inversement proportionnelles à l'entrée d'énergie. Si vous donnez un coup de pied dans une pierre, celle-ci se déplacera grâce à l'énergie qu'elle aura reçue de votre coup. En revanche, si vous frappez un chien, il bougera grâce à l'énergie que lui procure son propre métabolisme. Une amibe, pendant une période de temps considérable, se déplacera *davantage* lorsqu'elle aura faim. Sa dépense d'énergie est fonction inverse de l'entrée d'énergie.

Ces effets étranges, qu'on ne trouve que dans la *creatura* (et qui ne se manifestent pas dans le *pleroma*), dépendent aussi de la *structure de circuit* : or, un circuit est une voie fermée (ou un réseau de voies), le long de laquelle sont transmises des *différences* (ou des transformations élémentaires de différences).

Soudainement, dans les vingt dernières années, ces notions ont convergé pour aboutir à une conception élargie de ce monde où nous vivons, à une nouvelle façon de concevoir la nature de l'*esprit*. Or, quelles sont les caractéristiques essentielles minimales d'un système que je peux considérer comme spécifiques de l'*esprit* ?

1. Le système opérera avec et sur des *différences*.

2. Le système consistera en boucles fermées, ou en réseaux de voies, le long desquelles seront transmises des différences et des transformations de différences. (Ce qui est transmis dans un neurone n'est pas une impulsion, ce sont les « dernières nouvelles d'une différence ».)

3. De nombreux événements se produisant à l'intérieur du système seront alimentés en énergie par l'élément récepteur, et non par l'impact venant de l'élément déclencheur.

4. Le système exercera une autocorrection allant dans le sens de l'homéostasie et/ou dans le sens d'un « emballement » de lui-même. Le caractère autocorrecteur implique le processus d'essai-et-erreur.

Nous pouvons affirmer que ces caractéristiques minimales de l'esprit sont engendrées chaque fois que, et partout où, il existe une structure adéquate de circuit de boucles causales. L'esprit est une fonction nécessaire, inévitable, de la complexité appropriée, partout où cette complexité apparaît.

Or, une telle complexité apparaît dans beaucoup d'autres endroits qu'à l'intérieur de vos têtes ou de la mienne. J'en viendrai, plus loin, à la question de savoir si l'homme ou l'ordinateur ont un esprit. Pour l'instant, je me limite à dire qu'une forêt de séquoias ou un récif de coraux, avec leurs agrégats d'organismes s'entremêlant dans des relations réciproques, possèdent cette structure générale nécessaire. L'énergie des réponses de chaque organisme est fournie par son métabolisme, et le système dans son ensemble s'autocorrige de diverses manières. C'est aussi le cas des sociétés humaines, avec les boucles causales fermées. Toute organisation humaine possède à la fois la propriété d'être autocorrective et une potentialité d'emballement.

Les ordinateurs pensent-ils ? Je dirai tout de suite : non. Ce qui « pense » et qui est engagé dans un processus d'essai-et-erreur, c'est l'homme *plus* l'ordinateur *plus* l'environnement ». Les lignes de séparation entre homme, ordinateur et environnement sont complètement artificielles et fictives. Ce sont des lignes qui *coupent* les voies le long desquelles sont transmises l'information et la différence. Elles ne sauraient constituer les frontières du système pensant. Je le répète : ce qui *pense*, c'est le système entier, engagé dans un processus d'essai-et-erreur, et qui est composé de « l'homme *plus* son environnement ».

Pathologies de l'épistémologie 285

Néanmoins, si l'on prend comme critère de la pensée ou du processus mental la propriété autocorrective, il est alors évident qu'il existe « de la pensée » à l'œuvre à l'intérieur de l'homme, au niveau autonome qui lui permet de maintenir la stabilité de ses variables internes. De même, l'ordinateur, s'il contrôle sa température interne, réalise à l'intérieur de lui-même une certaine forme simple de pensée.

Là, nous commençons à entrevoir quelques-uns des sophismes épistémologiques de la civilisation occidentale. Darwin, en parfait accord avec le climat culturel de l'Angleterre du milieu du XIXe siècle, a proposé une théorie de la sélection naturelle et de l'évolution, selon laquelle l'*unité de survie* est la lignée ou les espèces et les sous-espèces, ou quelque chose du même ordre. Mais, de nos jours, il est devenu évident que cette conception de l'unité de survie méconnaît le monde biologique réel. L'unité de survie réelle est « l'organisme *plus* l'environnement ». Et, depuis un moment, nous sommes en train d'apprendre à force d'expériences douloureuses et amères, que l'organisme qui détruit son environnement se détruit lui-même.

Si, maintenant, nous nous avisons de corriger l'unité de survie darwinienne, en y incluant l'environnement, ainsi que l'interaction entre organisme et environnement, nous voyons se dessiner une étrange et surprenante identité : *l'unité de survie évolutive s'avère identique à l'unité d'esprit.*

Autrefois s'est élaborée une hiérarchie de « taxa » – individu, lignée, sous-espèces, espèces, etc. – en tant qu'unités de survie. À présent, nous envisageons une autre hiérarchie d'unités : gène-dans-l'organisme, organisme-dans-l'environnement, écosystème, etc. Ainsi, l'écologie, au sens le plus large du terme, devient l'étude de l'interaction et de la survie des idées et des programmes (qui sont des différences, des ensembles de différences, etc.), dans des circuits.

Examinons maintenant de plus près ce qui advient lorsqu'on commet l'erreur épistémologique de choisir la mauvaise unité. On aboutit, tout simplement, à des conflits qui opposent des espèces à d'autres espèces avoisinantes ou à l'environnement où elles vivent. L'homme détruit la nature. La baie Kaneohe est polluée ; le lac Érié est transformé en une saleté verte et gluante ; on entend de propos du genre : « Fabriquons des bombes atomiques encore plus grandes pour exterminer nos voisins. » Il y a une écologie des mauvaises idées, tout comme il y a une écologie des mauvaises herbes, le propre du système étant que l'erreur première s'y propage d'elle-même. Elle se ramifie comme un parasite enraciné dans les tissus de la vie, et amène un sérieux gâchis. Si vous bornez votre épistémologie et agissez selon le principe : « Ce qui m'intéresse, c'est moi, ou mon organisation ou mon espèce », vous supprimez toute prise en considération des autres boucles de la structure de circuit.

Vous décidez, par exemple, que vous voulez vous débarrasser des sous-produits de la vie humaine, et que le lac Érié est l'endroit idéal pour les y déverser. Vous oubliez alors complètement que le système écomental appelé lac Érié est une partie de *votre* système écomental plus vaste, et que, si ce lac devient malade, sa maladie sera inoculée au système plus vaste de *votre* pensée et de votre expérience.

Vous et moi sommes si profondément formés par notre culture à l'idée de « soi », d'organisation et d'espèces, que nous avons du mal à imaginer que les hommes pourraient envisager leur relation avec l'environnement autrement que le faisaient ces évolutionnistes du XIXe siècle à qui j'ai, peut-être, injustement fait porter une responsabilité trop lourde. Il me faut donc dire un mot de plus sur l'histoire de ces relations !

D'un point de vue anthropologique, et d'après ce que le matériel accumulé jusqu'ici nous permet d'en savoir, il semble que l'homme ait d'abord tiré un certain nombre d'indications du monde naturel qui l'entourait, et qu'il les ait appliquées, d'une façon en quelque sorte métaphorique, à la société où il vivait. Il s'est donc tout d'abord identifié par empathie avec le monde naturel autour de lui, et a pris cette empathie pour règle de sa propre organisation sociale et de ses théories sur sa propre psychologie. C'est ce processus que l'on a appelé le « totémisme ».

En un sens, le totémisme était tout à fait insensé, niais il l'était pourtant beaucoup moins que tout ce que nous faisons aujourd'hui. Le monde naturel qui nous entoure possède effectivement cette structure générale systémique, et, par conséquent, il est une source adéquate de métaphores qui permettent à l'homme de se comprendre lui-même à l'intérieur de son organisation sociale.

Il est très vraisemblable que l'étape suivante ait consisté, pour l'homme, à inverser le processus précédent et à tirer des indications de lui-même pour les appliquer au monde naturel environnant. C'est ce qu'on a appelé l'« animisme », qui étendait la notion d'esprit ou de personnalité, aux montagnes, aux fleuves, aux forêts et autres éléments du même ordre. Ce n'était pas, là non plus, une mauvaise idée par bien des côtés. Mais la troisième étape a accompli la séparation de la notion d'esprit d'avec le monde naturel, ce qui conduisit directement à la notion de dieux.

Or, quand on sépare l'esprit de la structure à laquelle il est immanent (relations humaines, sociétés humaines, écosystème), on s'embarque bon train, à mon avis, dans uns erreur fondamentale, qui, à la fin, se retournera sûrement contre soi.

Un combat peut stimuler les facultés tant que la victoire s'avère facile. Mais, à partir du moment où l'on dispose d'une technologie suffisamment efficace pour donner réellement suite à ses erreurs épistémologiques, en ravageant sans entraves le monde où l'on vit, l'erreur devient alors mortelle. L'erreur épistémologique ne fait pas problème, elle va bien jusqu'au moment où l'on s'aperçoit que l'on crée, autour de soi, un monde où cette erreur est devenue immanente à des changements monstrueux de cet univers que l'on a créé, et dans lequel on essaye maintenant de vivre.

Comme vous le voyez, ce n'est pas ce cher Vieil Esprit Suprême d'Aristote, de saint Thomas d'Aquin et ainsi de suite, cet Esprit Suprême incapable d'erreur et folie, qui nous préoccupe, mais, au contraire, l'esprit immanent, un esprit qui n'est, lui, que trop capable de folie, comme vous le savez bien, de par votre profession : c'est précisément la raison pour laquelle vous êtes ici ; les circuits et équilibres naturels ne peuvent que trop facilement se déglinguer, quand certaines erreurs fondamentales de nôtre pensée sont continuellement renforcées par des milliers de détails culturels.

Je ne sais combien il existe encore de personnes qui croient vraiment qu'il existe un esprit universel, séparé du corps, séparé de la société, séparé de la nature. Mais, pour ceux d'entre vous qui traiteraient tout cela de « superstition », je suis prêt à parier que je peux leur démontrer, en quelques minutes, que les habitudes et les modes de pensée qui accompagnement ces « superstitions » sont encore présents dans leurs propres têtes, et déterminent une grande partie de leurs pensées. L'idée que *vous pouvez me voir* gouverne encore votre pensée et vos actes, en dépit du fait que vous savez, intellectuellement, que c'est faux. De la même façon, la plupart d'entre nous sommes encore sous la coupe d'une épistémologie que nous savons être fausse.

En conclusion, examinons quelques implications de ce que je viens d'exposer...

On peut partir de la façon dont les notions fondamentales se renforcent et s'expriment dans tous les détails de notre comportement. Si le fait même que le monologue devant vous est une norme de notre subculture universitaire, l'idée que je peux vous enseigner quelque chose, de *façon unilatérale*, dérive de la prémisse que l'esprit contrôle le corps. Chaque fois qu'un psychothérapeute se laisse aller à pratiquer une thérapie unilatérale, il obéit à cette même prémisse ; je suis donc moi-même, qui suis là, devant vous, en train de commettre un acte subversif, en renforçant dans vos esprits un élément de pensée que je viens de dénoncer comme complètement absurde. Or, nous agissons constamment ainsi, car tout cela est inscrit dans les détails mêmes de notre comportement. Je peux, de la même manière, vous faire remarquer que je suis debout tandis que vous êtes assis.

Ce sont ces mêmes prémisses erronées qui conduisent aux théories du contrôle et à celles du pouvoir. Nous vivons dans un monde où, quand on ne peut obtenir ce que l'on désire, on en est réduit à trouver un bouc émissaire. Il faut alors construire une prison ou un hôpital psychiatrique, selon les préférences, pour y enfermer tous ceux que l'on peut identifier comme fous ou délinquants. Si cela s'avère impossible, on se contentera de dire : « C'est la faute au système ». Voilà à peu près où, aujourd'hui, en sont nos enfants : ils blâment les institutions. Mais vous savez bien que les institutions ne sont pas blâmables en elles-mêmes. Elles ne font que participer de la même erreur, elles aussi.

Alors, naturellement, se pose la question des armes. Si vous croyez en ce monde unilatéral, et si vous pensez que votre voisin y croit aussi (ce en quoi vous aurez probablement raison : il y croit), alors, bien sûr, ce qu'il vous faudra, ce sont des armes pour le matraquer et le « contrôler ».

On dit ordinairement que le pouvoir corrompt. Il me semble

Pathologies de l'épistémologie

que c'est là un non-sens. Ce qui est vrai, c'est que l'*idée de pouvoir* corrompt à coup sûr : le pouvoir corrompt le plus rapidement ceux qui croient en lui, et qui sont les mêmes que ceux qui le désirent le plus. De toute évidence, notre système démocratique tend à offrir le pouvoir à ceux qui en sont assoiffé, tout en donnant, à ceux qui n'on veulent pas, l'occasion d'éviter de l'obtenir. Cet arrangement n'est pas très satisfaisant dans la mesure où le pouvoir corrompt, précisément, ceux qui y croient et qui le recherchent.

D'ailleurs, il se peut très bien que le pouvoir unilatéral n'existe pas. En définitive, l'homme « au pouvoir » dépend constamment des informations qu'il reçoit de l'extérieur. Il répond à ces informations autant qu'il « provoque » lui-même des événements. Il ne fut pas possible, par exemple, à Goebbels de contrôler l'opinion publique allemande autrement qu'avec l'aide d'espions, de légistes ou de spécialistes de l'opinion publique, qui l'informaient de ce que pensaient les Allemands. Il devait donc ajuster ses propos aux informations reçues et ensuite déceler comment on lui répondait. Il s'agit donc bien d'interaction, et non pas d'une situation linéaire.

Il n'en demeure pas moins que le *mythe* du pouvoir est un mythe très puissant, et probablement la plupart des hommes de ce monde y croient-ils plus ou moins. Et si tout un chacun y croit, il finit, de ce fait, par s'autojustifier. Il n'en relève pas moins d'une démence épistémologique, et nous mène inévitablement à toutes sortes de désastres.

Reste la question de l'urgence. Il est devenu aujourd'hui évident pour beaucoup de monde, que les erreurs épistémologiques de l'Occident ont engendré quantité de dangers catastrophiques, allant des insecticides à la pollution, ou des retombées atomiques à la possibilité de fonte de la calotte antarctique. Plus grave encore, notre incroyable compulsion à sauver des vies individuelles a engendré la possibilité d'une famine mondiale dans le futur immédiat.

Peut-être, je dis bien peut-être, avons-nous encore une « chance de dépasser le cap des vingt prochaines années sans d'autre catastrophe plus sérieuse que la seule destruction d'une nation, ou d'un groupe de nations.

Pour ma part, je crois que cette accumulation massive de menaces contre l'homme et ses systèmes écologiques découle directement d'erreurs dans nos habitudes de pensée, erreurs situées à des niveaux très profonds et partiellement inconscient.

Nous avons donc, en tant que thérapeutes, des devoirs évidents.

Tout d'abord, celui de faire clarté en nous-mêmes. Ensuite, celui de rechercher chaque signe de clarté chez les autres, de favoriser et de renforcer tout ce qui est sain en eux.

Or, il survit encore, dans le monde, certains îlots de santé mentale : les philosophies orientales, dans leur ensemble, sont beaucoup plus saines que tout ce que l'Occident a jamais produit. De même, les efforts, tout désordonnés soient-ils, de notre jeunesse sont certainement plus sains que les conventions de l'ordre établi.

Les racines de la crise écologique*

Résumé

Il y a eu, ici, d'autres interventions relatives à des projets de loi destinés à résoudre les problèmes particuliers de la pollution et de la dégradation de l'environnement à Hawaii. Il serait, cependant, souhaitable que les organismes dont nous proposons la création – l'Office de contrôle de la qualité de l'environnement et le Centre pour l'environnement à l'université de Hawaii – aillent au-delà de ces approche *ad hoc*, et étudient les causes plus profondes de cette floraison de troubles de l'environnement à laquelle on assiste actuellement.

Notre propre témoignage indique que ces causes profondes relèvent de l'action *combinée* : a) du progrès technologique ; b) de la croissance démographique ; et c) des idées conventionnelles (mais *fausses*) sur la nature de l'homme et sa relation avec l'environnement.

Nous concluons que les cinq ou dix années à venir seront une période analogue il la période fédéraliste qu'ont connue les États-Unis : la philosophie de gouvernement, l'éducation et la technologie devront, dans leur ensemble, être mises en question.

---

* Ce texte, présenté en mars 1970, devant un comité du Sénat de l'État D'Hawaii, est une intervention du Comité sur l'Écologie et l'Homme de l'université d'Hawaii, en faveur d'un projet de loi (S. B. 1132), qui proposait la création d'un Office de contrôle de la qualité de l'environnement et d'un Centre pour l'environnement à l'université d'Hawaii. Le projet a été accepté.

Suggestions

1. Les mesures *ad hoc* ne s'attaquent en rien aux causes plus profondes des troubles, et même les aggravent, en leur permettant généralement de se renforcer et de devenir plus complexes. En médecine, par exemple, on a le droit de s'attaquer uniquement aux symptômes sans soigner la maladie elle-même, *si et seulement si* cette maladie est mortelle à coup sûr, ou si elle peut se guérir d'elle-même.

L'histoire du DDT illustre parfaitement le caractère fondamentalement illusoire des mesures *ad hoc*. Lorsque le DDT fut inventé et qu'on commença à l'utiliser, on le considérait comme une simple mesure *ad hoc*. Ce fut en 1939 que son effet insecticide fut découvert, et celui qui le découvrit reçut même le prix Nobel. En effet, les insecticides étaient « nécessaires » :

a) pour augmenter la production agricole ;
b) pour sauver la population – en particulier les troupes d'outremer – de la malaria. En d'autre termes, le DDT était un traitement des symptômes pour les troubles liés à l'accroissement de la population.

Aux environs des années cinquante, les chercheurs découvrirent que le DDT était dangereusement toxique pour beaucoup d'autres espèces animales, en plus de celles auxquelles il était directement destiné. Le livre, devenu célèbre, de Rachel Carson : *Silent Spring* (Le printemps silencieux), fut publié en 1962.

Mais, entre-temps ;
a) l'industrie du DDT avait démarré en flèche ;
b) les insectes que le DDT devait exterminer s'étaient bientôt immunisés contre ce produit ;
c) les animaux qui se nourrissaient de ces insectes avaient été décimés ;
d) le DDT avait permis l'accroissement de la population mondiale.

Autrement dit, le monde avant commencé à *s'adonner* à l'usage de ce qui fut, à l'origine, une mesure *ad hoc*, et qu'aujourd'hui nous savons être un danger majeur. En 1970, nous commençâmes enfin à l'interdire et à tenter de contrôler le danger qu'il représente, tout en ignorant encore si l'espèce humaine, en se nourrissant comme elle le fait, pourra survivre aux doses de DDT qui circulent déjà dans le monde, et qui s'y trouveront certainement encore dans vingt ans, même en cas d'une interdiction totale et immédiate.

Depuis la découverte de doses non négligeables de DDT dans le corps des pingouins de l'Antarctique, nous avons de bonnes raisons de penser que *tous* les oiseaux se nourrissant de poissons sont, tout comme les oiseaux carnivores terrestres ou ceux qui, auparavant, se nourrissaient d'insectes nuisibles, condamnés. Il est probable, également, que tous les poissons carnivores[1] contiendront bientôt trop de DDT pour pouvoir être consommés sans danger par les hommes, à moins qu'ils n'aient disparu entre-temps. De même, les vers de terre – du moins dans les forêts et autres régions soumises à la pulvérisation – disparaîtront probablement eux aussi, et aucun d'entre nous ne peut prévoir les conséquences de cette disparition sur les forêts. Le plancton des hautes mers (dont dépend l'écologie de la planète entière) semble être le seul à n'avoir pas été encore contaminé.

Telle est la triste histoire d'un exemple d'application aveugle d'une simple mesure *ad hoc* à l'origine. Et on pourrait citer des douzaines d'autres exemples.

2. L'association de commissions relevant de l'administration de l'État et de l'université, dont nous proposons la création, doit se donner pour but de diagnostiquer, de comprendre et, si possible, de proposer des remèdes à ces processus généralisés de dégradation de l'environnement naturel et social, dans le monde. Elles doivent aussi définir la politique de Hawaii à l'égard de ces processus.

3. *Toutes* les menaces actuelles qui pèsent sur la survie de l'homme peuvent être ramenées à trois causes premières :

a) le progrès technologique ;

b) l'accroissement de la population ;

c) certaines erreurs de pensée et d'attitude propres à la culture occidentale, dont les « valeurs » sont fausses.

Nous estimons que l'association de ces trois facteurs fon-

---

1. L'ironie du sort a fait que les poissons seront bientôt immangeables non pas à cause du DDT, mais à cause du mercure. (*G. B.*, 1971.)

damentaux réunit les conditions nécessaires à la destruction de notre monde. En d'autres termes, nous avons l'*optimisme* de croire que la modification d'un *seul* de ces facteurs pourrait nous sauver d'une telle destruction.

4. Ces trois facteurs fondamentaux sont forcément interactifs. L'accroissement de la population stimule le progrès technologique, et engendre cette anxiété qui nous dresse en ennemis contre notre propre environnement. La technologie, à son tour, favorise l'accroissement de la population et renforce notre arrogance, ou *hubris*, envers l'environnement naturel.

La figure 6 illustre ces interactions. Chacun des cercles se trouvant aux trois pôles du diagramme est orienté dans le sens des aiguilles d'une montre, ce qui met en évidence le caractère autoconsolidateur (ou, comme on dit en sciences, *autocatalytique*) des trois facteurs : plus la population est importante, plus elle augmente ; plus nous avons de technologie, plus rapide est le rythme d'apparition de nouvelles inventions ; et plus nous croyons en notre « pouvoir » sur l'environnement, plus il nous semble que nous en avons et plus l'environnement nous semble hostile.

De même, les cercles figurant dans les coins sont reliés deux à deux, dans le sens des aiguilles d'une montre, créant ainsi trois sous-systèmes autoconsolidateurs.

Le problème auquel sont confrontés Hawaii et le reste du monde est, tout simplement, celui de savoir comment introduire dans ce système quelque processus allant dans le sens contraire des aiguilles. Là résiderait, à mon sens, la tâche majeure des commissions proposées.

Je pense que le seul point d'entrée permettant d'inverser le processus se situe dans les attitudes « traditionnelles » à l'égard de l'environnement.

5. Il est désormais impossible d'empêcher la technologie de progresser ; mais on peut, néanmoins, l'orienter dans des directions raisonnables. La tâche des commissions envisagées pourrait, justement, consister à déterminer l'orientation de ces directions.

6. L'explosion démographique demeure, en elle-même, le problème le plus grave du monde actuel. Tant que la population continuera d'augmenter, il faudra nous attendre à voir surgit sans cesse de nouvelles menaces pour la survie,

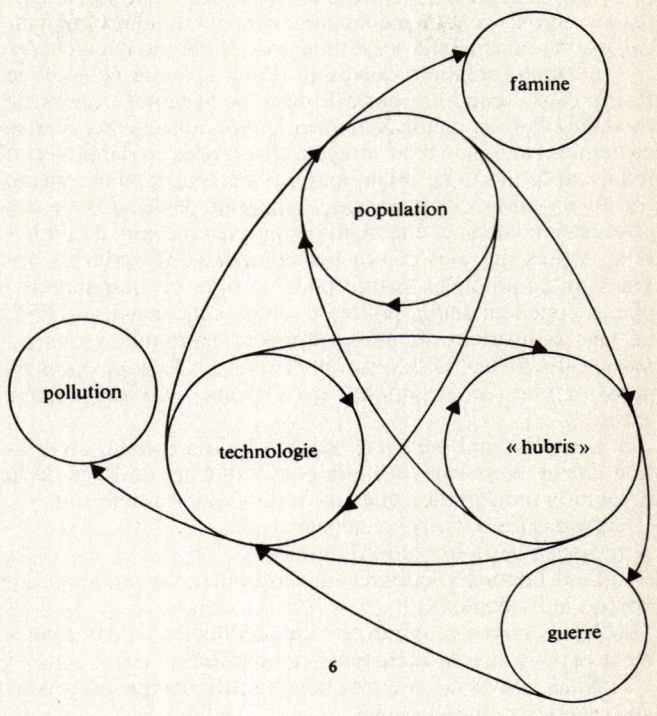

Fig. 6. La dynamique de la crise écologique.

peut-être au rythme d'une par an, jusqu'à ce que nous ayons atteint la limite extrême avant la famine (que Hawaii, en l'occurrence, ne pourra pas surmonter). Nous ne proposons ici aucune solution à l'explosion démographique, mais nous pouvons, cependant, prédire que toutes les solutions imaginables seront certainement entravées, ou rendues inapplicables, par la pensée et les attitudes de la culture occidentale.

7. La toute première condition d'une stabilité écologique réside dans l'équilibre entre le taux de natalité et celui de mortalité. Pour le meilleur ou pour le pire, nous avons abaissé ce dernier, notamment en enrayant les grandes épidémies et en réduisant la mortalité infantile. Or, dans tout système vivant (ou écologique), chaque accroissement de déséquilibre a des effets secondaires, et engendre ses propres facteurs de limitation. À présent, nous commençons à connaître certaines des voies qu'emprunte la nature pour corriger ce déséquilibre : elles s'appellent *smog*, pollution, empoisonnement au DDT, déchets industriels, famine, retombées atomiques, guerres. *Mais, cette fois-ci, le déséquilibre est allé si loin que nous ne pouvons plus faire confiance à la nature pour réagir sans excès.*

8. Les idées qui prévalent aujourd'hui dans notre civilisation datent, sous leur forme la plus virulente, de l'âge de la révolution industrielle. Nous les résumerons comme suit :

a) Nous *contre* l'environnement ;

b) Nous *contre* les autres hommes ;

c) Seul importe l'individu (ou le groupe, ou la nation, en tant qu'individualisés) ;

d) Nom *pouvons* contrôler unilatéralement l'environnement et nous devons rechercher ce contrôle ;

e) Nous vivons à l'intérieur de « frontières » que nous pouvons repousser indéfiniment ;

f) Le déterminisme économique obéit du sens commun ;

g) La technologie résoudra tous nos problèmes.

Nous estimons que ces idées sont *complètement fausses*, et la preuve en est que, pour les cent cinquante dernières années, toutes les réalisations – spectaculaires au premier abord – de notre technologie se sont, finalement, avérées destructrices. Elles apparaissent également fausses à la lumière des théories écologiques modernes : *l'être qui gagne contre son environnement se détruit lui-même*.

Les racines de la crise écologique

9. D'autres attitudes et d'autres prémisses – d'autres systèmes de « valeurs » humaines – ont régi les rapports de l'homme et de son environnement, ou ses rapports avec les autres hommes. Nous les découvrons dans d'autres civilisations, ou à d'autres époques. En l'occurrence, les civilisations hawaiiennes anciennes et modernes ne sont pas concernées par l'*hubris* occidentale. En d'autres termes, *notre voie actuelle n'est pas la seule voie possible pour l'humanité. On peut donc envisager d'un changer.*

10. Des changements dans noire façon de penser ont déjà commencé, parmi les hommes de science, les philosophes et les jeunes. Mais ce ne sont pas seulement les professeurs et les jeunes gens aux cheveux longs qui sont en train de changer leur façon de penser. Il y a aussi des milliers d'hommes d'affaires et même de législateurs qui *voudraient* changer, mais qui sont retenus par le vague sentiment d'un danger ou par le « bon sens ». Les changements continueront de façon aussi inévitable que le progrès technique.

11. Ces changements dans la pensée influeront, un jour ou l'autre, sur les gouvernements, les structures économiques, la philosophie de l'éducation et l'attitude militaire, puisque ces vieilles prémisses sont intimement mêlées à tous ces aspects de notre vie sociale.

12. Personne ne peut prévoir les nouvelles structures qui naîtront de ces transformations radicales. Nous souhaitons que cette période de changements soit marquée par la sagesse, plutôt que par la violence ou la peur de la violence. De toute évidence, le but ultime de notre projet de loi sera de rendre passible cette transition.

13. Notre conclusion est que les cinq ou dix années à venir seront comparables à la période fédéraliste de l'histoire des États-Unis. Il faudra débattre d'une nouvelle philosophie du gouvernement, de l'éducation, de la technologie. Ces débats devront se faire tant à l'intérieur du gouvernement qu'avec le public, dans la presse et, en particulier, avec les citoyens ayant des responsabilités de direction. L'université de Hawaii et l'administration de l'État pourraient jouer un rôle majeur dans ces débats.

Écologie et souplesse
dans la civilisation urbaine*

Comment définir la santé écologique ? Il me semble préférable, plutôt que de la considérer comme un but ultime, spécifique, d'avoir une idée abstraite de ce que nous pouvons entendre par là, car une notion aussi générale guidera notre recollection des données et notre évaluation des tendances observées.

Pour moi, une écologie saine de la civilisation humaine pourrait se définir à peu près comme suit : un système unitaire fait de *la combinaison de l'environnement avec un haut degré de civilisation*, où la souplesse de la civilisation rejoindrait celle de l'environnement pour créer un système complexe qui fonctionne, ouvert aux changements lents des caractéristiques même les plus fondamentales et les plus « rigides » du système.

Examinons maintenant les principaux termes de cette définition de la santé systémique**, et rapportons-les aux conditions du monde existant.

---

* En octobre 1970, G. Bateson a organisé et dirigé un congrès de cinq jours sur le thème : « Restructurer l'écologie d'une grande ville », sous les auspices de la fondation Wenner-Gren. Le but de ce congrès était d'examiner, avec les urbanistes attachés au bureau de John Lindsay, maire de New York, les éléments importants de la théorie écologique. Cet essai est composé du texte présenté à ce congrès, auquel l'auteur a ajouté la sixième partie, « La transmission de la théorie ».

** Par « systémique », il faut entendre, à l'instar de ce qui a été dit à propos de l'*unité de survie*, un trait caractérisant le fonctionnement du système global. (NdT.)

Un « haut degré de civilisation »

Il semble que le système homme-environnement ait connu une instabilité croissante depuis l'introduction des métaux, de la roue et de l'écriture. Pour preuve : le déboisement de l'Europe, l'apparition des déserts créés par l'homme au Moyen-Orient ou en Afrique du Nord, etc.

Les civilisations connaissent toutes une période de grandeur, puis une période de décadence. Une invention technologique permettant de mieux exploiter la nature, ou une nouvelle technique d'exploitation des autres hommes, favorisent l'épanouissement d'une civilisation ; mais, lorsqu'elles atteignent les limites des techniques en question, les civilisations finissent toujours par s'effondrer. En effet, une invention nouvelle procure toujours plus de liberté et de souplesse, mais celle-ci, à mesure que l'on en use, finit par s'épuiser et par mener à la décadence.

À cela, il y a deux explications possibles : soit l'homme *est* trop intelligent, et alors nous sommes tous condamnés ; soit l'homme *n'a pas été* assez intelligent pour limiter sa convoitise aux seuls domaines qui ne pouvaient détruire l'ensemble du système en marche. Pour ma part je préfère la seconde hypothèse.

Il devient, par conséquent, nécessaire de définir ce que l'on entend par un « haut degré de civilisation ».

a) Il ne serait pas sage – même si nous en avions la possibilité – de retourner à l'« innocence » des aborigènes australiens, des Esquimaux ou des Boschimans. Un tel retour impliquerait la perte de la sagesse même qui l'a dicté ; car nous ne ferions alors que repartir de zéro, pour recommencer les mêmes erreurs.

b) On peut donc supposer qu'un « haut degré de civilisation » devrait posséder, sur le plan technologique, tous les instruments nécessaires pour promouvoir, maintenir (et même augmenter) ce type de sagesse, y compris les ordinateurs ou autres dispositifs complexes de communication.

c) Un « haut degré de civilisation » comprendra tout ce qui est indispensable (au sein des institutions religieuses et éducatives) au maintien, dans la population humaine, de la sagesse nécessaire et à l'offre de satisfactions matérielles, esthétiques et créatives. Il doit y avoir adéquation entre la souplesse de la population et celle de la civilisation. Il y aura diversité dans la civilisation, non seulement pour mieux concilier la diversité des individus, due au patrimoine génétique ou à leurs expériences, mais encore pour fournir la souplesse et la « préadaptation » nécessaires en cas de changements imprévisibles.

d) Un « haut degré de civilisation » limitera ses transactions avec son environnement. Il consommera les ressources naturelles irremplaçables *uniquement* pour se donner le moyen de faciliter les changements nécessaires, semblable en cela à la chrysalide, qui, durant sa métamorphose, doit vivre sur sa réserve de matière grasse. Pour le reste, le métabolisme de la civilisation dépendra des ressources énergétiques que le « vaisseau spatial » Terre reçoit du Soleil. De grands progrès techniques sont encore nécessaires dans cette direction. Compte tenu de la technologie actuelle, si nous nous bornions à n'utiliser comme sources d'énergie que la photosynthèse, le vent, les marées et la force de l'eau, seule une infime partie de la population actuelle pourrait survivre.

Souplesse

Pour parvenir, au bout de quelques générations, à créer quelque chose qui se rapproche du système sain dont je me suis permis de rêver plus haut, ou même seulement pour sortir de l'ornière fatale où notre civilisation est actuellement embourbée, il nous faudrait, une très grande *souplesse*. Nous devons donc, pour l'heure, examiner ce concept de plus près. Il ne s'agit pas tant d'évaluer les valeurs et les tendances des variables significatives d'un système donné, que d'évaluer la relation entre ces tendances et la souplesse écologique.

Selon Ross Ashby – dont je partage l'analyse –, tout système biologique (par exemple : l'environnement écologique, la civilisation humaine ou le système qui résulte de leur combinaison) peut être décrit en fonction des maxima et des minima autorisés pour chacune de ses variables interdépendantes : au-delà ou en deçà de ces seuils de tolérance, apparaissent inévitablement des malaises, des phénomènes pathologiques et, finalement, la mort. À l'intérieur de ces limites, la variable peut se mouvoir (et elle se meut, effectivement), afin de permettre l'*adaptation*.

Lorsque, sous l'effet de certaines tensions, une variable doit prendre une valeur proche du seuil supérieur ou inférieur, nous dirons, en employant une expression familière, que le système est « coincé » par rapport à cette variable, ou qu'il manque de « souplesse » par rapport à elle. Étant donné que les variables sont interdépendantes, être « guindé » à l'égard de l'une d'entre elles signifie généralement pour le système, que les autres variables ne pourront pas changer sans modifier la variable « coincée ». Ainsi, la perte de souples se propage dans le système entier. Dans des cas extrêmes, le système n'acceptera plus que les changements qui *changent les limites de tolérance* de la variable « coincée ». Ainsi, une société surpeuplée recherchera les changements (augmentation de nourriture, nouvelles routes, maisons supplémentaires, etc.) susceptibles de rendre les conditions pathologiques et pathogènes de la surpopulation plus acceptables. Mais ces changements *ad hoc* sont, précisément, ceux qui risquent de provoquer, à la longue, une pathologie écologique plus profonde encore.

On peut dire que, en gros, les phénomènes pathologiques de notre temps ne sont que des effets cumulatifs de ce processus qui combine l'épuisement de la souplesse des réponses aux tensions diverses (pression démographique en particulier), avec le refus d'assumer les conséquences de ces tensions (épidémies, famine, etc.) qui corrigeaient autrefois l'excès de population.

L'analyste de l'écologie est alors confronté à un dilemme : d'une part si l'une quelconque de ses recommandations devait être suivie, il devrait commencer par recommander tout ce qui donnera au système un budget de souplesse positif. Mais, d'autre part, il est bien connu que les hommes et les institutions auxquels il aura affaire ont une propension quasi naturelle à épuiser rapidement toute souplesse disponible. Il devra donc à la fois créer de la souplesse et prévenir la civilisation contre une usure immédiate de celle-ci.

Il s'ensuit que, si le but de l'écologiste est d'accroître la souplesse – et, dans cette mesure, il est moins tyrannique que la plupart des programmateurs du bien-être qui tendent à augmenter le contrôle législatif –, il doit également exercer son autorité pour préserver la souples qui existe déjà, ou celle qui peut être créée. Sur ce point (comme sur celui des ressources naturelles irremplaçables), ses « recommandations » doivent être tyranniques.

La souplesse sociale est une ressource aussi précieuse que le pétrole ou le titane, et elle doit faire l'objet d'une budgétisation appropriée, de manière à être dépensée (comme la graisse) *uniquement* pour des changements nécessaires. On peut donc, en gros, avancer que, puisque l'« épuisement » de la souplesse est dû à certains sous-systèmes régénérateurs (donc susceptibles d'escalade exponentielle) au sein de la civilisation, ce sont eux, en définitive, qu'il faut contrôler.

Il faut noter que la souplesse est à la spécialisation ce que l'entropie est à la néguentropie. La souplesse peut être définie comme *une potentialité non engagée de changement.*

Un central téléphonique présente le maximum de néguentropie, le maximum de spécialisation, le maximum de charge d'information et le maximum de rigidité, lorsque le nombre de ses circuits en service est si élevé qu'un seul appel supplémentaire peut faire sauter tout le système. Par contre, il présente le maximum d'entropie et le maximum de souplesse lorsqu'aucun de ses circuits n'est engagé. (Dans ce cas particulier, l'état de non-utilisation est un état de non-engagement.)

Notons aussi que l'opération qui a cours dans le budget de la souplesse est la division, et non la soustraction, comme dans le cas de l'argent et de l'énergie.

Distribution de la souplesse

Toujours selon Ashby, la distribution de la souplesse entre les multiples variables d'un système est d'une grande importance.

Le système sain dont j'ai rêvé plus haut peut être comparé à un acrobate sur une corde raide : afin de maintenir la vérité agissante de sa prémisse de base (« Je suis sur la corde raide »), l'acrobate doit être libre de passer d'une position d'instabilité à une autre ; c'est-à-dire que certaines variables, comme la position de ses bras ou le rythme de ses mouvements, doivent être caractérisées par une très grande souplesse. Celle-ci servira à maintenir stables les autres caractéristiques, plus fondamentales et plus générales, qui concourent à l'équilibre. Si les bras de l'acrobate étaient rigides ou paralysés (coupés de toute communication), il tomberait.

À cet égard, il est intéressant d'examiner l'écologie de notre système légal. Pour des raisons évidentes, il est difficile de contrôler par la loi les principes fondamentaux, éthiques et abstraits, qui se trouvent à la base du système social. Il est de fait, par exemple, que les États-Unis ont été fondés sur le principe de la liberté religieuse et de la liberté de pensée, la séparation de l'Église et de l'État étant l'illustration classique de ces principes abstraits.

En revanche, il est assez facile de promulguer des lois qui règlent les détails les plus épisodiques et les plus superficiels du comportement humain. Pour revenir à notre acrobate, on pourrait dire que, plus les lois prolifèrent, plus l'acrobate sera limité dans ses mouvements ; mais plus, en même temps, il se verra conférer la liberté totale de tomber de son fil et de se casser le cou.

Notons, en passant, que cette analogie peut être appliquée également à un niveau supérieur. Durant la période où l'acrobate *apprend* à bouger ses bras de façon adéquate, il lui faut travailler avec un filet, précisément pour qu'il ait la liberté de tomber. De même, la liberté et la souplesse, eu égard aux variables les plus fondamentales, peuvent être nécessaires durant le processus d'apprentissage et de création qu'entraîne tout changement social.

Tels sont les paradoxes de l'ordre et du désordre que l'analyste de l'écologie et le planificateur doivent prendre en considération.

Quel que soit l'avenir de ces recommandations, on peut, du moins, affirmer que la tendance des changements sociaux de ces cent dernières années, particulièrement aux États-Unis, a été de distribuer la souplesse en dépit du bon sens : les variables qui auraient dû être maintenues souples ont été figées, tandis qu'on a lâché la bride à celles qui auraient dû garder une relative rigidité – et ne changer que lentement.

Mais, même employée à meilleur escient, la loi n'est sûrement pas le bon moyen de stabiliser les variables fondamentales. Cet effet pourrait être obtenu, plutôt, par l'éducation de la formation du caractère – ces parties de notre système social qui subissent régulièrement, *comme on doit s'y attendre,* les plus grandes perturbations.

La souplesse des idées

Toute civilisation repose sur des idées ayant différents degrés de généralité ; ces idées sont présentes, implicitement ou explicitement, dans les actions et les interactions des individus : certaines sont conscientes et clairement définies, d'autres sont vagues, et la plupart sont inconscientes ; les unes sont universellement répandues, les autres sont particulières aux différents sous-systèmes de la société.

Si le budget de la souplesse devient l'un des éléments clés dont nous disposons pour comprendre le fonctionnement du système environnement-civilisation, et certaines formes pathologiques sont liées à des dépenses inconsidérées compte tenu du budget disponible, la souplesse des idées doit alors forcément jouer un rôle important dans notre théorie et dans notre pratique.

Quelques exemples d'idées culturelles fondamentales rendront notre propos plus explicite :

« La Règle d'Or », « Œil pour œil, dent pour dent », « Justice ».

« Le bon sens d'une économie d'épargne » *contre* « le bon sens de l'abondance ».

« Le nom de cette chose est chaise », et tant d'autres prémisses qui réifient le langage.

« La survie des mieux adaptés » *contre* « la survie de l'organisme-plus-l'environnement ».

« Les prémisses de la production de masse, la compétition, l'orgueil, etc. »

« Les prémisses du transfert, les idées sur les facteurs qui déterminent la formation du caractère, les théories de l'éducation, etc. »

« Les modèles des relations personnelles : domination, amour, etc. »

Dans toute civilisation, les idée sont (comme toutes les autres variables) interdépendantes, en partie à cause de la logique du psychisme, en partie à cause d'un consensus sur les effets quasi concrets de l'action.

Ce qui caractérise ce réseau complexe qui détermine les idées et les actions, c'est le fait que, si, de manière générale, chacun des liens qui le structurent, pris isolément, est lâche, en même temps chaque idée ou action donnée est sujette à une détermination multiple venant d'une quantité de fils entrelacés : nous éteignons la lumière lorsque nous allons au lit, parce que nous répondons en partie à l'économie de l'épargne, en partie aux prémisses du transfert, en partie à nos idées sur l'intimité, en partie à la nécessité de réduire l'entrée sensorielle, etc.

Cette surdétermination caractérise tous les domaines de la biologie : chaque trait de l'anatomie d'un animal ou d'une plante, chaque détail de son comportement est déterminé par une multitude de facteurs interdépendants, qui agissent à la fois au niveau génétique et au niveau physiologique. De même, les processus de tout écosystème agissant sont les effets de déterminations multiples.

En outre, il est assez rare que n'importe quel aspect d'un système biologique soit directement déterminé par le besoin qu'il satisfait. Nous mangeons par appétit, habitude et convention, plutôt que par faim ; la respiration est commandée par un excès de CO^2, plutôt que par un manque d'oxygène. Et ainsi de suite.

Il y a là un contraste évident avec les produits des ingénieurs et des planificateurs de la vie humaine, qui sont conçus pour rencontrer beaucoup plus directement des besoins tout à fait spécifiques ; de ce fait, ces dispositifs fabriques sont beaucoup moins viables. Les raisons multiples qui déterminent le « besoin » de manger assurent l'accomplissement de cet acte essentiel à travers une grande variété de circonstances et de tensions, tandis que, s'il n'était contrôlé que par l'hypoglycémie, toute perturbation de cette voie unique de contrôle provoquerait la mort. Les fonctions biologiques essentielles ne sont pas contrôlées par des variables létales, et les planificateurs de la vie humaine feraient bien d'en tenir compte.

Vu la complexité de ses soubassements, il ne sera pas facile d'élaborer une théorie de la souplesse des idées, et de la concevoir à partir d'un *budget de souplesse*. Il existe, néanmoins, deux esquisses de solutions à ce problème théorique majeur. Toutes deux dérivent du processus stochastique de l'évolution et de l'apprentissage qui donne naissance à ses systèmes d'idées si enchevêtrés. Considérons d'abord la « sélection naturelle » qui détermine quelles seront les idées qui survivront le plus longtemps ; ensuite, examinons la façon dont ce processus aboutit, parfois, à des culs-de-sac de l'évolution.

(À un niveau plus général, je considère les ornières où notre civilisation s'est embourbée, comme un cas particulier de cul-de-sac évolutif. Nous avons toujours choisi les lignes de conduite qui présentaient des avantages à *court terme* ; nous les avons programmées de façon rigide, pour nous apercevoir ensuite qu'à long terme elles étaient désastreuses. C'est là le paradigme même de l'extinction pour cause de manque de souplesse. Ce paradigme devient encore plus létal, lorsque les directives sont choisies en vue de maximiser des variables uniques.)

Au cours d'une simple expérience d'apprentissage (ou de toute autre expérience), un organisme, et en particulier l'être humain, acquiert une grande variété d'informations. Il apprend quelque chose sur l'odeur du laboratoire ; sur les modèles de comportement de l'expérimentateur ; sur ses propres capacités à apprendre, et sur ce que l'on éprouve lorsqu'on a « raison » ou lorsque l'on a « tort » ; il apprend aussi qu'il y a des choses « justes » et des choses « fausses », etc.

Si, par la suite, il est soumis à une autre expérience d'apprentissage (ou à toute autre expérience), il acquerra des éléments d'information nouveaux : certains des éléments de la première expérience seront reproduits ou validés ; d'autres seront contredits.

En un mot, certaines des idées acquises au cours de la première expérience *survivront* à la seconde, et la « sélection naturelle » insistera, tautologiquement, pour que les idées qui survivent survivent plus longtemps que celles qui ne survivent pas.

Mais l'économie de la souplesse intervient également dans l'évolution mentale : l'esprit ne manie pas de la même façon les idées nouvelles et celles qui ont survécu à un usage répété. Le phénomène de la *formation d'habitudes* opère un tri, mettant en avant les idées qui ont survécu à l'usage, et les classant dans une catégorie plus ou moins séparée. Ces idées, qui ont fait leur preuve, sont donc disponibles pour un usage immédiat et sont dispensées d'un réexamen conscient ; tandis que les parties restées plus souples de l'esprit peuvent être réservées à l'appréhension de données nouvelles.

En d'autres termes, la *fréquence* d'utilisation d'une idée devient un facteur déterminant pour sa survie au sein de cette écologie des idées que nous appelons l'*esprit* ; en outre, la survie d'une idée fréquemment utilisée est encore accentuée, du fait que le processus de formation d'habitudes tend à la soustraire du champ de l'examen critique.

En même temps, la survie d'une idée dépend certainement aussi de ses relations avec d'autres idées : les idées peuvent se valider ou se contredire mutuellement ; elles peuvent se combiner plus ou moins aisément ; elles peuvent aussi, à l'intérieur de systèmes polarisés, s'influencer de façon complexe et mystérieuse.

En général, ce sont les idées les plus répandues et les plus abstraites qui survivent à un usage répété ; elles tendent ainsi à devenir des *prémisses* sur lesquelles l'ensemble des autres idées repose, et donc, en tant que *prémisses*, deviennent relativement « rigides ».

En d'autres termes, il existe, dans l'écologie des idées, un processus d'évolution lié à une économie de la souplesse, et c'est ce processus qui décide laquelle des idées deviendra une prémisse rigidement programmée. Le même processus détermine aussi la position, nucléaire ou nodale, de ces idées rigides au sein de la constellation des autres idées : en effet, la survie de ces dernières dépend de la façon dont elles s'adaptent aux premières[1]. Il s'ensuit que tout changement dans les idées rigides entraîne des changements dans l'ensemble de la constellation correspondante.

---

[1]. Il existe certainement des relations analogues dans l'écologie d'une forêt de séquoias ou d'un récif de coraux : les espèces les plus fréquentes ou « dominantes » se trouvent dans une position nodale par rapport aux constellations des autres espèces, parce que la survie d'un nouveau venu dans le système dépend de la façon dont son mode de vie s'adapte à celui d'une ou de plusieurs espèces dominantes. Dans ces contextes – à la fois écologiques et mentaux –, le mot « adaptation » est un équivalent faible de l'expression « souplesse d'ajustement ».

Au demeurant, la fréquence de validation d'une idée, pour une période de temps donnée, n'est pas une preuve que cette idée est vraie, ni qu'elle est utile, à long terme, dans la pratique. Nous découvrons, aujourd'hui, qu'un grand nombre de prémisses qui sont profondément intégrées à notre mode de vie sont complètement fausses, et que, renforcées par la technologie moderne, elles deviennent même pathogènes.

L'exercice de la souplesse

Nous avons affirmé, plus haut, que la souplesse globale d'un système dépend de la possibilité de maintien d'un grand nombre de ses variables à un niveau moyen à l'intérieur des limites de tolérance.

Mais il existe une proposition partiellement converse à cette généralisation : étant donné qu'il est inévitable qu'un grand nombre de sous-systèmes sociaux peuvent se régénérer, le système entier a tendance à s'étendre à toute région où la liberté n'a pas encore été utilisée.

On dit couramment que « la nature a horreur du vide », et il semble bien que cette vérité s'applique aux potentialités inutilisées de changement qui existent dans tout système biologique.

Autrement dit, si une variable donnée garde trop longtemps une valeur moyenne, d'autres variables empiéteront sur sa liberté et réduiront son espace de tolérance, jusqu'à ce que sa liberté de mouvement devienne nulle ; ou, plus précisément, jusqu'à ce que tout mouvement ultérieur ne puisse se faire qu'au prix d'une perturbation exercée sur les variables « conquérantes ».

Ce qui revient à dire que la variable qui ne change pas de valeur devient *ipso facto* rigide. En fait, cette manière d'envisager la genèse des variables rigides n'est qu'une autre façon de décrire la *formation d'habitudes*.

Comme un maître zen japonais me l'a dit un jour : « S'habituer à tout est quelque chose de terrible. »

On déduira de tout ce qui précède que, pour maintenir la souplesse d'une variable donnée, il faut, ou bien que cette souplesse ait l'occasion de *s'exercer*, ou bien que les variables « conquérantes » soient contrôlées directement.

Depuis toujours, notre civilisation semble préférer l'interdiction à l'exigence positive, et, par conséquent, c'est par la loi (lois antitrust par exemple) que nous luttons contre les variables « conquérantes » et que nous essayons de défendre les « libertés civiles », en remettant légalement à sa place l'autorité envahissante.

Tenter d'interdire certains empiétements, c'est bien, mais ce serait encore mieux d'encourager les individus à prendre conscience de leur propre liberté et de leur souplesse, de façon à ce qu'ils en usent plus souvent.

Dans notre civilisation, même l'exercice du corps physiologique, dont la fonction est de maintenir la souplesse d'un grand nombre de ses variables, en les poussant au maximum de leurs valeurs, devient une sorte de « sport de spectateur » ; et cela vaut aussi pour la souplesse des normes sociales : nous allons au cinéma, sur les gradins d'un stade ou nous lisons les journaux, pour faire par procuration l'expérience d'un comportement exceptionnel.

La transmission de la théorie

L'un des premiers problèmes qui se posent à ceux qui ambitionnent d'appliquer leurs théories à des problèmes humains, est celui de la formation des hommes qui seront chargés d'exécuter les plans. La présente contribution est surtout destinée à faire connaître la théorie écologique aux planificateurs, et à tenter de leur rendre plus accessibles un certain nombre d'idées théoriques. Cela dit, lorsqu'il s'agit de restructurer une grande ville en une période allant de dix à trente ans, la conception et l'exécution des plans passeront, obligatoirement, par les mains et dans les têtes de centaines de personnes et de douzaines de comités.

Est-il vraiment important que les bonnes choses soient faites pour de bonnes raisons ? Est-il nécessaire que ceux qui revoient et exécutent les plans comprennent les intentions écologiques qui ont inspiré les planificateurs ? Ou faudrait-il que ceux-ci intègrent, à la trame même de leurs plans, des stimulants annexes pour séduire les exécutants futurs, de sorte qu'ils réalisent le plan pour des raisons tout à fait différentes de celles qui l'ont inspiré ?

C'est là un vieux problème éthique, qui obsède, entre autres, chaque psychiatre : doit-il se satisfaire d'un retour à la norme, si son patient l'opère pour des raisons névrotiques ou inappropriées ?

Cette question n'est pourtant pas seulement éthique, au sens classique ; elle relève aussi de l'écologie. Les moyens par lesquels un homme en influence un autre font partie, eux aussi, de l'écologie des idées contenues dans leur relation, ainsi que du système écologique plus large qui englobe cette même relation.

La parole la plus dure de la Bible est, sans doute, celle que saint Paul adressa aux Galates : « On ne se moque pas de Dieu. » Elle peut être appliquée aux rapports de l'homme avec son écologie. Rien ne sert de plaider les circonstances atténuantes, de prétendre que tel péché de pollution ou d'exploitation n'était pas vraiment grave, qu'il était tout à fait involontaire ou qu'il était commis avec les meilleures intentions du monde ; ou encore de dire : « Si, moi, je ne l'avais pas fait, quelqu'un d'autre l'aurait fait. » On ne se moque pas des processus de l'écologie.

D'un autre côté, il est certain que le puma qui dévore un cerf n'agit guère ainsi pour protéger l'herbe d'un pâturage excessif.

En fait, le problème de savoir comment transmettre nos idées écologiques à ceux que nous voulons inciter à aller dans ce qui nous semble être la « bonne » direction écologique, est, lui-même, un problème écologique. Nous ne nous trouvons jamais en dehors de l'écologie que nous élaborons : nous en faisons toujours et inévitablement partie.

C'est ce qui fait à la fois le charme et l'horreur de l'écologie : les idées de cette science deviennent irréversiblement partie de notre propre système écosocial.

C'est pourquoi nous virons dans un monde différent de celui du puma : lui, ne récolte ni tracas ni louange à cause d'idées qu'il aurait sur l'écologie. Nous, oui.

Je ne pense pas que nos idées soient pernicieuses, et je crois que ce dont nous avons (écologiquement) le plus grand besoin, c'est de les propager à mesure qu'elles se développent de par le processus (écologique) de leur propagation.

Si je suis dans le vrai, les idées écologiques contenues implicitement dans nos plans sont presque plus importantes que ces plans eux-mêmes, et ce serait folie de les sacrifier sur l'autel du pragmatisme. *À long terme*, nous ne gagnerons rien à « vendre » nos plans grâce à des arguments superficiels *ad hominem*, qui ne peuvent qu'occulter et contredire les intuitions plus profondes qui y sont contenues.

APPENDICES

L'œuvre publiée de Gregory Bateson

Bibliographie chronologique établie par Vern Carroll

I. Livres, comptes rendus, articles

1926 « On certain aberrations of the red-legged partridges *Alectoris rufa* and *saxatilis* » (Sur certaines déviances chez les perdrix pied-rouge, etc.), *Journal of Genetics* 16, p. 101-123 (en collab. avec W. Bateson).

1932a « Further notes on a snake dance of the Baining » (Nouvelles observations sur la danse du serpent chez les Baining), *Oceania* 2, p. 334-341.

1932b « Social structure of the Iatmul people of the Sepik River » (Structure sociale chez les Iatmul de la rivière Sepik), I et II, *Oceania* 2, p. 245-291.

1932c « Social structure of the Iatmul people » (Structure sociale chez les Iatmul), III, *Oceania* 2, p. 401-453.

1935a « Music in New Guinea » (La musique en Nouvelle-Guinée) *Eagle* 47, n° 214, p. 158-170. [*Eagle* : magazine subventionné par les membres du St. John's College, Cambridge, Grande-Bretagne. Édité par University Press, uniquement pour les souscripteurs.]

*1935b « Culture contact and schismogenesis » (Contact culturel et schismogenèse), *Man* 35, p. 178-183 (art. 199) (trad. française, t. I, p. 91-103).

1936 *Naven : A Survey of the Problems Suggested by a Composite Picture of the Culture of a New Guinea Tribe Drawn from Three Points of View* (Naven :

---

* *Note :* les items marqués du sigle (*) sont inclus dans les volumes I ou II de la présente édition française. Le tome I auquel nous renvoyons occasionnellement, est paru aux Éditions du Seuil (1977) sous le titre *Vers une Écologie de l'esprit*.

Un examen des problèmes soulevés par un tableau composite de la culture d'une tribu de Nouvelle-Guinée, élaboré de trois points de vue), Cambridge, Cambridge University Press. Réimprimé à New York, Macmillan & C°, 1937. Trad. française : *La Cérémonie du Naven*, Paris, Éd. de Minuit, 1971.

1937 « An old temple and a new myth » (Un vieux temple et un nouveau mythe), *Djawa* 17, p. 291-307. Réimprimé dans *Traditional Balinese Culture*, édité par Jane Belo, p. 111-136, New York et Londres, Columbia University Press, 1970. [Observation : la réimpression élimine cinq des huits photos originelles et met à la place deux autres photos qui n'apparaissent pas dans la première édition, mais qui ont, cependant, un rapport direct avec deux thèmes importants du texte.]

*1941a « Experiments in thinking about observed ethnological material » (Comment penser sur un matériel ethnologique : quelques expériences). *Philosophy of Science* 8, p. 53-68. Communication présentée à l'occasion du 7e congrès sur les méthodes en philosophie et sciences, le 28 avril 1940, à la New School for Social Research, New York (t. I, p. 105-121).

1941b « Age conflicts and radical youth » (Conflits des âges et jeunesse radicale). Autocopie au stencil. New York, Institute for the Cultural Studies. Étude préparée pour le Comité du moral national.

1941c « The frustration-agression hypothesis and culture » (Hypothèse frustration-agression et culture), *Psychological Review* 48, p. 350-355. Communication présentée à la réunion de la Eastern Psychological Association (1940) au symposium sur les effets de la frustration.

1941d « Principles of morale building » (Principe pour l'édification du moral), *Journal of Educational Sociology* 15, p. 206-220 (en collab. avec Margaret Mead).

1941e Compte rendu du livre *Conditioning and Learning* (Conditionnement et apprentissage), par Ernest

	R. Hilgard et Donald G. Marquis, *American Anthropologist* 43, p. 115-116.
1941f	Compte rendu du livre *Mathematico-Deductive Theory of Rote Learning* (Théorie mathematico-déductive de l'apprentissage routinier), par Clarck L. Hull *et al.*, *American Anthropologist* 43, p. 116-118.
1942a	*Balinese Character: A Photographic Analysis* (Le caractère balinais : une analyse photographique). Les publications spéciales de la New York Academy of Sciences, vol. 2, New York (en collab. avec Margaret Mead).
1942b	« Some systematic approaches to the study of culture and personality », *Character and Personality* 11, p. 76-82. Réimprimé dans *Personal Character and Cultural Milieu*, édité par Douglas G. Haring, p. 71-77, Syracuse, New York, 1948.
*1942c	Commentaire sur « The comparative study of culture and the purposive cultivation of democratic values » (Étude comparative de la culture et de la stimulation progressive des valeurs démocratiques), par Margaret Mead, *Science Philosophy and Religion, 2e symposium* (8-11 septembre 1941, New York). Congrès sur Science, Philosophie et Religion considérées dans leur rapport à la démocratie. Édité par Lyman Bryson et Louis Finkelstein, p. 81-97. Réimprimé *in extenso* sous le titre « Social planning and the concept of deutero-learning » (Planification sociale et concept d'apprentissage secondaire).
*1942d	« Morale and national character » (le « Moral » des nations et le caractère national), *Civilian Morale*, Society for the Psychological Study of Social Issues, Second Yearbook. Édité par Goodwin Watson, p. 71-91, Boston, Hougton Mifflin C° (pour Reynal & Hitchcock, New York) (t. 1, p. 123-142).
1943a	« Cultural and thematic analysis of fictional films » (Analyse culturelle et thématique des films de fiction). *Transactions of the New York Academy of Sciences,* 2e série, vol. 5, n° 4, p. 72-78. Conférence à la New York Academy of Sciences, le 18 janvier

	1943. Réimprimé dans *Personal Character and Cutural Milieu,* édité par Douglas G. Haring, p. 117-123, Syracuse, New York, 1948.
1943b	« An analysis of the *Hitlerjunge Quex* » (1933). Autocopie au stencil. New York, Museum of Modern Art Film Library. Copie du microfilm éditée en 1965 par Graphic Microfilm C°. Résumé dans *The Study of Culture at a Distance* (L'étude de la culture à distance), édité par Margaret Mead et Rhoda Métraux, p. 302-314, Chicago, University of Chicago Press, 1953. Une copie des trois premières bobines de ce film, accompagnée de titres analytiques donnés par Gregory Bateson, se trouve au Museum of Modern Art Film Library.
1943c	« Human dignity and the varieties of civilization » (Dignité humaine et types de civilisation), *Science, Philosophy and Religion*, 3e symposium (27-31 août 1942, New York). Congrès sur Science, Philosophie et Religion. Édité par Lyman Bryson et Louis Finkelstein, p. 245-255, New York, Congrès sur Science, Philosophie et Religion considérées selon leur rapport à la démocratie.
1943d	Débat concernant « The science of decency » (La science de la décence), *Philosophy of Science* 10, p. 140-142.
1944a	« Psychology – in the War and after [7th part] : Material on contemporary peoples » (Psychologie – pendant la guerre et après (7e partie) : matériel sur les peuples contemporains), *Junior College Journal* 14, p. 308-311.
1944b	« Pidgin English and cross-cultural communication » (L'anglais pidgin et la communication dans les cultures hybrides), *Transactions of the New York Academy of Sciences*, 2e série, vol. 6, n° 4, p. 137-141. Communication présentée à la New York Academy of Sciences, session d'anthropologie, le 24 janvier 1944.
1944c	« Cultural determinants of personality » (Facteurs culturels de la personnalité), dans *Personality and the Behavior Disorders*, vol. 2, édité par Joseph Mc V. Hunt, p. 714-735, New York, Ronald Press C°.

1944d	« Form and function of the dance in Bali » (Forme et fonction de la danse à Bali), dans *The Function of Dance in Human Society: A Seminar Directed by Francisca Boas*, p. 46-52, Boas School, New York, The Boas School (en collab. avec Clair Holt). Réimprimé dans *Traditional Balinese Culture*, édité par Jane Belo, p. 322-330, New York et Londres, Columbia University Press, 1970.
1944e	« A Melanesian culture-contact myth in pidgin English » (Le mythe mélanésien du contact culturel en anglais pidgin), *Journal of American Folklore* 57, n° 226, p. 255-262 (en collab. avec Robert Hall Jr.).
1946a	« Physical thinking and social problems » (Pensée physique et problèmes sociaux), *Science* 103, n° 2686 (21 juin 1946) p. 717-718.
1946b	« Arts of the South Seas » (Les arts des mers du Sud), *Art Bulletin* 28, p. 119-123. Critique d'une exposition organisée du 29 janvier au 19 mai 1946, au Musée d'art moderne de New York.
1946c	« The pattern of an armaments race, part I: an anthropological approach » (Le paradigme de la course aux armements, 1re partie : une approche anthropologique), *Bulletin of the Atomic Scientists* 2, n° 5 & 6, p. 10-11. Réimprimé dans *Personal Character and Cultural Milieu*, édité par Douglas G. Haring, p. 85-88, Syracuse, New York, 1948.
1946d	« The pattern of an armaments race, part II: an analysis of nationalism » (Le paradigme de la course aux armements, 2e partie : une analyse du nationalisme), *Bulletin of the Atomic Scientists* 2, n° 7 & 8, p. 26-28. Réimprimé dans *Personal Character and Cultural Milieu*, édité par Douglas G. Haring, p. 89-93, Syracuse, New York, 1948.
1946e	« From one social scientist to another » (D'un sociologue à l'autre), *American Scientist* 34 (octobre 1946), p. 648.
1946f	« Protecting the future » (Protéger l'avenir). Lettre au *New York Times*, 8 décembre 1946, 4e section, p. 10.
1947a	« Sex and culture » (Sexe et culture). *Annals of the*

New York Academy of Sciences 47, p. 647-660. Communication présentée au congrès sur les facteurs physiologiques et psychologiques dans le comportement sexuel, à la New York Academy of Sciences, section Biologie et Psychologie, le 1er mars 1946. Réimprimé dans *Personal Character and Cultural Milieu*, édité par Douglas G. Haring, p. 94-107, Syracuse, New York, 1948.

1947b « Atoms, nations and cultures » (Atomes, nations et cultures), *International House Quarterly* 11, n° 2, p. 47-50. Conférence donnée le 23 mars 1947, à International House, Columbia University.

1947c Compte rendu du livre *The Theory of Human Culture*, par James Fiebleman, *Political Science Quarterly* 62, p. 428-430.

*1949a « Bali : the value system of a steady state », dans *Social Structure : Studies presented to A. R. Radcliff-Brown*, édité par Meyer Fortes, p. 35-53, Oxford, Clarendon Press. Réimpression : New York, Russell & Russell, 1963 (t. I, p. 143-165).

1949b « Structure and process in social relations » (Structure et procès dans les relations sociales), *Psychiatry* 12, p. 105-124 (en collab. avec Jurgen Ruesch).

1951a *Communication : The Social Matrix of Psychiatry* (Communication : la matrice sociale de la psychiatrie), New York, W. W. Norton & C° : Toronto, George McLeod (en collab. avec Jurgen Ruesch). Réimpression : New York, Norton, 1968.

*1951b « Metalogue : Why do the Frenchmen ? » (Métalogue : pourquoi les Français ?), dans *Impulse, Annual of Contemporary Dance*, 1951, édité par Marian Van Tuyl, San Francisco, Impulse Publications, 1951. Réimprimé dans *ETC : A Review of General Semantics* 10 (1953), p. 127-130. Réimprimé ensuite dans *Anthology of Impulse, Annual of Contemporary Dance*, 1951-1966, édité par Marian Van Tuyl, Brooklyn, Dance Horizons, 1969 (t. I, p. 35-39).

1952 « Applied metalinguistics and international relations » (Métalinguistique appliquée et relations

	internationales), *ETC : A Review of General Semantics* 10, p. 71-73.
1953a	« An analysis of the Nazi film *Hitlerjunge Quex* » (Analyse du film nazi *Hitlerjunge Quex*), dans *The Study of Culture at a Distance*, édité par Margaret Mead et Rhoda Métraux, p. 302-314, Chicago, University of Chicago Press. Cf. aussi le compte rendu de Margaret Mead de « An analysis of the film *Hitlerjunge Quex* (1933) » de Gregory Bateson (cf. Bateson 1943b).
1953b	« The position of humor in human communication » (La position de l'humour dans la communication humaine), dans *Cybernetics : Circular Causal and Feedback Mechanisms in Biological and Social Sciences : Transactions of the Ninth Conference* (20-21 mars 1952, New York). Congrès sur la cybernétique. Édité par Heinz von Foerster, p. 1-47, New York, Josiah Macy Jr. Foundation.
*1953c	« Metalogue : About games and being serious » (Métalogue : à propos du jeu et du sérieux), *ETC : A Review of General Semantics* 10, p. 213-217 (t. I, p. 41-47).
*1953d	« Metalogue : Daddy how much do you know ? » (Métalogue : jusqu'où va ton savoir ?), *ETC : A Review of General Semantics* 10, p. 311-315 (t. I, p. 49-54).
1953e	« Metalogue : Why do things have outlines ? » (Métalogue : pourquoi les choses ont-elles des contours ?), *ETC : A Review of General Semantics* 11, p. 59-63 (t. I, p. 55-60).
1954	« Metalogue : Why a swan ? » (Métalogue : pourquoi un cygne ?), dans *Impulse, Annual of Contemporary Dance*, 1954, édité par Marian Van Tuyl, p. 23-26, San Francisco, Impulse Publications. Réédité dans *Anthology of Impulse, Annual of Contemporary Dance, 1951-1966*, édité par Marian Van Tuyl, p. 95-99, Brooklyn, Dance Horizons, 1969 (t. I, p. 61-66).
*1955a	« A theory of play and fantasy : a report on theoretical aspects of the project for study of the role of paradoxes of abstraction in communication » (Une

théorie du jeu et du fantasme, etc.) dans *Approaches to the Study of Human Personality*, p. 39-51, American Psychiatric Association, Psychiatric Research Report, 2. Communication présentée au symposium de l'American Psychiatric Association sur les approches culturelles, anthropologiques et communicationnelles, le 11 mars 1954, à Mexico City (t. 1, p. 209-224).

*1955b «How the deviant sees his society» (Comment le déviant voit son milieu), dans *The Epidemiology of Mental Health*, p. 25-31. Photocopie au stencil. Département de Psychiatrie et Psychologie de l'université de l'État d'Utah et du Veteran Administration Hospital, Fort Douglas Division, Salt Lake City, Utah, mai 1955, à Brighton, Utah. Réimpression dans ce volume sous le titre «The epidemiology of schizophrenia» (Épidémiologie d'une schizophrénie).

1956a «The message "This is play"» (Le message: «ceci est un jeu»), dans *Group Processes: Transactions of the Second Conference* (9-12 octobre 1955, Princeton, New Jersey). Congrès sur les processus des groupes. Édité par Bertrand Schaffner, p. 145-242, New York, Josiah Macy Jr. Foundation.

1956b «Communication in occupationnal therapy» (La communication dans la thérapie par le travail), *American Journal of Occupational Therapy* 10, p. 188.

*1956c «Toward a theory of schizophrenia» (Vers une théorie de la schizophrénie), *Behavioral Science* 1, p. 251-264 en collab. avec Don D. Jackson, Jay Haley, John H. Weakland); ci-dessus, p. 9.

1958a *Naven: A Survey of the Problems Suggested by a Composite Picture of the Culture of a New Guinea Tribe Drawn from Three Points of View*, 2ᵉ éd., avec un *Épilogue 1958*, Standford, Standford University Press; Londres, Oxford University Press. Réimprimé à Standford, Standford University Press, 1965, Londres, Oxford University Press, 1965 (cf. aussi Bateson 1936). Éd. française: *La Cérémonie du Naven*, Paris, Éd. de Minuit, 1971.

1958b «Language and psychotherapy – Frieda Fromm-

Reichmann's last project » (Langage et psychothérapie : le dernier projet de Frieda Fromm-Reichmann), *Psychiatry* 21, p. 96-100. Conférence à la mémoire de Frieda Fromm-Reichmann, donnée le 3 juin 1957, au Veteran Administration Hospital, Palo Alto, Californie.

1958c « Schizophrenic distortions of communication » (Distorsions schizophréniques de la communication), dans *Psychotherapy of Chronic Schizophrenic Patients*. Congrès sur la psychothérapie des patients souffrant d'une schizophrénie chronique, organisé par Little Brown & C°, 15-17 octobre 1955, à Sea Island Georgia. Édité par Karl A. Whitaker, p. 31-56, Boston & Toronto, Little, Brown & C° ; Londres, J. & A. Churchill.

1958d « Analysis of group therapy in an admission ward, United States Naval Hospital, Oakland, California » (Analyse d'un groupe thérapeutique dans la section d'études préliminaires, etc.), dans *Social Psychiatry in Action : A Therapeutic Community*, par Harry A. Wilmer, p. 334-349, Springfield, Illinois, Charles C. Thomas.

1958e « The new conceptual frames for behavioral research » (Nouveaux cadres conceptuels pour les recherches sur le comportement), dans *Proceedings of the Sixth Annual Psychiatric conference*, New Jersey, Neuro-Psychiatric Institute, Princeton, 17.9.1958, p. 54-71.

1959a Réponse à « Role and status of anthropological theories » 1959a par Sidney Morganbesser, *Science* 129 (6 février 1959), p. 294-298.

1959b Compte rendu, dans *Individual and Familial Dynamics, 2ᵉ vol., Science and Psychoanalysis*. Résumé d'une communication donnée en mai 1958, Académie de psychanalyse, Chicago. Édité par Jules H. Masserman, p. 207-211, New York, Grune & Straton.

1959c « Cultural problems posed by a study of schizophrenic process » (Problèmes culturels posés par l'étude du processus schizophrénique), dans *Schizophrenia : An Integrated Approach*. Symposium sur la schizophrénie organisé par l'American Psychiatric

Association, réunion du département de Hawaii, 1958, San Francisco ; édité par Alfred Auerback, p. 125-148, New York, Ronald Press & C°.

*1960a « The group dynamics of schizophrenia » (Dynamique de groupe de la schizophrénie), dans *Chronic Schizophrenia : Explorations in Theory and Treatment*. Institut pour la schizophrénie, Chronique et Hospital Treatment Programs, State Hospital, Osawatomie, Kansas, 1er-3 octobre 1958. Édité par Lawrence Appleby, Jordan M. Scher et John H. Cumming, p. 90-105, Glencoe, Illinois, The Free Press ; Londres, Collier-MacMillan (ci-dessus, p. 57).

*1960b « Minimal requirements for a theory of schizophrenia » (Exigences minimales pour une théorie de la schizophrénie), *Archives of General Psychiatry* 2, p. 477-491. Deuxième conférence donnée à la mémoire d'Albert D. Lasker, prononcée le 7 avril 1959 à l'Institut de recherches psychosomatiques et psychiatriques du Michael Reese Hospital, Chicago, ci-dessus, p. 75.

1960c Débat sur « Families of schizophrenics and of well children », par Samuel J. Beck, *American Journal of Orthopsychiatry* 30, p. 263-266. 36e réunion annuelle de l'American Orthopsychiatric Association, 30 mars-1er avril 1959, San Francisco.

1961a *Perceval's Narrative : A Patient's Account of his Psychosis, 1830-1832*, par John Perceval. Édité par et avec une introd. de Gregory Bateson, Stanford, Stanford University Press ; Londres, Hogarth Press, 1962. Éd. française : *Perceval le Fou*, Paris, Payot, 1977.

1961b « The biosocial integration of behavior in the schizophrenic familly » (L'intégration biosociale du comportement dans la famille schizophrène), dans *Exploring the Base for Family Therapy*. Congrès à la mémoire de Robert Gromberg (2-3 juin 1960, New York Academy of Medecine). Édité par Nathan W. Ackerman, Frances L. Beatman et Stanford N. Sherman, p. 116-122, New York, Family Service Association of America.

1961c	« Formal research in family structure » (Recherches formelles sur la structure de la famille), dans *Exploring the Base for Family Therapy*. Congrès à la mémoire de Robert Gomberg (2-3 juin 1960, New York Academy of Medecine). Édité par Nathan W. Ackerman, Frances L. Beatman et Stanford N. Sherman, p. 136-140, New York, Family Service Association of America.
1963a	« A social scientist views the emotions » (Les émotions vues par les sciences sociales), dans *Expression of the Emotions in Man*. Symposium sur les expressions des émotions chez les humains dans le cadre de la réunion de l'Association américaine pour le progrès de la science, 29-30 décembre 1962 à New York). Édité par Peter H. Knapp, p. 230-236, New York, International Universities Press.
1963b	« Exchange of information about patterns of human behavior » (Échange d'informations sur les modèles du comportement humain), dans *Information Storage and Neural Control*, 10ᵉ réunion scientifique de la Houston Neurological Society, 1962, organisée conjointement par le département de Neurologie du Baylor University College of Medecine, Texas University Medical Center. Édité par William S. Fields et Walter Abbott, p. 173-186, Springfield, Illinois, Charles C. Thomas.
1963c	« A note on the double bind » (Note sur la double contrainte), dans *Family Process* 2, p. 154-161 (en collab. avec Don D. Jackson, Jay Haley et John H. Weakland).
*1963d	« The role of somatic change in evolution » (Le rôle des changements somatiques dans l'évolution), *Evolution* 17, p. 529-539.
1964	« Some varieties of pathogenic organization » (Quelques variétés d'organisation pathogène), dans *Disorders of Communication*. Actes de l'association, 7-8 décembre 1962, New York. Association pour la recherche sur les maladies mentales et nerveuses, Research Publications, vol. 42. Édité par David Mc K. Rioch et Edwin A. Weinstein, p. 270-290, Baltimore, Williams & Wilkins Cº ; Édim-

bourg, E. & S. Livingstone (avec la collab. de Don D. Jackson).

1966a « Communication theories in relation to the etiology of the neuroses » (Théories communicationnelles à propos de l'étiologie de la névrose), dans *Etiology of the neuroses*. Rapport au symposium organisé par Society of Medical Psychoanalysts, 17-18 mars 1962, New York. Édité par Joseph H. Merin, p. 28-35, Palo Alto, California, Science & Behavior Books.

1966b « Slippery theories » (Théories incertaines). Commentaire sur « Family interaction and schizophrenia : A review of current theories », par Elliott G. Mishler et Nancy E. Waxler, *International Journal of Psychiatry* 2, p. 415-417. Réédité dans *Family Processes and Schizophrenia*, édité par E. G. Mishler et N. E. Waxler, New York, Science House, 1969.

*1966c « Problems in cetacean and other mammalian communication » (Problèmes de communication chez les cétacés et autres mammifères), dans *Whales, Dolphins and Porpoises*. Symposium international sur les cétacés, organisé par l'American Institute of Biological Sciences, août 1963, Washington D. C. Édité par Kenneth S. Norris, p. 569-579, Berkeley & Los Angeles, University of California Press.

*1967a « Cybernetic explanation » (Explication cybernétique), *American Behavioral Scientist* 10, avril 1967, p. 29-32.

1967b Compte rendu du livre *Person, Time and Conduct in Bali*, par Clifford Geertz, *American Anthropologist* 69, p. 765-766.

*1968a « Redundancy and coding » (Redondance et codage), dans *Animal Communication : Techniques of Study and Results of Research*. Rapport au congrès sur la communication animale, organisé par la fondation Wenner-Gren, 13-22 juin 1965, Burg Warstentsein, Autriche. Édité par Thomas A. Sebreok, p. 614-626, Bloomington, Indiana ; Londres, Indian University Press ; ci-dessus, p. 199.

1968b Compte rendu du livre *Primate Etiology*, édité par

	Desmond Morris, *American Anthropologist* 70, p. 1035.
*1968c	« Conscious purpose *versus* nature » (But conscient ou nature), dans *The Dialectics of Libertation*, Congrès sur les dialectiques de la libération 15-30 juillet 1967, Londres, édité par David Cooper, p. 34-49. Harmondsworth, Angleterre ; Baltimore, Maryland ; Victoria, Australia ; Penguin Books et Pelican Books. Réédité sous le titre *To Free a Generation : The Dialectics of Liberation*, New York, MacMillan C°, Collier Books, 1969 ; ci-dessus, p. 217.
*1969a	« Metalogue : What is an instinct ? » (Métalogue : qu'est-ce qu'un instinct ?), dans *Approaches to Animal Communication*, édité par Thomas A. Sebeck et Alexandra Ramsay, p. 11-30, Paris et la Haye, Mouton & C°, t. I, p. 67-88.
1969b	Commentaire du livre *The Study of Language and Communication across Species*, par Harvey B. Searles, *Current Anthropology* 10, p. 215.
1970a	« An open letter to Anatol Rapoport » (Lettre ouverte à Anatol Rapoport), *ETC : A Review of General Semantics* 27, p. 359-363.
*1970b	« On empty-Headedness among biologists and state boards of education » (De l'insensé en biologie et de certains départements de l'éducation), dans *BioSciences* 20, p. 819.
*1970c	« Form, substance and difference » (Forme, substance et différence), dans *General Semantics Bulletin*, vol. 37, 19ᵉ conférence annuelle à la mémoire d'Alfred Korzybski, 9 janvier 1970, New York ; ci-dessus, p. 243.
1970d	« The message of reinforcement » (Le message de renforcement), dans *Language Behavior : A Book of Readings in Communication*, édité par Johnye Akin *et al.*, p. 62-72, Janua Linguarum series major 41, La Haye, Mouton & C°.
*1971a	« The cybernetic of "self" : a theory of alcoolism » (La cybernétique du « soi » : une théorie de l'alcoolisme), dans *Psychiatry* 34, p. 1-18 (t. 1, p. 265-297).
*1971b	« A re-examination of "Bateson's Rule" » (Réexa-

men de la «loi de Bateson»), dans *Journal of Genetics*, ci-dessus, p. 155.

1971c «A system approach» (Une approche systématique). Commentaire sur «Family therapy», de Jay Haley, *International Journal of Psychiatry* 9, p. 242-244.

1971d *Introduction à Natural History of an Interview*, Bibliothèque de l'Université de Chicago, manuscrits sur microfilm (Cultural Anthropology) série 15, n°s 95-98.

*1971e «Metalogue: Why do things get in a muddle?» (Métalogue: pourquoi les choses se mettent-elles en désordre?). Non publié auparavant (écrit en 1948).

*1971f «From Versailles to cybernetics» (De Versailles à la cybernétique). Conférence donnée au symposium des Deux Mondes («Two World Symposium»), 21 avril 1966, Sacramento State College, California. Non publié auparavant; ci-dessus, p. 269.

*1971g «Style, grace and information in primitive art» (Style, grâce et information dans l'art primitif), dans *The Study of Primitive art*. Rapport au symposium sur l'art primitif organisé par la fondation Wenner-Gren, 27 juin-5 juillet 1967, Burg Warenstein Autriche. Édité par Anthony Forge, New York, Oxford University Press (t. I, p. 167-194).

*1971h «The logical categories of learning and communication, and the acquisition of world views» (Les catégories logiques de l'apprentissage et de la communication: l'acquisition des conceptions du monde). Communication présentée au symposium sur les conceptions du monde: leur nature et leur rôle culturel, organisé par la fondation Wenner-Gren, 2-11 août 1968, Burg Warenstein, Autriche. Non publié auparavant (t. I, p. 299-331).

*1971i «Pathologies of epistemology» (Pathologies de l'épistémologie), dans *Mental Health Research in Asia and The Pacific*, vol. 2. Rapport au 2e congrès sur la Culture et Santé mentale en Asie et dans le Pacifique, 17-21 mars 1969, Honolulu, Hawaii.

Édité par William P. Lebra, Honolulu, East-West Center Press ; ci-dessus, p. 279.

*1971j « Double bind, 1969 » (Double contrainte, 1969). Communication présentée à la réunion annuelle de l'American Psychological Association, 2 septembre 1969, Washington D. C. Non publiée auparavant ; ci-dessus, p. 47.

*1971k « Statement on problems which will confront the proposed Office of Environmental Quality Control in government and an Environmental Center at the University of Hawaii » (Mise au point des problèmes auxquels seront confrontés le Bureau de contrôle de la qualité de l'environnement du gouvernement et le Centre de l'environnement de l'université de Hawaii). Étude préparée pour le Comité sur l'Écologie et l'Homme de l'université de Hawaii, en vue d'une présentation devant le Sénat de l'État d'Hawaii, 1970. Non publiée auparavant. Publiée dans ce volume sous le titre « Les racines de la crise écologique ».

*1971l « Restructuring the ecology of a great city » (Restructurer l'écologie d'une grande ville). Communication au symposium sur ce thème organisé par la fondation Wenner-Gren, 26-31 octobre 1970, New York City. Non publiée auparavant ; publiée dans ce volume sous le titre « Écologie et souplesse dont la civilisation urbaine ».

*1971m « The science of mind and order » (La science de l'esprit et de l'ordre), dans *Steps to an Ecology of Mind*, San Francisco, Chandler ; New York, Ballantique Books (t. I, p. 13-25).

1971n *La Cérémonie du Naven : les problèmes posés par la description sous trois rapports d'une tribu de Nouvelle-Guinée*, traduit par Jean-Paul Latouche et Nimet Safouan, édité par Jean-Claude Chamboredon et Pascale Maidilier, Paris, Éd. de Minuit.

En cours de publication
Our Own Metaphor (Notre propre métaphore), édité par M. C. Bateson. Rapport au symposium sur les

effets des buts conscients sur l'adaptation humaine, organisé par la fondation Wenner-Gren, 17-24 juillet 1968, Burg Warenstein, Autriche, sous la présidence de Gregory Bateson. Alfred A. Knopf, New York. « Effets of conscious purpose on human adaptation » (Les effets des buts conscients sur l'adaptation humaine), dans *Our Own Metaphor*, Alfred A. Knopf, New York.

II. Films

Les films qui suivent font partie de la série Formation du caractère dans différentes cultures, produite avec la collaboration de Margaret Mead, pour l'Institut d'études interculturelles ; édités par la New York University Film Library, New York 10003 ; tous les films sont en 16 mm, noir et blanc, accompagnés d'une bande sonore.

A Balinese Family (Une famille balinaise), 2 bobines.
Bathing Babies in Three Cultures (Le bain des bébés dans trois cultures différentes), 1 bobine.
Childhood Rivalry in Bali and New Guinea (La rivalité entre les enfants à Bali et en Nouvelle-Guinée), 2 bobines.
First Days in the Life of a New Guinea Baby (Les premiers jours de la vie d'un bébé en Nouvelle-Guinée), 2 bobines.
Karba's First Years (Les premières années de Karba), 2 bobines.
Trance and Dance in Bali (Transe et danse à Bali), 2 bobines.

Les deux films qui suivent, produits par Gregory Bateson, ne sont pas dans le circuit commercial ; ils sont également en 16 mm, noir et blanc, sonores :
Communication in Three Families (La communication dans trois familles), 2 bobines.
The Nature of Play – Part 1 : River Otters (La nature du jeu, 1re partie : les loutres de rivière), 1 bobine.

Index des tomes I et II

ACCLIMATATION, II, 121-122, 235.
ACCULTURATION, I, 91-103.
ADAM, II, 113.
et Ève, II, 227-229.
ADAPTATION, I, 271; II, 50 s., 86 s., 107-108, 115-135, 233s., 299s.
caractéristiques hiérarchiques de l'–, II, 50-53.
et état conscient, II, 233-241.
AGAMEMNON, II, 273.
AGRESSION, I, 266, 283, II, 215.
et soumission, I, 135 n. 1, 266.
ALCOOLIQUES ANONYMES, I, 265-269, 279, 280, 284, 286, 288, 290-296.
ALCOOLISME, I, 265-297.
et anesthésie, I, 267.
et conversion religieuse, I, 284, 292.
épistémologie de l'–, I, 265.
l'orgueil dans l'–, I, 280.
et provocation, I, 280.
et relation complémentaire, I, 284s.
et relation symétrique, I, 283s.
schismogenèse dans l'–, I, 281s.
et sobriété, I, 265s.
ALEXANDER, FRANZ, I, 128.
Alice au pays des merveilles, I, 57.
Alice et le flamant, I, 57; II 237.
ALLÉGORIE, I, 175.
ALTAMIRA, I, 169.
AMES, ADELBERT JR., I, 174; II, 261, 280.
AMOUR *(love)*, I, 13, 77, 79, 147, 180, 187, 238, 262; II, 15, 16, 148, 201, 228, 240, 261, 270, 276.
ANALOGIE, I, 221-222.
ANDAMAN, ILES, I, 181, 252.
ANIMISME, II, 287.
ANONYMAT, I, 292-293.
ANTHROPOLOGIE, I, 11, 18, 91s., 188-189, 227-230, 239; II, 10, 85.
APRENTISSAGE *(learning)*, I, 14, 160, 231-245, 299-331; II, 13-15, 50, 63, 76-92, 98, 226, 234, 238.
I. I, 231, 234, 235, 237, 307s.; II, 80, 137, 150.
II, voir *secondaire*.
III. I, 10, 314, 323-329; II, 81.
IV. I, 314.
et caractère national, I, 124, 126-128, 318-329.
comme changement, I, 303s.; II, 50, 78-79.
contextes d' –, I, 149, 234-243, 303s.; II, 14, 39-40, 76-85, 137s.
et déterminants génotypiques du comportement, II, 207-210.
d'ensemble *(set learning)*, I, 313-314, 317.
et évolution, I, 314, 330; II, 76, 85s.
extinction de l' –, I, 308, 325.
et génétique, I, 304-305, 309, 316, 321, 329; II, 49, 67s., 85-94, 116-117.
et instinct, I, 70-74.
instrumental, I, 240, 241s., 308,

315, 317, 318, 322, 328; II, 76, 81.
inversé, I, 317-318, 324.
limites de l' –, I, 314, 329.
neurophysiologie de l' –, II, 82.
et ordinateurs, I, 304.
pavlovien, I, 240-242, 308, 309, 314-315, 318, 327, 331; II, 76, 81.
phylogénétique, II, 205.
primaire *(proto-learning)*, voir *apprentissage* I.
et probabilité, I, 305-307; II, 88.
processus stochastiques dans l' –, I, 218, 307s.; II, 88, 307.
et redondance, II, 204-205.
routinier *(rote learning)*, I, 231, 237-238, 240-244, 308, 315-317; II, 80.
et schizophrénie, I, 319; II, 64, 279s.
structure hiérarchique de l' –, II, 53, 80-85, 138, 150; discontinuité de la –, II, 78-81, 84-85.
et théorie de la communication, I, 299s.
et types logiques, I, 299-331; II, 9-14, 17, 79-85.
zéro, I, 304; II, 80-81.
APPLEBY, LAWRENCE, II, 57, 60.
AQUIN, THOMAS D', II, 218, 219, 287.
Arabia Deserta, I, 115.
ARAPESH, I, 98.
ARISTOTE, I, 197; II, 219, 287.
ARMEMENTS, I, 145-146, 187, 201, 223, 281-282; II, 234.
ARTS, I, 62, 65, 167-194, 238, 253; II, 47, 48, 103, 200, 212, 231, 241, 262.
balinais, I, 149, 152, 153, 163, 188-194.
et codage, I, 169, 179.
composition dans l' –, I, 169, 190-194.
et coutumes, I, 173s.
épistémologie de l' –, I, 172-188, 193-194.

habileté dans l' –, I, 169s., 182-185, 188-189.
et habitudes inconscientes de la perception, I, 174.
nature corrective de l' –, I, 185-188, 194.
et pratique, I, 177, 178.
et processus primaires, I, 174-182.
relation de l' –aux niveaux du conscient et de l'inconscient, I, 167s., 331; II, 262.
symbolisme sexuel dans l' –, I, 168, 192-194.
ASHBY, W. ROSS, I, 161-162, 200, 209, 211, 217; II, 103, 122, 301, 303.
ASYMÉTRIE, I, 110s.; II, 156-174, 196.
ATRÉE, II, 273.
ATTACHEMENT, voir *investissement*.

BACH, JOHANN SEBASTIEN, II, 260.
BAINING, I, 7.
BALDWIN, J. M., II, 123.
l'effet, II, 124, 135, 209.
BALI, BALINAIS, I, 7, 131, 136-137, 143-165.
art, voir *art balinais*.
caractère national, I, 131, 136-137, 148s., 243s.
caste, I, 131, 151, 154, 156.
compétition, I, 150-152, 158.
danse, I, 153.
drame, I, 149, 154.
dualisme, I, 131.
équilibre, I, 143, 162, 164-165, 243.
ethos, I, 152-157, 162, 165.
guerre, état de, I, 150.
interaction cumulative, absence de, I, 148-152, 162-164.
maximisation, absence de, I, 153, 158, 160-162.
musique, I, 149, 154.
orientation sociale, I, 153, 162.
orientation spatiale, I, 153, 162.
religion, I, 229.

Index des tomes I et II

transactions économiques, I, 152-153.
transe, I, 149.
BARNARD, CHESTER, I, 8.
BASILIDE, II, 252.
BATESON, BEATRICE C., II, 62.
BATESON, JOHN, I, 300.
BATESON, « LOI DE », II, 155-175.
BATESON, LOIS, I, 9.
BATESON, MARY CATHERINE, II, 233.
BATESON, WILLIAM, I, 10, 105 ; II, 62, 111, 155s.
BEHAVIORISME, I, 278.
BÉLOUGA, BALEINE, II, 152.
BERNARD, CLAUDE, I, 204, 299.
BERTALANFFY, LUDWIG VON, II, 58, 73, 275.
BIBLE, II, 111, 241, 311.
BIGELOW, JULIAN, I, 7.
BILL, W., I, 266, 269, 270, 290, 292, 293.
BIOLOGIQUE, ÉVOLUTION, I, 11, 13, 14, 27, 187, 222-223, 302-303, 312 ; II, 50, 75-100, 107-108, 111s., 169, 191-197, 199, 205, 233, 238, 239, 244s.
changement d'environnement dans l' –, II, 115.
changement génotypique dans l' –, II, 115, invisibilité du, II, 126.
changement somatique dans l' –, II, 115, 134.
du contexte, I, 263.
contrôle centripète contre contrôle centrifuge dans l' –, II, 134-135.
effets de l'usage et du non-usage dans l' –, II, 90, 191.
et apprentissage, I, 314, 330 ; II, 76, 85-91.
héritage des caractères acquis dans l' –, II, 85-92, 100, 115s.
unité de survivance dans l' –, I, 223, 291 ; II, 208s., 246s., 257-259, 285 ; identité avec l'unité de l'esprit, II, 257, 285.
BIPOLARITÉ DANS LES CULTURES OCCIDENTALES, I, 126, 130-131, 136, 140.
BITTERMAN, M. E., I, 317.
BLAKE, WILLIAM, I, 10, 55-56, 78, 259, 325, 329 ; II, 99, 260, 261.
BOB (Dr), I, 266.
BÖHME, JACOB, II, 99.
BOHANNON, PAUL, I, 91.
BON SENS, I, 187 ; II, 227s., 297.
BOOTHE, BERT, I, 9.
BRODEY, William, II, 108.
BRUIT *(noise)*, II, 197, 202, 206.
BUBER, MARTIN, II, 240.
BUFFON, I, 168.
BUT *(purpose)*, I, 17, 79, 167, 186-187, 195, 227-233, 243, 275, 293,-294, 322 ; II, 217-232, 233-241.
BUTLER, SAMUEL, I, 10, 174, 182, 211.

ÇA *(id)* I, 116, 120.
CADRE *(frame)*
psychologiques, I, 254-260, 262-263.
et types logiques, I, 259-261 ; II, 96.
CAÏN, II, 228.
CANNON, WALTER B., I, 204 ; II, 226.
CARACTÈRE, I, 21, 326.
formation du –, I, 111, 128, 152s., 231-240, 319s. ; II, 137-138, 305.
national, I, 123-142, 223.
réorganisation du –, I, 128, 324 ; II, 92.
Caractère balinais : une analyse photographique, I, 148, 149.
CARNAP, RUDOLF, I, 247.
CARPENTER, C. R., I, 251 ; II, 12.
CARROLL, LEWIS, II, 183, 191, 236, 237.
CARROLL, VERN, I, 10.
CARSON, RACHEL, II, 292.
CARTE, relation carte-territoire *(map)*, I, 250-253, 256 ; II, 186, 244, 247-248, 250-251, 253-254.
CARTÉSIEN, DUALISME, I, 269, 296.

CASTE, I, 98, 131, 151, 154, 156.
CATATONIE, II, 20.
CATHOLICISME, I, 64.
CÉTACÉS, II, 137-154.
communication chez les –, I, 9 ; II, 137-154 ; contexte de –, II, 150 ; écholocation dans la –, II, 144 ; en tant que discours digital sur la relation, II, 148-149 ; passage de la kinésique à des formes paralinguistiques dans la –, II, 144, 145.
dressage des –, II, 53-54, 143.
langage des –, II, 138, 146s.
CHAMBULI, I, 98, 125.
CHRIST, I, 57.
CHRISTIANISME, I, 22, 227, 231 ; II, 218, 219, 258.
CIVILISATION
diversité dans la –, II, 301s.
et écologie, II, 299s.
CLEMENCEAU, GEORGES, II, 272.
CODAGE, II, 199-216.
analogique, I, 311, 312 ; II, 118, 138, 147s., 203, 250 ; absence du « non » dans le –, I, 84, 285s., 312.
et art, I, 168s.
iconique, I, 172, 181, 183 ; II, 199-216.
absence du « non » dans le –, I, 181, 312 ; II, 214-216 ; des signaux génotypiques, II, 207s. ; digital, I, 172, 311, 312 ; II, 138, 147s., 200, 203, 206, 250 ; et communication chez les cétacés, II, 210 ; et messages génotypiques, II, 117s.
de l'information à l'intérieur et à l'extérieur du corps, II, 249s.
et langage, I, 172, 179 ; II, 146s., 199s.
métaphorique, II, 203, 206, 211s.
ostensible, I, 312.
partie-pour-le-tout, II, 203.
voir aussi *communication et information*.
COLLINGWOOD, R. GEORGE, I, 10, 277 ; II, 244.

COMBAT (*fight*), I, 83-85, 147, 181.
COMMUNICATION, I, 25, 170s., 222 ; II, 53, 58s., 79, 138s., 169, 183-197, 247s., 282, 300.
chez les cétacés, voir *cétacés*.
et contexte, I, 254-256 ; II, 11, 32.
dénotative, I, 247-261.
évolution de la –, I, 182, 248s., 312 ; II, 191, 199-200, 206-209.
et génétique, voir *génétique*.
kinésique dans la –, II, 145s.
chez les mammifères, I, 87-88, 175, 181s., 247-264, 285 ; II, 52, 137s., 190s., 261-262, 270.
métacommunication, I, 29-34, 177, 248s. ; II, 10-38, 39-46, 58s., 94-95, 137-150, 212, 276 ; dans la schizophrénie, II, 15s., 39-48, 66.
non verbale, voir *non-verbale*.
paradoxes de l'abstraction dans la –, I, 8, 249s., 300-301, 312, 325s. ; II, 9s., 41-42, 108, 172-173.
paralinguistiques dans la –, II, 10-12, 145s., 190s.
phénomènes de – contre phénomènes physiques, II, 82, 83.
phénotype et génotype, communication entre, II, 86, 92, 115s.
à propos de la relation, I, 29-34, 87-88, 177s., 247s. ; II, 52, 137s., 210s., 270.
« signes d'humeur dans la –, » et « théorie de la », I, 244, 251, 253, 260, 264 ; II, 9s., 79-80, 194-195.
tromperie dans la –, I, 167, 177-178, 248, 251, 253 ; II, 12, 20-24, 34.
types logiques dans la –, I, 9, 247s. ; II, 10s., 41-42, 95s.
Communication : The Social Matrix of Psychiatry, I, 247, 271, 323 ; II, 38, 138, 320.
COMPARAISON, II, 50, 273-274.
COMPÉTITION, I, 126, 133, 145, 146, 158-163, 282, 294 ; II, 222-223 ; à Bali, I, 149, 151, 152, 158.
COMPLÉMENTAIRE, relation, voir *relation*

CONSCIENCE, état de, I, 65, 178-180, 183-187, 255, 277-278 ; II, 143, 224-232, 233-241.
et adaptation humaine, II, 233-241.
et art, voir *art*.
et but, I, 186, 187 ; II, 225s.
et distorsion systématique des conceptions du monde, I, 185-188, 231-239.
économie de la –, I, 176, 182-183.
élargissement de la –, II, 231.
et inconscient, I, 168, 174-187.
et langage, I, 78-82.
limites de la –, I, 183-185.
et objectivité, I, 77-80.
relation de la – à l'esprit total, I, 183-188, 277 ; II, 223s., 233-241.
CONTEXTE, I, 10, 15, 50, 231-232 ; II, 53-55, 76-80, 97, 101, 107-108, 177s.
de l'apprentissage, I, 149, 239s., 303s. ; II, 12s., 39-46, 76s., 137s.
et communication, I, 254-256 ; II, 11, 32, 52s., 66.
de la communication chez les dauphins, II, 150.
et contenu, I, 222-224 ; II, 76, 177-178, 187.
contextes principaux de l'apprentissage expérimental, I, 239-240.
indicateurs, I, 310-314, 318, 320.
répétabilité de –, I, 235, 309, 312.
types logiques du –, I, 309.
comme unité de l'évolution, I, 223, 272s.
CONTRÔLE, I, 65, 108-109, 176, 227-234, 242 ; II, 101-103, 125, 223, 230-231, 234s., 288, 289, 306.
homéostatique par des variables non létales, II, 236, 306.
CORPS-ESPRIT, PROBLÈME DU RAPPORT (*body/mind*) I, 10, 276-277, 290 ; II, 262-263, 287-288.
COUR, I, 87 ; II, 206.
COURSE, voir *emballement*.
CRAIK, K. J., II, 275.

CRÉATIVITÉ, I, 231, 233, 328-329 ; II, 55, 231, 301.
Creatura, II, 252-253, 255, 262, 282, 283.
CREEL, GEORGE, II, 271, 275, 276.
Critique du jugement, II, 248, 282.
CULTUREL, LLE
différences –, entre l'Amérique et l'Angleterre, I, 25, 223.
évolution, I, 223 ; II, 50, 233.
relativisme, I, 270.
structure, I, 96, 100, 116-117, 119.
unité, I, 91-97.
CULTURES, contacts entre, I, 91-103, 128-129, 270.
CUMULATIVE, INTERACTION, I, 148, 151, 162-164.
CUVIER, GEORGES, I, 10.
CYBERNÉTIQUE, I, 7s., 25, 223, 265, 271-277, 290 ; II, 14, 134, 156-158, 183-197, 220, 233, 245, 269s.
épistémologie de la –, I, 265, 271-277, 296 ; II, 245, 258.
explication, II, 183-197.

Dadi, I, 155, 156.
DANSE, I, 39, 61-66, 177 ; II, 200, 262.
C. D. DARLINGTON, II, 104.
DARWIN, CHARLES, II, 86, 88, 99, 100, 219, 220, 245, 246, 265, 285.
DARWINIENNE, ÉVOLUTION, I, 10 ; II, 86-100, 219, 245.
DDT, I, 187 ; II, 292, 293, 296.
DÉDUCTION, I, 16, 24, 331 ; II, 187.
« DÉFENSE EN PROFONDEUR », II, 120-121.
DÉGÉNÉRATEURS, CIRCUITS, I, 145, 164 ; voir aussi *homéostasie*.
DÉMOCRATIE, I, 227-233.
DÉMOCRITE, II, 99.
DESCRIPTION, I, 16, 21.
DÉVIANCE DES NORMES SOCIALES, I, 125, 127.

DIEU *(God)*, I, 22, 74s., 131, 136, 167, 284, 290-297 ; II, 113, 218, 227-229, 241, 258-260, 265, 266, 311.
DIFFÉRENCE, I, 23, 278 ; II, 47-49, 62, 157, 247s., 282s.
hiérarchies de classification de –, II, 253-254.
transmission de –, à l'intérieur et à l'extérieur du corps, II, 250.
DIFFÉRENCIATION, I, 29-34, 55-57, 108-111 ; II, 63, 86, 94, 155-175.
et caractère national, I, 125-129, 139s.
culturelle, I, 94, 98, 110.
dans les familles schizophrénogènes, II, 94.
DIGITAL, codage, voir *codage*.
DISCRIMINATION, I, 309, 317-318 ; II, 141.
DIVERSITÉ, II, 301.
dans la civilisation, II, 301.
spécialisation et –, II, 303.
DJATI SURA, *Ida Bagus*, I, 188.
DOLLARD, JOHN, I, 129.
DOMINATION – SOUMISSION, I, 99, 126s., 145-146, 223-224, 281, 321.
DOUBLE CONTRAINTE *(double bind)*, I, 9, 50, 281, 289, 293, 319, 325 ; II, 14s., 47-55, 64s., 76, 108.
et bouddhisme zen, II, 16-17.
définition de la –, II, 15-16.
et hypnose, II, 33.
et illumination, II, 17.
implications de la – pour la psychothérapie, I, 286, 294 ; II, 35s.
dans les relations normales, II, 17.
DOUGHTY, CHARLES, I, 115.
DUNCAN, ISADORA, I, 177, 178 ; II, 262.
DUNKETT, piège à rats de, II, 68.

ÉCHOLOCATION, II, 144, 153.
ÉCOLOGIE, I, 11, 186-187, 221 ; II, 107-108, 113, 222s., 257, 285, 291-297, 299, 311.
bioénergétique contre entropique, II, 257-258.
et civilisation, II, 299.
de l'esprit, I, 13 ; II, 107-108, 179, 265-266.
et éthique, II, 299.
et mesures correctives *ad hoc*, II, 291-292.
ÉCONOMIE, I, 13, 18, 93s., 115, 158, 163, 164.
et communication, II, 122.
de la conscience, I, 176, 182-183.
de l'inconscient, I, 176, 182-188.
nature multiplicative de l' –, II, 119, 128-129.
de probabilité, II, 188.
des processus mentaux, I, 94, 326 ; II, 50-51.
système additif de l' –, II, 128-129.
systèmes multiplicatifs de l' –, II, 128-129.
transactions économiques à Bali, I, 153.
de la variabilité génétique, II, 128.
ÉCOSYSTÈME, II, 184, 189, 221, 229, 233-241, 257, 285, 287, 306.
ÉGISTHE, II, 273.
EGO, voir *moi*.
Eidos, I, 106, 116, 118, 196, 214.
ÉLÉMENT D'INFORMATION, I, 272 ; II, 48, 49.
EMBALLEMENT *(runaway)*, I, 205, 215, 287 ; II, 209, 234, 237-238, 284.
ÉMOTION, I, 21, 44, 96, 116, 119, 168, 179-180, 238 ; II, 261.
EMPIRISME, I, 17, 18, 20, 140, 143, 301.
EMPRISE, voir *contrôle*.
ÉNERGIE, I, 18, 20-21, 23, 25 ; II, 188s.
conservation de l' –, I, 18, 23 ; II, 58, 188.
dépense d'énergie comme l'inverse de l'entrée d'énergie, dans les systèmes cybernétiques, I, 21 ; II, 283s.

Index des tomes I et II

comme facteur déterminant la comportement, I, 21 ; II, 14.

lois de la conservation de l' –, I, 18, 23 ; II, 58, 188, 248, 278, 283s.

psychique, I, 21, 276.

ENSEMBLE *(set)*

théorie des –, I, 257-258.

apprentissage d' –, voir *apprentissage*.

ENTROPIE, I, 15, 20, 23 ; II, 257, 303.

entropie négative, I, 23 ; II, 129, 158, 252-253 ; comme information, II, 257.

ÉPIMÉNIDE, I, 254.

ÉPISTÉMOLOGIE, I, 11, 181, 270s. ; II, 76, 77, 149, 245, 251, 279-290.

de l'alcoolisme, I, 284-287.

de l'art, I, 173-188, 193-194.

de la cybernétique, I, 265, 271-277, 296 ; II, 245s.

occidentale, I, 265, 275-278, 285 ; II, 265-266, 279s., 285s., 291-297.

ÉQUILIBRE, CULTUREL, I, 94, 95, 97, 103, 127-129.

Erewhon revisited (Retour à Erewhon), II, 274.

ERICKSON, MILTON H., II, 33, 34.

ERIKSON, ÉRIC H., I, 282.

ÉROGÈNES, ZONES, I, 146-147.

ERREUR, I, 306-307, 310 ; II, 51.

autorenforçante, I, 277, 307, 322.

ESPRIT *(mind)*, I, 14, 17, 117, 265.

et conscience, voir *conscience*.

délimitation de l' –, II, 254s.

écologie de l' –, voir *écologie* ; voir aussi *idées*.

économie de l' –, I, 176, 182-188, 314-315, 326 ; II, 50-51, 90-91.

immanence de –, I, 272-273 ; II, 257, 265-266.

contre transcendance de l' –, I, 272, 276, 277 ; II, 258, 265-266, 287.

nature de l' –, I, 186, 265, 272s. ; II, 112, 218s., 244s., 265-266, 282.

problème du rapport corps/esprit, voir *corps/esprit*.

unité de l' –, II, 296s. ; identité de l'unité d' –, avec l'unité d'évolution et de survie, II, 256-257, 285.

ESSAI ET ERREUR, I, 274, 306-307, 310, 322 ; II, 50, 90, 121, 133, 246, 256, 284 ; voir aussi *stochastiques, processus*.

ESTHÉTIQUE, I, 190, 291, 329 ; II, 99-101, 196, 248, 262, 301.

et communication non verbale, II, 63.

comme modulation de la communication, II, 61-63.

et morale, II, 99s.

et vérité scientifique, II, 99s.

ÉTAT STABLE *(steady-state)*, I, 161-165 ; II, 113 ; voir aussi *homéostasie*.

ÉTERNELLE, vérité, I, 17.

ÉTHIQUE, I, 227-235, 291, 296 ; II, 98-103.

de l'écologie, I, 295-296.

ETHOS, I, 115-119, 126, 143, 196-197, 214.

balinais, I, 152-158, 162, 165.

définition, I, 144.

et schismogenèse, I, 143-152.

ÉVOLUTION

biologique, voir *biologique*.

de la communication, voir *communication*.

culturelle, voir *culturel*.

darwinienne, voir *darwinienne*.

du langage, voir *langage*.

enseignement de l' –, II, 111-114.

EXERCICE *(practice)*, I, 73-75, 77.

et art, I, 177, 178.

EXHIBITIONNISME – VOYEURISME, I, 126, 130, 135-138, 142, 145s., 223, 252, 281.

EXPÉRIMENTALE, NÉVROSE, I, 239, 318.

EXPLICATION, I, 18, 67-69, 74-76, 85 ; II, 75-76, 183-197, 252.

cybernétique, II, 183-197.

dichotomie entre les systèmes d'explication masse/énergie et

forme/communication, I, 23 ; II, 47-48, 57-60, 82-83, 244s., 282s.
EXPLORATION, I, 77, 181, 301-302, 305-306 ; II, 90-91.
EXPONENTIELLE, courbe, voir *emballement*.

FANTASME, I, 62, 252-264 ; II, 35, 43, 45 ; voir aussi *rêve*.
FATALISME, I, 201, 242, 278, 320, 327.
Feedback (rétroaction), I, 7, 8, 203-205, 282, 286 ; II, 50, 189, 237.
et schismogenèse, I, 282.
FENICHEL, OTTO, II, 211.
FONDAMENTAUX, CONCEPTS, I, 17-25, 295.
FONDAMENTALISME, II, 113.
FORGE, ANTHONY, I, 167, 177.
FORME, I, 21, 222 ; II, 187, 243 ; voir aussi *contexte* ; *explication* ; *signification* (sens) ; *ordre* ; *modèle* ; *redondance et restriction*.
FORTES, MEYER, I, 143.
FRANK, L.-K., I, 160, 235.
FREMONT-SMITH, FRANK, I, 8-9.
FREUD, SIGMUND ; freudienne, théorie, I, 21, 77, 80, 118, 120, 174-176, 179, 185, 198, 287, 322 ; II, 143, 231, 258, 262.
FROMM-REICHMANN, FRIEDA, II, 37, 64.
FRY, WILLIAM, II, 57.

GALILÉE, II, 99.
Gemütlichkeit (cordialité), I, 287.
GENÈSE, I, 23-24 ; II, 111, 219.
GÉNÉTIQUE, I, 11, 70-72 ; II, 49, 75-98, 115-135, 155-175.
et apprentissage, voir *apprentissage et génétique*.
codification iconique, II, 207-208.
en tant que communication, I, 87-88, 222 ; II, 49, 61-62, 75-98, 115-135, 155-175 ; entre phénotype et génotype, II, 86.
et expérience transcontextuelle, II, 50.
hétérogénéité des populations sauvages, II, 127.
nature digitale des messages génotypiques, II, 118.
et théorie de l'information, II, 157s., 245.
et types logiques, II, 49, 116.
et schizophrénie, II, 41, 49-50, 64, 91s.
variabilité, II, 127-128.
GILLISPIE, C. C., II, 104.
GINSBURG, BENSON, II, 139.
GNOSTIQUES, II, 244, 251-252.
GOEBBELS, JOSEPH, II, 230, 289.
GOETHE, JOHANN WOLFGANG VON, II, 55.
GOSSE, PHILIP HENRY, II, 113.
GRÂCE, I, 167-168.
GRAMMAIRE, I, 39, 221-222 ; II, 53, 214.
Creat Chain of Being, The, II, 244.
GUERRE *(war)*, I, 140-142.
voir aussi *armements*.

HAAG, R., II, 54.
HABITUDE, I, 73, 140, 174, 182, 183, 315, 323, 325-326 ; II, 51, 73, 86, 90-91, 97, 121-122, 133, 245, 259, 307s.
et art, I, 173s.
HABITUDES DE PERCEPTION, I, 174, 230-239, 241-244.
HAECKEL, ERNST, II, 113.
HAINE, I, 15, 77, 180, 187, 262, 328 ; II, 15.
HALEY, JAY, I, 8, 247, 261 ; II, 9, 10, 57, 64, 65, 103.
HALLUCINATION, II, 69, 197, 254.
et hypnose, II, 33.
dans la schizophrénie, I, 281, 286, 294 ; II, 16, 32.
Hamlet, I, 310 ; II, 59.
HARLOW, H. F., I, 201, 313, 317 ; II, 12, 84.

Index des tomes I et II

HARRISON, ROSS, II, 157, 169, 171.
HASARD *(random)*, I, 24, 31-34, 305-306 ; II, 86-88, 111.
HÉBÉPHRÉNIE, II, 20, 45, 96.
HENLEY, WILLIAM ERNEST, I, 268.
HÉRACLITE, II, 99.
HÉRÉDITÉ, II, 86-87, 100, 115-135.
et agressivité du milieu, II, 89, 115.
et caractères acquis, II, 86s., 100, 115s.
HERRIGEL, EUGEN, I, 174.
HÉTÉROGÉNÉITÉ ET CARACTÈRE NATIONAL, I, 125, 127-128.
HEURISTIQUES, CONCEPTS, I, 17, 18.
HIBBARD, EMERSON, II, 170.
HILGARD E.-R, I, 239.
HILGARD J. R., II, 22.
HOLT, ANATOL, I, 293.
HOMÉOSTASIE, II, 124-129, 134-135, 235, 284.
voir aussi *autocorrecteurs ; régénérateurs ; emballement, équilibre culturel, schimogénèse, stable ;* « Vicieux ».
HONNÊTETÉ, II, 200-201, 210.
HUBRIS, I, 295 ; II, 294, 297.
HULL, CLARCK, I, 235, 237, 315, 317 ; II, 13, 84.
HUMILITÉ, I, 293 ; II, 114, 230, 231, 259.
HUMOUR, I, 77, 264 ; II, 32, 48, 60, 78, 93-94.
et types logiques, II, 11, 41-42.
HUTCHINSON, EVELYN, I, 8.
HUXLEY, ALDOUS, I, 167.
HUXLEY, T. H., II, 245.
HYPNOSE, I, 311, 325 ; II, 10, 33-35, 143.

IATMUL, I, 23-24, 98, 108-111, 114, 118, 128, 143-145, 151, 160, 161, 163, 196s., 203s., 213, 216 ; II, 112.
mythe de l'origine centrale, II, 112.

IDÉES, I, 13, 25, 64-65, 272, 275-277 ; II, 47-48, 58, 83, 248, 250, 251, 252, 256.
définition des –, I, 272 ; II, 47-48.
écologie des –, I, 13 ; II, 107, 258.
sélection naturelle des –, I, 13 ; II, 308.
surdétermination des –, II, 306.
ILLUMINATION, II, 16-17.
IMMANENCE CONTRE TRANSCENDANCE, I, 272, 276 ; II, 112, 258, 265-266, 287.
IMMANENTE, QUESTION, II, 178.
INCONSCIENT, INCONSCIENCE *(Unconsciousness)*, I, 167, 174-183, 255, 277, 281 ; II, 231, 259, 261.
et art, voir *art*.
et conscience, voir *conscience*.
INDUCTION, I, 16, 18-22, 24, 331 ; II, 187.
INFORMATION, I, 50-51, 168-170, 222, 271-290 ; II, 47-49, 186s., 202s., 249, 256, 257, 308.
et asymétrie, II, 159.
codification de l' –, à l'intérieur et à l'extérieur du corps, II, 82-83.
et entropie négative, II, 253.
localisation de l' –, II, 194, 247.
et morphogénèse, II, 155-175.
perte d' – dans les membres symétriques bilatéraux, II, 160, 178.
quantification de l' –, 187.
et symétrie bilatérale, I, 158s.
théorie de l' –, I, 18, 272, 303, 312 ; II, 72, 129, 156, 245, 275, 283.
INITIATION, I, 108, 111, 198, 208, 252 ; II, 102.
Input et *output* (entrée et sortie), I, 209, 313.
INSTINCT, I, 17, 67-88, 144.
et apprentissage, voir *apprentissage*.
INSTRUMENTAL, APPRENTISSAGE, I, 240-244, 308, 315, 318, 322, 328 ; II, 81.
INSTRUMENTALITÉ, I, 227-231, 235.
INTELLECT, I, 78-79.

et émotion, I, 179 ; II, 260-261.
INTOXICATION, I, 184-185, 266-268.
INVESTISSEMENT, II, 72-73, 95.

JACKSON, DON D., II, 9, 26, 31, 57, 64, 65, 103.
JEU, THÉORIE DU, I, 158-165, 304s.
comme modèle de système schizophrénique d'interaction, II, 69s., 277.
JOB, II, 241, 251.
JOHNSON, LINDON BAINES, II, 229.
JOHNSON, SAMUEL, II, 143.
JONES, H. FESTING, II, 68-69.
JOYCE, JAMES, II, 269.
JUNG, CARL, GUSTAV ; jungienne, théorie, II, 251-252, 281.

KANT, EMMANUEL, II, 248, 249, 282.
KAPAR, I, 157.
KAVWOKMALI, I, 23 ; II, 112.
KELLY, GEORGE, I, 271.
KEVEMBUANGGA, I, 24, 112.
KEYNES, JOHN MAYNARD, II, 99, 272.
KINÉSIQUE, II, 144s., 199s.
KORZYBSKI, ALFRED, I, 14, 250 ; II, 243, 244, 254.

LAING, RONALD, II, 220.
LAMARCK, théorie lamarckienne, I, 10 ; II, 86, 87, 99, 112, 209, 218-219, 244-245 ; impossibilité de l'hérédité lamarckienne, II, 115s., 122s.
LANGAGE, I, 24, 115, 171s., 222, 238, 247-250, 324 ; II, 52, 140s.
des cétacés, II, 138, 146s.
et codification, I, 172-173.
et conscience, I, 78-80.
évolution du –, II, 199-200, 213-215.
nature digitale du –, II, 147s.
LASKER, ALBERT D., II, 75.

LATOUCHE, ROBINSON, I, 127.
LAVOISIER, ANTOINE, II, 99.
LEACH, EDMUND, I, 168, 192.
LEE, DOROTHY, I, 242.
LÉGISLATION, II, 124.
LERNER, I. M., II, 127, 129.
LÉVI-STRAUSS, CLAUDE, I, 131, 179.
LEWIN, KURT, I, 124, 239.
LIBRE ARBITRE, I, 92, 231s., 239 ; II, 101.
LIBRE ENTREPRISE, II, 228.
LIDELL, H. S., I, 318.
LILLY, JOHN C., I, 9 ; II, 137, 141.
LINDSAY, JOHN, II, 299.
LINÉAIRE, PENSÉE, II, 227, 238.
LLOYD, GEORGE, II, 272.
LOGIQUE, I, 45, 66, 106, 175, 255-256, 259, 300-303, 312 ; II, 101, 108, 184s.
symbolique, I, 107.
LOGIQUES, TYPES, I, 250-264 ; II, 39, 41, 194, 203, 253-254.
et apprentissage, voir *apprentissage*.
et types logiques de la communication, I, 9, 43-44, 247-250, 259s. ; II, 10s., 95s.
des cadres psychologiques, I, 259-264.
de la connaissance, I, 27.
de contexte, I, 309.
et génétique, II, 49, 116s.
des relations complémentaires et symétriques, I, 280-281.
et schizophrénie, II, 10s., 39, 41, 57s.
théorie des –, I, 199, 209, 210, 213, 250, 264, 299, 3099-303, 309s. ; II, 9, 10, 138, 276.
LOIS DE LA CONSERVATION DE L'ÉNERGIE, I, 18, 21, 23, 25 ; II, 58, 188.
LOI DE LA CONSERVATION DE LA MASSE, I, 18, 21.
LOI, DEUXIÈME DE LA THERMODYNAMIQUE, I, 18, 29-34 ; II, 111.
« LOI DU PROCHRONISME », II, 113.

LORENZ, KONRAD, I, 251, 283 ; II, 12, 207.
LOVEJOY, ARTHUR O., II, 244.

MACAULAY, I, 193.
MACBETH, I, 63.
MCCULLOCH, WARREN, I, 7-8, 256.
MCPHEE, COLIN, I, 149.
MAGIE, I, 185, 242, 253, 323 ; II, ,58-59.
MAIER, N. R. F., I, 235.
MALINOWSKI, BRONISLAW, I, 93, 242.
MAMMIFÈRES, I, 148, 301-302, 329 ; II, 114, 137s.
communication chez les –, I, 88, 175, 181s., 285 ; II, 52, 137s., 153, 190s., 261, 270s.
en tant que philosophes, I, 278.
système de valeurs des –, I, 159, 161.
MANUS, I, 229.
MARQUIS, D.-G., I, 239.
MARX, KARL ; marxiste, théorie, I, 94, 100, 148, 151.
MASSE, CONSERVATION DE LA, I, 18, 21.
MATÉRIALISME, II, 98-103.
MATIÈRE, I, 20, 23.
MATURITÉ, I, 17.
MAXIMISATION, I, 158, 160-162, 179-180 ; II, 70, 240, 301, 303.
absence de – à Bali, I, 153, 158, 161-162.
ou optimisation, I, 272.
MAXWELL, CLARKE, I, 204, 299.
MEAD, MARGARET, I, 7, 98, 125, 126, 128, 132, 144, 148, 151, 156, 157, 227-234, 243, 244.
MÉDECINE, I, 186 ; II, 225-226, 282-283.
MENDÉLISME, I, 106 ; II, 92.
MENTAUX, processus, I, 25, 255, 259.
et ordinateurs, I, 273-274, 300-301 ; voir aussi *esprit*.

MESURE DE LA CONNAISSANCE, I, 49-54.
MÉTACOMMUNICATION, voir *communication*.
MÉTALINGUISTIQUE, I, 248, 251, 259.
MÉTALOGUE, définition du, I, 27.
MÉTAMÉRIQUE, régularité, I, 109-110 ; II, 155s.
MÉTAPHORE, I, 61-66, 86-88, 174-175, 180, 183, 193, 253 ; II, 11s., 78-79, 140, 150, 178, 203, 206, 211s.
dans la schizophrénie, I, 180, 261s. ; II, 14, 18-19, 32, 45, 65-66, 95.
MOI (*ego*), I, 17, 41, 120, 255, 277, 282 ; II, 45, 261.
faiblesse du –, I, 41 ; II, 13.
MODÈLE (*pattern*), I, 14, 25, 106, 169-170, 188-190, 222-224, 305 ; II, 191s., 202s., 244s.
MOLIÈRE, I, 18.
MORAL, I, 123, 140-142.
MORALE, II, 98-101, 259, 272, 276, 310.
et vérité scientifique, II, 99.
MORGAN, LLOYD, II, 124.
MORGENSTERN, O., I, 158, 159 ; II, 69.
MORPHOGENÈSE, II, 54, 155s.
et information, II, 155s., 173, 177.
MORPHOLOGIE, II, 155s.
MORT (*death*), I, 148, 160, 194, 288 ; II, 263.
instinct de –, I, 287.
MU (μ), signaux relevant de la fonction, II, 146s.
MUNDUGUMOR, I, 98.
MUSIQUE, II, 60-62, 149, 200, 212, 241, 260.
MUTATION, II, 115s.
MYSTICISME, I, 106-107, 324 ; II, 99-101.
MYTHE, I, 81, 193, 261.
MYTHE CENTRAL DE L'ORIGINE,
iatmul, I, 23 ; II, 112.
judéo-chrétien, I, 22 ; II, 111-113.

MYTHOLOGIE I, 17, 110, 168, 169, 174, 181, 193 ; II, 211.

NATIONAL, caractère, I, 123-142.
allemand, I, 124, 130, 134-138, 141-142.
américain, I, 124, 134-135, 137-142, 161.
anglais, I, 127, 130, 131-132, 137-142.
et apprentissage, voir *apprentissage*.
balinais, I, 131, 136-137, 148s., 157, 162-163, 164-165.
différenciation dans le –, I, 125s.
et hétérogénéité, I, 125, 127-129.
et relation complémentaire, I, 125-129, 132-142.
et relation symétrique, I, 132s.
russe, I, 136.
uniformité contre régularité, I, 125-129.
Naven, I, 7, 8, 98, 108, 119, 125, 126, 143, 144, 147, 155, 195, 196, 198, 204, 206, 207, 214, 280 ; II, 104.
NÉGATION, NÉGATIVE,
absence de – dans le rêve, I, 84-86, 179s., 285-286.
agression, I, 283.
entropie, voir *entropie*.
NEWTON, SIR ISAAC, I, 20, 67-68, 303 ; II, 99, 103.
NON VERBALE, communication, I, 35-39, 177s., 248s. ; II, 11, 13, 15, 144s., 199s.
et esthétique, II, 62.
inconscience de la –, I, 177 ; II, 149, 200-201, 211.
portant sur les relations, I, 180 ; II, 200-201.
traduction en paroles de la –, I, 38, 39, 176-178 ; II, 201.
utilisation des organes de sens dans la –, I, 312-313 ; II, 144s., 152s.
volontaire contre involontaire, I, 248-249.
NORRIS, KENETH, S., II, 137.
« NON »
absence du – dans la codification analogique, I, 285s., 311-312.
absence du – dans la codification iconique, I, 181, 312 ; II, 214-215.
absence du – dans la comportement animal I, 84-85, 88.
origine du –, II, 215.
absence du – dans les processus primaires, I, 84, 179-182, 285-286.
absence du – dans le rêve, I, 83-88, 179s., 285.
NOUVELLE-GUINÉE, I, 7, 24, 98, 108, 114, 115, 125, 126 ; II, 102, 112.

OBJECTIVITÉ
et conscience, voir *conscience*.
et subjectivité, I, 76-81.
O'BRIEN, BARBARA, I, 286.
OBSERVATION, I, 16, 106.
OPÉRANT, conditionnement, II, 48.
OPTIMISATION ET MAXIMISATION, I, 272.
ORDINATEURS, II, 250, 277, 278.
et apprentissage, voir *apprentissage*.
et processus mentaux, I, 273-274 ; II, 284-285.
ORDRE, I, 14, 23-25, 29-34, 302-304 ; II, 155s.
nature de l' –, I, 29-34.
origine de l' –, I, 23 ; II, 111-114 ; voir *aussi forme et explication*.
O'RIELLY, J., II, 54.
ORESTE, II, 273.
ORGANISATION, I, 24-25, 222, 302 ; II, 63, 117-120, 169, 191, 282.
culturelle, I, 125-126.
ORGASME, I, 147-149.
Origine des espèces, II, 104, 113.
ORTHOTOPIQUE, transplantation, II, 170.
OSMUNDSEN, LITA, I, 10.

PARALINGUISTIQUE, II, 11, 144s., 200s., 212s.
PARANOÏA, I, 130 ; II, 20, 46.
PARTHÉNOGENÈSE ET RÊVE, II, 177.
PARTIE/ENSEMBLE, relation, I, 259s., 290s. ; II, 101, 224, 230, 254-255.
PASCAL, BLAISE, I, 179, 278.
PASK, GORDON, II, 258.
Patoet, I, 156.
PAUL, saint, II, 217, 266, 311.
PAVLOVIEN, apprentissage, voir *apprentissage*.
PERCEPTION, I, 173-174, 258-259, 302, 313 ; II, 73, 196, 280s.
habitude inconsciente de –, I, 230-239, 241-244.
PERCEVAL, JOHN, I, 286, 294 ; II, 16.
Petrouchka, I, 61.
Philosophie zoologique, II, 219, 245.
PHYLOGÉNIE, II, 115, 205, 233.
Pleroma, II, 252-253, 282-283.
PLOG, FRED, I, 92.
POÉSIE, I, 62, 64, 175, 178 ; II, 32, 48, 200, 212, 231, 241, 262.
POLLOCK, JACKSON, I, 190.
PONCTUATION DE LA SÉQUENCE EXPÉRIMENTALE, I, 231, 313-314, 320s., 327.
POPULATION, accroissement de la, II, 222-223, 234, 291s.
POUVOIR, I, 160, 265, 269, 290-296 ; II, 226, 229, 288.
PRÉDICTION, I, 19, 58-60, 80, 170.
PRÉ-GIRAFE, II, 118, 123, 126.
PRIMAIRE, processus.
absence de négation dans le –, I, 83s., 180-182.
et art, I, 173-182.
Principia Mathematica, I, 10, 254 ; II, 247, 299.
PROBABILITÉ, I, 18, 29-34 ; II, 184, 188.
économie de la –, II, 188.

et théorie de l'apprentissage, voir *apprentissage*.
PROGRÈS, II, 233.
PROHIBITION, II, 235.
PROSPÉRO, II, 232.
PROSSER, C. L., II, 132.
PROTESTANTISME, I, 64.
PRUSMACK, JOHN J., I, 8.
PRYOR, KAREN, II, 55.
TAYLOR, PRYOR I, 9.
PSYCHANALYSE, I, 80-81, 116, 147, 180, 278, 282 ; II, 10, 14, 97, 211.
et concret mal placé, I, 115, 118, 120-121.
voir aussi *Freud*.
PSYCHÉDÉLIQUES, drogues, II, 231-232, 260, 273.
PSYCHIATRIE, I, 18, 197s., 324 ; II, 10, 85, 231, 311.
voir aussi, *psychologie et psychothérapie*.
PSYCHOLOGIE, I, 18, 79, 93, 94, 160, 181, 230-231, 234-235, 238-239 ; II, 85, 108, 141-142, 248, 261.
analyse jungienne, I, 279.
behaviorisme, I, 278.
comparée, II, 219, 245.
gestalt –, I, 231, 258, 259.
PSYCHOTHÉRAPIE, I, 220, 261-264, 286, 322, 324 ; II, 10, 35-37, 60, 81, 281, 288.
implications de la théorie de la double contrainte en ce qui concerne la –, I, 286, 294 ; II, 35-37.
et jeu, I, 262-264.
et schizophrénie, II, 35s.
transfert en –, I, 262, 322-323 ; II, 81.
PSYCHOTIQUE, effondrement, II, 19, 94, 96.
PUNITION, I, 108, 291 ; II, 15-16, 23-26, 66-67, 78, 80, 227, 235.
PWIK, I, 150.
PYTHAGORE, II, 244.

QUIESCENCE, I, 276.

« RACCORD FINAL » *(end-linkage)*, I, 223-224.
RADCLIFFE-BROWN, A.-R., I, 115, 143, 151, 252.
RANDALL, H. S., II, 208.
REDONDANCE, I, 169-173, 188-189, 224, 305 ; II, 108, 169, 189, 191-197, 199-216 ; voir aussi *forme*.
Reductio ad absurdum, I, 82, 85, 285, 286.
RÉDUPLICATION, II, 156-174.
RÉGÉNÉRATEURS : circuits, I, 145, 163 ; II, 234, 236, 303.
« RÉGULATEURS » ET « ADAPTATEURS », II, 132-134.
REFOULEMENT, I, 175, 182-183.
RÉIFICATION, I, 114-121, 275, 278, 293 ; II, 47, 48, 305.
en psychanalyse, I, 116, 118, 120.
du « soi », I, 275, 290 ; II, 259-260.
et théorie de la double contrainte, II, 47-48.
RENFORCEMENT, I, 301s. ; II, 50s., 76, 88, 140, 142.
relation, I, 64, 171-172, 180s., 221-224, 265, 318-322, 327 ; II, 52, 65, 77, 101, 107-108.
communication sur la –, I, 35-39, 87-88, 177, 180s. ; 248 ; II, 137s., 170, 210, 270s.
complémentaire, I, 98, 99, 132s. ; II, 63, 64, 93.
partie/ensemble, I, 259s., 291 ; II, 101, 224, 230, 254, 255.
réciproque, I, 99.
symétrique, I, 99-100, 109-111 ; II, 93.
RELIGION, I, 22, 65, 93s., 179, 187, 253, 266, 284, 292 ; II, 100, 187, 231, 241, 258, 300.
« REPRÉSENTATIONNISME. » DANS L'ART, I, 169, 190.
RESTRICTION, I, 169-170 ; II, 157, 184.
RÊVE *(dream)*, I, 80-88, 174-175, 179-180, 181, 186, 187, 193, 255, 261, 285, 286, 325 ; II, 42, 49, 197, 211s., 254, 261.
RÉVOLUTION INDUSTRIELLE, I, 230 ; II, 230, 259, 296.
RICHARDS, A. L., I, 93.
RICHARDSON, L.-F., I, 145-147, 282.
RIGIDITÉ, II, 51, 97 ; voir aussi *souplesse*.
RITUEL, I, 174, 243, 252 ; II, 32, 187, 206.
RIVALITÉ, voir *compétition*.
ROHEIM, GEZA, I, 132.
ROUAULT, GEORGES, I, 259.
ROUTINIER, apprentissage, voir *apprentissage*.
RUESCH, JURGEN, I, 8, 248, 272, 324 ; II, 38, 138.
RUSSELL, BERTRAND, I, 195, 199, 209-211, 247, 250, 256, 260, 299, 318 ; II, 10, 138, 149, 173, 219, 276.
RYDER, ROBERT, II, 47.

SACREMENT, I, 15, 20, 64-66, 253 ; II, 11.
SAGESSE *(wisdom)*, I, 186-188 ; II, 226, 227, 229, 231, 239-241, 300-301.
SCHISMOGÉNÈSE, I, 95, 98-103, 145-148, 158, 163-165, 223, 281-282, 292 ; II, 234.
absence de – à Bali, I, 147-152, 163-165.
et alcoolisme, I, 278s.
et ethos, I, 143-152.
et *feedback*, I, 281-282.
et relations réciproques, I, 101-102.
et relations symétriques, I, 98-103, 145-146, 201, 206, 223, 281-282.
SCHIZOPHRÉNIE
et apprentissage, voir *apprentissage*.
difficultés d'emploi du pronom de la première personne dans la –, I, 328 ; II, 16-17, 59, 65.
effondrement psychotique dans la –, II, 19, 35, 94, 96.
épidémiologie de la –, II, 39-46.

étiologie de la –, II, 9-10, 14, 40, 41, 48, 49, 66.
et facteurs d'environnement, II, 50, 93-94.
et fiction, II, 32-33.
génétique de la –, II, 43, 49, 64, 91-92, 96.
hallucinations dans la –, I, 281, 286, 294 ; II, 16, 32-33.
homéostasie dans la –, II, 31.
et hypnose, II, 33-34.
« manifeste » et « latente », II, 94-97.
métacommunication dans la –, II, 17, 19-20, 23s., 39-46, 66-68.
et métaphore, I, 180, 261s. ; II, 14, 18-19, 32, 45, 65-66, 95.
nature de la –, II, 9-38, 39-46.
processus stochastiques dans la –, II, 90s.
et psychothérapie, II, 10, 35s.
relation asymétrique dans la famille schizophrénique, II, 67.
rôle de la famille en ce qui concerne la –, II, 14s., 93-97, 270s.
« salade de mots » dans la –, I, 261, 263 ; II, 40.
trouble et désorientation du patient dans la –, II, 17, 19.
et types logiques, II, 9-17, 23-24, 39-42.

SCIENCE
applications de la –, I, 228-233, 243 ; II, 98-103.
nature de la –, I, 15-25, 106-121 ; II, 47, 75-76, 99, 103.

SEBEOK, THOMAS A., II, 199.
SECONDAIRE, processus, I, 201-202, 210.
SÉLECTION ARTIFICIELLE, II, 127.
SEPIK RIVER VALLEY, I, 24 ; voir aussi *Iatmul* et *Nouvelle-Guinée*.
Septem Sermones ad Mortuos, II, 251, 282.
SHANNON, CLAUDE, I, 18 ; II, 275.
SIEGEL, BERNARD, I, 8.

SIGNIFICATION *(meaning)*, I, 15, 169-173, 224 ; II, 52-53, 63-64, 138, 144, 187, 192, 203s.
Silent spring, II, 292.
SILKWORTH, WILLIAM D., I, 290.
SIMMONDS, N. W., II, 127.
Sing dadi, I, 155, 156.
SMITH, BERNARD, I, 267.
SOCIAL, planning, I, 227-233, 243-245.
SOCIOLOGIE, I, 29, 96, 103, 116.
SOUPLESSE, I, 160-163, 326 ; II, 97, 299-312.
distribution de la –, II, 303-305.
économie de la –, II, 119s., 179, 301s.
exercice de la –, II, 309-310.
somatique, II, 118s., 134s., 209.
et spécialisation, II, 303.
et variabilité, II, 128s. ; voir aussi *rigidité*.
SPÉCIALISATION, I, 303.
STEVENSON, R. L., II, 59.
STOCHASTIQUES, processus.
dans l'apprentissage, voir *apprentissage*.
dans l'évolution, II, 88s., 101, 125, 307.
dans la schizophrénie, II, 91s. ; voir aussi *essai-et-erreur*.
STROUD, JOHN, II, 83-84, 105.
STRUCTURE, I, 221-222 ; II, 113, 178-179.
SUBJECTIVITÉ
et inconscience, I, 78-88.
et objectivité, I, 76-88.
SUBSTANCE, voir *explication* et *matière*.
SUPPRESSION, II, 98.
SURDÉTERMINATION DES IDÉES *(multiple determination of ideas)*, I, 92-94 ; II, 306.
SURVIE, I, 13 ; II, 88, 98, 107-108, 117s., 221, 234, 246s., 258, 305-307.
et évolution, unité de –, I, 200, 291 ; II, 246s., 259, 285, 299.

identité de l'unité de – et de l'unité d'esprit, voir *esprit*.
SWETT, F. H., II, 169, 171.
SYMÉTRIE, II, 194, 196.
biologique, I, 13, 14, 106, 108-109; II, 155.
radiale et bilatérale, II, 158s.
SYNECDOQUE, II, 203.
SYSTÈMES
théorie des –, I, 11, 25, 265-297; II, 233, 245, 275.

TAOÏSME, I, 227.
TAUTOLOGIE, I, 17, 18.
TECHNIQUE, technologie, I, 78s., 187, 238, 270, 291, 297; II, 233, 240, 259, 266, 287, 291-297, 300, 307.
TEILHARD DE CHARDIN, PIERRE, II, 265.
TEMPS, I, 20, 80-81, 84, 96, 243, 244, 273, 300-301, 308-309; II, 43, 66, 108, 113, 229, 247.
et évolution, I, 110-111; II, 124-125, 171-172.
TÉRATOLOGIQUE, variation, II, 156.
THOMPSON, D'ARCY, II, 62.
THYESTE, II, 273.
TINBERGEN, N., I, 251.
TOLÉRANCE, I, 56-57.
TOTÉMISME, I, 114; II, 286.
TRANSCENDANCE CONTRE IMMANENCE, I, 272, 276; II, 112, 258, 265-266, 287.
TRANSCONTEXTUELS, processus, II, 49-55.
TRANSFERT EN PSYCHOTHÉRAPIE, I, 262, 322-323; II, 81.
TRAUMATISME, I 125, 127, 197; II, 14, 15, 40, 41, 43, 45, 63, 77, 168.
Trieben, I, 179.
TROBRIAND, ÎLES, I, 241-243.

VAN GOGH, VINCENT, I, 174, 184.
VAN SLOOTEN, JUDITH, I, 10.

VARIABILITÉ GÉNÉTIQUE, voir *génétique*.
VARIATION, II, 86, 88.
voir aussi *différenciation et spécialisation*.
VERSAILLES, traité de, II, 269-271, 273-278.
VICIEUX, cercle, I, 145, 163; voir aussi *homéostasie*.
VICKERS, SIR GEOFFREY, II, 259.
VIETNAM, II, 229, 275.
VINCI, LÉONARD DE, II, 262.
VITALISME, II, 100.
VOLONTÉ *(will)*, I, 268-270.
VON DOMARUS, II, 13-14.
VON FOERSTER, II, 105.
VON NEUMANN, JOHN, I, 8, 158-160, 304-306; II, 69-72, 275.

WADDINGTON, C. H., II, 89-90, 105, 130, 131.
WALLACE, RUSSELL, II, 219-220.
WATSON, GOODWIN, I, 124.
WEAKLAND, JOHN H., I, 8; II, 9, 10, 57, 64, 65, 103.
WEISMANN, AUGUSTE, II, 105, 115, 117.
WESSMANIENNE, barrière, II, 238.
WHITEHEAD, ALFRED NORTH, I, 94, 195, 197, 220, 247, 257, 299; II, 10, 138, 149, 265, 276.
WHITMAN, WALT, I, 167.
WHORF, B. L., I, 247.
WIENER, NORBERT, I, 8; II, 275.
WILMER H. A., II, 66.
WILSON WOODROW, II, 271-272.
WITTGENSTEIN, LUDWIG, I, 170, 247.
WYNNE-EDWARDS, V.C., II, 236.

ZEN, bouddhisme, I, 174, 324, 325, 326; II, 16-17, 144, 309.
Le Zen dans l'art du tir à l'arc, I, 174.

Table

TROISIÈME SECTION
FORME ET PATHOLOGIE DES RELATIONS

Vers une théorie de la schizophrénie   9

   Point de départ : la théorie de la communication, 10. – La double contrainte, 15. – L'effet de la double contrainte, 16. – Une description de la situation familiale, 21. – Exemples empruntés au matériel clinique, 26. – Théories actuelles et perspectives, 32. – Implications thérapeutiques de cette hypothèse, 35.

Épidémiologie d'une schizophrénie. 39

La double contrainte, 1969 47

Dynamique de groupe de la schizophrénie 57

   Le piège à rats de Dunkett, 68.

Exigences minimales pour une théorie de la schizophrénie . . 75

   Apprentissage, génétique et évolution, 85. – Problèmes génétiques posés par la théorie de la double contrainte, 91. – Qu'est-ce que l'homme ?, 98.

Commentaire sur la troisième section 107

QUATRIÈME SECTION
BIOLOGIE ET ÉVOLUTION

De l'insensé en biologie et de certains départements de l'Éducation 111

Le rôle des changements somatiques dans l'évolution 115

Problèmes de communication chez les cétacés et autres mammifères 137

> Considérations méthodologiques, 141. – Communication concernant les relations, 144. – Communication analogique ou communication digitale, 147. – Directions de recherches, 149. – Discussions, 151.

Réexamen de la « loi de Bateson » 155

> Introduction, 155. – Redéfinition du problème, 157. – Les coléoptères à doubles pattes surnuméraires, 161. – Réduplication des membres chez les amphibiens, 169. – Résumé, 173. – Post-scriptum 1971, 174.

Commentaire sur la quatrième section 177

CINQUIÈME SECTION
ÉPISTÉMOLOGIE ET ÉCOLOGIE

Explication cybernétique 183

Redondance et codage 199

But conscient ou nature 217

Effets du but conscient sur l'adaptation humaine 233

Forme, substance et différence 243

Commentaire sur la cinquième section 265

SIXIÈME SECTION
CRISE DANS L'ÉCOLOGIE DE L'ESPRIT

De Versailles à la cybernétique 269

Pathologies de l'épistémologie 279

Les racines de la crise écologique 291

    Résumé, 291. – Suggestions, 292.

Écologie et souplesse dans la civilisation urbaine 299

    Un « haut degré de civilisation », 300. – Souplesse, 301. – Distribution de la souplesse, 303. – La souplesse des idées, 305. – L'exercice de la souplesse, 309. – La transmission de la théorie, 310.

APPENDICES

L'œuvre publiée de Gregory Bateson 315

Index 331

RÉALISATION : IGS-CP À L'ISLE-D'ESPAGNAC
NORMANDIE ROTO IMPRESSION S.A.S. À LONRAI
DÉPÔT LÉGAL : FÉVRIER 2008. N° 53233-4 (1403358)
IMPRIMÉ EN FRANCE